Marco Kunst
Isas Traum

Row, row, row your boat,
Gently down the stream.
Merrily, merrily, merrily, merrily,
Life is but a dream.

Marco Kunst

Isas Traum

Aus dem Niederländischen
von Rolf Erdorf

GERSTENBERG

Für Veerle

Inhalt

Isa

Isa pfefferte ihre Tasche auf den Boden und ließ sich auf ihren Stuhl am Esstisch fallen.

»Du bist früh.« Isas Mutter schaute auf ihre Uhr. »Zu früh.«

»Ja … äh … Wir durften heute eher vom Sport weg.«

Frida legte fragend die Stirn in Falten.

»Ich gehe nicht mehr in diese Mistschule!«

Frida schaltete den Fernseher aus und stand auf.

»So ein dämlicher Kindergarten!«

»Vier Wochen, Mädchen. Dann sind Ferien und du kannst sechs Wochen lang tun, was du willst.«

»Nenn mich nicht *Mädchen*!«

»Na, na, nicht schon wieder das, Elisabeth. Du weißt, dass wir auch nichts dafür können. Du musst das einfach durchstehen. Nur dann bringst du es zu etwas, und das willst du doch, es zu etwas bringen, nicht?«

Isa fühlte sich bleischwer und »Elisabeth« wollte sie erst recht nicht genannt werden. Ein affiger Name. Frida kapierte rein gar nichts. Isa kapierte es noch nicht einmal selbst. Es zu etwas bringen, es bringen … zu was wollte sie es eigentlich bringen? Selbst das wusste sie nicht mehr seit diesem fürchterlichen Debakel von vor wenigen Wochen.

»Elisabeth …«, versuchte es ihre Mutter wieder. Ihre Stimme klang auf einmal scheißfreundlich.

Isa verkrampfte sich. Wenn Frida auf die verständnisvolle Tour umschaltete – was nichts anderes hieß als Schleimen an der Oberfläche und Sticheln unter Wasser –, dann wurde es erst richtig schlimm.

»Weißt du noch, wie wir uns neulich darüber unterhalten haben? Ich musste hinterher an das Märchenbuch denken. Das, aus dem wir dir früher immer vor dem Einschlafen vorgelesen haben, als du klein warst. Eine Geschichte darin war die vom hässlichen Entlein. Die handelte auch …«

Isa sprang auf. Sie war inzwischen einen Kopf größer als Frida, aber sie kam sich klein, verängstigt und allein vor. Alles hatte sie aufgegeben für ihren Traum. Alle glaubten an sie, aber sie hatte sich so dermaßen blamiert … Sie hasste sich selbst! Am liebsten wäre sie zu ihrer Mutter auf den Schoß gekrochen, wie vor langer Zeit als kleines Mädchen, und Mama hätte schützend ihre Arme um sie gelegt.

Aber das war undenkbar.

»Mama, bitte!«, brüllte sie. »Du mit deinen dummen Kindermärchen tust so, als wäre ich immer noch ein Baby!« Sie drehte sich um und stampfte aus dem Zimmer.

Während Isa die Treppe hochpolterte, folgte ihr Frida in den Flur. »Kommst du und isst mit uns noch ein Butterbrot?« Sie klang, als wäre nichts geschehen. Das war das größte Talent ihrer Mutter: so zu tun, als wenn nichts wäre. »Heute Nachmittag fahre ich mit Déh ins Aquaparadies. Lem kommt auch mit. Vielleicht hast du auch Lust? Schwimmen ist gut für deine Linie.«

Isa antwortete nicht. Sie hasste diese »Nein was soll schon sein«-Stimme. Mit dem Fuß trat sie ihre Zimmertür hinter sich zu. »Einen Rappel kriege ich noch davon!«, zischte sie. »Was geht sie das eigentlich an?« Mit einem Ruck zog sie den schweren schwarzen Vorhang zu und ließ sich auf ihr Bett fallen. Kopfhörer auf, Musik an.

Klavierklänge, eine müde Stimme, die gelassen den Trott des Alltagslebens beschreibt, und dann, nach einem Dröhnen, als würde der ganze Kram zusammenbrechen, dieser herrliche, fette, träge Beat. *»… Lying on your bed, looking at the ceiling … Waiting for something to happen. And knowing all the time that you were meant for something better. Feeling it. Wanting it. How much can you take … before you snap …«* Ein Rhythmus wie von rostigen Maschinen in einer alten Fabrik, Geigen wie Algen in einem träge dahinfließenden Strom …

Isa wollte das Vibrieren der Musik am ganzen Leib spüren, sie wollte darin verschwinden, sich darin auflösen, aber sie durfte ihre Musik nicht über die Boxen hören.

Noch so etwas. Wenn sie es wagen würde … Innerhalb von dreißig Sekunden käme Frida keifend hereingestürmt. *»How much can you take …«* Alles grau, alles trübe. *»… before you snap …«* Die einzige Farbe im Zimmer war das giftige Grün der Leuchtdioden an der Stereoanlage.

Isa fühlte sich leer. Drei Wochen lag es jetzt zurück, aber immer noch hätte sie heulen mögen.

Voller Vertrauen hatte sie zusammen mit ihrer Mutter das Studio betreten, wo das Vorsingen für *Winners & Losers* stattfinden sollte. Alle Augen waren auf sie gerichtet, das hatte sie gespürt. Sie sah perfekt aus – Stiefel mit hohen, aber nicht zu hohen Absätzen, ein gut sitzendes Kleid mit einem tiefen, aber nicht ordinär tiefen Ausschnitt, ein subtiles Make-up: *stylish*, das war sie – und ihre Ausstrahlung war die eines Siegers, eines absoluten Siegers. Die anderen konnten ihr nicht das Wasser reichen. Heute, das war der Beginn ihrer Karriere. Ab jetzt war sie nicht länger Isa. Ab heute würde sie als Alysha durchs Leben gehen. Keine nervige Schule mehr, sondern nur noch das wahre Leben, so wie im Fernsehen. So würde es laufen …

Stolz hatte ihre Mutter ihr viel Glück gewünscht. »Vergiss nicht, Isi: Du kannst es, es geht einzig und allein darum, dass du selbst daran glaubst! Glaub mir, es ist dein Traum! Denk daran, was wir in dich investiert haben, was wir in den vergangenen Jahren zusammen durchgemacht haben!«

Nach drei Stunden Wartezeit war sie an der Reihe gewesen. Sie würde sie alle umhauen, mit dem ersten Schritt auf die Bühne, das hatte sie sich felsenfest vorgenommen. Nicht umsonst hatte sie alles hierfür hintangestellt in den zurückliegenden Jahren und stattdessen bis zum Umfallen trainiert.

Sie war nervös, natürlich war sie nervös! Aber das gehörte dazu. Auf dem Gesicht ein Lächeln, hatte sie mit geschmeidigen Schritten, wirklich einem schönen *Walk*, den Raum bis zu der Stelle durchquert, wo ein Spotlight einen Lichtfleck auf den Boden warf. Sie begrüßte die Jury mit einem strahlenden Lächeln.

Einer der Juroren, ein dicklicher, schnell errötender Mann mit kleinen Löckchen, hatte zustimmend genickt und ihr ermutigend zugelächelt.

»Elisabeth van Dam«, hatte die einzige Jurorin mit einer Totengräberstimme gemurmelt und dabei in einem Papierstapel geblättert.

»Sagen Sie einfach Alysha«, sagte Isa. Sie ließ ihre Wimpern klimpern und strich sich eine imaginäre Haarlocke aus dem Gesicht.

Das dritte Jurymitglied, ein mageres Kerlchen mit einer schweren Designerbrille, gab sich stirnrunzelnd und stieß anschließend einen müden Seufzer aus. »Und … äh … was wird … äh … Alyshabeth für uns singen?«

»*Dreams are real* von Ashanti«.

»Junge, Junge … Alysha macht Ashanti …«, murmelte die Frau skeptisch, nach wie vor mit der Nase in ihren Papieren.

Kämpfen, Isa! Kämpfe!

Isa holte tief Luft, schloss die Augen und fing an zu singen:

Dreams are real all you have to do is just believe
Dreams are real all you have to do is just believe

There is nothing that should
Ever take your heart away
From what it is you wanna do
You should always go with what
You like, don't follow no one else
Just do what's good for you …

»Okay … Okay! Danke schön …« Das war der dicke Lockenkopf.

Isa schaute ihn verwirrt an – sie hatte gerade erst angefangen, hatte gerade mit dem Refrain einsetzen wollen, in den sie ihr ganzes Gefühl gelegt hätte. Aber natürlich hatten sie wenig Zeit, Isa fing sich und schaute die Juroren erwartungsvoll an, in den Augen ein Funkeln und im Gesicht ein heiteres Lächeln.

»Tja«, begann die Frau. »Was soll ich sagen … Ich glaube schon, dass du Biss hast und ganz nette Stimmbänder« – die anderen Jurymitglieder nickten zustimmend und Isas Herz machte einen Hüpfer – »aber es ist, als würdest du selbst nicht daran glauben. Als fehlte dir die Lust dazu … Ich höre keinen Soul, ich fühle nichts … Und das ausgerechnet bei diesem Song!«

Isa hatte den Boden unter ihren Füßen verschwinden gespürt. Mit leeren Augen hatte sie die Jury angestarrt, ungläubig und noch nicht bereit, sich geschlagen zu geben. »Aber … aber …«, hatte sie gemurmelt.

»Und, äh … Mädchen …«, war der magere Mann mit der Brille fortgefahren, »dein Outfit und so … und eigentlich deine ganze Präsentation …« Er deutete vage in ihre Richtung und verdrehte dabei die Augen. »Ich weiß nicht, wen du dafür engagiert hast … aber es ist, als hättest du dich verkleidet. Du bist das nicht. Du bist nicht du selbst … Ich sehe jemanden vor mir stehen, die sich als Sternchen verkleidet hat. Talent ist nicht genug. Es muss stimmen, und du stimmst einfach nicht! Ich glaube dir nicht.« Kopfschüttelnd verfiel er in Schweigen.

Der dicke Lockenkopf räusperte sich. »Vielen Dank, Elisabeth«, sagte er freundlich. »Du verstehst, dass das Abenteuer für dich hier endet … Du bist kein *Winner*, sondern leider doch ein *Loser* … Vielleicht, wenn du im nächsten Jahr wirklich weißt, wo dein Herz liegt, kannst du hier wieder vorsingen, denn gute Stimmbänder hast du, und irgendwo hinter deiner Maske verbirgt sich eine Persönlichkeit, aber wer das ist, ist noch unklar. Wärst du jetzt so nett und würdest Nummer 114 hereinbitten?« Mit einem Kopfnicken bedeutete er Isa, dass ihr Auftritt zu Ende war.

Isa hatte es geschafft, aufrecht und mit unbewegter Miene bis zu den Toiletten durchzuhalten. Dort, zwischen drei anderen noch nachschluchzenden Mädchen mit verschmiertem Make-up, brach sie in Tränen aus.

Ihre Mutter war so vernünftig gewesen, den gesamten Rückweg hindurch den Mund zu halten.

Fotos und Tabletten

Mit einem Stapel Zeitschriften unter dem Arm schlich Isa die Treppe hinunter und schielte in die Küche. *Sehr gut, keiner da!* Sie griff sich eine Flasche Cola, eine Rolle Kekse und nahm alles mit hinaus auf das Dach des Gartenschuppens, wo niemand sie finden konnte. Sie kletterte hinauf, machte es sich zwischen den rankenden Glyzinien bequem und riss die Keksrolle auf. Seit dem Vorsingen naschte sie wieder, sie hatte mindestens drei Kilo zugenommen, ein weiterer Grund, warum sie wirklich nicht mit in dieses dämliche Aquaparadies gekonnt hatte, sie war sich selbst zuwider, kam sich vor wie eine fette Kröte. Und gleichzeitig war es ihr auch vollkommen egal.

Sie saß noch nicht lange, da öffnete sich die Gartentür zur Brandgasse. Isas jüngerer Bruder Lem kam nach Hause. Laut singend warf er sein Fahrrad gegen den Schuppen und rief: »Essen! Essen! Essen!«, während er durch den Garten in die Küche polterte.

»Dumpfbacke«, murmelte Isa, »dösige, dicke Dumpfbacke!« Dieser Idiot schien einfach ganz normal, einfach unbesehen glücklich zu sein – für Isa der letztendliche Beweis, dass er komplett gestört war. Keinerlei Ambitionen, der Scheißer.

Sie starrte in ihre Zeitschrift. Worüber lachte diese dumme Zimtzicke auf dem Cover eigentlich? Es gab überhaupt nichts zu lachen! Und was bildeten sich diese Juroren von *Winners & Losers* eigentlich ein? Dass sie *sie* kleinbekämen? Wer waren die eigentlich überhaupt? Ein paar alte Säcke, ein Haufen dösiger, kleiner Fernsehmacher. Und sie wussten natürlich von Anfang an, wen sie am Schluss casten würden. *Das Ganze ist ein abgekartetes Spiel!* Genau das waren sie: eine einzige große Betrügerbande. Aber wenn das so war … dann konnte und durfte sie sich von ihrem Urteil auch nicht entmutigen lassen …

»Elisabeth! Ich weiß, dass du im Garten bist! Wir fahren!«

Das war Frida.

Isa reagierte nicht.

»Wir fahren ohne dich, wenn du jetzt nicht kommst!«

Isa zog träge eine Augenbraue hoch. »Tschaui!«, flüsterte sie.

Frida ging ins Haus zurück. Noch einmal drehte sie sich um. »Elisabeth, jetzt sei nicht so halsstarrig, sondern reiß dich zusammen!« Frida verschwand wieder in der Küche und zog die Tür hinter sich zu.

Kurz darauf summte das Garagentor auf. Frida fuhr das Auto ins Freie. Lems Stimme, zuschlagende Autotüren und das Auto, das losfuhr, durch die Straße, um die Ecke. Dann blieb es still und Isa war allein.

Isa kletterte vom Dach und ging ins Haus. Sie stieg die Treppe hinauf und betrat das Schlafzimmer ihrer Eltern. Die Vorhänge hier blieben immer bis auf einen schmalen Spalt geschlossen, es roch anders und still war es, die Vorhänge und der dicke Teppich hielten die Welt draußen. Wie von selbst bewegte sich Isa jetzt ganz leise, obwohl keiner sie hören konnte. Vor Fridas Nachtschrank ging sie in die Knie.

Versteckt hinter einem Vorrat von Kleenex-Tüchern befand sich eine alte Keksdose, in der Frida Dinge von früher aufhob. Isa holte sie hervor und fuhr mit den Fingerspitzen über den Deckel. Darauf abgebildet war eine Frau aus dem 18. Jahrhundert mit Perücke und Reifrock, die sich mit einem Fächer Kühlung zufächelte: In der Dose waren irgendwann fächerförmige Kekse gewesen. Mit etwas Mühe bekam Isa den Deckel herunter und stellte die Dose vor sich hin. Vorsichtig holte sie zunächst einen Stapel Briefe und Ansichtskarten daraus hervor. Die interessierten sie nicht. Als sie die Dose zum ersten Mal geöffnet hatte, hatte sie sie natürlich gelesen – olle Liebesbriefe, die Kees irgendwann an Frida geschrieben hatte, nichts als peinliches Geschwafel und romantisches Geleier.

Darunter lag eine kleine Mappe mit Fotos von Seb. Ein Stich aus Trauer und Scham durchfuhr Isa. Sie dachte nur noch selten an ihn. Verrückt eigentlich, denn er war ihr Lieblingsbruder gewesen, ihr großer Held. Raue Schale, weicher Kern. Sogar in seine Band hatte er sie geholt. *Yawn* hieß die Band und sie spielten idiotische, *weirde* Songs. Seb schrieb die Texte und schon bald war es Isa gewesen, die für die dazugehörige Musik sorgte, die Geigenpartien spielte und ganz allein den Backgroundchor abgab. Gerade dreizehn war sie damals gewesen.

Am Anfang hatten der Bassist und der Drummer, die sogar noch älter als Seb waren, sie fürchterlich eingeschüchtert, aber außer ihr kannten sie niemanden, der Geige spielte, und Seb zufolge brauchten sie eine Geige, weil andere Bands das nicht hatten. Was sie machten, klang noch nicht großartig, aber sie hatten einen Riesenspaß dabei gehabt. Reiner *Alternative*-Mist war es gewesen, total unverkäuflich. Aber durchaus witzig.

Isa war jetzt ungefähr so alt wie Seb, als er starb. Sie legte die Fotos beiseite und grub weiter.

Unten in der Dose fand Isa, was sie suchte: eine Mappe mit weiteren Aufnahmen. Abzüge dieser Modelfotos, die sie bei dem Profifotografen hatten machen lassen, und Bilder vom Tag des Vorsingens. Frida hatte sie ihr weggenommen und versteckt, weil sie meinte, das alles sei jetzt noch zu schmerzhaft für Isa.

»In einigen Wochen bekommst du sie wieder, wenn du so weit bist, den Faden wieder aufzunehmen. Denn dass du weitermachst, steht außer Frage. Es ist dein *Traum,* Isa … also musst du weitermachen!«

Isa hatte gleich gewusst, wo Frida sie versteckt hatte. Sie öffnete die Mappe und holte mit zitternden Fingern die Fotos heraus.

Die Fotos waren fürchterlich.

Entsetzlich.

In Isas Magen bildete sich ein klebriger Kloß, ihr war schlecht. Die Fotos zeigten einen aufgedonnerten Backfisch, eine armselige, unsichere Heranwachsende mit billig blondierten Haaren. Ihr Gesicht war eine nervöse Grimasse und am Hals hatte sie rote Stressflecken.

In dem Augenblick fiel ein Brief aus der Mappe. Von der Produktionsgesellschaft von *Winners & Losers*. Adressiert an ihren Namen. Ein Brief, den sie nicht kannte. Sie holte ihn aus dem Umschlag und faltete ihn auf.

Im September würde die Fernsehausstrahlung von *Winners & Losers* anfangen. Und die Jury hatte »die Ehre, ihr mitteilen zu dürfen, dass auch ihr Auftritt gesendet würde – in der Kategorie *Losers*«.

Alle würden sie sehen. Jeder, der sie kannte, würde sie so sehen … Sie konnte nichts dagegen tun! Durch ihre Teilnahme hatte sie ihr Einverständnis zur Ausstrahlung erteilt. Das hatte auf dem Anmeldeformular gestanden.

Aber das hier war sie nicht. *Das bin ich nicht, das will ich nicht sein!* Sie wollte verschwinden, nicht mehr da sein. Nie mehr, für niemanden. Das hier war zu schlimm, und es würde nie mehr gut werden.

Betäubt vor Scham, gedankenlos, zog sie die Schublade von Fridas Nachttisch auf. Ein Stift, Zahnstocher, ein Streifen Tabletten, Pfefferminz … Isa nahm den Tablettenstreifen, einfach so, sie war nichts mehr als Scham. *Somnomyl,* las sie, der Name sagte ihr nichts. Nach einigem Wühlen in der Schublade fand Isa auch den Beipackzettel. *Schlaftabletten. Das muss das Zeug sein, von dem Frida sagte, es mache sie unempfindlich, dösig, abwesend … Mit Wasser einnehmen … direkt vor dem Einschlafen … Nebenwirkungen …*

Sie drückte zwei Tabletten aus dem Streifen und nach kurzem Zögern eine dritte und vierte. Gar nicht mal, weil sie vorhatte, sie einzunehmen, sie hatte keinen Plan, vielleicht einfach nur so … vielleicht war es der Kick, der Klick des Blisterstreifens, die verbotene Magie, die von den Pillen ausging. Sie betrachtete sie aus der Nähe. Klein und rot, glatt und rund: Mini-M&Ms, nichts Besonderes.

Isa drückte noch zwei Tabletten aus dem Streifen. Auf dem Nachttisch stand ein Glas Wasser. Ohne nachzudenken, nahm Isa die Tabletten in den Mund, nahm einen Schluck Wasser hinterher und schluckte. Noch ein Schluck.

Dann kam sie mit einem Schock wieder zu sich. Bilder huschten vor ihrem geistigen Auge entlang, Bilder aus einem Film, den sie irgendwann gesehen hatte: eine umgefallene Medikamentenflasche, Dutzende von Tabletten auf dem Boden. In einem Bett eine tote Frau mit ausgestrecktem Arm, in der offenen Hand ein paar Tabletten. Ein Kommissar, der die Szene kopfschüttelnd in sich aufnimmt, auf der Bettkante ein ratloser Ehemann.

Isas Herz hämmerte und ihr Magen verkrampfte sich. Sie zitterte.

Dummkopf! Idiotin, die du bist! Schnell!

Sie rannte ins Badezimmer und schaute in den Spiegel. Leichenblass war sie und schwindelig war ihr auch. Der Schweiß brach ihr aus, sie musste versuchen, sich zu übergeben, die Tabletten herauszubekommen. Gleichzeitig wunderte sie sich: warum dieser Widerstand? Sie wollte doch nicht mehr da sein, oder? Und hiermit konnte sie es aufhören lassen. Sie verstand es nicht, aber sie wollte leben, weshalb, war ihr unklar, aber sie wollte weiterleben. Das war das Einzige, was jetzt zählte.

Waren sechs Tabletten bereits eine Überdosis? Das konnte, das durfte nicht sein!

Isa beugte sich über die Badewanne und steckte sich einen Finger in den Hals. Sie würgte, doch es gelang ihr nicht, die Tabletten auszuspucken. Sie richtete sich auf, auf den Beinen schwankend, holte tief Luft und versuchte es wieder. Nichts. Flecken erschienen vor ihren Augen und sie fühlte, wie sie schwer und träge wurde, eine ganz andere Schwere als die Niedergeschlagenheit, die sie schon den ganzen Tag empfunden hatte. Sie wehrte sich, aber ohne Erfolg. Sie schlug mit der Stirn auf den Wannenrand, knallte auf den Boden und war weg.

Der Fluss

Der Strom führte sie mit sich. Die weichen Finger eines gewundenen Flusses. Unbekanntes Wasser, aber auch vertraut und tröstlich. Ein kühles, kristallklares Nass, das in fröhlicher Prozession durch ein sonnenbeschienenes Flussbett zog. Das Wasser sang und kullerte und Isa kullerte mit, über runde Kiesel hinweg, an glatten Felsen vorbei, unter wehendem Baumgeäst hindurch.

Ihre Haare umwogten ihren Kopf wie Algen, die sich behaglich dem Strom des Wassers fügten. Ihr Körper entspannte sich, beugte und streckte sich auf den trägen Wellen, die das Wasser vorantrieben. Glitschige Fische strichen ihr über die Haut, abgefallenes Laub floss mit ihr mit, zusammen mit kleinen Zweigen, einer glänzenden schwarzen Feder, dem Blatt eines Farns.

Es war wunderbar, so gestreichelt zu werden, und welch ein Glück, dass sie in diesem Wasser nicht zu atmen brauchte! Kleine Strudel umwirbelten ihre Lippen und Wangen, strömten vorbei an ihren Fingerspitzen und ihren Hüften. Das Wasser hätschelte sie und Isa gab sich ihm hin. Das hier nenne ich ein Aquaparadies!, dachte sie genüsslich. Kein Kreischen, kein Chlor, sondern nur Wasser, das sie liebevoll umarmte und mitführte.

Wohin? Was machte das schon?

Immer weiter strömte das Wasser, hinauf, zurück zur Quelle.

Hinauf?

Der Bach wurde kälter, untiefer, schmaler. Isa begriff es nicht, es war unmöglich, Wasser strömt nicht bergauf. Welche Kraft beherrschte diesen Bach? Sie stieß sich den Ellbogen an einem Stein, zog ihren Arm zurück, stieß sich das Knie. Ihre Stirn schrammte an einem Ast entlang. Sie bekam Angst, hob den Kopf über Wasser. Das Licht blendete sie, sie sah nichts. Sie hörte Geflüster, ein unverständliches Lispeln.

Isa schnappte nach Atem. Das Wasser war nicht länger fröhlich, es war zwingend. Kalt, still und streng sog es sie mit sich. Mühsam mähte sie mit beiden Armen um sich, schützend legte sie sie um ihren Kopf. Wieder ein Flüstern – es war, als spräche das Wasser selbst zu ihr, ein eiskaltes Lispeln: »Gib dich hin und komm!«

Eine andere Stimme, die dagegen anging: »Nein, nein, sonst ... um ... andersrum ... weg ... hier ... kehr um, da ... du gehörst nicht hierher. Isalieb ... Isimädel, hin, weg ... hin und weg ... Kehr um ... Isamein ... Alysha ... beth ... Elisa ...«

Isa kniff die Augen zu und biss die Lippen zusammen. Das Wasser war stärker als sie. Gegen den Strom anzuschwimmen war unmöglich. Noch einmal drehte sie sich so, dass ihr Mund über Wasser kam. Noch einmal holte sie Atem, tief, ängstlich, hilflos. Danach wurde sie wieder auf den Boden gesaugt, mitgezogen, als würde sich das nun schweigende Wasser zum Sprung aufmachen – hinein in einen unbekannten Abgrund.

Pizza

Gegen sieben kamen Frida und Lem nach Hause; von unterwegs hatten sie Pizzas mitgebracht. Das ganze Auto roch danach. Lem trug die Pizzakartons hinein. Kees war noch nicht von der Arbeit zurück.

Frida holte Teller aus dem Schrank. »Rufst du Isa? Dann essen wir gleich«, sagte sie zu Lem.

Lem warf einen Blick ins Wohnzimmer. »Isa!« Niemand. Er sauste die Treppe hinauf und hämmerte gegen Isas Zimmertür. »Essen! Isa, essen!«

Keine Antwort. Lem öffnete die Zimmertür und sah sich um. »Ach du Schande, was für eine Müllkippe!«, murmelte er, als er die aufs Geratewohl verstreuten Kleidungsstücke, Chipstüten, CDs und Zeitschriften sah.

Keine Isa.

Lem rannte wieder nach unten. Wenn sie weder in ihrem Zimmer noch im Wohnzimmer war, dann steckte sie im Garten, das konnte nicht anders sein. Immer war irgendwas mit seiner blöden Schwester! Er trat in den Garten. »Isaaa! Pizza!«

Keine Antwort.

»Isaaaaa!«

Ein Hüsteln aus dem Garten des Nachbarn, aber keine Isa. Lem ging wieder ins Haus. »Kann sie nicht finden!«

Frida öffnete gerade den ersten Pizzakarton. »Schau noch mal richtig nach. Sie liegt natürlich irgendwo und schläft. Ich verteile schon mal die Frutti di Mare.«

Isas Fahrrad stand in der Einfahrt, sie musste also da sein, ohne Rad war sie nie unterwegs. Die Geschäfte hatten schon zu, das hieß, in der Stadt konnte sie auch nicht sein. Und Freundinnen, bei denen sie sein konnte, hatte sie seit Ewigkeiten nicht mehr. Lem rannte noch einmal durchs Haus. Diesmal ließ er kein Zimmer aus, und als er ins Bad stürmte, wäre er fast über Isa gestolpert. Sie war noch idiotischer als er schon immer gedacht hatte – einzuschlafen auf einem Badewannenvorleger! »Isaaa!« Lem zerrte an ihrer Schulter. »He, du Bademütze!«

Sie reagierte nicht.

»Isa?« Lem rüttelte an ihrer Schulter, und als sie immer noch nicht reagierte, streichelte er ihr übers Gesicht. Es fühlte sich eigenartig an, klamm und verschwitzt. Und sie hatte eine Beule auf der Stirn. Ein unbehagliches Gefühl beschlich Lem. »Jetzt wach schon auf!«

Keine Reaktion.

»He! Isi! Isa!« Er rannte auf den Flur. »Frida! Ma!« Schon war er die Treppe hinunter. »Ma! … Isa …«, keuchte er. »Im Badezimmer … auf dem Fußboden. Ich bekomme sie nicht wach!«

Zusammen rannten sie hinauf. Frida hockte sich neben Isa.

Sie lebte, man konnte sie leise atmen hören.

Frida rief, sie solle aufwachen, und schlug Isa leicht auf die Wangen. Anschließend fuhr sie ihr mit einem nassen Waschlappen durchs Gesicht, und während sie sich auf den Boden setzte und Isa zu sich auf den Schoß zog, sagte sie, Lem solle einen Arzt rufen. »Die Notdienstzentrale. Die Nummer steht in dem Heft neben dem Telefon. Sag ihnen, es wäre dringend. Sie ist gestürzt und nicht bei Bewusstsein, sag ihnen das!«

Zehn Minuten später stand eine unbekannte Ärztin im Badezimmer. Frida und Lem hatten es nicht gewagt, Isa von der Stelle zu bewegen. Auch die Ärztin schaffte es nicht, sie aufzuwecken.

Sie fühlte an Isas Handgelenk, schlug sie ebenfalls leicht auf die Wange, zog ein Augenlid auf und leuchtete ihr mit einer Taschenlampe ins Auge, alles ohne Ergebnis.

Zuletzt hob sie besorgt den Kopf. »Nimmt sie Medikamente? Oder irgendwer von Ihnen?«

Frida rannte, ohne zu antworten, in ihr Schlafzimmer. Leichenblass kam sie wieder ins Bad, den Tablettenstreifen wie einen stummen Zeugen zwischen Daumen und Zeigefinger. »Sechs Stück fehlen. Ich habe zweimal eine davon eingenommen. Vor Monaten. Danach nie wieder. Sie muss sechs dieser Mistdinger geschluckt haben!«

»Sie wissen nicht, wie lange sie hier schon liegt?«

»Wir sind um halb zwei losgefahren …«

»Man muss ihr den Magen auspumpen. Sechs Stück sind keine tödliche Dosis, machen Sie sich dahin gehend also bitte keine Sorgen. Ihr Magen ist wahrscheinlich schon leer, aber ins Krankenhaus muss sie dennoch. Allein schon wegen der Beule auf ihrer Stirn.«

Frida nickte schweigend, während sie die Ärztin weiter mit großen Augen anstarrte.

Die Ärztin sagte nichts mehr.

Eine Viertelstunde später parkte ein Rettungswagen vor der Tür. Zwei Männer in neonfarbenen Anzügen kamen mit einer Tragbahre ins Badezimmer, auf die sie Isa nach einer kurzen Rücksprache mit der Ärztin legten. Frida und Lem folgten ihnen stumm, während sie Isa zum Rettungswagen trugen. Die Ärztin versicherte ihnen nochmals, dass sechs Tabletten keine tödliche Überdosis seien, und wünschte ihnen zum Abschied noch alles Gute.

»Lem«, sagte Frida. »Ich begleite Isa ins Krankenhaus. Ruf Kees an und sag ihm, was passiert ist. Sag ihm, er soll ins Krankenhaus kommen!«

Sie stieg zu Isa in den Rettungswagen und der Sanitäter zog die Tür hinter ihr zu.

Lem schaute dem Fahrzeug hinterher und trottete zurück ins Haus. Kees war offenbar schon nicht mehr im Büro, und ans Handy ging er auch nicht. Lem hinterließ ihm eine Nachricht auf seiner Mailbox. Danach ging er in die Küche, wo drei Teller mit kalten Pizzastücken bereitstanden. Der Käse war zu einer glasigen Masse eingedickt. Würgend verließ er die Küche.

Am Fuße Yggdrasils

Vogelgezwitscher, das Summen eines Insekts. Isa öffnete die Augen. Sie lag auf einer Lichtung am Fuß eines riesigen Baumes. Nackt war sie und nass. Sie blinzelte. Hier konnte sie nicht sein. Sie schlief, sie träumte, etwas anderes war unmöglich. Aber alles – die Farben und Geräusche, die Zweige und Blätter, die ihr in den Rücken stachen –, alles war so echt, wie es nur irgend sein konnte.

Oder waren die Tabletten doch zu stark gewesen und war sie jetzt ... war sie ... tot? Isa schwirrte der Kopf, ihr war schlecht, ihr schwindelte. *Wenn man tot ist ... dann ... dann hat man doch keinen Körper mehr? Oder ...* Na ja, sie wusste natürlich nicht, wie das sein würde. Sie richtete sich etwas auf und schüttelte den Kopf, um den Traum zu verjagen. Es half nicht.

»He, Isa! Komm schon, aufwachen! Du hast hier nicht ewig Zeit, hörst du?«, klang eine Frauenstimme aus dem Baum.

Erschrocken hob Isa den Kopf. Jetzt erst wurde ihr klar, wie gigantisch der Baum war. Der Stamm war mindestens fünfzehn Meter dick und die Krone überspannte eine Lichtung größer als ein Fußballfeld. Bis hoch hinauf entsprossen dem Baum Seitenäste so dick wie Waldriesen.

Auf dem untersten Seitenast stand eine sehnige, dunkelhäutige Frau mit kurzem, grauem Kraushaar. Sie war barfuß. Entspannt lehnte sie an dem Stamm. Uralt und weise wirkte sie, aber gleichzeitig doch auch mädchenhaft. Sie trug eine ausgefranste Jeans und ein weißes T-Shirt.

Isa war sich sicher, sie noch nie zuvor gesehen zu haben, und trotzdem hatte sie das starke Gefühl, dass diese Frau sie beängstigend gut kannte. Isa winkelte die Knie an und schlang die Arme darum, um ihre Nacktheit zu schützen.

»Seb!«, rief die Frau jetzt, wobei sie eine Hand an den Mund führte. »Seb! Sie ist da!«

Isa atmete tief durch und erhob sich dann, ihren Körper mehr oder weniger mit den Händen bedeckend. *Seb? Die Frau redet von Seb? Meinem Seb?* Sie lehnte sich etwas zurück, um die Frau besser zu sehen. »B-bin ich tot?«, stammelte sie schließlich.

Ein raues Lachen war die Antwort. »Stell dich nicht so an: Wenn du tot wärst, dann gäbe es hier kein Innenland mehr, du kluges Kind! Seb bringt dir etwas zum Anziehen mit und ich habe nachher noch etwas zu essen für dich ... Womit es aber genug ist. Ich habe meinen Teil wohl getan, möchte ich meinen.«

Isa schauderte. Was wollte diese Frau, wovon redete sie überhaupt?

Der Riesenbaum war von jungen Bäumchen umringt, zu allen Seiten hin, so weit Isa sehen konnte. Keine Häuser, keine Straße, kein Weg. Junge Bäume und ein schlammiges Bachbett mit etwas Schilf an den Ufern.

»Ich bin nicht tot«, murmelte sie, »bestimmt nicht. Ich denke, das würde ich wissen. Aber diese Frau hat vorhin nach Seb gerufen und Seb ist tot. Aber ich bin auch nicht verrückt. Das hier ist also ein Traum ...« Sie schaute die Frau an. »Es sind diese blöden Tabletten!«

»Tabletten? Kind, wovon redest du?« Die Frau streckte sich und machte ein ernstes Gesicht. »Genug gescherzt. Seb kann jeden Moment kommen und er wird dir alles Nötige erzählen. In Ordnung?«

»Aber ... aber ... ich weiß ja nicht einmal, wo ich bin oder wer Sie sind ... ich meine ... Entschuldigung ... aber ... *Seb,* sagten Sie?« Isa wurde übel. Übel vor Angst.

Die alte Frau schaute sie mit großen Augen an. »Irgendwas ist da schiefgegangen«, sagte sie schließlich. »Dieser verflixte Staudamm blockiert dein halbes Innenland, ein einziges großes Chaos herrscht hier und du sagst, du wüsstest von nichts! Ich meine …«

Die Verwirrtheit der Frau machte Isa Mut. Sie sprang auf. »Sie haben überhaupt nichts zu meinen!«, platzte es aus ihr heraus. »Sie gibt es überhaupt nicht! Und ich habe keine Lust auf das hier! Ich will aufwachen!«

Die Frau schaute Isa bestürzt an. »Wirklich, jetzt hör aber mal!«

»Weg«, rief Isa wütend, »weg mit Ihnen! Es gibt Sie gar nicht! Das hier ist mein Traum und ich bestimme selbst, wovon ich träumen will!«

Aber die alte Frau blieb stehen, wo sie stand.

»Weg mit Ihnen!«

Das Gesicht der Frau verdüsterte sich. »Ich glaub, ich steh im Wald! Du kannst mich nicht einfach so wegschicken! Da holt man dich eigens hierher und dann so was …!«

Im selben Moment schallte eine dritte Stimme über die Lichtung. »Isaaa!«

Isa lief es eiskalt den Rücken hinunter. Sie erkannte die Stimme, sie kannte sie nur zu gut.

»He, Isa!«

Isa drehte sich um.

Was sie sah, war unmöglich.

Über die Lichtung kam Seb angerannt, fast genau so, wie Isa sich seiner erinnerte. Er trug einen merkwürdigen kokonförmigen Rucksack und über seiner Schulter hing eine Art Gewehr. Und spindeldürr war er. Aber er strahlte; es war klar, dass er sich freute, sie wiederzusehen.

Es war zu echt für einen Traum. Sie war also doch tot, und

das hier war das Totenreich. Himmel oder Hölle? Isa schnappte nach Luft, schwarze Flecken tanzten ihr vor den Augen und ohnmächtig fiel sie auf den weichen Waldboden.

Sie wurde unsanft zu Bewusstsein gebracht. Jemand schlug ihr mit der flachen Hand ins Gesicht und rüttelte sie durcheinander. Isa schlug die Augen auf und zuckte zusammen; der Traum war immer noch nicht vorbei. Seb hockte neben ihr. »Wach bleiben, Isa!«, zischte Seb. »Nicht wieder wegdämmern, ich brauche dich!«

»Irgendwas mit ihr ist schiefgegangen auf dem Weg hierher«, sagte die Frau in dem Baum. »Sie tut so, als wüsste sie von nichts!«

Seb spähte den Waldrand entlang. »Dafür haben wir jetzt keine Zeit. Isa, hör zu: Ich weiß nicht, was mit dir los ist, aber komm jetzt bitte und folge mir! Hier können wir nicht bleiben!« Er zog Isa hoch und zerrte sie mit sich zu dem Baum.

Am Rand der Lichtung, in der Nähe des Baches, waren Stimmen zu hören.

»Mantras!«, sagte die Frau. »Ich werde sie ablenken. Rasch!«

»Komm!«, flüsterte Seb und zog Isa weiter in den Schutz des Stammes. Sie sah gerade noch, wie sechs oder sieben grau uniformierte Männer aus dem Wald ins Licht traten und anfingen, den halb ausgetrockneten Bach zu durchwaten. »Los, auf den Baum!«, zischte Seb. Er ließ Isas Hand los und kletterte den buckligen Stamm hinauf.

Isa blinzelte. Die Seb-Erscheinung hatte sie unsanft geschlagen, ihre Wange glühte. Falls sie tot war, dann war sie jedenfalls nicht im Himmel gelandet. Aber die Hölle war das hier ebenso wenig. Jedenfalls nicht die mit Feuer und Teufeln und so. Oder waren diese grauen Typen …

»Komm jetzt!«, flüsterte Seb von einem dicken Knoten auf dem Stamm aus.

Isa schaute hoch und erschauerte. Die Erscheinung glich ihrem toten Bruder nicht einfach, sondern er war es. Es war grauenhaft und großartig zugleich. »Hast du bitte etwas zum Anziehen für mich?«, murmelte sie.

Auf der anderen Seite des Baumes bellte einer der Männer die alte Frau an: »Stammhalterin! Komm auf der Stelle herunter!«

»Ich bin an den Baum gebunden, Herrschaften. Ich kann Yggdrasils Äste nicht verlassen, das wissen Sie haargenau!«

»Mach schon!«, zischte Seb. »Wir erklären dir nachher alles, Ehrenwort. Erst weg von hier. Klamotten bekommst du gleich … Habe ich für dich. Komm …«

Isa begann zögernd zu klettern.

»Wir sind hinter einer Terroristin her«, hörte Isa den Anführer der Patrouille knurren. »Gut informierte Kreise vermuten, dass Isa selbst hierhergeholt wurde. Von gewissen Kräften aus diesen Gebieten … Und dass sie sich zum Ziel gesetzt hat, den Staudamm zu vernichten! Sie soll erst kürzlich hier in der Nähe gelandet sein. Ich will wissen, in welche Richtung sie gegangen ist.«

Eine Terroristin? Bin ich das?, fragte sich Isa, während sie sich an einem Vorsprung aus Baumrinde hochzog. Ihre nackten Knie schrammten schmerzhaft über die Rinde.

Auf der anderen Seite des Baumes blieb es eine Weile still. Die Frau sprach mühsam, unsicher, zögerlich. »Werte Herren, ich wäre Ihnen ja gern zu Diensten, aber ich war hoch oben in der Baumkrone heute Nacht. Ich schlafe immer hervorragend … Und …«

»Los, Beeilung! Sonst …«

»Bitte, meine Herrschaften, bitte … Sie wissen doch, dass ich Salicia bin? Die Stammhalterin des Baumes? Sie können mir nichts anhaben, mich zu nichts zwingen … Und mit Honig fängt man immer noch mehr Fliegen als mit Essig …«

»Entschuldigen Sie, Frau Salicia. Wir sind in Eile, deshalb habe ich die Etikette außer Acht gelassen … Können Sie uns bitte sagen, was Sie gesehen oder gehört haben?«

Isa hatte mittlerweile den ersten großen Knorren erreicht – der Stamm war voller Buckel, als sei er dafür gemacht, ihn zu erklettern.

»Helfen … Staat … Terroristin … ich brauche niemandem zu helfen … Aber doch, ein Mädchen …« Salicia sprach langsam, ihre Worte wägend. »Eine junge Frau vielleicht schon … Ja … vielleicht … Splitternackt war sie … ich habe sie gesehen. Sie hat sich davongemacht. In diese Richtung.«

»Aber woher wissen wir, ob Sie uns die Wahrheit sagen? Wir haben gehört, dass Sie mit dem Widerstand auf gutem Fuß stehen!«

Isa kletterte weiter. Es war, als könnte sie die alte Frau lächeln hören.

»Wahrheit? Widerstand? Ich arbeite mit niemandem zusammen, ich folge meinem eigenen Fluss, und das ist der Saftfluss dieses Baumes. Ich ergreife nicht Partei, ich tue, was mir behagt. Die Wahrheit ist nur ein armseliges Prinzip – so wie alle anderen flüchtigen menschlichen Aufgeblasenheiten. Ob Sie meinen Worten Glauben schenken, ist Ihre Sache!«

Der Anführer fluchte. »Wir lassen es darauf ankommen. Wir finden schon unsere Spuren, dazu brauchen wir Sie nicht. Habt Dank, Salicia … Falls Ihre Wahrheit die unsere nicht war, dann … Nun ja, auf Wiedersehen.«

»Auf Wiedersehen, die Herren!«

Isa hatte inzwischen den zweiten Seitenast erreicht und setzte sich auf ihn. Sie hörte die Männer davonlaufen. Seb saß einen Ast höher. Die alte Frau kam hinter dem Stamm hervor. Sie klebte an der Rinde wie eine Fliege an der Wand. Niemals zuvor hatte Isa jemanden derart geschickt klettern sehen, erst recht nicht eine steinalte Frau. Mit ein paar Sprüngen erreichte sie den Ast, auf dem Isa saß. »Kommt mit, ihr müsst höher in den Baum! Die Mantras sind nicht verrückt, es sind Spurensucher. Wenn sie nichts finden, kommen sie wieder. Und das wird nicht lange dauern!«

Die Frau machte sich an den Aufstieg. Seb folgte ihr, doch Isa blieb auf ihrem Ast sitzen. Sie hatte nicht vor, so ganz ohne Weiteres hinter den beiden herzuklettern. Vorher wollte sie wissen, wo sie hier gelandet war und wie es sein konnte, dass Seb hier war. Und sich etwas überziehen wollte sie auch.

»Jetzt komm schon, Isa!«

Zwischen dichtem Laub sah sie ein paar Meter über sich Sebs Gesicht. Er schaute sie prüfend an.

»Vorhin hat sie sich auch schon so seltsam benommen«, sagte die alte Frau.

Seb kletterte zu Isa zurück und stellte sich vor sie.

Isa schaute ihn ängstlich an. Sie schwieg erst und fragte dann doch: »Seb, ist … ist das hier das … das Totenreich?«

Auf Sebs Gesicht erschien ein breites Lächeln. »Nein, Isi. Ich bin der einzige Tote hier im Baum. Du bist im Innenland, deinem Innenland. Deinem Inneren, der Innenseite deines Geistes, dem Land deines Bewusstseins … Und wir sind hier auf Yggdrasil, deinem Lebensbaum!«

Isa starrte ihn mit leerer Miene an.

Seb wandte sich zu der alten Frau. »Meiner Meinung nach leidet sie an Gedächtnisverlust.« Er hockte sich vor Isa. »Isa?«

Der Schweiß brach ihr jetzt erst so richtig aus. Die Tabletten hatten sie verrückt gemacht. Alles hier war eine einzige große Wahnvorstellung! Wie kam sie hier nur wieder hinaus?

»Weißt du, wer ich bin?«, fragte Seb vorsichtig.

Isa nickte zögernd.

»Weißt du, wer du selbst bist?«

Isa nickte.

»Weißt du, wo du bist?«

Isa schüttelte den Kopf.

Seb blickte zu Salicia. »So können wir uns nicht auf den Weg machen, wir haben nicht die Spur einer Chance gegen die Mantras, solange sie so benommen ist! Wir müssen die Nacht über hierbleiben. Geht das? Erlauben Sie das?«

Salicia seufzte.

Seb fasste Isa bei beiden Schultern. »Isa, hör mir gut zu: Wir müssen hier weg! Nur hoch oben im Baum sind wir sicher. Verstehst du mich?«

Isa nickte. »Hast du etwas für mich, das ich anziehen kann?«, brachte sie schließlich mit piepsiger Stimme hervor.

Seb setzte seinen Rucksack ab. »Ich habe dir etwas zum Anziehen mitgebracht. Die Uniform eines Selbstbilds, die perfekte Verkleidung … immerhin laufen hier sehr viele deiner Selbstbilder herum.« Er brachte eine einfache rote Hose und ein weißes T-Shirt zum Vorschein. »Schuhe bekommst du nachher.«

Isa streifte sich die Sachen über. Sie passten. Einmal angezogen, fühlte sie sich schon ein ganz klein wenig besser. Seb hielt ihr seine Hand hin. Nach einigen Sekunden griff Isa unwillig zu und ließ sich zu dem nächsten Buckel im Stamm helfen. »Komm«, sagte ihr Bruder, »geh du vor. Klettere hinter Salicia her. Ich bleibe direkt hinter dir. Und hab keine Angst vor diesen Mantras. Außerhalb ihres Schussfeldes sind wir sicher. Yggdrasil ist tabu für sie, mythisches Territorium. Sie würden keine fünf Meter heraufkommen!«

»Yggdrasil?«, stammelte Isa.

»Dieser Baum! Dein Lebensbaum!«

Lem

Lem war allein zu Hause. Um halb zwölf war er schließlich doch zu Bett gegangen. Gegen ein Uhr weckte ihn das Schlagen der Haustür. Er stand auf und ging nach unten.

Frida und Kees saßen noch in ihren Mänteln am Küchentisch, müde und niedergeschlagen. Stundenlang hatten sie im Krankenhaus neben Isas Bett ausgeharrt und sie in die verschiedenen Abteilungen begleitet. Das medizinische Team hatte Isa den Magen ausgepumpt, doch ohne Erfolg. Die gesamte Schlafmitteldosis floss längst durch Isas Körper.

Zuletzt hatte man sie auf die Intensivstation gebracht: Isas Zustand war stabil, und solange das so blieb, hieß es abwarten, bis die Wirkung der Tabletten nachließ. Bis dahin schien es allerdings angezeigt, sie genau zu beobachten.

»Und jetzt?«

Frida schaute Lem verständnislos an. »Was: und jetzt?«

»Na ja … ich meine … glaubt ihr, dass Isa tatsächlich sterben wollte?«

Kees runzelte die Stirn, sagte aber nichts.

Frida zuckte mit den Schultern. »Nicht jetzt, Lem. Ich bin müde. Wir alle sind müde. Wir müssen schlafen.« Tief seufzend wandte sie sich von ihm ab.

In Yggdrasil

Der Riesenbaum war eine Welt für sich. An jedem Ast leuchteten Blüten in den unterschiedlichsten Formen und Farben. Hängend in Trauben, stehend in breiten Dolden oder würdevoll auf langen Stielen. Sie verbreiteten Düfte von betäubend süß bis säuerlich-frisch, von Pfefferminze und Honig bis hin zu Pilzen und fauligem Fisch. Und überall wuchsen Früchte und Beeren, manche winzig klein, andere größer als eine Ananas.

Außer verschiedenen Vögeln sah Isa Eichhörnchen zwischen den Blättern davonhuschen; überall flatterten Schmetterlinge und sammelten Insekten Nektar aus den Blüten. Dicke Käfer flogen schaukelnd durch das Blattwerk. Und nahe am Stamm, wo es dämmerte, scherten blaue kleine Fledermäuse entlang.

Die Kletterpartie dauerte schier endlos. Salicia ging vorneweg, gelenkig und still wie eine Naturkraft. Isa folgte, verwirrt und unsicher. Blätter streichelten ihr übers Gesicht, Zweige peitschten ihre Haut. Seb beschloss die Reihe. Wenn Isa nicht weiterklettern konnte, half er ihr.

Es war merkwürdiger als merkwürdig, Seb so wiederzubegegnen. Wieso war er so dürr? Jedes Mal, wenn er sie berührte, durchfuhr Isa ein Zittern. Er ist tot!, rief dann alles in ihr und sie erinnerte sich, wie sie ihn im Sarg hatte liegen sehen, gut zwei Jahre war das her, sein Gesicht mit Prellungen von dem Unfall, so kalt, so weiß, so unerreichbar weit weg. Und wie schnell hatte sie ihn vergessen, überlegte sie beschämt, wo sie ihn doch so sehr geliebt hatte.

Es war, als würden sie einer Wendeltreppe folgen. Wieder und wieder umrundeten sie den Stamm. Endlos oft hieß es nach dem nächsten Ast greifen und gleich wieder nach dem nächsten Ast suchen, bis Äste und Blätter vor Isas Augen ineinander verschwammen und zu einem einzigen grünen Chaos verschmolzen. Es war, als würde sie ihr ganzes weiteres Leben um diesen Stamm kreisen müssen, gefangen in diesem Grün, ertrinkend zwischen Blättern, Blüten, Vögeln und Schmetterlingen.

Salicia blieb ab und zu stehen, aber wenn Seb und Isa sie wieder erreicht hatten, kletterte sie sogleich weiter. Erst als Isa so müde war, dass ihr schwindelte und sie fürchten musste zu fallen, lichtete sich das Grün und ihr fiel auf, dass der Stamm in dieser Höhe nicht dicker war als der eines gewöhnlichen stattlichen Baumes.

Salicia wandte sich um. »Wir sind da!«

Keuchend hob Isa den Kopf, zu müde, um sich zu wundern.

Die alte Frau zeigte auf eine offene Plattform mit einer Brüstung, die auf den höchsten Ästen des Baumes ruhte. Sie ähnelte einem riesenhaften Vogelnest. An einer Stelle in der Brüstung war eine runde Öffnung ausgespart und Salicia war auch gleich durch sie verschwunden. Isa und Seb folgten ihr. Die Plattform war aus lebendigen Ästen und Zweigen des Baumes selbst geflochten. An zwei Stellen gab es ein geflochtenes Schutzdach und eine belaubte Wand behinderte dort jeweils die Aussicht, aber sonst gab es ringsum nichts als Leere – als befände man sich im Korb eines Heißluftballons. Die Plattform schaukelte sanft im Wind und beim Gehen spürte man, wie der aus Ästen und Zweigen geflochtene Boden durchfederte.

Salicia breitete die Arme aus und verbeugte sich zierlich vor Isa und Seb. »Willkommen in Yggdrasils Krone. Nie zuvor war jemand hier zu Gast. Ich überschreite meine Befugnisse, indem ich euch hier beherberge … Sei's drum!«

Seb beantwortete Salicias offizielle Begrüßung mit einer mindestens ebenso tiefen Verbeugung. »Ich danke Ihnen, edle Stammhalterin, für diesen herzlichen Empfang und …«

»Ja, ja, schon gut, junger Charmeur!« – »Komm!«, sagte sie zu Isa gewandt. Sie ging zum Rand der Plattform und zeigte über die Brüstung. »Da du ohnehin schon hier bist, möchte ich dir etwas zeigen: das Innenland. Dein Innenland, um genau zu sein. Das sollte dein Gedächtnis etwas auffrischen!«

Isa ging zu der Brüstung und schaute. Sie befanden sich Hunderte von Metern über dem Boden. Der Wald aus kleinen Bäumen war von hier aus kaum mehr als ein Pflanzenbeet. Isa richtete ihren Blick in die Ferne, und was sie sah, war dermaßen eigenartig, dass ihr der Atem stockte.

Der Himmel war graurosa – keine Sonne, keine Wolken, nichts als ein gleichmäßiges gräuliches Rosa. In der Ferne erhoben sich märchenhaft die scharfen, kahlen Spitzen eines Bergmassivs. Seine Gipfel glänzten von dem Schnee, der sie bedeckte. Rechts erstreckte sich eine wellige Prärie, eine gelbe, vertrocknete Graslandschaft. In einer anderen Richtung war etwas, das Isa nicht verstand: Hinter einer wirbelnden schwarzen Begrenzung, die kreuz und quer die Ebene durchschnitt, wurde aus dem Land eine dämmrig graue Masse. Nebelfetzen machten es unmöglich, Einzelheiten zu unterscheiden.

Salicia sagte nichts. Sie gingen weiter die Brüstung entlang. Hinter weißen, leeren Hügelrücken zeichnete sich ein landwirtschaftlich genutztes Gebiet ab, man konnte die verschiedenen Äcker voneinander unterscheiden. Genau wie in der Prärie schien aber auch dort Trockenheit zu herrschen; die meisten Felder waren braun und mancherorts hingen fahle Staubwolken darüber, als ob das Land vom Wind weggeblasen würde. Noch weiter weg, an den Ufern eines großen ovalen Binnenmeers, umringt von breiten goldgelben Stränden, lag offenbar eine

Stadt. Und wohin Isa auch blickte, überall erstreckte sich in der äußersten Ferne ein graublaues Meer. Ein Ozean, der sich in unendlichen Nebeln verlor, denn einen Horizont gab es nicht.

»Eine Insel!«, seufzte Isa. »Bin ich auf einer Insel?«

Salicia nickte. »Dein Innenland, eine Insel im Ozean der Zeit. Du erkennst nichts wieder?« Sie deutete auf das Binnenmeer. »Das Innere Auge mit dem Cogitorium, und dort rechts die Innere Stadt, an der Mündung des Lebensflusses …«

Isa schüttelte verneinend den Kopf.

Salicia legte ihren Arm um Isas Schulter. »Ich dachte, es wäre gut«, sagte sie mit leiser Stimme, mehr zu sich als zu Isa. »Ich dachte, es könnte helfen, das Gleichgewicht wiederherzustellen … Aber eigentlich darf ich mich nicht in den Lauf der Dinge einmischen. Ich bin nur eine einfache Stammhalterin. Individuelle Leben gehen mich nichts an. Und doch … Dazu noch Karmas Brief … Und diese um sich greifende Dürre … Ich konnte mich nicht länger abseitshalten.«

Isa löste sich aus Salicias Umarmung. »Könnten Sie bitte mal von vorne anfangen? Denn ehrlich gesagt verstehe ich nicht das Geringste von alledem hier!«

Salicia setzte sich auf einen Ast, der sich wie eine Sitzbank um einen geflochtenen Tisch wand. »Seb?«, fragte sie daraufhin, »würdest du uns bitte etwas Obst pflücken? Du brauchst nicht weit zu gehen, hier hängt genug. Alles ist essbar.«

Seb nickte und verschwand nach draußen, woraufhin Salicia Isa mit einer Handbewegung einlud, ihr gegenüber Platz zu nehmen.

»Ich bin diejenige, die dich hierhergeholt hat«, begann die alte Frau. »Ich hatte überhaupt keine Lust dazu, aber Karma schickte mir einen Brief und dein charmanter junger Bruder drang dermaßen in mich … Nun gut, um mit einer langen Geschichte anzufangen: Das Innenland ist deine innere Welt, dein

Geist, deine Psyche, wie immer du es nennen magst. Für deine Eltern, für Lem, für alle im Außenland scheint es, als befändest du dich in einem tiefen Schlaf. Im Koma, scheintot, was auch immer. Natürlich werden sie versuchen, dich aufzuwecken, aber gelingen wird ihnen das nicht.«

»Aber … wie kann Seb denn hier sein?«

Salicia zuckte mit den Schultern. »Seb ist einfach ein Andenken.«

»Ein was?« Isa verstand weniger und weniger, worum es ging.

»Der echte, lebendige Seb ist tot. Und tot ist tot. Aber in dir, in deiner Erinnerung lebt er als Andenken weiter. Und so läuft er hier herum, in deinem Innenland.«

»Wieso ist er denn so dürr?«

»Seb kommt direkt aus der Inneren Stadt. Hier im Baum ist es noch gut, der Bach versorgt uns noch mit etwas Wasser, aber fast überall sonst herrscht Hungersnot.«

»Und Sie? Wer sind Sie eigentlich?«

»Ich bin, wie ich schon sagte, deine Stammhalterin. Wir befinden uns hier auf Yggdrasil, deinem Lebensbaum. Jedes Blatt ist ein Moment deines Lebens. Ich ernte die Früchte, bekämpfe Parasiten und entferne totes Holz. Meine Aufgabe ist es, den Baum zu beschützen. Wenn Yggdrasil stirbt, stirbst auch du.«

In Isas Kopf drehte sich alles. Es konnte immer noch sein, dass sie in einer Art aberwitzigem Traum eingesperrt war, doch allmählich beschlich sie das unentrinnbare Gefühl, dass Salicia die Wahrheit sprach, wie unvorstellbar diese auch sein mochte. »Aber wieso wollte mich Seb denn hierherholen?«

»Du hast doch gesehen, wie trocken es überall ist?«

Isa nickte.

Salicia stand auf. »Komm!« Sie ging zu der Brüstung und deutete in der Ferne auf etwas, das einen Fluss durchschnitt. »Der Damm. Etwas oder jemand baut dort einen Staudamm, der den Lebensfluss blockiert. Das Wasser wird durch einen Kanal in die nördlich der Berge gelegene Wüste umgeleitet.«

Seb tauchte hinter ihnen auf, in den Armen einen Korb mit Obst. Seine Miene war düster und besorgt. »Große Teile des Innenlandes bekommen kein Wasser mehr«, ergänzte er Salicias Bericht. »Sie trocknen aus, alles dort stirbt. Überall herrscht Hungersnot. Dieser Staudamm muss weg, Isa, und zwar schnell! Das ist der Grund, weshalb wir dich hierher holen lassen haben. Wir sind schon geschwächt, haben zu lange Hunger und Durst gelitten, wir haben wenig Mittel. Aber wir hoffen, dass du es kannst – immerhin ist das hier dein Innenland!«

Isa runzelte die Stirn. »Wen meinst du mit ›wir‹?«

»Wir vom Widerstand«, sagte Seb. »Wir haben Kundschafter zum Staudamm gesandt, um herauszufinden, wer dieses Ding dort baut. Aber der Einzige von ihnen, der zurückgekehrt ist, sprach von einem undurchdringlichen Kordon von Mantras, der die Umgebung des Damms weiträumig kontrolliert.«

»Und was sind Mantras?«

»Leute wie die von vorhin. Söldner. Von Hause aus einfache Gehirnwäscher. Reinemacher, Straßenfeger. Wir waren sehr erstaunt zu hören, dass jemand sie trainiert und bewaffnet hat – und offenbar geben sie eine effiziente Armee ab.« Seb drehte sich von der Balustrade weg. »Wir müssen zu diesem Staudamm. Wir müssen dieses Mistding in die Luft sprengen, ehe es zu spät ist, und dann müssen wir diejenigen unschädlich machen, die es gebaut haben!«

»Du meinst also, ich käme irgendwie an diesen Wachen vorbei? Und könnte diesen Staudamm in die Luft jagen? Wie denn?«

»Ha! Wir haben an alles gedacht, Isa. Wir haben eine Flasche Inneres Feuer und …«

»Seb«, unterbrach Salicia ihn. »Siehst du nicht, dass sie

hundemüde ist? Lass sie für den Augenblick einfach in Frieden. Die Einzelheiten könnt ihr unterwegs besprechen. Ich denke, es ist besser, wenn wir etwas essen und uns dann schlafen legen. Ihr habt noch einen schweren Marsch vor euch!«

Isa schüttelte den Kopf und seufzte. »Da ist noch etwas, das ich nicht begreife. Oder, na ja … es gibt eine Menge Sachen, die ich nicht begreife, aber jetzt jedenfalls meine ich das mit diesen Tabletten … Salicia, du sagst, du hättest mich hierhergeholt, aber es kann doch kein Zufall sein, dass ich genau zu diesem Zeitpunkt die Schlaftabletten eingenommen habe?«

Salicia schaute Isa besorgt an. »Ich weiß nichts von Tabletten, Isa. Ich denke, das war eine der Listen des Feindes. Wahrscheinlich hat er schon längere Zeit einen großen Einfluss auf dein Tun und Lassen …«

»Aber wie komme ich dann jemals wieder nach Hause? Ich meine, ich dachte zuerst, ich müsste einfach abwarten, bis die Wirkung der Tabletten nachgelassen hätte, aber …«

»Du kannst erst nach Hause, wenn der Kreislauf wiederhergestellt ist. Du bist auf dem Fluss hierhergekommen – mit meiner Hilfe. Der Fluss wird dich wieder mitnehmen, wenn du dazu bereit bist.«

Isa setzte sich gegen die Balustrade.

»Du solltest das alles erst einmal etwas ruhen lassen«, sagte Salicia. Mit einer Geste bedeutete sie Seb, mit ihr zu kommen, und beide zogen sich zurück.

Nacht

Isa starrte schon eine Weile auf den geflochtenen Fußboden und versuchte zu begreifen, was Seb und Salicia ihr erzählt hatten. Als sie endlich wieder den Kopf hob, war es Abend und der Himmel zeigte sich dunkelrot. Woher kam eigentlich das Licht in dieser Welt?

Salicia näherte sich ihr. »Möchtest du etwas essen?«

Isa schaute auf die Anhäufung ihr unbekannter Früchte und schüttelte den Kopf, aber gleichzeitig spürte sie, wie hungrig sie war.

Salicia berührte Isa sanft an der Schulter. »Nimm einfach, worauf du Lust hast, du wirst dich schnell genug daran gewöhnen. Innenland oder Außenland … einen solchen Unterschied macht es gar nicht.«

Seb saß mitten auf der Plattform und verteilte Marschgepäck auf zwei Rucksäcke. Er schaute in ihre Richtung und grinste breit. Eine Welle der Freude durchfuhr Isa; es war großartig, ihn wiederzusehen! Gleichzeitig schämte sie sich, weil sie die letzten Jahre über so wenig an ihn gedacht hatte.

Sie war immer seine kleine Schwester gewesen. Hier stand sie ihm in nichts mehr nach – obwohl … er schien alles zu wissen, und sie hatte von nichts eine Ahnung.

»Nimm dir eine Banouri«, sagte Seb, »so eine violette … Wenn du die einmal gekostet hast, möchtest du nie wieder etwas anderes!«

Isa nahm eine der blauroten Früchte von der Größe einer beachtlichen Birne und führte sie zum Mund.

»Erst schälen natürlich«, meinte Seb grinsend. »Lass mich mal!« Geschickt entfernte er die Schale, etwa so, als wenn man eine Banane schält.

Isas Augen füllten sich mit Tränen. Ohne ein Wort zu sagen, umarmte sie ihren Bruder und hielt ihn mit zuckenden Schultern fest, weinend vor Freude, Verwirrung und Trauer, und selbst als Seb murmelte, der Saft der Banouri würde ihm über den Ellbogen rinnen, ließ sie ihn nicht los. Salicia kam hinzu und flüsterte, es sei Zeit, sich schlafen zu legen. Erst da konnte Isa von ihm ablassen.

»Komm«, sagte Seb, nachdem Isa die Frucht verzehrt hatte. Er führte sie zu ihrem Schlafplatz und deckte sie zärtlich zu. »Schlaf jetzt, Schwesterchen!« Er legte sich auf die Matte neben ihr und zog seine Decke über sich.

Isa beobachtete, wie er dalag, auf dem Rücken und mit hinter dem Kopf gefalteten Händen. Wie anders wäre ihr Leben verlaufen, wenn Seb nicht verunglückt wäre!

»Morgen brechen wir zum Damm auf, Schwesterchen«, flüsterte Seb, »du und ich. Wir tricksen die Wachen aus und jagen das Ding in die Luft. Danach rechnen wir mit den *Creeps* ab, die hinter diesem elenden Bauwerk stecken, und ehe du es weißt, bist du wieder zu Hause … ein Kinderspiel!« Er drehte sich auf die Seite. »Schön, dass du da bist, übrigens. Schön, dich wiederzusehen … Gute Nacht!«

»Gute Nacht, Seb«, flüsterte Isa und auch sie schloss die Augen.

Es dauerte lange, bevor Isa einschlief – die Ereignisse des zurückliegenden Tages waren zu seltsam, um sie zu begreifen. Aber schließlich siegte die Müdigkeit über ihre Verwirrung und sie dämmerte weg.

In der allertiefsten Nacht schrak Isa hoch. Ihr Herz hämmerte. Es war stockdunkel. Zuerst dachte sie, sie läge in ihrem eigenen Bett, doch im darauffolgenden Moment spürte sie den geflochtenen Fußboden von Salicias Plattform. Sie hatte geträumt – ein Traum in einem Traum – noch verrückter durfte es wirklich nicht werden!

In dem Traum hatte ihre Mutter oben an der Treppe gestanden, in einem langen Nachthemd und mit offenem Haar, eine märchenhafte Erscheinung. Isa war viel später nach Hause gekommen, als sie versprochen hatte.

»Was hatten wir miteinander vereinbart?«, flüsterte Frida hart und kalt, während sie langsam die Treppe herunterkam. »Wir haben so viel Hoffnung in dich gesetzt, dein Vater und ich … Wir haben schon ein Kind verloren …« Frida war schon fast bei ihr. Isa wich einen Schritt zurück. »Du wirst Seb zwar niemals ersetzen können, aber ich erwarte dennoch von dir, dass …«

Dann war Isa aufgewacht. Weit weg hatte ein Schrei geklungen. Jetzt war es wieder still und außer Sebs ruhigen Atemzügen hörte sie nichts. Salicia lag ein Stück weiter, unter dem Schutzdach. Es ging keinerlei Wind; nicht ein Blatt am Baum, das raschelte. Aber dann ertönte es wieder: ein dünnes Schreien, weit weg, wie das Quietschen von Kreide auf einer Schultafel.

Isa stand auf und sog die würzige Nachtluft in sich ein. In der Ferne erklang jetzt ein Heulen wie von Wölfen, die hinter einer Beute herjagen. Dem folgte ein Angstschrei, hoch und gellend. Etwas blitzte auf in der Dunkelheit.

Noch ein Blitz, ein Wirbel aus kalten, blauen Lichtern, die wie fadenförmige Zuckungen am Horizont entlangschlierten. Die Lichter kamen näher, es war, als ob sie lebten, als ob sie das Land durchstreiften. Sie schwärmten in sämtliche Richtungen aus, wie die Fangfäden von Tintenfischen, die auf Beute lauern, fühlend, tastend, greifend. Das Schreien nahm zu, kam von mehreren Seiten, klang jetzt wie das Fauchen und Zischen Hunderter wütender Katzen.

Isa schrie auf.

Im nächsten Moment stand Seb neben ihr, gespenstisch aufleuchtend in dem blauen Schein, seine Waffe im Anschlag. »Wo? Was ist?«

»Diese Lichter … das Schreien …« Isa suchte Sebs Hand, drückte sich an ihn.

»Hab keine Furcht, Isa!«

»Ich habe solche Angst. Ich bin verrückt geworden! Die Welt ist weg, die Wirklichkeit ist weg, alles ist weg, und das hier … dieses kranke, sterbende Land … Ich weiß nicht, wo ich bin!« Isa musste weinen.

Seb nahm sie in den Arm. »Du bist nicht verrückt, sondern nur etwas durcheinander. Und mach dir wegen der Lichter keine Sorgen. Das sind bloß die Wesen der Dunkelheit. Jede Nacht fliegen sie über das Innenland und jagen alles, was sich bewegt. Sie sind gefährlich, das stimmt, aber solange man sich irgendwo drinnen aufhält oder hier, hoch über der Ebene, kann einem nichts zustoßen.«

»Aber was genau sind sie?«

Salicia hatte sich an ihre andere Seite gestellt und ihre sehnige Hand auf Isas Schulter gelegt. »Bewohner von Schattenland«, sagte sie mit leiser Stimme. »Jenem schwarzen, nebligen Gebiet, das du am Nachmittag in der Ferne gesehen hast. Schattenland enthält alles, was du von dir selbst nicht weißt oder nicht wissen willst: deine Ängste und geheimen, verdrängten Sehnsüchte – Unmengen seltsamer Wesen schweifen dort umher … Tagsüber sind sie eingeschlossen, nachts fliegen sie aus und durchkämmen das Innenland.«

Isa schauderte. Einer der Lichtschlieren wickelte sich Hunderte von Metern tiefer um einen hervorstehenden Ast, im Laub das Flügelschlagen einiger Vögel.

»Komm, legen wir uns wieder hin.« Seb führte Isa zu ihrem Lager zurück. »Nicht denken«, flüsterte er. »Augen zu und schlafen!«

Aber Isa lag noch lange Zeit wach, während in der Ferne Angstschreie und Gekreisch ihr Innenland mit Trostlosigkeit erfüllten. »Lass nicht los, Isa«, murmelte sie zu sich und hielt ihren eigenen Körper fest, wie um zu spüren, dass es sie noch gab. »Du bist noch da, du bist nicht verrückt, es geht vorbei … es geht vorbei … solange du nur immer daran glaubst … Du bist nicht verrückt … du bist noch da … du bist noch da …« Dann glitt sie erschöpft weg in die Dunkelheit.

Unterwegs

Ein leises Knacken und das Geräusch aneinanderscheuernder Äste. Seb war schon auf, er hockte neben seinem Rucksack und kramte nach etwas in einem Seitenfach. Salicia war nirgendwo zu entdecken. Als Seb hörte, dass Isa sich regte, hob er den Kopf. »Guten Morgen …«

Isa fühlte sich bleischwer. Sie hatte gehofft, bei sich daheim aufzuwachen und nicht in diesem idiotischen Baum … Stöhnend sank sie auf ihre Schlafmatte zurück und zog sich ihre Decke über den Kopf.

Seb ging zu ihr und zog ihr die Decke weg. »He, Isi, so kenne ich dich gar nicht, so mutlos … Betrachte es als ein Spiel, ein verrücktes Abenteuer, einen Ausflug! Ehe du dich versiehst, bist du wieder zu Hause. Ordnung schaffen in deinem Innenland und wieder zurück nach draußen … Genieße es!« Er fasste sie an der Hand und zog sie hoch. »Ich jedenfalls finde es schön, dass du hier bist. Ich stromere hier schon seit Jahren herum, aber du hattest kaum noch Aufmerksamkeit für mich. Tot ist tot, ich weiß; aber ich fand es schade, dass du fast nie mehr an mich gedacht hast.«

Isa senkte den Blick. »Es tut mir leid, Seb. Das Leben ging so schnell weiter … entschuldige, dass ich dich so rasch vergessen habe. Es war auch nicht zu begreifen, dass du auf einmal nicht mehr da warst, ich konnte einfach nicht mehr an dich denken!«

»Ist schon gut.« Seb ging zu ihrem Gepäck, nahm einen der Rucksäcke und reichte ihn Isa. »Hier, für dich. Wir werden nicht viel brauchen. Die Reise wird zwei, höchstens drei Tage dauern.

Ehe du es merkst, bist du wieder zu Hause.« Isa stand auf. Eine kalte Brise schlug ihr ins Gesicht. Es war, als stünde sie auf einem Floß, das bei trägem Seegang vor sich hin schaukelte. Und das Knacken der Zweige war wie das Arbeiten der Spanten, Masten und Takelage auf einem alten Segelschiff.

»Salicia ist schon unten«, fuhr Seb fort. »Sie sieht nach, ob die Luft rein ist. Wir gehen auch gleich los. Iss etwas Obst und dann machen wir uns auf. Einverstanden?«

Isa nickte und ging zu dem Tisch, auf dem einige blaue haarige Früchte lagen.

»Kaloubs«, sagte Seb. »Du kannst sie mitsamt der Schale essen. Selbst die Haare schmecken gut.«

Zögernd nahm Isa eine der Früchte. Sie hatte Hunger, aber gleichzeitig kam ihr das alles einfach zu verrückt vor – etwas zu essen in einer Welt, die lediglich ein Traum war! Sie führte die Kaloub zum Mund und ein voller, süßer Duft schlug ihr entgegen. Isa biss hinein. Unter der blauen Schale verbarg sich ein saftiges grünes Fruchtfleisch. Nussig mit einem Hauch von Zitrone. »Gut!«, murmelte Isa mit vollem Mund.

Seb beobachtete sie grinsend. »Wenn du so weitermachst, bist du bald eine echte Innenländerin!«

Isa zuckte mit den Schultern und aß den Rest der Kaloub auf.

Der Weg hinab kam ihr noch länger vor als der herauf. Auf jedem Ast und bei jedem Knoten mussten sie Halt suchen und sich vorsichtig herabsinken lassen. Überall huschten Tiere davon und blühten immer noch die eigenartigsten Blumen, aber Isa hatte keinen Blick dafür. Sie brauchte ihre gesamte Aufmerksamkeit für das Klettern.

Als sie auf etwa dreißig Metern Höhe waren und der Boden ab und zu wieder in Sicht kam, tauchte Salicia aus einem riesigen Büschel Orchideen auf. Mit Gesten bedeutete sie ihnen, vorsichtig zu sein. »Die Mantras sind wieder da!«, flüsterte sie. »Sie haben ihr Lager am Fuß des Baumes aufgeschlagen. Die Schufte haben ein Feuer gemacht. Die Flammen sengen die Baumwurzeln an, Yggdrasil bebt. Mein armer Baum leidet Schmerzen … Kommt!«

Salicia führte sie über immer dünnere Äste vom Stamm fort zur Außenseite der Krone, wo es heller war und Hunderte von Kolibris von Blüte zu Blüte helikopterten. Zuletzt kamen Isa und Seb nur noch weiter, indem sie sich an mehreren Ästen und Zweigen zugleich festklammerten – Ästen, die sich weiter und weiter durchbogen und mit beängstigender Kraft zurückpeitschten, wenn sie sie losließen. Salicia dagegen schwang sich mit der Geschmeidigkeit eines Affen von Ast zu Ast.

Als sie wirklich nicht mehr weiterkonnten, hakte Salicia eine lange aufgerollte Liane von ihrem Hosengürtel und verknotete eines der Enden am Baum. Auch in der Liane gab es in regelmäßigen Abständen Knoten, sodass es einfach sein würde, daran hinabzuklettern.

»Ich werde sie ablenken«, flüsterte sie. »Gebt mir ein paar Minuten und steigt dann hinunter. Ich werde sie so lange auf der anderen Seite des Baumes beschäftigen.« Ohne eine Antwort abzuwarten, drehte sie Isa und Seb den Rücken zu. »Gute Reise!«, rief sie noch und schwang sich von Ast zu Ast – um ein paar Sekunden später schon wieder zurückzukehren.

An einer Hand hängend, streifte Salicia sich eine Halskette, die sie unter ihrem Hemd getragen hatte, über den Kopf und hielt sie Isa hin: eine an einem Seil baumelnde kleine Scheibe aus glänzend poliertem Holz. »Das ist Totem«, sagte sie, »ein Amulett. Ich habe es selbst gemacht aus jungem Triebholz Yggdrasils, von einem Ast, der in einem Sturm abgebrochen ist. Bis oben hin voller Lebenskraft. Es wird dir Glück bringen. Aber halte es gut versteckt. Triebholz ist das Kostbarste, was es im Innenland gibt. Sehr viele Leute wären bereit, einen Mord zu begehen, um in seinen Besitz zu gelangen.«

Isa nahm den Anhänger entgegen. Wärme und Energie durchströmten sie im selben Augenblick, als sie das Holz berührte. »Ist es denn nicht gefährlich, damit herumzulaufen?«

»Trag es. Leg deine Hand darauf, wenn du Rat oder Kraft benötigst. Trage es und lege es niemals ab!«

Isa streichelte das Holz mit den Fingern. Stimmen klangen aus ihm auf, so sehr verwoben, dass sie nicht recht voneinander zu unterscheiden waren, doch sie waren tröstlich und gaben Isa ein Gefühl der Klarheit. Sie fühlte und wusste jetzt, dass Salicia die Wahrheit sprach, dass sie selbst nicht verrückt war, dass diese eigenartige Welt echt war. Als Isa wieder hochschaute, war Salicia verschwunden.

»Totem …«, murmelte Seb. »Das ist ein wertvolles Geschenk, Isa. Gib gut darauf acht!« Er wandte sich ab. »Wir müssen gehen.«

Isa legte sich den Anhänger um den Hals und versteckte ihn unter ihrem T-Shirt. Seb ließ die Liane, die Salicia aufgehängt hatte, zwischen den Ästen und Blättern hinab, woraufhin sie ihre lange Kletterpartie hinab begannen.

Kaum waren sie einige Meter unterwegs, da brach auf der anderen Seite des Stammes die Hölle los. Geschrei war zu hören, gefolgt von Schüssen. Danach wurde es still, totenstill, denn auch jedes Tier, jeder Vogel schwieg. Die Stille war noch bedrohlicher als das Schießen und Schreien.

»Isa! Komm!«

Sie ließ sich weiter zur Erde hinunter. Wieder ertönten Geschrei und Schüsse. Seb ließ sich fallen, landete zwischen dem hohen Gras und verschwand sogleich im Gestrüpp. Isa folgte ihm, so schnell sie konnte. Auf der anderen Seite des Baumes war es wieder still. Hatte Salicia es geschafft? Sie hatten sie nicht aus dem Baum fallen hören, aber vielleicht lag sie verwundet auf einem Ast oder …

Isa bekam nicht die Gelegenheit, sich weiter den Kopf zu zerbrechen. Eine graue Gestalt stürzte sich auf sie und warf sie zu Boden. Eine kräftige Hand drückte sie mit dem Gesicht zur Erde, Isa schlug um sich. Aber bevor das Mantra die anderen zu Hilfe rufen konnte, durchfuhr es ein Schock und es fiel zur Seite. Isa rappelte sich hoch. Sie konnte einen Schrei des Abscheus kaum unterdrücken. Nicht nur seine Uniform war grau, sondern alles an dem Wesen war vollkommen farblos. Sein Mund, seine Wangen, die Hände – es war, als hätte sich eine Gestalt aus einem Schwarz-Weiß-Film in einen Farbfilm verirrt. Es war aber nicht tot, denn sein Mund bewegte sich.

Seb tauchte zwischen den Büschen auf, sein Gewehr in der Hand. »Es wird nicht lange dauern, ehe sie es vermissen. Wir müssen sie auf eine falsche Fährte locken und dann machen, dass wir wegkommen!«

Isa zögerte. Mit einem Kopfnicken deutete sie auf das Mantra. »Und der da?«

Seb deutete auf seine Waffe. »Es ist nur ein Tranquilaser, der betäubt nur. In einer Viertelstunde kommt er wieder zu sich. Komm!« Er rannte in den Wald und Isa folgte ihm.

Nachdem sie eine gehörige Strecke zurückgelegt hatten, fragte Isa, was es denn mit der falschen Fährte auf sich habe. Seb bremste seinen Schritt. »Das hier ist die falsche Fährte!«, antwortete er. »Das Mantra war gelähmt, aber es konnte alles hören, was wir sagten. Sobald es wieder sprechen kann, wird es die anderen vor unserer angeblichen falschen Fährte warnen, sodass sie sich bei jedem Schritt fragen müssen, ob sie auch richtig gehen. Sie werden hinter jeden Baum schauen, alle Seitenwege erkunden und die Bäume nach abgebrochenen Ästen und

Zweigen absuchen. Um die Zeit, wenn sie die Leerlande erreichen, sind wir längst außer Sichtweite. Sofern wir uns beeilen. Vor Einbruch der Dunkelheit müssen wir die Leerlande durchquert haben!«

Die Ungeachteten

Der Wald war ausgedehnter, als es von Yggdrasils Krone aus zu erahnen gewesen war. Und diese Bäumchen gingen Isa auf die Nerven. Keines von ihnen war höher als vielleicht vier Meter und kein einziges von ihnen war gesund. Ihre Äste hingen kraftlos, ihr Laub war fahl und schlaff und überall hingen Flechten in grauen und lustlosen Strähnen herab. Wieder und wieder war es, als sähe Isa aus dem Augenwinkel einen Ast winken oder sogar nach ihr greifen, und dann wieder raschelten die Blätter so, dass es auf gruselige Weise einem Flüstern glich, dem Flüstern verängstigter Kinderstimmen. Aber immer wenn sie hinschaute oder ihren Schritt bremste, um besser hören zu können, war es wieder still.

Nach einiger Zeit legte Seb doch noch verschiedene falsche Fährten aus. Er bog nach links oder nach rechts ab, um anschließend etwa zwanzig Meter weiter äußerst leichtfüßig abermals abzubiegen. Er wählte verschlungene Umwege durchs Unterholz oder arbeitete sich von Ast zu Ast ein Stück seitwärts durch ein paar Bäume, um von dort aus wieder weiterzuhasten.

Isa folgte ihm keuchend und angestrengt.

»Ist es noch weit?«, seufzte sie zuletzt, als sie zum soundsovielten Mal aus einem mickrigen Baum neben Seb zwischen die Farne plumpste.

»Wir sind gerade erst losgegangen«, antwortete Seb. »Dieser Wald ist nicht groß, aber wir müssen heute auch noch die Leerlande durchqueren, die Mantras abschütteln und einen Unterschlupf für die Nacht finden. Morgen erreichen wir dann den

Staudamm und dort … Na ja, das erkläre ich dir später, jetzt haben wir Eile. Komm!« Er rannte weiter.

Ein Ast streifte sie am Hals und machte sie schaudern – üble, unappetitliche Bäumchen waren das hier, eines wie das andere. Sie setzte sich und öffnete ihren Rucksack. Eine ganz kleine Pause. Sie musste einfach etwas essen. Ihren Bruder würde sie gleich wieder einholen. Isa holte ein Stück Obst aus ihrem Rucksack – eine Art orangefarbene Zucchini – und biss hinein. Mit der anderen Hand streichelte sie über Totem.

Ausgehend von dem Amulett, durchzog sie eine Woge der Wärme und des Trostes, begleitet von leisen Stimmen. »Tiefe Gründe … kalte Bäume … Nicht hier stillstehen … Nicht zu lange … Bleib still … Stille deinen Hunger … Hunger macht blind … Blinde Wut macht hungrig … Und hungrig sind sie, die Ungeachteten … Einsam und allein … Verkannt und …«

Isa umfasste Totem fest mit der Hand. »Was … was meinst du?«, fragte sie.

»Du bist im Ungeachtetenwald, Liebes«, flüsterte jetzt eine einzelne Hauptstimme, die die anderen in den Hintergrund drängte. »Yggdrasil hat gewonnen, Yggdrasil wurde es, Mutter meines Holzes, Holz meiner Mutter … Die Bruchweide, *Salix Fragilis*, aber alle anderen hier wären mindestens ebenso gern dein Baum geworden … Sie wollen immer noch dein Baum sein … Ihre Äste über dein Leben breiten, Blätter haben, die die Tage deines Lebens sind … Aber jeder Mensch kann nur einen Lebensbaum haben … einen Baum … ein Leben … Sie spüren dich und sie wissen, wer du bist … Geh weiter … Lauf!«

Das Geflüster im Laubwerk schwoll an. Äste knarrten, regten sich, langten nach ihr. Isa sprang auf, die Äste schlossen sie ein. Isa schlug um sich, sie spürte den Schmerz der Bäumchen, spürte ihre Sehnsucht, ihre Einsamkeit. Sie befreite sich aus ihrem Griff und rannte weiter, immer um sich schlagend. In der Ferne war es heller. Aus dem Krüppelwald stieg jetzt ein vielfaches, gemeinschaftliches Flüstern auf, ein sehnsuchtsvolles Klagelied.

»Wuchs ... Blatt ... Ast ...Er ... wir ... sie ... ich ... viele Triebe bei deiner Geburt ... Lose des Menschen, viele ungeachtet. Salicia ... Yggdrasil ... *Salix Fragilis* ... Wir hassen sie ... deinen Baum ... wir hassen dich ... die du jetzt bist ... Wir wollen dich ...«

Es wurde heller, die Bäumchen standen hier weiter auseinander. Isa rannte.

»Tausend Lose ungeachtet«, lispelten die Bäume, »wir waren diese tausend Ungeachteten. Unrecht! Ein Baum wächst, ein Los gewinnt, die anderen schmachten und kümmern dahin ... Tausend mögliche Leben, die niemals gelebt werden. Jeder, der du nie sein wirst ... Das sind wir ...«

Isa sah den Waldrand vor sich.

»Wer bist du, Isa? Du bist Yggdrasil, armselige Bruchweide – nicht Buche, nicht Eiche, nicht Palme oder Ulme. Yggdrasil ist du ... Wir wollen du ... du sein ... Ich- und Dudrasil ... während wir sterben ... drasilsalix ... ich isa fragilis ...«

Isa trat ins Licht. Vor ihr tat sich eine leere Hügellandschaft auf. Seb wartete ein Stück weiter. Isa schüttelte den Kopf, um die Stimmen loszuwerden. Sie schaute hinter sich. Das nächstgelegene Bäumchen, ein mickriger Holunder, streckte sehnsüchtig die Zweige nach ihr aus. Alles Menschen, die sie einst hätte werden können? Die sie nicht war ... Sie war, wer sie war, oder? *Du glaubst nicht daran ... du bist nicht du selbst ... Es ist, als hättest du dich verkleidet ...* Die Worte der Jury von *Winners & Losers* hallten ihr durch den Kopf. *Du bist es nicht wirklich ... Wer aber bist du dann? Erst wenn du weißt, wo dein Herz liegt ...*

Isa wandte sich von dem Wald ab und schaute über das offene Land. Glatt und schimmernd streckte es sich vor ihnen aus. Wie sollten sie es je schaffen, es zu durchqueren? Isa schaute auf die

Erde vor ihren Füßen. Der Waldboden ging abrupt in eine hellgraue Böschung über, die sie hinabsteigen mussten. Sie suchte den Horizont ab. In der Ferne waren die Hügel des Ackerlandes sichtbar, das sie von Yggdrasils Krone aus gesehen hatte. Irgendwo dahinter musste dann die Stadt liegen.

Skatefilz und Hirngespinste

Seb stellte einen Fuß auf das leere Land. Die graue Oberfläche federte ein klein wenig mit, so wie Hartgummi. »Sehr gut. Schön fest und schön glatt. Ich habe es auch schon anders erlebt, nach einem Regen sind die Leerlande unbegehbar. Aber das hier ist okay.« Er setzte sich wieder neben Isa und öffnete seinen Rucksack. »Du bist müde, was?«

Isa nickte.

»Trotzdem müssen wir weiter, und zwar rasch. Bevor die Mantras aus dem Wald kommen, müssen wir außer Sichtweite sein. Wir müssen ein langes, tief liegendes Tal finden, das in die richtige Richtung führt. Außerdem sind die Nächte hier lebensgefährlich. Nirgendwo ein Ort, an dem man sich vor den Nachtwesen verbergen kann. Wenn wir Glück haben, sind die Mantras so spät, dass sie die Durchquerung heute nicht mehr wagen.« Aus seinem Rucksack holte Seb zwei aufgerollte Scheiben aus einem gelben, filzähnlichen Material hervor. Sie waren rund und im Durchmesser ungefähr vierzig Zentimeter groß. Eine davon gab er Isa.

»Das Fortbewegungsmittel schlechthin für die Leerlande!«

Isa befühlte die Filzscheibe und drehte sie um. »Kleine fliegende Teppiche?«

»Skatefilz! Wiegt nichts, nimmt keinen Platz ein und gleitet wie das Ei durch die Teflonpfanne. Die beste Erfindung aller Zeiten!« Er zog seine Schuhe aus und packte sie in seinen Rucksack. »Wetten, dass es dir großartig gefallen wird?« Seine Augen leuchteten. »Los, zieh deine Schuhe aus!« Er stand auf und schnallte sich seinen Rucksack wieder um. »Beschleunigen geht von ganz allein. Lenken tust du, indem du dein Gewicht verlagerst oder dich mit dem Fuß abstößt und die Rundungen in der Landschaft ausnutzt. Eine Bremse haben die Dinger nicht … Wenn du fällst, dann versuch einfach weiterzurollen …« Seb hatte eindeutig große Lust loszusausen.

Er legte seinen Filz auf den Rand, stellte sich darauf, schob sich über den Rand und begann zu rutschen. »In die Knie gehen!«, rief er. »Wegen des Gleichgewichts!« Er glitt in die Tiefe. Geräuschlos. Schneller und schneller. Auf dem tiefsten Punkt duckte er sich zusammen, um sich anschließend einen Weg über die Böschungen hinauf zu suchen. Mal sah es aus wie Skifahren, mal wie Surfen, einfach großartig. Je höher er kam, desto langsamer wurde er, doch er schaffte es fast bis zur Spitze des nächsten Hügelrückens. Die letzten paar Meter kletterte er zu Fuß hinauf. Einmal oben, winkte er Isa, sie solle ihm jetzt folgen.

Isa löste ihre Schnürsenkel. Sie würde fallen und den Abhang hinunterrollen, das wusste sie sicher, aber sie wollte Seb nicht enttäuschen. Also knotete sie ihre Schuhe an ihren Rucksack und legte den Filz auf den Rand der Böschung. Der Abhang war nicht sehr steil, der tiefste Punkt lag ungefähr fünfzig Meter unter ihrem jetzigen Standort. Schlimmstenfalls rollte sie das ganze Stück bis nach unten. Sie schob sich auf dem Filz nach vorn, neigte sich vornüber und begann zu rutschen.

Krampfhaft wartete Isa auf den großen Knall. Die Augen hielt sie geschlossen, aber sie spürte, wie sie Fahrt machte. Der Wind pfiff an ihr vorbei, ihre Haare wehten. Sie öffnete die Augen. Mit einem Affentempo sauste sie den Abhang hinunter, doch sie fiel nicht! Sie ging leicht in die Knie, wie sie es Seb hatte tun sehen, schoss mit mindestens fünfzig Stundenkilometern durch den niedrigsten Punkt, ehe es wieder aufwärtsging. Der Übergang vom Abfallen zum Aufsteigen besorgte ihr ein mulmiges Gefühl im Magen und hinauf war es zudem holpriger als hinunter. Isa wankte. Sie schwenkte mit den Armen, aber sie fiel nicht.

Auf einmal fühlte sie, dass sie das hier einfach konnte! Manchmal hat man solche Träume, in denen man alles kann. Träume, in denen man auf meterhohen Wellen reitet, als wäre man ein Profisurfer, oder in denen man wie ein Vogel durch die Luft fliegt. Träume, in denen nichts schiefgehen kann, weil man es einfach beherrscht. Haargenau so war das hier. Isa sog den flackernden Wind in sich ein und ihr Lächeln wurde breiter, denn war es nicht wirklich ein idiotischer Traum, in dem sie hier gelandet war?

Langsam kam sie zum Stillstand. Wie eine routinierte Filzskaterin sprang sie von ihrer Scheibe, hob sie auf und kletterte die letzten Meter bis nach oben.

Seb schaute sie ungläubig an. »Wo hast du das denn gelernt?«

Isa grinste. »Das hier ist mein Innenland, oder? Ich wusste einfach, wie es geht!«

»Ich hätte geschworen, du würdest hinfallen. Jedem geht es beim ersten Mal so!« Seb schüttelte den Kopf. »Jedem …«, murmelte er und legte seinen Skatefilz für die folgende Etappe zurecht. Dass Isa sich nicht auf die Nase gelegt hatte, schien ihn beinahe zu enttäuschen.

Isa legte ihren Filz neben den von Seb. »Okay«, rief sie, »und jetzt mit Anlauf!« Sie trat ungefähr zehn Meter hinter ihren Filz zurück. »Geradeaus?«, rief sie.

Seb nickte.

Isa rannte los, sprang und rutschte davon. »Juhu!« Sie fühlte sich einfach unschlagbar. Der Filz sauste unter ihren Füßen, und gefolgt von Seb fuhr sie im Zickzack den Abhang hinunter, als hätte sie nie etwas anders getan.

Nachdem sie ungefähr ein Dutzend Hügel genommen hatten, stießen sie auf ein wunderbar glattes Tal, das kilometerweit in östliche Richtung führte. Der Damm lag mehr im Nordosten, aber dennoch beschlossen sie, dem Tal zu folgen. Es würde sie vor den Blicken ihrer Verfolger schützen, und tretend und gleitend würden sie hier ordentlich vorankommen.

Und genau das taten sie. Immer wenn sie vorsichtig nach oben auf die Hügelrücken kletterten und nach Süden und Norden schauten, waren sie erstaunt über die Entfernung, die sie seit dem letzten Mal zurückgelegt hatten. Von ihren Verfolgern war keine Spur zu entdecken.

Seb drehte sich um. »Wenn wir so weitermachen, erreichen wir noch am Nachmittag die Geestgründe!«

»Schade!«, rief Isa zurück. »Was mich angeht, können wir noch Stunden so weitergleiten!«

Im selben Moment geschah es.

Sie befanden sich gerade ganz unten in der Talsenke und hatten eine beträchtliche Geschwindigkeit erreicht. Ein kleiner Buckel bildete so etwas wie eine Sprungschanze. Seb löste sich vom Boden und flog in eine graue, flusige Masse hinein, die vor dem grauen Hintergrund nicht zu sehen gewesen war. Isa befand sich direkt hinter Seb und konnte nicht mehr stoppen. In voller Fahrt schoss sie hinter ihm in das Zeug hinein – es kam ihr vor wie Spinnweben. Einen Moment lang waren sie nichts mehr als ein Knäuel Arme, Beine und Rucksäcke, laut schreiend vor Schreck. Danach versuchten sie, wieder auf die Beine zu kommen, aber die grauen Fussel und Fäden klebten überall an ihnen fest.

»Mist, Mist, Mist …!«

Isa schaute zu Seb. Dessen Gesicht war halb hinter den grauen Fäden verborgen. Er war wütend.

»Hirngespinste! Gerade jetzt, wo wir sie wirklich nicht gebrauchen können! Verflixt noch mal!« Er hob seinen Skatefilz auf, stopfte ihn hinter den einen Riemen seines Rucksacks und fing an, sich das graue Zeug vom Gesicht zu ziehen.

»Hirngespinste?« Isa versuchte, die Fäden aus ihrem Haar zu lösen.

»Ja … zum Kuckuck …« Wütend zog er die flusigen Fäden los und watete zu der Stelle zurück, von der aus sie hineingeschlittert waren. »Komm, schnell! Jetzt bleibt uns nichts, als über die Hügelrücken zu ziehen. Zu allen Seiten hin gut sichtbar! Denn wenn dieses Zeug irgendwo auftaucht, dann füllt es im Handumdrehen alle Täler im weiteren Umkreis.« Verärgert schlug und zog er die letzten klebrigen Reste von sich ab. Isa folgte seinem Beispiel.

Mühsam kletterten sie aus dem Tal. Solange sie gesurft hatten, war alles wie von selbst gegangen, aber jetzt spürte Isa an ihren Beinen, wie müde sie war. Einmal oben, versuchten sie, wieder Tempo zu machen, aber weil sie darauf achten mussten, oben auf dem Hügelkamm zu bleiben und nicht nach links oder rechts abzurutschen, war die Geschwindigkeit völlig dahin.

Es dauerte nicht lang, da sahen sie, als sie sich umdrehten, in der Ferne fünf, sechs kleine Gestalten auftauchen, die unmissverständlich denselben Kurs hielten wie sie.

Trotz der Verzögerung und ihres langsameren Vorwärtskommens erreichten sie lange vor der Dunkelheit die Ränder der Geestgründe.

»Wir sind südlicher herausgekommen, als ich wollte, aber wirklich viel kann es meiner Meinung nach nicht ausmachen. Sehr weit bis zum Staudamm sollte es von hier aus nicht mehr sein.« Müde ließen sie sich auf den Boden fallen.

»Ich kann nicht mehr!«, seufzte Isa.

»Aber hierbleiben können wir auch nicht …« Seb kramte in seinem Rucksack. »Erst rasch etwas essen und dann weiter, wir müssen noch einen Unterschlupf für die Nacht finden – einen, der uns gegen die Mantras und auch gegen die Nachtwesen schützt!«

Während Seb etwas Obst schälte, betrachtete Isa die Umgebung. Sie befanden sich auf einem Berg lockerer Erde, auf dem nichts wuchs, nicht einmal Unkraut. Es war der Ausläufer eines langen, niedrigen Hügelrückens. »Frisch aufgeschütteter Geestgrund«, sagte Seb. Weiter oben auf dem Hügel verlief ein Weg, nicht mehr als eine Karrenspur, die Erde dahinter war in langen Furchen umgepflügt, aber auch dort wuchs nichts. Einige Hundert Meter weiter am Wegrand stand ein kleines Gebäude.

»Seb, was für ein Häuschen ist das?«

»Eine Übernachtungshütte. Die findet man in den Geestgründen überall. Alle paar Kilometer werden diese Dinger gebaut, um Reisenden Schutz für die Nacht zu gewähren. Wir müssen uns eine ein Stück weiter suchen, denn die hier wird heute garantiert von den Mantras benutzt. Hier, nimm, das wird dir guttun.« Seb reichte ihr eine geschälte Banouri. »Fünf Minuten, dann müssen wir aber unbedingt weiter!«

Nach mindestens einer weiteren Stunde zu Fuß erreichten sie in der letzten grauen Dämmerung eine Hütte, die sich ein Stück abseits des Weges befand. Sie war eigentlich kein Nachtquartier, sondern ein Geräteschuppen, der zu einer Gruppe nicht weit entfernter Gehöfte gehörte. In den Bauernhäusern brannte Licht und auf dem gemeinschaftlichen Hof gingen einige Leute ihren Tätigkeiten nach.

»Okay, ganz still sein und unten bleiben!«

Es gelang ihnen, den Schuppen ungesehen zu erreichen. Die Tür war abgeschlossen, doch Seb schaffte es, das kleine Fenster an der Seite aufzubekommen. Er stieg hindurch, Isa reichte ihm die Rucksäcke nach und kletterte anschließend selbst hinterher.

Sie räumten einige Sachen beiseite, bis sie Platz genug hatten, um ihre Schlafmatten zu entrollen. Anschließend legten sie auch noch ihre Schlafsäcke bereit und setzten sich in einer Ecke auf einen Berg Jutesäcke.

»Weißt du …«, sagte Seb, »heute Nachmittag sah ich dich so skaten, und da musste ich plötzlich an diesen Abend denken, als ich dich so weit hatte, dass du das erste Mal so richtig außer Rand und Band geraten bist …«

Isa konnte Sebs Gesicht im Dunkeln nicht sehen, aber sie hörte das Lächeln in seiner Stimme.

»Du warst so unglaublich brav. Du hast so fleißig geübt, wie du konntest, nur damit dieser Geigenlehrer dich nett fand, aber wirklich etwas angestellt mit der Geige hast du nicht.«

Isa erwiderte nichts. Wo hatte sie diesen Kommentar schon einmal gehört?

»Mir juckten die Hände, wenn ich dich üben hörte. Ich konnte es nicht, ich war viel zu ungeduldig, um ein Instrument zu lernen. Aber ich wusste, dass du es in dir hattest.«

»Du hast mich ständig getriezt«, murmelte Isa, »bis ich es wirklich leid war. Immer hast du mir in den Ohren gelegen, ich sollte etwas zu deinen idiotischen Songtexten spielen, aus denen kein Mensch klug werden konnte …«

»Und du hast es getan!«, flüsterte Seb.

»Und es hat sogar funktioniert«, ergänzte Isa, »das war das Verrückteste … Ich machte einfach irgendwas, um mir dein Geleier nicht länger anhören zu müssen … aber es hat funktioniert. Und es gab mir einen richtigen Kick! Zum ersten Mal hatte ich ganz allein etwas gemacht, das stimmte, das wirklich gut war. Und gekommen ist es ganz von selbst.«

Seb tastete sich zu seinem Schlafsack vor. »Genau das meine ich.« Er gähnte. »Morgen beim ersten Tageslicht stehen wir auf … Gute Nacht, mein liebes kleines Schwesterchen!«

Isa suchte auch ihre Matte auf und kroch in ihren Schlafsack. »Gute Nacht, Seb. Mein kleines Andenken – oder was immer du sein magst!«

Sie schloss die Augen, konnte aber auch diese Nacht nicht in den Schlaf finden, trotz ihrer Müdigkeit. Das Innenland war zu eigenartig. Es passierte zu viel. Sie war nervös, und das gewiss nicht bloß wegen der Mantras. Seb und Salicia hatten ihr kaum die Zeit gegönnt, sich einzugewöhnen, oder ihr auch nur erklärt, was das Innenland jetzt wirklich genau war … Irgendwie würde es wohl ihr Inneres sein … Eine Insel tief in ihr, wo all ihre Gedanken, Gefühle und Erinnerungen wohnten, so viel hatte sie verstanden … Wie das alles möglich war, konnte sie sich nicht im Geringsten vorstellen. Dennoch war sie hier.

Wohl war es großartig, Seb wiederzuhaben, solange das hier andauerte; aller Merkwürdigkeit zum Trotz. Nach seinem Tod war alles anders geworden, langweiliger, still, hohl, leblos … Vielleicht war es überhaupt nicht so abwegig, dass Frida so viel von ihr und Lem erwartete, und vielleicht war es auch nicht so abwegig, dass Kees nur noch für seine Arbeit zu leben schien? Ihren Eltern musste Seb ja auch fehlen … Vielleicht noch viel mehr als ihr oder Lem. Warum redeten sie eigentlich niemals darüber?

Als sie endlich doch schlief, träumte Isa das zweite Mal davon, wieder in der gewöhnlichen Welt zu sein. Sie hatte einen Auftritt in irgendeinem obskuren Hinterhofsaal, zusammen mit Seb und den anderen Musikern von Yawn. Ihre Haare hatten wieder ihre eigene Farbe – Schwarz – und sie spielte wie früher auf ihrer Geige. Er waren kaum Zuhörer da, aber es war gut, die Band klang gut. Und Isa war froh, dass Seb plötzlich offenbar doch nicht tot war und sie sich die ganze Zeit über einfach nur geirrt hatten.

Fragen

»He, Isa, aufwachen!«

Mühsam öffnete Isa die Augen.

»Komm, wir müssen los! Wir dürfen unseren Vorsprung nicht verlieren!«

Noch immer dieses idiotische Innenland.

Sie streckte sich und begann genau wie Seb, ihren Schlafsack und die Schlafmatte aufzurollen.

»Essen können wir auch unterwegs.« Seb holte etwas Obst aus seinem Rucksack, stopfte seine Schlafsachen in ihn zurück, schloss ihn und sprang auf. »Los, komm!«

Als Isa aufstand, stöhnte sie vor Schmerzen. Bei dem Filzskaten musste sie Muskeln strapaziert haben, die sie sonst nie benutzte. Steif stolperte sie hinter Seb her ins Freie.

»Vorsicht!«, flüsterte er. »Bleib aus der Sicht der Bauernhäuser, bis wir wieder unterwegs sind!« Gedeckt durch den Schuppen ging er bis zur Straße, in seinem Kielsog Isa. Dort angekommen, erhöhte er das Marschtempo und deutete nach vorn. »Hinter diesem Hügelrücken liegt das Tal des Lebensflusses. Der Karte zufolge ist es dort waldig. Wir haben hoffentlich den Vorteil der Überraschung: Wenn sie überhaupt einen Angriff erwarten, dann bestimmt den einer ganzen Armee. Aber wir müssen auch verdammt gut aufpassen – die Kundschafter, die wir ausgeschickt haben, sind ja nicht umsonst nie zurückgekehrt! Aber zusammen mit dir schaffen wir es. Ich bin mir einfach sicher.«

»Und was ist mit den Mantras bei Yggdrasil? Die wussten schon, dass ich hier bin.«

»Ja, in der Versammlung, in der wir beschlossen haben, dich hierherzuholen, muss ein Verräter mit dabei gewesen sein. Aber wir haben immer noch einen Vorsprung vor der Patrouille – wir müssen unbedingt zusehen, dass wir den Staudamm vor ihnen erreichen.«

Eine Zeit lang gingen sie wortlos weiter. Seb energisch und voll guten Mutes vorneweg, Isa keuchend hinterher. Von Zeit zu Zeit schauten sie sich um, ob sie ihre Verfolger entdeckten, doch immer schien die Luft rein zu sein.

Allerlei Fragen spukten Isa durch den Kopf. *Wenn das hier mein Innenland ist, was hat es dann mit diesem Staudamm auf sich – ist er auch etwas, das zu mir gehört? Wer hat ihn gebaut? Wie können wir diesen Damm jemals vernichten – vom Baum aus sah das Ding riesenhaft groß aus! Da war irgendwas mit einem Fläschchen … Aber warum kann Seb das nicht allein? Wieso braucht er mich dazu?*

Sie war so in Gedanken versunken, dass sie mit Seb zusammenstieß, als der plötzlich stehen blieb.

»Mantras!«

Isa drehte sich um. »Wo?«

»Da unten!«

Isa sah sie kommen, sie gingen am tiefsten Punkt des Tales, das sie selbst vorhin erst hinter sich gelassen hatten, vor weniger als einer Viertelstunde.

»Runter von der Straße und hinein in den Wald!« Seb zerrte Isa mit sich in den Straßengraben.

»Seb?«

»Erst dafür sorgen, dass wir von der Straße aus nicht zu sehen sind!« Er begann, sich einen Weg durch das tote Gestrüpp zu bahnen.

Isa folgte ihm, aber nach einigen Hundert Metern hielt sie ihn zurück. »Es mag ja sein«, sagte sie, »dass die grauen Leute uns schon auf den Fersen sind, aber bevor wir weitergehen, musst du mir erst ein paar Dinge erklären!«

»Aber wir haben dir doch alles erklärt! Und du siehst doch auch selbst, wie das Innenland austrocknet und stirbt!« Er zeigte auf die vertrockneten Sträucher ringsum.

»Ja, aber was ist dieser Staudamm eigentlich? Und wie können wir jemals zu zweit ein so gigantisches Bauwerk zerstören? Und wer hat dieses Ding gebaut? Angenommen, der- oder diejenige handelt in guter Absicht?«

»In guter Absicht?« Seb lachte verächtlich.

»Ja, aber ... dieses Wasser ... das fließt doch jetzt in andere Gebiete? Gebiete, in denen es vielleicht genauso dringend benötigt wird wie hier?« Isa deutete vage um sich. »Wenn dieses ganze Innenland etwas in mir drin ist ... dann ist dieser Staudamm auch ein Stück von mir, oder?« Sie schaute Seb an. »... Und vielleicht ist er ja etwas, das auch ich will!«

Irritiert holte Seb die Karte hervor. »Hier:« – er umkreiste ein großes Gebiet mit dem Finger – »Die Geestgründe, die Innere Stadt, die Wege der Freiheit, Oneiristan... überall Tod und Verderben ... Ja, selbst ganz hinten im Schmollwinkel, denn wenn der Lebensfluss trockenliegt, vertrocknet auch die Herzenslust, und sieh mal« – jetzt folgte sein Finger dem Lauf des Lebensflusses – »wenn das hier abgeschnitten wird, sinkt auch das Wasser im Inneren Auge, der Quelle aller deiner Wahrnehmungen. Es wird nicht austrocknen, sondern zu einem Schlammloch werden. Dein Blick wird sich trüben.«

»Ja, aber ... wohin fließt das Wasser denn jetzt?« Isa schaute auf das Gebiet östlich des Damms, nördlich des Überich-Massivs.

Seb deutete wütend mit dem Zeigefinger auf ein großes sandfarbenes Gebiet: »Obsessivien! Eine große, dürre Wüste! Unfruchtbar, unbewohnbar und lebensgefährlich!«

Isa schob Sebs Finger weg. An Obsessivien grenzten Gebiete, die ihre Neugierde weckten: The Image Buildings und ein Berg, der »Der einsame Gipfel« hieß. Und daneben stand: »Die Gewinnregionen«.

Seb sah den Zweifel in Isas Augen und er bemerkte auch ihren Blick, der auf den Gewinnregionen ruhte. »Du musst mir vertrauen, Isa! Du weißt doch, dass ich dich nie verraten werde? Wirklich, glaub mir, dieser Damm bedeutet dein Ende … Eine Wüste wird nicht gleich dadurch fruchtbar, dass man Wasser hineinpumpt! Der Staudamm hat den gesamten Wasserkreislauf zerstört … die Schlagader des Innenlandes! Und ihr Pulsschlag wird durch das Schöpfwerk in Gang gehalten.« Er zeigte auf die Mitte von Schattenland. »Das große Schöpfen von Sinn und Sein. Das Schöpfwerk darf niemals austrocknen, sonst knallt hier alles auseinander. Und wenn das geschieht, bist du tot. Tot, Isa, hörst du mich?«

Isa schaute Seb prüfend an. Es stimmte, von Yggdrasil aus hatte das Innenland traurig ausgesehen, wie eine Wüste im Werden. Außerdem, weshalb sollte Seb sie betrügen? Als er noch lebte, war er ihr bester Freund gewesen. Wenn sie überhaupt jemandem vertrauen konnte, dann ihm. Und doch – ihr Blick schweifte wieder ab von der Karte; vielleicht konnte sie sich entscheiden, sobald sie den Staudamm sah, oder konnte dort jemanden sprechen, der …

Seb seufzte. »Isa, wirklich, glaub mir! Solange dieser Damm dort steht, bist du dem Tod geweiht!«

»Na gut«, beschloss Isa zuletzt zögernd, »lass uns jetzt weitergehen!«

Sie stand auf und tauchte sofort wieder weg. »Seb!«, zischte sie flüsternd. »Lauter Leute dort, ein Stück weiter … sieht aus wie eine Prozession!«

Seb hob den Kopf und lauschte aufmerksam.

»Komm!«, sagte er dann und zeigte auf eine flache, von Gestrüpp umwachsene Bodenrinne, die in Richtung der Straße führte.

Isa nickte. Jetzt wusste sie immer noch nicht, wie sie diesen Staudamm sprengen sollten und weshalb Seb sie dabei brauchte!

Der Staudamm

Kurz darauf lagen sie, durch dichtes Gestrüpp allen Blicken entzogen, am Rand des Hohlweges, durch den sich ein dichter Menschenstrom wälzte. Gesprächsfetzen erreichten ihr Versteck.

»… viel schneller als erwartet, nicht?«

»Gestern kam plötzlich dieser Aufruf … Der Befehl, zu kommen und es sich anzusehen … Ich bin übrigens auch wirklich neugierig!«

»Es scheint ein gigantisches Ding zu sein …«

»Und dann dieses Kleid, das sie anhatte … Ich glaube, sie ist einfach nur eine ordinäre Schlampe.«

»… Tja, und da haben wir gedacht, packen wir ruhig auch ein paar Butterbrote ein, denn so was dauert natürlich den ganzen Tag …«

»Na klar, solche Ereignisse enden nie pünktlich!«

Seb stieß Isa an. »Wir haben Glück, Isi«, flüsterte er. »Ich glaube, heute findet so etwas wie die offizielle Einweihung des Staudamms statt.« Mit einem Kopfnicken deutete er auf die vorbeiströmende Menschenmenge. »Wir mischen uns einfach unter die Menge. Kein Mensch wird uns bemerken. Hoffentlich gilt das auch für diese Mantras!« Seine Miene verdüsterte sich. »Wenn sie jetzt jedem so einfach Zutritt gewähren, dann müssen die Erbauer des Staudamms sich ihrer Sache mittlerweile allerdings sehr sicher sein!«

Isa sagte nichts, sondern starrte fassungslos auf die Reihen, die vorbeizogen. Zwischen vielerlei uniformierten, ihr unbekannten Gestalten liefen Dutzende Leute, die sie von irgendwoher kannte – Verwandte, Freunde, Bekannte und andere, deren Gesichter ihr zumindest bekannt vorkamen. Alle waren viel magerer als in Wirklichkeit – manche schienen sogar kurz vor dem Verhungern zu sein –, aber dennoch erkennbar. Sie sah ihre Lehrer, Kassiererinnen aus dem Supermarkt um die Ecke, Klassenkameraden von jetzt und von vor langer Zeit, Nachbarn, die längst woanders hingezogen waren, Kinder, mit denen sie irgendwann auf einem französischen Campingplatz gespielt hatte, Freunde von Lem, aber auch den Moderator einer Jugendsendung, Filmschauspieler, Mitglieder ihrer Lieblingsbands, Figuren aus Fernsehserien und so weiter.

Aber das Allerseltsamste war, dass sie auch sich selbst dort laufen sah – in den wenigen Sekunden, die sie und Seb jetzt zuschauten, hatte sie schon fünf Versionen ihrer selbst vorbeiziehen sehen, und jede mit einer ganz anderen Ausstrahlung: eine brave, vertrottelte Isa, eine düstere, apathische Isa sowie zwei um einige Jahre jüngere Versionen: beide so um die zwölf Jahre alt (mit Zahnspange und langem Haar), die eine draufgängerisch und die andere schüchtern. Auch waren schon zwei Versionen ihrer Mutter und drei ihres Vaters vorbeigekommen.

Seb sah die Bestürzung auf Isas Gesicht und grinste. »Was hattest du denn erwartet? Die Bevölkerung von Tokio? Das hier ist dein Innenland, Liebes … Es sind deine Freunde und Bekannten und deine Argumente und Assoziationen, deine Schlussfolgerungen und Erinnerungen …«

Isa schluckte und holte ganz tief Luft. *Sträube dich jetzt nicht dagegen, Isi, wie idiotisch es auch werden mag … Du kannst nach wie vor nicht heraus … Oder sollte ich vielleicht doch einfach vollkommen durchgeknallt sein? Eingeschlossen in meinem eigenen Albtraum, während ich in Wirklichkeit irgendwo in einer Anstalt hinter einem Fenster mit Begonien sitze und vor mich hin sabbere? … Nein, so darfst du nicht denken, es geht vorbei. Wenn du nur daran glaubst, weißt du noch? Ehrenwort!*

»Komm!« Seb deutete auf eine Stelle, wo das Gestrüpp zurückwich und sie sich unauffällig zwischen die Leute auf der Straße mischen konnten.

Isa schüttelte den Kopf.

»Zum Kuckuck, Isa, was ist denn jetzt schon wieder? Wir haben keine Zeit!«

»Du hast mir immer noch nicht genau erzählt, was wir jetzt machen werden. Wie um Himmels willen können wir beide diesen riesigen Staudamm sprengen? Oder wirst du mir jetzt sagen, du hättest in deinem Rucksack auch noch eine Bombe versteckt?«

Seb grinste. »In der Tat. Eine sehr kräftige Bombe. Und du wirst sie werfen!«

»Wieso ich?«

»Weil diese Bombe nur dann funktioniert, wenn du sie wirfst. Es ist ein Fläschchen, gefüllt mit reinem Innerem Feuer, dem kostbarsten Stoff im gesamten Innenland. *Deinem* Inneren Feuer. Hundert Prozent pure Leidenschaft. In deinen Händen ist es eine unvorstellbar kraftvolle Waffe ... Deshalb haben wir dich hierhergeholt, Isa. Wir allein schaffen es nicht. Du hast die Kraft, es ist dein Feuer ... du musst es tun. Wenn ich diese Flasche werfe, knallt es zwar auch, aber mein Knall ist nichts verglichen mit der höllischen Explosion, die du mit diesem Stoff verursachen kannst.« Er kroch aus seinem Strauch. »Komm mit!«

»Aber ...«

»Isa, bitte ...«

Sie fügten sich in die Menge. Niemand wunderte sich über eine Isa oder einen Seb mehr oder weniger, doch Isa machten die vielen Leute, die sie umringten, nervös. Sie kannte sie fast alle, aber niemand grüßte sie oder schenkte ihr auch nur einen Blick des Wiedererkennens. Noch unbehaglicher für sie war es, ihre vielen Doppelgängerinnen herumlaufen zu sehen – alle ein klein wenig unterschiedlich voneinander, etwas älter, etwas jünger, anders gekleidet, eine sogar blind, eine andere in einem Rollstuhl … Hinzu kamen noch die verwirrenden Verdopplungen all der anderen. Beklemmt ging sie weiter, während sie Sebs Hand fest in der ihren hielt.

»Wieso sagen die nichts?«

»Wer?«

Isa zeigte um sich, auf die vielen Menschen. »Ich kenne jede und jeden von ihnen, aber es gibt niemanden, der mir auch nur Guten Tag gesagt hätte!«

Seb zuckte mit den Schultern. »Na ja, die meisten sind nur dumme Images, flüchtige Bilder, die du dir von den Menschen um dich herum gemacht hast. Kaum mehr als Nachbilder. Sie haben wenig Tiefgang. Sie sagen zwar irgendwas, aber das alles macht nicht sehr viel her.«

»Aber wieso redest du denn noch mit mir? Wieso bist du anders?«

»Ich bin ein Andenken, das ist ein großer Unterschied. Du hast Aufmerksamkeit in mich investiert, Energie, Gefühl, Liebe … Auch wenn es gar nicht so viel war …« Er schaute Isa von der Seite an, aber die ignorierte seine letzte Bemerkung.

»Und was ist mit den anderen? Denen in Uniform?«

»Das sind Funktionäre. Sie erfüllen unterschiedliche Rollen hier im Innenland. Assoziieren, Argumentieren, Fühlen, Erfinden, Erinnern … derartige Dinge.«

»Ach … Das heißt also auch, dass noch mehr Leute wie du hier herumlaufen? Figuren, mit denen ich reden kann und so?«

»Natürlich, und zwar jede Menge! Die höheren Funktionäre, Mythiker wie Salicia, aber auch die Kernbilder von Leuten, die du gut kennst, und …«

»Okay, okay … Aber sie gehen mir auf die Nerven!«

Sie gingen weiter, bis der Waldweg in ein riesiges, sanft abfallendes Festgelände mündete. Überall auf dem Terrain standen Buden und Zelte und gab es Musik. Unten auf dem Gelände, rechts vor ihnen, ragte der Staudamm in die Höhe. Davor befand sich eine große Bühne und davor wiederum hatte sich eine Menschenmenge versammelt.

»Komm«, sagte Seb, nachdem er das Gelände eingehend gemustert hatte, »wir gehen weiter nach vorn. Von dort können wir uns, bevor es zu voll wird, an der Bühne vorbei zum Staudamm schleichen. Halte dich an meiner Hand fest, wir dürfen uns hier nicht verlieren!«

Sie gingen in Richtung Bühne, aber es war so voll, dass sie schon bald nur mehr schiebend weiterkamen. Als auf der Bühne ein Moderator – einer von einem Musiksender, Isa erkannte ihn – ankündigte, dass das Ereignis in wenigen Minuten beginnen würde, strömte die Menge weiter nach vorn.

»Zur Seite«, flüsterte Seb, »schnell! Offenbar wurde noch kein Alarm gegeben, ich sehe nur wenige Wachen. Das ist ein gutes Zeichen!«

Sie schoben sich seitwärts weiter voran, aber noch bevor sie die Sperrzäune an der Seite des Geländes erreichten, erhob sich plötzlich Applaus aus der Menge. Es klang etwas pflichtgemäß, doch gab es unter den Zuschauern auch solche, die wirklich begeistert waren. Isa schaute hoch zur Bühne und ihr Herz überschlug sich. Auch wenn sie sich in etwa dreißig Metern Entfernung befanden: Isa sah sofort, wer da stand.

Alysha.

Sie selbst war es, Isa, aber zugleich und zuallererst war es voll und ganz Alysha. Und sie stand da so relaxt und cool und sexy und schön und strahlend, dass Isa nicht wusste, wie ihr geschah. Das hier war ihr Idealbild, ihr Traum in voller Glorie. Das hier war eine ganz andere Alysha als die bei *Winners & Losers* oder auf den Fotos, für die sie sich so geschämt hatte! Diese Alysha war stimmig, hatte wirklich Lust auf das, was sie tat, und es war keine verkleidete Isa, sondern einfach zu hundert Prozent Alysha, ein Bühnentier mit einer enormen Ausstrahlung. Sie winkte der Menge zu und lächelte freimütig und warm. Sie ließ sich wirklich Zeit dafür. Perfekt. Die Menge verstummte. Das muschelförmige Bühnenbild hinter ihr musste besondere akustische Eigenschaften haben, denn als Alysha das Wort ergriff, klang es, als stünde sie direkt vor ihnen.

»*Hi there,* alle zusammen!«

Was für eine Stimme, ach, und wieder dieses Lächeln! Isa schmolz dahin, ihre Beine zitterten. Das dort war sie selbst … *Was für eine Ausstrahlung, was für eine Power …! Genau so kann ich in einigen Jahren werden! Wenn ich dranbleibe, wenn ich daran glaube, wenn ich nur will! Dann stehe ich demnächst auf so einer Bühne …*

Seb zog sie an der Hand. »Komm jetzt!«, zischte er.

»Nur noch einen Moment …«, murmelte Isa.

»Ich finde es wirklich, wirklich supertoll, dass ihr alle gekommen seid!«, fuhr Alysha fort. Sie lächelte breit. »Ach, ich freue mich ja so heute … über das, was wir hier gemeinsam erreicht haben« – sie zeigte auf den Damm – »und die großartigen Dinge, die wir in Zukunft noch tun werden!«

Aber wenn sie für den Damm ist, dann muss dieses Ding etwas Gutes sein …

»Isa, wir haben keine Zeit für diesen Unsinn!« Seb zerrte jetzt so fest an ihrem Arm, dass Isa stolperte und böse Blicke von den Umstehenden erntete.

»Mein Staudamm! Mein Kanal! Mein Lebensfluss!«, rief Alysha jetzt triumphierend und öffnete beide Arme in einer dramatischen Geste, als wollte sie jeden in der Menge persönlich umarmen. Die Menschen reagierten gemischt. Manche jubelten, andere blieben abwartend. »Aber ohne euch … ohne *euch* wäre das hier alles niemals, niemals zustande gekommen, *never ever!*«

Seb zog Isa jetzt mit Gewalt durch die dicht gedrängte Menge mit sich. »Also *sie* steckt dahinter!«, zischte er wütend. »Wir hätten es wissen können. Dieses dumme Miststück, diese … diese …«

»Unsere Zukunft!« Die Menge applaudierte. »Heute wird gefeiert! Ab heute fließt der Lebensfluss nur mehr dorthin, wo er wirklich gebraucht wird! Auf zu Schönheit und Ruhm, Reichtum und Erfolg! Auf zu den Gewinnregionen!«

Weiter seitlich war es weniger voll und sie konnten ihren Weg fortsetzen. Seb zerrte Isa mit sich und wenige Sekunden später waren sie am Zaun. Niemand schenkte ihnen Beachtung, alle Blicke waren auf die Bühne gerichtet. »Jetzt beeil dich!«, keuchte Seb.

Isa schüttelte den Kopf und drehte sich um zu Alysha – ihr Traum *ließ* sich verwirklichen. Weitermachen musste sie … Weiter daran glauben … Ihr Traum war echt! Das hier war es, was alle von ihr erwarteten … Ihre Eltern, ihre Klassenkameraden. Wenn sie so würde, dann würde alles gut, dann wäre sie glücklich und auch ihre Eltern würden wieder glücklich sein …

»He, was ist eigentlich mit dir los?« Seb stellte sich vor sie, genau zwischen sie und die Bühne. Isa machte einen Schritt zur Seite. »Du willst doch nicht behaupten, dass sie dir gefällt, wie? Oder was? … Dieser hohlköpfige Dummy …« Wieder stellte er sich zwischen sie und Alysha. »Dieser magersüchtige Hohlkopf … diese aufgedrehte Tussi!« Seb fasste Isa an beiden Armen und schüttelte sie. »Es ist lediglich ein Image, Isa! Sie ist nicht echt, sie wird niemals echt werden, sie ist nicht du, sondern eine künstliche Schimäre … Nichts als Äußerlichkeit … Alles ist ihre Schuld, eine krankhafte Obsession ist sie!«

»Sei doch mal still …«

Ein Mantra rannte auf die Bühne und flüsterte Alysha etwas ins Ohr. Alysha nickte, ließ ihren Blick über die Zuschauer schweifen und mahnte dann die Menge zur Stille.

»Jetzt, Isi! Mitkommen! Wir werden verhaftet, wenn wir nicht machen, dass wir wegkommen. Gib mir noch eine Chance, dich zu überzeugen … Ich bin dein Bruder, Isa … Ich war immer dein Freund …!« Sebs Augen huschten nervös hin und her.

Sich immer wieder umschauend, ließ sich Isa über den Zaun helfen.

»Liebe, liebe Anwesende«, fuhr Alysha vollkommen relaxt fort, »eine kurze Unterbrechung, gleich geht's weiter in unserem Programm – alles ist bereit für einen großartigen Auftritt. Natürlich habe ich wahnsinnig viel Lust dazu, doch ich höre gerade, dass sich unter den Zuschauern einige Verräter befinden, Saboteure, Terroristen! Ein Isa-Selbstbildchen und ein Seb-Andenken, wahrscheinlich daran zu erkennen, dass sie Gepäck bei sich tragen!«

»Die habe ich gesehen!«, tönte es sogleich an mehreren Stellen bei ihnen in der Nähe. Isa und Seb duckten sich hinter einen Stapel Ziegelsteine. »In diese Richtung!«, hörten sie es schreien, diesmal noch näher. Gebückt rannten sie hügelabwärts, wobei sie Deckung hinter allen möglichen Baumaterialien suchten, doch schon bald hatte man sie entdeckt.

Links und rechts zerplatzten Lichtblitze. »Tranquilaser!«, zischte Seb. »Duck dich!« Noch im Laufen öffnete er seinen Rucksack und kramte darin herum. Sie hatten die Seitenfläche des Staudamms jetzt beinahe erreicht. Rechts erstreckte sich der Stausee und zur Linken ein leicht abschüssiges Tal. Bei einem großen Felsbrocken blieb Seb stehen. »Hier!« Er hielt Isa ein grünliches, glühendes Fläschchen hin. »Wirf es! Jetzt! Von hier aus kannst du das Fundament des Damms treffen!«

Isa nahm die Flasche nicht, sondern schüttelte den Kopf.

»Bitte! Das hier ist unsere Chance! Du verlierst so viel, wenn du jetzt nicht wirfst! Alyshas Wüste wird nie erblühen, das schwöre ich dir … Niemals! … Bitte!«

Isa schüttelte wieder den Kopf, die Lippen zusammengepresst und die Arme vor der Brust verschränkt.

Ihre Verfolger waren nicht mehr weit.

Auf Sebs Gesicht erschien ein verbissener, grimmiger Ausdruck. Er schnaubte, drehte sich um und warf dann in einem großen Bogen die Flasche in Richtung des Staudamms.

Ein riesiger Knall, und die Flasche zersprang. Meterhohe Stichflammen leckten über die Dammmauer, eine graue Rauchwolke stieg auf. Aber es war viel zu wenig, um auch nur einen Riss im Staudamm zu verursachen. Seb zerrte Isa wieder mit fort.

»So. Jetzt musst du wohl, dumme Schwester, jetzt wird niemand mehr glauben, du wärest auf der Seite dieser dämlichen Alysha! Komm mit, falls du jemals wieder ins Außenland zurückwillst!«

Fassungslos ließ Isa sich von ihm wegzerren.

Sie rannten den Hügel hinab, auf das trockene Bett des Lebensflusses zu. Noch immer wurde auf sie geschossen. Zehn, fünfzehn Mantras hatten die Verfolgung aufgenommen. Wenn sie Glück hatten, erreichten sie rechtzeitig das Gestrüpp, das die Ufer des ehemaligen Flusses umsäumte. Aber dann? Seb ließ Isa nicht los – sie fühlte sich entführt, kam sich vor wie ein Spielball in seinen Händen. Seb hatte sie verraten …

»Hierhin!« Seb zog Isa mit nach links, wo das Gestrüpp höher und dichter zu sein schien.

Isa stolperte und knickte schmerzhaft mit dem Fuß um, ein Lichtblitz zerplatzte direkt neben ihr auf einem Stein. Seb zog sie hoch und sie hinkte weiter. Noch zehn Meter durch das Gebüsch, noch fünf, links und rechts schlugen die Schüsse ein – geräuschlos, aber gemein; Isa bemerkte, dass es versengt roch. Ihre Verfolger waren vielleicht noch dreißig Meter hinter ihnen, keinesfalls mehr. Seb schlug die Zweige eines Strauchs auseinander und tauchte zwischen ihnen hindurch, Isa mit sich ziehend. Ein stacheliger Zweig peitschte ihr ins Gesicht, sie spürte, wie die Dornen ihre Haut schrammten. Sie schmeckte Blut, und Blut lief ihr ins Auge. Es roch staubig: Die meisten Büsche waren tot.

»Kommt auf der Stelle zum Vorschein!«, schallte eine Stimme. »Ihr seid umzingelt! Legt die Hände in den Nacken und kommt langsam aus dem Gebüsch!«

Isa schaute Seb mit großen Augen an. »Was …«

Seb gab einen Schuss ab in die Richtung, aus der die Stimme gekommen war. Immer noch keuchend schaute er sich anschließend um, grimmig und konzentriert. »Das Flussbett …«, flüsterte er. »Es ist unsere einzige Chance! Sie werden nicht erwarten, dass wir uns dorthin wagen, denn es ist so gut wie unbegehbar…«

»Pst!«, klang es plötzlich leise, ein paar Meter weiter, irgendwo unten auf dem Boden.

Erschrocken blieben sie stehen.

»Hier!«, flüsterte eine Stimme.

Isa kannte die Stimme, aber sie konnte sie nicht einordnen.

»Hierher … Schnell!«

»Wir zählen bis zehn«, klang es aus der Ferne. »Wenn ihr dann nicht herausgetreten seid, zünden wir alles an und räuchern euch aus!«

»Nun macht schon!«

»Willem?«, fragte Isa bestürzt. »Willem, bist du das?«

»Ja … Los, hierher!«

»Unmöglich … Der wurde doch längst verhaftet!«, murmelte Seb.

Isa hörte nicht auf Seb, sondern schleppte ihn mit zu der Stelle, von der Willems Stimme kam. Wenn überhaupt jemand ungefährlich war, dann Willem. Im Außenland war er der Sohn ihrer Nachbarn – an und für sich ein Schatz, aber vor allem doch nur lang und schlaksig, eher eine trübe Tasse. Isa vermutete schon eine ganze Weile, dass er in sie verliebt war – in der dümmlichen Art eines schüchternen Ökofreaks. Sie hatte keine Ahnung, was um Himmels willen er in ihr sah. Kapierte er denn nicht, dass sie für ihn ein paar Kategorien zu hoch gegriffen war?

Aus einer mit Ästen und Laub getarnten Luke, tief unter einem dichten Busch, grinste er ihr schief entgegen. Er war schmutzig und sah einfach nach nichts aus.

»Hierher, schnell!« Und er hielt die Luke hoch, um Isa und Seb hereinzulassen.

Durch einen schmalen Schacht gelangten sie in ein winziges unterirdisches Zimmer. Eine Kerzenflamme warf flackernde Schatten auf die rohen Wände, durch die Pflanzenwurzeln hereinragten. In einer Ecke war ein armseliger Schlafplatz hergerichtet.

Seb starrte Willem mit großen Augen an. »Haben sie dich denn nicht verhaftet?«, fragte er dann.

»Heben wir uns die Fragen für später auf.« Isa sah Willems bekanntes schüchternes Grinsen auf seinem Gesicht erscheinen. Er blinzelte beim Sprechen – er wagte es noch nicht einmal, ihr direkt ins Gesicht zu blicken – und zuckte mit den Schultern. »Ist vielleicht besser, wenn wir erst mal weitergehen.« Er hockte sich vor den stockdunklen Eingang zu einem engen Tunnel. »Mein Tunnel führt auf den Staudamm zu ... Er war dafür gedacht, einmal eine Art Anschlag zu verüben ... Irgendwann ... Nicht ganz die gute Richtung jetzt ... Für euch ... uns, meine ich ... Hihi ... Aber alles ist besser als nichts. Ist jedenfalls meine Meinung ...«

Er kroch in den Tunnel und Isa und Seb folgten ihm.

»Gebt acht auf die Wände, sind ziemlich bröselig … Seit der Fluss ganz trocken steht, vertrocknet auch hier alles … Demnächst stürzt der ganze Kram ein, fürchte ich.«

Sie kamen nur langsam vorwärts – ihre Rucksäcke mussten sie vor sich herschieben, denn die Tunneldecke war zu niedrig, um sie aufzubehalten. Isa folgte Willem tastend, haarige Pflanzenwurzeln strichen ihr übers Gesicht und Isa fühlte, wie ab und zu große Erdbrocken aus der Tunnelwand zerkrümelten und herabfielen. Sie unterdrückte die Panik, die in ihr aufkam, ihre Angst, lebendig begraben zu werden, zu ersticken unter der schwarzen Erde.

»Es ist nicht sehr weit …« Willems Stimme klang gedämpft und Isa hörte ihn leise keuchen. Sie selbst war schweißnass vor Anstrengung und auch vor Angst. Überall klebte die staubige Erde an ihr. »Bei dem Luftloch da vorn können wir hinausgehen … Noch ein paar Meter.«

Keuchend krochen sie weiter. Hinter ihnen war es noch still; der Tunneleingang war offenbar noch unentdeckt. Vielleicht hatten die Mantras das Krüppelholz tatsächlich angezündet – in diesem Fall würde es eine Weile dauern, ehe sie blickten, was passiert war.

»Wo kommen wir hier heraus?«, flüsterte Seb nach ein paar Minuten, als der Tunnel eine Kurve machte.

»Baugrube …«, keuchte Willem. »Voller Grabwerkzeuge und Nachtquartiere der Arbeiter … Gefährliches Gelände … Ist nun mal so … Wir sind da … Wartet, ich stehe auf und schaue nach, ob die Luft rein ist.«

Plötzlich strömte Licht in den Tunnel. Isa blinzelte, während sie Willems Beine aus ihrem Blickfeld verschwinden sah. Sie kroch auf das Licht zu. Willem stand über den Rand des Lochs gebeugt und reichte ihr die Hand.

Kurz darauf befanden sich alle drei in einem schmalen Durchgang zwischen zwei riesigen Lagerschuppen, durch eine Reihe von Müllcontainern vor fremden Blicken geschützt. Der Gang führte auf der einen Seite zu einem Baugelände, von dem Stimmen zu hören waren, während auf der anderen Seite eine riesige Betonwand aufragte: der Staudamm. Noch während sie die Erde und den Staub von sich abklopften, folgten Isa und Seb Willem, der auf den Damm zuschlich.

Hinter dem Schuppen, am Fuß des Staudamms, nahmen sie sich einen kleinen Moment Zeit, um wieder zu Atem zu kommen. Seb schaute Willem bewundernd und auch ein wenig ungläubig an. »Mann, wie hast du das bloß hinbekommen? Alle dachten, die hätten dich längst gefasst … Du bist doch unser ursprünglicher Kundschafter und nicht irgendein anderes Bild Willems?« Er sah Isas fragenden Blick und erläuterte: »Willem war der Erste, den wir als Kundschafter ausgeschickt haben, als der Lebensfluss auszutrocknen begann.« Und zu Willem gewandt fuhr er fort: »Wieso hast du nichts von dir hören lassen? Hätten wir von diesem Tunnel gewusst, dann wäre alles ein Stück einfacher gewesen, dann hätten wir den Damm jetzt in die Luft sprengen können …«

»Und wären unter dem Schutt begraben worden und anschließend ertrunken, du Schlaumeier! Wir stehen hier genau in der Mitte von diesem Ding«, sagte Isa. Und mit einem Blick zu Willem: »Hattest du dir das nicht klargemacht?«

Willem zuckte mit den Schultern und lächelte verlegen. »Ich sollte die Sachlage erkunden, und ein Tunnel erschien mir da ganz praktisch … ich mag Tunnel, und als ich einmal am Graben war … Ich fand es großartig, so direkt unter der Nase des Feindes mein Ding zu machen.«

Seb schaute Willem beleidigt an. »Mist, Mist, Mist! Hätte ich das geahnt, dann hätte ich Isa sofort mit hierhergenommen, dann hätte sie jetzt werfen können … Dass uns das Wasser begraben hätte, ist nicht so wichtig. Wir können notfalls geopfert werden, und für Isa ist es genau die richtige Art und Weise, wieder in ihrer eigenen Welt aufzuwachen: sich aufnehmen zu lassen in den Lebensfluss.«

»Du vergisst, dass ich diesen Staudamm überhaupt nicht in die Luft jagen will, Seb! Ich will ganz im Gegenteil zu Alysha, und du hast mir das verdorben! Ich hätte so viel von ihr lernen können!« Und zu Willem gewandt fügte sie hinzu: »Was starrst du mich die ganze Zeit so an?«

»B-bist du die wahre Isa? Die einzig wahre? Nicht bloß ein Selbstbild?« Willem errötete.

»Ja, ist sie!«, sagte Seb ungeduldig. »Die Stammhalterin hat sie hierhergeholt. Aber können wir jetzt weitermachen? Wir können hier nicht endlos die Zeit verplaudern … Willem?«

Willem rollte mit den Augen. »Isa selbst …« murmelte er. Er fing sich und deutete die Dammmauer entlang. »Dorthin. Wir müssen vor Blicken ungeschützt das Flussbett überqueren, aber dahinter, am anderen Ufer, beginnt der Wald wieder. Dichte Wälder voll riesiger Brombeersträucher. Ein Stück weit weiß ich den Weg; ich bin einige Male dort gewesen, um mir mein Essen zusammenzusuchen.«

Seb umklammerte Isas Handgelenke, als befürchtete er, sie könnte plötzlich Reißaus nehmen. »Wenn du jetzt zu Alysha gehst, werden wir verhaftet. Und glaub bitte nicht, sie würde uns verschonen! Dich vielleicht schon, aber uns wird man umbringen, und wenn das geschieht, dann bist du mich endgültig los. Morgen oder übermorgen kannst du zu ihr, sobald wir in Sicherheit sind. Ich werde dich nicht daran hindern, das verspreche ich dir!«

Isa schaute ihn wütend an. »Dass du mich jemals verraten würdest«, sagte sie dann, »das ist das Letzte, womit ich gerechnet hätte!«

Sie schnaubte verächtlich. »Aber ich werde dich nicht verraten … nicht jetzt!« Sie nickte launisch in Richtung Flussbett. »Jetzt beeilt euch schon!«

Vom Flussbett aus, wo große Felsblöcke ein wenig Deckung boten, sahen sie Rauch aus dem Gestrüpp aufsteigen. Das Feuer war umzingelt von bewaffneten Mantras. Die zu der Eröffnungszeremonie herbeigeströmten Zuschauer hatten sich weiter oben auf dem Abhang zusammengedrängt. Wachleute hielten die Menge unter Kontrolle. Indem sie sich tief vornübergebeugt und möglichst dicht am Fuß des Staudamms entlangbewegten, gelang es den Dreien, unbemerkt die andere Seite zu erreichen, wo sie sich die Uferböschung hinaufarbeiteten und lautlos zwischen den stacheligen Brombeerhecken verschwanden.

Über verschlungene Pfade führte Willem sie tiefer in den Wald. Isa hatte mittlerweile die Nase gründlich voll. Sie wollte überhaupt nicht wegrennen, sondern im Gegenteil zu Alysha, und hinter einem Freak wie Willem herzulaufen hatte sie erst recht keine Lust. Und von Seb hatte sie auch genug. Er war doch ihr Bruder! Wieso hatte er sie betrogen? Weshalb war er gegen Alysha? Wahrscheinlich war er einfach eifersüchtig. Eifersüchtig, weil er tot war und sie noch lebte. Weil er nie mehr etwas aus seinem Leben würde machen können, während sie Alysha werden konnte!

Nach ungefähr zehn Minuten blieb Willem stehen. »Von hier an kenne ich mich nicht mehr so gut aus. Ich glaube zwar, dass wir so weitergehen können, aber …«

»… es wird nicht lange dauern, ehe sie den Tunnel finden«, beendete Seb seinen Satz. »Wir müssen zusehen, bis zum Einbruch der Dunkelheit möglichst weit von hier wegzukommen. Wir müssen in die Innere Stadt, ins Soul Kitchen, und uns mit dem restlichen Widerstand beraten.« Willem nickte.

Isa sagte nichts, sondern schaute missmutig auf den Boden.

Alysha

»Das heißt, wenn wir nicht eingreifen, bricht in der Inneren Stadt ein Aufstand aus?«

Alyshas Manager nickte.

»Und wir können das nur mit Gewalt verhindern?«

»Ja … oder, na ja, wenn du heute noch den Staudamm öffnen würdest …«

»Rede kein dummes Zeug, Mann!«

Der Manager zwang sich, ruhig zu bleiben. »Solange Isa hier im Innenland herumläuft, haben wir es mit einer doppelten Krise zu tun«, erläuterte er geduldig. »Der vom Staudamm verursachten Dürre, aber auch der Tatsache, dass keine neuen Rohstoffe mehr hereinkommen. Isas Körper liegt im Außenland im Koma. Über ihre Sinneswerkzeuge dringt nichts mehr zu uns herein. Wir sind von jedwedem äußeren Input abgeschnitten – eine Katastrophe für die Lebensmittelversorgung!«

»Ja, ja, diese Geschichte kenne ich. Aber solange deine Mantras zu blödsinnig sind, Isa aufzugreifen und zurückzuschicken, müssen wir lernen, damit zu leben!« Erregt ging Alysha durchs Zimmer. »Ein militärisches Eingreifen in der Inneren Stadt … das geht auf Kosten der Staudammsicherung.«

Der Manager nickte. »Aber es geht. Wir bekommen das hin. Außerdem ist die Stadtverwaltung großenteils auf unserer Seite.«

Alysha schlug sich mit der Faust in die Hand. »Dann tu es! Jetzt! Ich will, dass die Innere Stadt ab morgen, spätestens übermorgen meinem direkten Befehl untersteht! Die Stadtverwaltung darf der Form halber im Amt bleiben, aber ich will, dass alles, worum es wirklich geht, von unseren Leuten übernommen wird!«

»Bist du dir sicher? Du setzt dabei viel auf eine Karte, Alysha. Dieser Damm darf nicht sehr viel länger völlig geschlossen bleiben. Das kostet uns zu viele Tote. Auch du kannst nicht ohne das restliche Innenland sein. Selbst du nicht!«

Alysha schnaubte geringschätzig. »Ohne Risiko bringt man es zu gar nichts! Lektion eins auf dem Weg zum Erfolg. Erst wenn die Wüste blüht, geht wieder Wasser zum restlichen Innenland. Vorher nicht. Und jetzt lass mich in Ruhe, ich muss nachdenken!«

»Aber ...«

Alysha kümmerte sich um keinen Einwand. Sie ballte die Fäuste. »Hast du nicht gehört, was ich sage? Bin ich denn wirklich nur von Dummköpfen umringt? Ich habe dich gebeten, mich in Ruhe zu lassen!«

»Wie du möchtest.« Alyshas Manager verließ das Zimmer.

Aus ihrem Arbeitszimmer im obersten Stockwerk des höchsten der drei Image Buildings – der riesigen Wolkenkratzer, die sie hatte bauen lassen – schaute Alysha über die Wüste. Die steinige, sandige Fläche war von Rinnen und Wassergräben durchzogen, die von dem Kanal gespeist wurden, der das Wasser des Lebensflusses herbeiführte. Hier, im Herzen Obsessiviens, würde sie die Hauptstadt ihres Reiches gründen. Eine reiche, grüne Stadt.

Hier war sie aufgewachsen; sie liebte dieses Land. Unbekannte Kräfte schlummerten unter seiner Oberfläche, Alysha war sich da sicher. Sie würde das Land zum Erblühen bringen, und von hier aus würde sie das gesamte Innenland lenken. Sie allein wusste, was für das Innenland gut war, und sie würde allen ihren Willen auferlegen. Notfalls mit Gewalt. Nur dauerte das alles viel zu lange. Seit Monaten floss das Wasser jetzt schon in die Wüste. An manchen Orten spross zwar etwas junges Grün in die Höhe, aber das meiste Nass versickerte immer noch in dem porösen Boden. Vor einigen Wochen schließlich hatte sie den Staudamm völlig schließen lassen – vor dieser Zeit war ein Teil des Wassers nach wie vor durch das alte Flussbett geflossen. Aber der Manager hatte recht, der Damm konnte nicht für alle Zeiten geschlossen bleiben.

Und die gestrige Bombe machte deutlich, dass Isa es ernst meinte. Dieser kindische Dummkopf hatte keinen blassen Schimmer von dem, was gut für sie war! Etwas war schiefgegangen, der Staudamm stand noch unversehrt da, aber sie war einer Katastrophe nur mit knapper Not entkommen.

Von draußen klopfte es leise an der Tür.

»Ja!«

Ein unansehnliches Mädchen kam herein, verlegen, schüchtern und mit hängenden Schultern. Sie trug die unmöglichste Brille, die man sich vorstellen konnte, und die Haare klebten ihr fettig am Schädel.

»Hallo Minorita! Wann machst du endlich mal etwas aus deinem Äußeren?«

Das Mädchen schüttelte den Kopf. »Entschuldige«, murmelte sie. »Das bringt bei mir ohnehin nichts.«

Minorita war die Vorsitzende des offiziellen Alysha-Fanklubs und Alysha musste sie deswegen in ihrer Nähe dulden und so tun, als ob sie Freundinnen wären. Der Fanklub war eine mächtige Organisation.

»Ich, äh …« Minorita strich sich den Pony aus den Augen. »Jemand im Klub hatte eine Idee. Es ist wahrscheinlich etwas sehr Dummes, aber …«

»Na los, nur heraus damit!« Alysha zwang sich zu einem Lächeln.

»Also … du weißt, dass unsere Mitglieder zu deinen besten Informanten gehören.«

»Ja und?«

»Dadurch wissen sie über Dinge Bescheid, die eigentlich noch geheim sind, und …«

»Komm *bit-te schön* zur Sache!«

Minoritas Mundwinkel zuckten. »Wenn Isa wieder nach Hause will, dann muss sie in den Fluss springen. In den wiederhergestellten Lebensfluss … haben wir aus zuverlässigen Quellen erfahren … Der Kreislauf muss wieder rund werden. Aber was, wenn … wenn stattdessen *du* in diesen Fluss springst?«

Alysha ließ sich nichts anmerken, aber innerlich jubelte sie. Genau das war es! Das war *die* Lösung!

»Es tut mir leid, dass ich dich mit einem solchen Unsinn belästigt habe, aber …«

Alysha schenkte Minorita ein weiteres Lächeln, ein aufrichtiges diesmal. »Schon gut. Danke schön … Wenn du mich jetzt bitte allein lassen würdest?«

»Natürlich, natürlich, vielen Dank!« Minorita verbeugte sich und verließ das Zimmer, einen säuerlichen Schweißgeruch zurücklassend.

Alysha drehte ihren Panoramafenstern den Rücken und ging zu ihrem Schreibtisch. Die Wüste konnte warten. Das hier war zehnmal gewagter und hundertmal großartiger. Es war aberwitzig. Größenwahn allererster Güte. Aber machbar. Sie war nun einmal ein Traum, und Träume mussten, wie auch immer, verwirklicht werden!

Sie würde die echte Isa unschädlich machen müssen, das schon. Isa musste gefangen genommen und in die tiefsten Tiefen Schattenlands verbannt werden. Anschließend würde sie die Schleusen des Damms öffnen und selbst in den Fluss springen.

Sie würde im Außenland erwachen und von der ursprünglichen Isa würde nie wieder jemand etwas vernehmen. Weder im Innenland noch im Außenland. Der Plan war genial.

Oder war er Unsinn? Würde der Fluss stark genug sein, sie ins Außenland zu tragen? Sie würde Druck brauchen, damit ihr Plan gelingen konnte. Hohen Druck. Explosiven Druck. Einfach nur die Schleusen zu öffnen würde nicht ausreichen. Sie musste das Wasser hinter dem Staudamm in nie dagewesene Höhen steigen lassen und dann alles mit einem Mal in die Luft sprengen. Auf der Flutwelle, die dabei entstand, würde sie ins Außenland surfen.

Aufgeregt verfasste sie einige Notizen. Anschließend verließ sie eilends ihr Arbeitszimmer. Sie musste das hier mit ihrem technischen Stab durchsprechen. Jetzt sofort.

Guarda

Isa betrat gerade The Cool Body, ihre Sportschule. Heute wurden hier die landesweiten Prüfungen abgenommen. Wenn sie nicht bestand, dann wäre sie auch als Mensch durchgefallen, und die Jury achtete einfach auf alles: Körpergröße und Gewicht, Haarfarbe, auf Augen, Nase, Brüste, Hüftumfang, Zellulitis, Pickel, ob deine Zähne auch gerade standen, die Kleidung, die man trug, von welchen Marken sie war und so weiter, und so weiter. Voller Selbstvertrauen ging sie durch das Drehkreuz zu den Umkleideräumen, sie hatte an alles gedacht, für alles gesorgt, alles war okay. Sie warf noch einen letzten Blick in den Spiegel und erschrak fürchterlich.

Sie war völlig verändert. Nichts an ihr stimmte mehr. Ihre Haare, die Nase, ihre Figur … Sie war nicht sie selbst, sie war jemand anderes, sie sah aus wie … Sie hatte Ähnlichkeit mit Desi-mit-den-tausend-Pickeln, dieser fetten Kröte aus der 10c mit der schlimmen Frisur und … Es war grauenhaft, sie würde durchfallen … Und was dann? Sie musste hier weg, alles musste anders, besser, schöner werden! Sie probierte verschiedene Türen aus und die einzige, die nicht abgeschlossen war, führte in den Raum, in dem die Jury saß … Verzweifelt fuhr sie sich mit den Händen durch ihr klebriges Haar, zog ihre Hose über ihre Speckrollen, rieb sich mit dem Ärmel übers Gesicht, um …

Isa schrak hoch. Wo war sie? Licht fiel durch einen Türspalt herein. Ihr Herz hämmerte, Schweiß stand ihr auf der Stirn. Richtig, sie waren in so einer dummen Übernachtungshütte, irgendwo inmitten dieser sogenannten Geestgründe. Was für einen widerwärtigen Horror sie geträumt hatte!

Gestern hatte ihre Flucht so lange gedauert, bis sie am Rand eines schmalen, offensichtlich schon längst nicht mehr benutzten Weges eine windschiefe Nachthütte gefunden hatten. Es hatte den Anschein gehabt, als hätten sie ihre Verfolger abgeschüttelt. Schon seit Stunden hatten sie nicht mehr das Geschrei gehört, das die anfängliche Hetzjagd am Nachmittag begleitet hatte. Erschöpft waren sie hereingestolpert und nach einigen Bissen Obst als Nachtmahl auch alle drei gleich eingeschlafen.

Seb und Willem schliefen noch fest. Isa zog leise ihre Schuhe an, stand auf und schlich sich ins Freie.

Sie wusste nicht recht, was sie sollte; eigentlich wollte sie sich davonmachen, sie war immer noch wütend auf Seb, stinkwütend. Was bildete er sich ein! Tot oder nicht tot, Lieblingsbruder oder nicht, wie hatte er sie so verraten können? Sie wagte auch nicht, einfach so zum Staudamm zurückzukehren, denn was, wenn die Mantras den Auftrag erhalten hatten, sie zu töten?

Draußen erstreckte sich ringsum welliges Ackerland, gepflügt und wahrhaftig mit einem Hauch von Grün überzogen. Hier und da eine kleine Baumgruppe, einige Sträucher. Wenn sie auf den Kamm dieses Hügelrückens stieg, konnte sie weiter ins Land schauen, und vielleicht würde ihr dann etwas einfallen.

In Gedanken versunken begann sie ihren Aufstieg über den Acker. Sie musste Alysha davon überzeugen, dass es Seb gewesen war und nicht sie … Sie konnte so viel von ihr lernen! Oder vielleicht noch besser: Gab es keinen Weg, einfach wieder nach Hause zurückzukehren? Sie wusste jetzt, dass sie es in sich hatte, sie hatte Alysha gesehen … Vielleicht war das genug – wenn sie nur hart genug an sich arbeitete. Salicia und Seb hatten doch gesagt, der Fluss könnte sie zurückführen? Dann konnte sie doch auch einfach in diesen Kanal springen, der in die Wüste führte? Vielleicht sollte sie das versuchen? Sollten alle diese Idioten hier doch selbst zusehen, wo sie blieben!

Die Luft war klar und frisch, das Licht weich, es war ganz wie ein gewöhnlicher Morgen im Außenland, abgesehen von dem grauroten Himmel. Isa fragte sich, was Frida und Kees jetzt wohl gerade taten. Saßen sie neben ihr am Bett? Hatte man ihren Körper ins Krankenhaus gebracht? Mit einem Knoten im Magen überlegte sie, dass sie ihnen wohl einen Riesenschrecken eingejagt haben musste. Wie hatte sie nur diese dummen Tabletten schlucken können?

Die Spitze des Hügels war offenbar weiter entfernt, als sie gedacht hatte. Aber weil der Acker gut begehbar war, setzte sie ihren Weg fort. Sie achtete dabei in erster Linie auf den Boden und darauf, die jungen Pflänzchen nicht zu zertreten – Pflänzchen, die übrigens auch schon einen schlaffen Eindruck machten. Deshalb entdeckte sie erst sehr spät, nämlich erst als sie endlich ganz oben war, dass eine Frau auf dem Hügel stand. Isa erschrak zunächst, aber die Frau wirkte freundlich. Sie hielt einen Motorroller an der Hand und lächelte. Zwar trug sie eine Art Polizeiuniform, aber gut, es gab hier so viele Leute in Uniform.

»Guten Morgen.« Die Frau nickte. »Kleiner Spaziergang in der Frühe?«

Isa nickte unsicher zurück. Sie warf einen Blick hinter sich zur Hütte, die nur mehr ein kleiner Fleck in der Ferne war. Wäre es nicht besser umzukehren? In einem Reflex brachte sie ihre Hand zu Totem und drückte ihn an ihre Brust; in all dem Trubel und Eifer des letzten Tages hatte sie das Amulett völlig vergessen. Es war gut, die Wärme des glänzenden Triebholzes zu spüren, das gab ihr Kraft.

»Schönes Wetter, nicht?«

Jetzt auf einmal davonzurennen wäre verdächtig gewesen. Isa betrat den unbefestigten Weg, der über den Hügelrücken führte, und ging auf die Frau zu. Sie konnte jetzt auch das nächste Tal einsehen. Gewächse standen gelb und verwahrlost auf den Feldern, Staub bedeckte das Laub der Bäume und verlieh ihnen ein graues Aussehen. In der Ferne schienen einige kleine Häuser die Köpfe zusammenzustecken.

»Gut so, Mädel!« Die Frau hob ihren Motorroller auf den Ständer und stand ihr jetzt gegenüber, etwas zu nahe für Isas Empfinden. »Schön, dass du dich so kooperativ zeigst. Mein Name ist Guarda, Aufseherin bezüglich der Einhaltung des Grundgesetzes, im Dienst von Mental Ground Inc., Geestbegründer seit Jahr und Tag.«

Sie nickte der Frau abermals zu. Isa war größer als sie, aber sie fühlte sich dennoch unwohl.

»Und du bist?«

Wieder drehte sich Isa zu ihrer Übernachtungshütte um. Sie musste hier weg; die Freundlichkeit der Frau war Schein. Aber mit diesem Motorroller würde die Frau sie rasch eingeholt haben. Seb und Willem konnte sie nicht rufen, sie würden sie nicht hören, die Entfernung war zu groß. Isa betrachtete die Frau und machte einen Schritt rückwärts. Die Frau machte noch einen Schritt nach vorn und stand jetzt fast hautnah vor ihr.

Isa zögerte, schob sich etwas nach hinten. »Äh … ich bin Isa«, sagte sie dann, einfach um Zeit zu gewinnen.

Die Frau lachte honigsüß. »Natürlich bist du Isa, das sind wir im gewissen Sinn alle, nicht wahr? Aber von welcher Kategorie bist du?«

Isa schaute sie verständnislos an.

Guarda runzelte die Stirn. »Na los! Funktion? Registriernummer?«

»Ich, äh … ich sollte wohl mal wieder umkehren, wissen Sie …

Man … äh … man wartet auf mich!« Sie deutete vage hügelabwärts.

Die Frau ließ sich nicht ablenken. Plötzlich schoss ihre Hand vor und packte Isa. Die Hand umklammerte Isas Unterarm unangenehm kräftig. Guarda brachte ihr Gesicht nahe an das von Isa und musterte sie eingehend. »Du bist ziemlich neuen Datums, wie mir scheint … nicht allzu gewitzt … ein minderwertiges kleines Selbstbild, schätze ich?«

Isa sagte nichts, sondern versuchte, sich loszureißen. Es gelang ihr nicht. Die kleine Frau war viel stärker, als sie aussah.

»Du verstehst«, fuhr sie fort, »dass ich Anzeige erstatten muss?«

»Weswegen … Frau …?«

»Sag einfach Guarda.« Die Frau zeigte wieder ihr honigsüßes Lächeln, bei dem jetzt aber deutlich die Falschheit durchschimmerte. »Unautorisiertes Betreten frisch bepflanzten Geestgrundes. Grundgesetzartikel 25, du erinnerst dich? Besonders in dieser Zeit der Dürre und Knappheit. Hiermit stelle ich dich offiziell unter Arrest!« Guardas Augen zwinkerten heimtückisch, als sie Isa losließ und ihren Motorroller bestieg. »Komm, Mädchen, spring auf, dann bringe ich dich zum nächstgelegenen Sanktionspunkt!«

Isa nickte zögernd, blieb jedoch stehen.

Guardas Blick wurde jetzt unverhohlen feindlich. »Du kommst nicht? Nach einer förmlichen Verhaftung? Unerhört! Insubordination … dann bist du doch von einer höheren Kategorie, als ich dachte!«

Isa rannte ins Feld hinein, den Hügel hinunter.

»Heda!« Guarda setzte zur Verfolgung an. Ohne zu zögern, sauste sie auf dem Roller hügelabwärts, zwischen den Jungpflanzen hindurch.

Es war ein ungleicher Kampf. Innerhalb weniger Sekunden

hatte die Geestgrundkontrolleurin Isa eingeholt. Guarda schnitt ihr den Weg ab, sprang von ihrem Roller und warf sie mühelos zu Boden. Sie drehte Isa den Arm auf den Rücken, fasste sie mit der anderen Hand bei den Haaren und zwang sie, aufzustehen und hinten auf dem Motorroller Platz zu nehmen.

»Bist du … denn vollkommen …!«, keuchte sie. Guardas Uniform war in Unordnung geraten und ihr zuvor straff hochgestecktes Haar hing in Strähnen herunter. Ihre Augen funkelten wild. Isa blickte verschreckt um sich, sah aber keine Möglichkeit, sich aus dem eisernen Griff zu befreien. Die Frau fesselte Isas Hände an einen Ring, der eigens zu diesem Zweck am Sattel befestigt zu sein schien.

»Aber so hören Sie doch …«, versuchte Isa. Guarda schlug ihr mit der flachen Hand ins Gesicht.

»Festnahme ist Verurteilung! Wer oder was du auch bist, du wirst verdrängt werden, und zwar baldmöglichst. Eine einfache Fahrt Richtung Schattenland, mehr ist für dich nicht mehr drin!« Sie nahm vor Isa auf dem Sattel Platz und startete den Motor.

Sie fuhren zurück zu dem Weg und Guarda bog nach rechts ab – noch weiter hügelaufwärts. Isa zerrte an dem Gepäckträger, um die Hände freizubekommen, doch bei jeder Bewegung, die sie machte, war es, als würden die Stricke ihre Gelenke nur noch enger umschließen.

»Hallo? … Frau Guarda?«

»Ruhig!«, antwortete Guarda verbissen.

»Ich muss Ihnen wirklich etwas sagen!«

»Ruhe!«

Sie quälten sich langsam weiter den Hang hinauf, der Motor des Rollers schaffte es nur so gerade.

Isa zerrte vergeblich, um die Hände freizubekommen, und fragte sich währenddessen wütend und voller Selbstvorwürfe, wie sie diese Guarda aufhalten konnte, aber ehe ihr überhaupt etwas hätte einfallen können, kam vom Wegrand her ein Hund auf sie zugeschossen. Knurrend und mit gefletschten Zähnen sprang das Tier hoch und biss sich in Guardas Wade fest.

»Tarzan?!«, schrie Isa laut – fassungslos und froh zugleich. »Katzen, Tarzan! Katzen!«, zischte sie. Das war immer *die* Methode gewesen, ihn zum Wahnsinn zu treiben. »Fass die Katze!« Isa hatte seit Ewigkeiten nicht mehr an ihren Hund von früher gedacht, aber das hier war er voll und ganz, der schwarz-weiß gefleckte Foxterrier, den sie vor fünf Jahren einschläfern lassen mussten, weil er unheilbar krank gewesen war. Hier lebte er irgendwie noch, genau wie Seb, auch wenn er etwas verwildert aussah. »Fass, Tarzan!«

Die Aufseherin von Mental Ground Inc. schrie vor Schmerz. Sie versuchte weiterzufahren, während der Hund an ihrem Bein hing, doch sie schlingerten beängstigend hin und her. Tarzan knurrte und Isa warf sich mit ihrem ganzen Gewicht zu einer Seite, um Guarda zum Anhalten zu zwingen. Guarda stemmte beide Füße auf den Boden und trat nach dem Hund. Der ließ los, biss aber sofort wieder zu. Guarda schrie wieder, sprang von dem Roller und rannte weg, ins freie Feld hinein. Isa kippte mitsamt dem Motorroller um und blieb hilflos festgebunden liegen. Sie hörte, wie Tarzan Guarda über den Acker verfolgte.

Isi

»He, Isa, hihi, wie groß du geworden bist!«

Isa erschrak. Diese Stimme … Sie hob den Kopf, ihr Herz überschlug sich. Sie kniff die Augen zu und öffnete sie wieder. Über den Weg kam ein kleines Mädchen angehüpft, etwa sieben Jahre alt, spindeldürr und schmutzig, ihre Kleidung nicht mehr als Lumpen, doch mit glänzenden, lachenden Augen. So fürchterlich vertraut, aber zugleich auch armselig, anders, wild. Ihre Stimme, ihr Lachen, und wie sie ging …

»Hallo Isiwisi!« Das Mädchen ging direkt vor Isa in die Hocke, schlang ihre langen, dürren Ärmchen um die Knie und schaute Isa mit großen Augen an. »Wie groß du geworden bist! Ist ja stark! Weißt du noch dass ich … du … wir immer möglichst schnell groß werden wollten?« Das Mädchen schaute sie grinsend an. Sie verlor gerade ihre Milchzähne, gleich zwei vordere Schneidezähne fehlten. »Warte, ich werde dich losmachen!« Sie sprang auf und begann, an den Knoten zu zupfen.

Dieses Mädchen … Die Farbe ihrer Augen, ihre Gesichtsform, die Zungenspitze zwischen ihren Lippen, die abgekauten Fingernägel … Sie war es selbst, das Mädchen war ihr jüngeres Selbst, allerdings eine verwilderte Version davon, genau wie bei Tarzan.

»Ha!« Die siebenjährige Isa sprang hoch. »Gut, was, unser Tarzan? Ich sagte: ›Fass, Tarzan! Fass die Katze!‹, da ist er gleich auf die Hexe losgegangen … und … und … Weißt du …«

Isa kroch unter dem Motorroller hervor und stand auf. Sie rieb sich die Handgelenke, um das Kribbeln aus ihren Händen zu vertreiben.

»Du bist die einzig wahre Isa, richtig?«, fuhr das Mädchen fort. »Ich habe es sofort gewusst, so wie du da über diesen Acker gegangen bist, ich konnte es fühlen, *riechen* … Die Hexe hatte überhaupt nichts geblickt, aber ich schon!« Sie lachte stolz. »Du bist nicht einfach nur so ein Selbstbilddingsda. Nein, du bist ich und ich bin du und du warst ich und … es ist so was von cool, dich zu sehen!« Die kleine Isa sprang vor und umarmte Isa überschwänglich.

Isa erstarrte, sie spürte, wie ihr das Blut aus dem Gesicht wich. Das hier war anders als die Kopien ihrer selbst, die sie am Staudamm gesehen hatte. Die waren nicht so jung gewesen, die hatten nicht auf sie reagiert, die … Isa schämte sich, sie wollte diesem kleinen Mädchen nicht unter die Augen treten, selbst nicht dieser wilden Version. Isa löste die sehnigen Arme, die sie umarmten, und wich zurück.

Die Miene des Mädchens verdüsterte sich. »Was ist? Freust du dich nicht, mich zu sehen?«

Isa sagte nichts. Sie sah sich selbst durch die Augen ihres kleinen Selbsts. Und auf einmal sah sie, wie sehr sie sich verändert hatte, und ihre Augen füllten sich mit Tränen. Was für ein kleiner Springinsfeld war diese Isa ihr gegenüber, und wie verbissen und steif und unzufrieden dagegen wirkte sie nun! Sie schämte sich, dass ihr kleines Selbst mitansehen musste, wie sie geworden war. Sie war nicht glücklich, eigentlich war sie gescheitert. Mit Freunden traf sie sich nie mehr, das Reiten hatte sie aufgegeben und andere schöne Sachen ebenso; alles hatte diesem einen Traum weichen müssen. Und war sie eigentlich überhaupt wirklich cool? Lieber Himmel, diese grauenhaften Fotos beim Vorsingen, auf denen sie ausgesehen hatte wie ein hysterisches Huhn, während … Wie war sie neugierig gewesen, als sie so klein war wie die Isi, die jetzt vor ihr stand, wie hatte sie gelacht, wie war alles wie von selbst gegangen!

Zögernd machte die große Isa wieder einen Schritt vorwärts und streckte ihre Hand aus: Sie musste etwas tun. Sie musste tun, als ob es ihr gut ginge, durfte nicht zeigen, wie mies sie sich fühlte, wie verwirrt sie war.

Hölzern legte Isa beide Arme um ihr kleines Selbst – die dünnen Ärmchen, der schmächtige kleine Körper, das lange Haar …

»Ich habe Hunger, Isa … Wirklich einen Riesenhunger!« Die kleine Isa schaute sie erwartungsvoll an und die große Isa konnte jetzt wirklich nicht mehr an sich halten. Es gelang ihr nicht, sich nichts anmerken zu lassen, sondern ihre Schultern zuckten. Sie drückte das Mädchen in ihren Armen fast zu Mus, so groß war ihre Sehnsucht, wieder so klein zu sein.

»He, ganz ruhig, Isilein«, flüsterte die kleine Isa. »Ganz ruhig, mein Isimädchen!« Mit ihrem kleinen Händchen streichelte sie Isa über den Rücken. Davon musste Isa nur noch mehr weinen – Frida hatte sie früher immer »mein Isimädchen« genannt, wenn sie sie trösten wollte. Das letzte Mal, als Frida sie so genannt hatte – ein paar Jahre war das jetzt her, nicht lange nach Sebs Tod –, hatte Isa sich so über dieses »dumme, kindische Getue« aufgeregt, dass Frida es danach nie wieder wagen sollte, dieses Wort zu benutzen.

»W-was … was ist passiert? Wieso bist du so mager?« Isa hielt ihr kleines Selbst eine Armlänge von sich entfernt und musterte sie besorgt, während sie sich mit dem Handrücken die Tränen aus dem Gesicht wischte.

Die kleine Isa zuckte mit den Schultern und rümpfte schnaubend die Nase. »Hunger. Wir haben seit Ewigkeiten nichts mehr zu essen. Ich bin allein. Mit Tarzan. Du …« Das Mädchen schaute sie grimmig an. »… Du denkst nie mehr an mich! Wir ziehen einfach nur irgendwie durch die Gegend, Tarzan und ich.«

Isa drückte ihr kleines Selbst wieder an die Brust. »Ich werde für dich sorgen, ich lasse dich nicht mehr allein, nie mehr! Komm mit, in der Nachthütte haben wir Essen und Trinken!«

»Wir?«

»Seb ist auch hier!«

»Ach, okay. Und weißt du, Isa, du musst dich vor mir nicht schämen. Ich weiß ohnehin alles von dir, ich bin ja schließlich du. Ich bin überall mit dabei gewesen. Und ich finde dich ganz schön stark. Immerhin hast du es bis ins Fernsehen geschafft. Aber schade ist nur, dass du nie mehr reitest. Ich fand Arwen wirklich unheimlich süß.«

»Aber gerade dass du alles weißt …«, erwiderte Isa und krümmte sich innerlich. Der Gedanke, dass das kleine Mädchen von ihrem Debakel bei *Winners & Losers* wusste, war zu arg.

»Und jetzt will ich mit dir mit!« Sie fasste Isas Hand. »Ich werde Tarzan rufen. Der freut sich auch sehr, dich zu sehen. Und diese Monsterfrau kommt bestimmt nicht mehr zurück.« Die kleine Isa drehte sich um und spähte nach links und nach rechts. »Tarzan!«, rief sie. »Tarzan, komm!«

Isa zitterte. Genau so hatte sie Tarzan früher immer gerufen. Sie hörte sein Bellen und von hoch oben auf dem Hügel kam er angerannt – strauchelnd, springend, die Zunge aus dem Rachen hängend, braun und schwarz mit einem weißen Schwanz.

»Da!« Die kleine Isa nahm ihre Hand und zog sie mit zu dem kaum zu bändigenden Hund.

So merkwürdig es war, neben ihrem eigenen kleinen Selbst herzugehen, so vertraut war es, Tarzan an ihrer Seite zu haben. Bellend und schwanzwedelnd rannte er neben ihr her und ab und zu leckte er ihr begeistert die Hand. Der Spaziergang bergab über den Acker dauerte nicht lang und schon bald erblickten sie in der Ferne Seb, der ihnen entgegenkam.

»Wo warst du? Was ist passiert?«, rief er. Er klang beunruhigt.

Mit einem frohen Bellen rannte Tarzan auf Seb zu. Ihn kannte er natürlich auch, fiel Isa ein, und zusammen mit ihrem kleinen Selbst rannte sie dem Hund hinterher. Erst als sie direkt vor ihm standen, bemerkte Isa Sebs wütendes Gesicht. Er würdigte Tarzan und die kleine Isa keines Blickes. »Wie konntest du dich nur einfach so allein davonmachen?«, zischte er. »Verstehst du denn immer noch nicht, wie gefährlich es hier ist? In den Hügeln hier wimmelt es nur so vor Kontrolleuren. Und bilde dir bloß nicht ein, du könntest es mit denen aufnehmen!«

»Mit Tarzans Hilfe schon«, antwortete die kleine Isa lachend.

Seb warf einen irritierten Blick auf das Kind. »Was? Wieso? Wie meinst du das?«

Isa erzählte ihm, was geschehen war.

»Und ihr seid so dumm zu glauben, dieses Weib käme nicht wieder? Los, wir müssen hier weg, und zwar sofort! Bestimmt hat diese Guarda schon Alarm geschlagen!« Seb rannte vor ihnen her zu ihrer Hütte zurück.

Schweigend packten Isa und Seb ihre Sachen zusammen und verstauten diese in ihren Rucksäcken. Willem schaute zu; er war ohne Gepäck. Als sie wieder aus der Hütte traten, sahen sie, wie Isi johlend hinter Tarzan herjagte, der seinerseits laut bellend den Hügel hinaufstürmte. Das Bild machte Isa froh; es machte, dass auch sie sich springlebendig und voller Energie fühlte.

»Sie kann nicht mit!«, sagte Seb.

»O doch!«, sagte Isa und zog die Riemen ihres Rucksacks etwas fester an. »Isi! Tarzan! Kommt ihr? Wir gehen!« Sie hatte zwei große Banouris für sie beiseitegelegt und hielt diese jetzt in die Höhe.

Seb schaute Isa an, als ob sie verrückt geworden wäre. Er schnaubte. »Dann können wir ebenso gut jeden hier ins Schlepptau nehmen! Wahrscheinlich laufen Dutzende ihrer Sorte in dieser Gegend herum! Wir müssen zusehen, dass der Fluss wieder fließt, dann wird alles von selbst wieder gut!«

Isa ballte die Fäuste. »Wieso sabotierst du alles, Seb? Du tust die ganze Zeit so, als ob du wüsstest, was gut für mich ist, während du bisher alles hier für mich bloß verdorben hast! Ich bin fast sechzehn! Du warst gerade sechzehn, als du starbst, du brauchst mich nicht mehr zu bevormunden!«

Bei dem letzten Satz zuckte Seb zusammen und wandte sich ab.

Aber Isa war noch nicht fertig. »Wir sind hier in *meinem* Innenland! Von jetzt an tun wir, was ich will, ja? Und ich will zu Alysha. Sie ist die Zukunft, und du bist Vergangenheit!«

Da erst sah sie die Trauer in Sebs Augen und seine ohnmächtig geballten Fäuste. Sie ging zu ihm und wollte ihren Arm um ihn legen, doch er wehrte sie ab. »Lass mich … Ich bin ja doch tot. Ich bin nur ein wertloses Andenken und …«

»Seb, es tut mir leid, dass ich gesagt habe, du bist tot, aber … Na ja, ich weiß, dass du mir helfen willst, aber es ist, als würdest du dich mir andauernd in den Weg stellen!«

Seb zuckte unwirsch mit den Schultern. »Willem und ich gehen jetzt in die Innere Stadt, um uns mit den Leuten des Widerstands zu beraten. Uns einen neuen Plan für die Zerstörung des Staudamms auszudenken, einen Bürgerkrieg zu entfesseln oder was auch immer. Ob es dir nun gefällt oder nicht! Du kannst heute noch mit uns reisen. Vielleicht kann ich dich noch davon überzeugen, dass Alysha dein Feind ist und nicht ich. Morgen kreuzen wir das Flussbett ein weiteres Mal, ein Stück weiter nördlich. Bis dahin kommst du ohnehin besser mit uns, egal, wohin du danach möchtest.« Mit verbitterter Miene fuhr er fort: »Ist ja letztlich deine Sache … Und wenn du die Kleine unbedingt mitnehmen willst … aber glaube nur nicht, ich würde für sie sorgen, und mein Essen bekommt sie auch nicht!«

Isa schaute zu Willem, der schon die ganze Zeit nichts gesagt hatte. Sie hätte erwartet, dass er sich auf ihre Seite stellen würde, denn das tun blinde, verliebte Trottel nun einmal immer, doch er kickte nur ein Steinchen zur Seite und murmelte, Seb habe recht.

Entsinner und Empfinder

Seb und Willem gingen vorneweg, Isa, Tarzan und die kleine Isa folgten ungefähr zehn Meter dahinter. Der Weg führte durch eine trostlose Landschaft. Zu beiden Seiten der Straße war alles tot. Sämtliche Gewächse auf den staubigen Äckern, aus denen alles Leben verschwunden war, hingen gelb, vertrocknet und geknickt übereinander. Der heiße Wind jagte erstickende Staubwolken auf. Die Umgebung bedrückte Isa; ihr kleineres Selbst zeigte sich weniger beeindruckt.

»Also ich bin Isi und du bist Isa ... Okay: Isiwisilein und die groooße Isa!« Die kleine Isi schaute lachend neben sich auf ihr großes Selbst, machte sich ebenfalls groß und stapfte mit übertrieben würdigen Schritten davon. Tarzan rannte aufgeregt bellend zwischen Seb und den beiden Versionen Isas hin und her, vor Freude über seine eigenen Pfoten stolpernd. »Und wir gehen in die einzig wahre Innere Stadt, oder? Cool!«

Isa nickte abwesend. Das hier war tausendmal verrückter, als sich selbst auf Video zu sehen. Eine Million Mal verrückter! Aber es tat auch weh. Isi trug ihre Lieblingshose von damals, die Jeans mit den aufgestickten Blümchen, und sie hatte das verwaschene rote Pucca-T-Shirt an. Sie war es selbst und gleichzeitig auch nicht mehr. Nie mehr und andererseits irgendwie doch auch.

Isa hatte beschlossen, diesen Tag noch mit Seb und Willem weiterzuziehen. Wenn sie das Flussbett erreichten, würde sie sich verabschieden und stromaufwärts dem Flussbett folgen. So käme sie ganz von selbst wieder zum Staudamm. Unterwegs musste sie sich noch etwas ausdenken, um Alysha davon zu überzeugen, dass alles Sebs Schuld gewesen war. Es würde sie allerdings trotz allem Mut kosten, ohne Seb loszuziehen; zusammen mit Tarzan und der wilden kleinen Isi.

Der Weg, dem sie folgten, führte auf eine kleine Ansammlung von Bauernhäusern zu. In der Nähe der tief in einem Tal verborgenen Ansiedlung war das Land noch grün – eine kleine Oase zwischen tot daliegenden Feldern. Als sie nicht viel später den Rand der Oase erreichten, atmete Isa erleichtert durch. Neugierig blickte sie sich um, denn eigenartige Pflanzen wuchsen hier. Links erhoben sich lauter Blütenrispen, manche mit bauschigen Enden, andere stachlig; manche luftig und dünn wie Federn, andere wie kleine Plüschkugeln. Die Gewächse rechts vom Weg waren fleischiger. Saftige Stängel wucherten durcheinander. Es gab Hunderte von Arten: gummiähnliche violette; gelbe, die mit einem Flaum bedeckt waren; braune mit Stacheln; weiße mit Schuppen; rote mit kleinen Bläschen. Sie wanden sich in Längen von zwei bis mindestens zwanzig Metern über den Boden, um schließlich in einer dicken Tropfenform zu enden, aus der bunte Rauchwölkchen aufstiegen; Wölkchen, die sich mit dem Wind verbreiteten.

Isi sah Isas Verwunderung. Sie zog sie mit zum Rand des Rispenfeldes und rief: »Das hier sind meine Lieblingssporen!« Isi tippte eine der Rispen an. Isa erschrak und fuhr zurück: Im selben Augenblick, als Isi die Rispe berührte, sah sie wie in einem Blitz den Sandkasten in ihrem Kindergarten vor sich. Isi strahlte. »Stark, was? Versuch es doch auch mal!« Und bevor Isa sie daran hindern konnte, lief Isi in das Feld hinein, während sie zu allen Seiten die Rispen streichelte.

Der Duft eines Mohnbrötchens am Sonntagmorgen in dem Ferienhaus auf Vlieland. Ein Waldspaziergang mit Opa – wieso besuchte sie ihre

Großeltern eigentlich nie mehr? *Geheimnisvolle Klänge klassischer Musik bei Tante Dinie. Hunger während des Abnehmens. Ihr Skizzenblock voll verrückter Zeichnungen. Arwens schnuppernde Nase, ihre glatten, glänzenden Flanken. Staubiges Pieksegras in den Dünen, Seb, der Gitarre spielt, Lem, der die Erkennungsmelodie der Sesamstraße mitbrüllt …* und noch viel mehr, alles kreuz und quer durcheinander.

Isa schwirrte der Kopf und Isi berührte immer neue Rispen. Immer weiter lief sie in den Acker hinein, Tarzan schwanzwedelnd hinter ihr her. *Der Geschmack des Holzbleistifts, auf dem sie herumkaute. Die haarigen Blätter des Usambaraveilchens auf Omas Fensterbank. Die geborstenen Marmorfliesen im Flur des alten Hauses. Wie es war, ganz in dem Genuss eines warmen Croissants aufzugehen, ohne Sorgen um die Figur. Ein Lachkrampf zusammen mit Anouk. Gewichte stemmen in der Sportschule. Die Wolke in Form eines Seepferdchens, die Seb ihr irgendwann einmal gezeigt hatte …*

Es hörte einfach nicht auf. Bilder, von denen Isa geglaubt hatte, sie längst vergessen zu haben, Gerüche, von denen sie nicht wusste, dass sie so genau in ihrem Gedächtnis abgespeichert waren, und so vieles, das ihr entfallen war. Isi blieb stehen und drehte sich zu ihr um. Sie zeigte auf die fleischigen Pflanzen auf der anderen Seite des Wegs. »Schau, jetzt machen die da auch schon mit! Hihi! So geht es immer!« Sie hüpfte zurück auf den Weg, während sie mit den Fingern langsam über die Pflanzen strich – *Tarzans feuchte Schnauze an meinem Hals; frühmorgens auf Arwen durch die Dünen galoppieren; Seb, der neben mir im Auto sitzt und mir einen seiner neuesten Songtexte vorträgt; anstrengende Dehnübungen.* Isa war schwindelig, und sie drehte sich zu dem Acker hinter ihr um.

Die fleischigen Stränge rechts des Weges pulsierten. Die runden, aufgepumpten Enden schwollen an. Wie in einem Gelände voll kleiner Vulkane begann sich überall spuckend Rauch zu verbreiten. Die Sukkulenten reagierten offenbar auf die von den Rispen hervorgebrachten Bilder. Ein Hauch der vielfarbigen

Wolken wurde vom Wind mitgeführt, über den Weg, und hüllte Isa in einen Nebel. Der Rauch drang ihr in die Nasenlöcher und im selben Augenblick durchwogten sie die Gefühle, die zu den verschiedenen Erinnerungen gehörten: Rührung, Trauer, Bewunderung, Genuss, Beklemmung, Ekel, Ruhe und sehnsüchtiges Schmachten … sich verdrängend, erstickend, verwirrend.

Isi stellte sich zu Isa. »Alles Entsinner und Empfinder hier auf den Äckern. Super, was? Viel schöner als Folgerer, Normungen oder Argumentierer!« Isi schien das Gewirr an Wahrnehmungen und Empfindungen nichts auszumachen. »Die hier sind noch nicht ganz reif, aber trotzdem schon schön zum Spielen.«

»Mir wird ganz schwindelig davon«, murmelte Isa. Es war, als würden all ihre Sinneswerkzeuge gleichzeitig wie wild durch die Gegend zappen. »Geht es dir nicht so?«

»Was?«

»Na, das!« Isa zeigte auf die Rispen. »Dass du bei jedem Ding, das du anfasst, etwas siehst oder hörst oder riechst oder fühlst!«

Isi zuckte mit den Schultern. »Ich sehe und höre immer alles Mögliche.«

»Ich meine, dass die Dinger da dafür sorgen, dass du etwas von vor langer Zeit noch einmal erlebst.«

Isi lachte. »Ich bin auch von vor langer Zeit, hast du das vergessen? Und es gehört alles zu dir …« Wieder zuckte sie mit den Schultern. »Kommst du? Wenn wir trödeln, wird der dumme Seb wieder böse.«

»Ich möchte es doch auch einmal selbst tun!« Schon stand Isa in der Wegböschung und tippte eine blaue Rispe an, woraufhin sie sich an ihrem Schreibtisch bei den Hausaufgaben sah. Sie ging weiter in den Acker hinein und pustete ein weißes Federbällchen an – *ihre Zahnbürste in dem Glas über dem Waschbecken.* Ein stacheliges kleines Ding an demselben Stängel: *Anouk, die auf einem Schulfest eine vollkommen blödsinnige Karaoke-Nummer hinlegte.* Aus Versehen streifte sie gleichzeitig die Flaumfeder einer anderen Pflanze und die Erinnerung an Anouk vermischte sich mit der des Prinzessinnenkleides aus dem Verkleidekoffer, das sie mit ungefähr sechs Jahren am liebsten ganze Tage lang getragen hatte.

Die kleine Isi rief: »He … mein Prinzessinnenkleid! Wo hängt das?«

Isa lief weiter in den Acker hinein, sie spreizte die Hände, streichelte mit ihren Fingerspitzen die Rispen. Erinnerungsstrudel füllten ihren Geist – willkürlich, ungezielt. Isi hatte recht, es machte Spaß. Es gab so viel, jede Sekunde ihres Lebens schien in diesem Feld gespeichert zu sein. Doch es war auch schmerzhaft … Die Plackerei im Ballettunterricht, Freundinnen, die sie nicht mehr traf, weil sie sie irgendwann nicht mehr cool genug gefunden hatte, alle leckeren Sachen, die sie zurzeit nur noch mit einem schlechten Gewissen essen konnte. *Ein warmes Toastbrot mit süßen Zuckerstreuseln, das orangefarbene Zelt auf dem Campingplatz in Südfrankreich, ein Vanillemilchshake* … Isa rannte, die Arme weit gespreizt, pustend, rufend und mit den Füßen aufstampfend, um nur möglichst viel Aufruhr hervorzurufen.

Die Erinnerungen wurden zu einem Wasserfall von Bildern, Gerüchen und Geräuschen. Isa badete darin, bis sie satt war, bis alles, was sie je erlebt hatte, wieder ihr gehörte – all die Dinge, an die sie seit Jahren nicht mehr gedacht hatte, all die Dinge, an die sie nicht mehr hatte denken wollen, weil sie angeblich kindisch waren oder vorbei. Und in vielfarbigen Wolken pumpten die Fettpflanzen auf der anderen Seite ihre Ladungen an Gefühlsnebel ins Freie. Der Nebel strich über den Weg, erreichte den Acker, umwölkte Isa, bis die Luft um sie herum so voll widersprüchlicher Gefühle und Empfindungen war, dass Isa vor Freude außer sich war und zugleich auch fast verrückt vor Kummer –

einfach alles gleichzeitig: tief melancholisch und krank vor Ekel, völlig überdreht vom Lachen und sehr, sehr traurig.

Weinend und lachend zugleich stolperte sie auf den Weg zurück und warf sich der Länge nach auf den Boden. Sie fühlte sich aufgewühlt, umgepflügt, gerädert und trotz der traurigen Momente besser als seit Ewigkeiten, denn auch wenn viele Erinnerungen sie schmerzten, so waren es doch *ihre* Erinnerungen. Zum ersten Mal seit langer Zeit hatte sie wieder das Gefühl zu wissen, wer sie war.

Seb und Willem saßen ein Stück weiter in der Wegböschung und warteten auf sie; hinter der nächsten Kurve standen die ersten Häuser der Ansiedlung. Willem schaute Isa neugierig an. »Schön, nicht?«, meinte er lächelnd, doch dann gewann seine Schüchternheit wieder die Oberhand.

Sebs Miene war ernster. »Verstehst du jetzt, was du verlierst?«

Isa schaute ihn verständnislos an.

»Was, glaubst du, ist früher auf all den toten Feldern gewachsen?«

Isa blickte zu den gelben, dürren Hügeln ringsum, dachte an all die toten Äcker, an denen sie vorbeigekommen waren. »Ist alles dort endgültig verloren?«

Seb zuckte mit den Schultern. »Eine Menge schon, obwohl in den Lagerhäusern wohl noch einiges Saatgut liegen wird. Aber natürlich ist unheimlich viel dahin! Eine Missernte, das ist ja noch überschaubar, aber jahrelang sollte so etwas hier nicht dauern!«

Eine Ökonomiestunde

Es war still in der Ansiedlung, nirgendwo ein Mensch zu sehen. »Eigenartig«, sagte Seb. »Aber vielleicht können wir hier irgendwo etwas zu essen und zu trinken kaufen. Das ganze Obst hängt mir schon zum Hals heraus!«

Nahe beieinanderbleibend, gingen sie in das Dörfchen hinein. Keine Stimmen waren zu hören, kein Vieh stand auf den Weiden hinter den Häusern und nicht ein Huhn rannte über den Hof. Das einzige Geräusch war das Knirschen einer verrosteten Wetterfahne auf dem First eines der Dächer. An einer Kreuzung stand ein Wegweiser mit den Aufschriften »ZUM LEBENSFLUSS (FÄHRE) 4 WEGSTUNDEN«, »ZUM MOTORISCHEN DSCHUNGEL, 8 WEGSTUNDEN« sowie »ZUR INNEREN STADT – HAUPTSTRASSE, 18 WEGSTUNDEN«.

Isa fühlte sich nicht sehr behaglich.

Isi schien es auch zu spüren. Ihre kleine Hand glitt in die von Isa und sie blickte sich misstrauisch um. »Wo sind die Menschen alle hin? Sonst war es hier immer richtig voll und gemütlich!«

»Hunger, auch hier, denke ich.« Willems Blicke gingen forschend hin und her.

Tarzan lief zu einem der Häuser. Mit seiner Schnauze schob er die Haustür auf und streckte den Kopf hinein. Isa wollte ihn zurückrufen, doch es war schon zu spät. Es gab einen Schlag. Jemand hatte von innen gegen die Tür getreten. Die Tür traf Tarzan hart. Jaulend und mit eingezogenem Schwanz lief er davon.

»He!«, rief Isa. Wer Tarzan etwas tat, der bekam es mit ihr zu tun! Sie stiefelte auf das Haus zu, auf den Fersen gefolgt von Isi. »He, hallo!« Isa hämmerte gegen die Tür. »Ist da jemand?«

»Komm zurück!«, zischte Seb.

Ein riesengroßer Kerl im Holzfällerhemd und mit einer Hose voller Löcher zog die Tür auf und schaute wütend auf Isi und Isa herab. Isa erkannte in ihm eine Figur aus einer verschnarchten amerikanischen Fernsehserie. Der Riese schwieg.

»Äh, äh ... Ist Ihnen klar, dass Tarzan ... mein Hund zwischen Ihre Tür geraten ist?«

Der Mann musterte sie misstrauisch.

»Sie hätten ihm die Rippen brechen können oder ...«

»Wenn ihr nur nicht glaubt, wir hätten etwas zu essen oder zu trinken für euch Lumpenpack!«, rief der Mann plötzlich. »Keinen Tropfen! Geht zurück in euer eigenes Dorf, um zu sterben!« Schon hatte er die Tür abermals zugeschlagen und kraftvoll von innen einen Riegel vorgeschoben.

Verdattert lenkten sie ihre Schritte in Richtung Innere Stadt. Das letzte Haus des Dorfes war offenbar ein Kaufladen. »Lasst uns trotzdem versuchen, noch etwas Essbares zu erstehen!«, sagte Seb. »Die Preise werden zwar hoch sein, aber ich habe eine ganze Menge Geld mit dabei.«

Sie gingen hinein. Isa konnte ein Lächeln nicht unterdrücken, denn hinter dem Kassentresen stand in einem altmodischen Arbeitskittel ihr Ökonomielehrer, Herr van Berkel. Er starrte sie mürrisch an und begrüßte sie mit einem kaum wahrnehmbaren Kopfnicken. »Kinder!«, murmelte er geringschätzig. »Geringe Belastbarkeit, keine Leistung. Kosten nichts als Geld!«

Seb jedoch zückte ein dickes Portemonnaie. »Wir haben Geld ... Wir würden gern etwas zu Essen kaufen.«

Der Ökonomielehrer zuckte lässig mit den Schultern, doch

seine Augen funkelten begierig. »Die Preise sind allerdings etwas gestiegen. Eine Frage des Mangels. Die hiesige Wirtschaft steckt in einer Rezession.«

Sie schauten sich in dem Laden um. In den Regalen stand nicht mehr sehr viel, aber zu Isas Erstaunen war das, was es noch gab, mehr oder weniger das Gleiche wie in einem Minisupermarkt in der normalen Welt – Dosensuppen, Kekse, Brot, Milch, Käse, Schokolade … Außerdem waren es genau die Sachen, die Isa immer am liebsten gemocht hatte: Champignonsuppe, Mandelgebäck, alter Gouda, Zartbitterschokolade, Paprikachips, junge Möhrchen und dunkles Brot.

Sie suchten für mehrere Tage Essen zusammen und legten alles auf den Tresen.

»Das macht dann vierhundertfünfzehn Libidi«, sagte van Berkel mit stählerner Miene, nachdem er alles zusammengezählt hatte.

»Wie viel?«, fragte Seb fassungslos. Auch Willem starrte den Gemischtwarenhändler ungläubig an.

»Vierhundertfünfzehn Libidi.«

»Was?!«

Der Ökonomielehrer hinter seiner Kasse lächelte. »Angebot und Nachfrage … Das genau ist Handel, Kinder; ganz simpel. Kleine Lektion aus der Praxis, sagen wir mal.« Währenddessen musterte er Isa eindringlich.

Seb öffnete seine Geldbörse und begann, die kleinen glänzenden Perlen, mit denen diese gefüllt war, zu zählen. Zu Isas großer Verwunderung wuselten die Perlen herum, als ob sie lebten. Auch verbreiteten sie ein sanftes Licht, das sich in den gierigen Augen des Ladeninhabers spiegelte.

»Saaten von Empfindern und Entsinnern«, erläuterte Willem. »Proppenvoll mit Energie und Geisteskraft; sie enthalten sogar winzige Spuren Inneren Feuers.«

»Jaja …«, murmelte Isa.

Seb bezahlte widerwillig und anschließend verteilten sie ihre Einkäufe auf die beiden Rucksäcke.

Als sie das Geschäft verlassen wollten, räusperte sich van Berkel. »Wartet mal!«

Sie drehten sich wieder um.

»Du da.« Van Berkel wandte sich an Isa. »Du bist die echte Isa, nicht wahr?«

Isa warf einen Blick zu Willem und Seb, schwieg aber weiter.

»Ich habe, und das ist ungebräuchlich für einen ökonomisch ausgerichteten Menschen, einen kostenfreien Ratschlag für dich. Nennen wir es Kundenpflege.« Er lächelte und schaute Isa durchdringend an. »Ich an deiner Stelle würde um die Innere Stadt einen weiten Bogen schlagen. Sie warten nur darauf, dich fertigzumachen. Und wenn ich deine Verkleidung durchschaue, dann werden auch andere dazu imstande sein.«

Isa schaute ihren Lehrer abwartend an.

»Die Kräuselfischerei, das Aufschütten von Geestgrund, die Assoziationszucht, der Ideenhandel, alles liegt still«, fuhr er fort. »Und alles deinetwegen! Dein Auftauchen im Innenland hat dafür gesorgt, dass die innenländische Wirtschaft keinerlei Input mehr erhält – kein Bild, keinen Ton, keinen haptischen oder geschmacklichen Sinneseindruck, kein Gefühl, nichts! Dein Körper liegt da draußen im Koma, Augen und Ohren geschlossen. Die ganze hiesige Wirtschaft liegt dadurch flach. Die Dürre war schon katastrophal, aber noch eine zweite Katastrophe dazu, das ist einfach zu viel! Ohne Rohstoffe keine Arbeit, ohne Arbeit keine Produktion, ohne Produktion kein Handel, ohne Handel … nichts!« Er schaute sie einen nach dem andern dramatisch an und fuhr mit seinen Ausführungen fort.

»Genau das ist es, was wir Ökonomen mit dem sogenannten Primat der Wirtschaft meinen. Von Erinnerungen und eitlen

Träumen kann eine Wirtschaft nicht leben! Das weißt du fast ebenso gut wie ich, falls du zumindest ein wenig in meinem Unterricht aufgepasst hast! Seit du vollständig nach innen gewandt bist, zerfällt die Wirtschaft des Innenlandes. Das Innere Auge kräuselt sich nicht mehr, wellt sich nicht mehr, sieht nichts mehr, fühlt nichts mehr, schmeckt nichts mehr. Die Fischer fangen nichts mehr. Und die ersten Opfer sind die Leute, die alles hier am Laufen halten. Wenn ich du wäre, würde ich mich beeilen. Nichts wie weg hier, zurück ins Außenland! Ehe du dich versiehst, bricht hier eine echte Hungersnot aus, gegen die sich die heutige Dürre wie *Peanuts* ausnimmt, und dann wird es richtig kritisch! Ich sehe Aufstand und Revolution vorher! Chaos! Anarchie! Untergang und Vergessen!«

»Isa, kommst du?« Das war Seb, er war immer noch wütend, wie viel er für die Einkäufe hatte hinblättern müssen. »Wir müssen weiter!« Er ging zur Tür.

Isa nickte van Berkel zu. »Äh, danke. Auf Wiedersehen!«

Brummend drehte ihnen der Gemischtwarenhändler den Rücken zu. Er zog die Schublade seiner Kasse auf und machte sich daran, den von Seb erhaltenen Haufen wimmelnder Libidi hineinzusortieren.

Sie ließen die Oase hinter sich. Wo sie jetzt gingen, war es weniger trocken als oben auf den Hügeln. Hier und da stand noch ein grüner Baum und die Pflanzen auf den Äckern waren kümmerlich, aber noch nicht tot.

Willem hatte rasch Freundschaft mit Isi geschlossen, und mit Tarzan in ihrem Kielsog hüpften die beiden vor Isa und Seb her. Eigentlich verrückt, überlegte Isa: In der normalen Welt hatte sie Willem nie wirklich wahrgenommen, aber hier hatte er sich ihr und ihrem Bruder angeschlossen, als wäre es die normalste Sache der Welt. Was sollte sie eigentlich mit ihm? Wenn jemand ein *Loser* war, dann in jedem Fall er … Oder, na ja, er war zwar ganz nett, aber zu Alysha konnte sie ihn nun wirklich nicht mitnehmen!

»Van Berkel hatte recht«, unterbrach Seb ihre Gedanken. »Wir müssen uns noch viel mehr beeilen, als ich dachte. Wenn du hierbleibst, dauert es nicht lange, ehe alles in sich zusammenstürzt.«

»Kannst du mir erst einmal erklären, was genau er gemeint hat?«

Seb schaute Isa an. »Eigentlich haben wir es schon immer gewusst. Solange du im Innenland bist, sind deine Sinneswerkzeuge dem Außenland gegenüber verschlossen. Aber das Innenland ist vollkommen abhängig von deinen Sinneswahrnehmungen!«

»Ich kann doch einfach denken, was ich will? Auch mit geschlossenen Augen?«

»Alles, was über deine Sinneswahrnehmung aus dem Außenland hereindringt, führt zu Kräuseln auf dem Inneren Auge, dem Binnenmeer. Diese Kräusel werden abgefischt und verarbeitet. Nebensächliches wird zu Geestgrund verarbeitet und in den Leerlanden abgeladen. Wichtiges wird gereinigt und zu Samen weiterverarbeitet. Alles, was hier auf den Feldern wächst, ist solchen Samen entsprossen und dient seinerseits allen höher entwickelten Bewohnern des Innenlandes als Nahrung. Das Innenland kommt also nur vorübergehend ohne Außenwahrnehmungen zurecht und ist als System empfindlich. Innerhalb kürzester Zeit kommt es zu einer Hungersnot …« Seb schaute Isa dramatisch an. »Der Staudamm hat schon für Hungersnöte in großen Teilen des Innenlandes gesorgt, doch jetzt haben wir noch einen weiteren Grund, uns zu beeilen!«

Isa nickte einfach nur; sie war neugierig auf Alyshas Version der Geschichte. »Sollten wir nicht bald etwas essen?«, schlug sie vor. Sie befürchtete, Seb würde meckern, dass es viel zu früh sei und sie sich beeilen müssten, doch zu ihrer Erleichterung war er einverstanden. Etwas weiter, am Rand eines Wassergrabens, setzten sie sich ins Gras und nahmen ein großartiges Mittagessen aus Chips, Schokolade, Äpfeln und Brot mit wunderbarem altem Gouda zu sich.

»Vierhundertfünfzehn Libidi!«, seufzte Seb, als sie mit dem Essen fertig waren, und sank mit einem glückseligen Lächeln träge in das trockene Gras zurück. »Aber was soll's: Es war es wert! Ich habe seit Ewigkeiten nicht mehr so gut gegessen. Dieser van Berkel, so ein Betrüger … Weißt du, Isa, als ich noch lebte, hatte ich auch Unterricht bei ihm. Ich habe ihn immer etwas merkwürdig gefunden, aber naja, der Übelste war er nun auch wieder nicht.«

Willem grinste – auch für ihn war van Berkel kein Fremder.

Während er und Seb die Lehrer des Freud-Gymnasiums einen nach dem anderen durchgingen und Isi und Tarzan friedlich vor sich hin schliefen, um ihre erste anständige Mahlzeit seit Langem zu verdauen, grübelte Isa darüber nach, was sie tun sollte. All diese sterbenden Gebiete, die verwilderte, hungrige kleine Isi und dazu Tarzan hatten sie zum Zweifeln gebracht … Waren das die Opfer, die Alysha bringen musste, um ihre Pläne zur Ausführung zu bringen? All diese toten Gebiete waren nur Geschichte, und es ging um ihre Zukunft. Und die lag vielleicht doch in dieser Wüste! Sollte sie nicht den Mut haben, die Dinge zu verändern? Ihrem Traum nachzujagen?

Ein Sterbefall

Nachmittags erreichten sie ein zweites, etwas größeres Dorf. Hier gab es keine grüne Oase ringsum, sondern nichts als Staub und dürre Felder. Die Dorfbewohner waren entweder weggezogen oder tot.

Von der verlassenen Hauptstraße aus sahen sie etwas Großes, Dunkles auf dem Dorfplatz liegen. Ein Tier, ein Pferd. Es bewegte sich ruckhaft, es lebte noch, ihm schien es schlecht zu gehen. Sie näherten sich ihm. Noch bevor Isa es richtig sehen konnte, wusste sie es eigentlich schon, sie fühlte es und sie wurde davon angezogen wie eine flatternde Motte vom Feuer. Das Tier lag auf der Seite, spindeldürr, die Rippen stachen fast durch sein Fell, der Bauch war geschwollen. Es strampelte mit den Beinen.

Isa wusste, dass es Arwen war, noch ehe sie den Kopf des Tiers gesehen hatte. Trotzdem konnte sie einen Verzweiflungsschrei nicht unterdrücken, als sie die breite weiße Blesse über der verkrampften Grimasse der Stute erblickte. Ihrer Stute. Das Tier hatte Schaum vor dem Maul, trat noch einmal mit den Beinen in einem ohnmächtigen Versuch aufzustehen. Isa sank neben Arwens Kopf auf die Knie und streichelte ihre Blesse. Das Pferd atmete rasselnd, seine Augen waren trübe, dennoch schien es Isa zu erkennen. Es hob den Kopf und legte ihn unter Mühen in Isas Schoß. Isa beugte sich vor und streichelte Kopf und Hals ihres geliebten Reittiers.

»Es tut mir leid, Arwen«, flüsterte sie. »Ich hätte dich nicht gehen lassen dürfen …«

Außer Atem, rosig vom Reiten und vollkommen glücklich war

sie nach Hause gekommen. Zum ersten Mal war sie ganz allein ausgeritten. Arwen und sie, weiter niemand. Sie hatte Arwens Zügel schießen lassen und zusammen waren sie kreuz und quer durch die Dünen gestreift, weit weg von den ausgetretenen Pfaden. Stundenlang, während eine späte Herbstsonne alles in eine bronzene Glut gehüllt hatte und ihrer beider Atem in kleinen kalten Wölkchen aufgestiegen war.

Du musst dich entscheiden, Isa – hörte sie in Gedanken die Stimme ihrer Mutter. *Du kannst nicht reiten und zugleich Gesangsstunden nehmen. Wir können uns das Geld schließlich nicht aus den Rippen schneiden!* Das hatte ihre Mutter gesagt, als sie an diesem Abend nach Hause gekommen war.

Das Glücksgefühl war einem Knoten in ihrem Magen gewichen. Sie war wütend davongerannt, hatte die Tür mit einem Knall hinter sich zugeschlagen. Später war sie doch weich geworden. Sie hatte sich einverstanden erklärt und das Reiten aufgegeben. Im Tausch dafür durfte sie fortan zwei Mal in der Woche zum Gesangsunterricht. Vielleicht war das der Augenblick gewesen, an dem sie die Freude am Singen verloren hatte, fiel ihr plötzlich ein. Sie schüttelte den Kopf, um diesen eigenartigen Gedanken loszuwerden – wieso hatte sie die Freude am Singen verloren? Doch der Gedanke blieb: Nachdem sie Arwen aufgegeben hatte, war etwas in ihr unwiderruflich zerbrochen.

Isa beugte sich noch weiter vor und legte ihre Wange an Arwens Kopf. Sie roch das Tier jetzt noch klarer und sie spürte das verletzliche, liebe Leben unter dem schwarz glänzenden Haar. Für eine kurze Zeit beschleunigte sich die Atmung des Tieres, dann entspannte sich Arwen. Isa hörte nicht auf, Arwen zu streicheln und ihr beruhigende Worte ins Ohr zu flüstern; Seb zischte sie zu, er solle für Futter und für Wasser sorgen, aber es war zu spät. Schon als sie den Dorfplatz betraten, war es zu spät gewesen. Arwens Atem stockte und wenige Sekunden später brachen ihre Augen endgültig.

Isa blieb lange Zeit so sitzen und fühlte, wie das Leben aus Arwen floss. Der Geruch des Tieres, der große, noch warme Leib, die weiche Nase … Seb stellte sich hinter Isa und legte ihr seine Hand auf die Schulter. Willem und Isi schauten aus einiger Entfernung zu. Isi hielt Tarzan im Zaum, der zu Isa wollte und leise jaulte.

Als Isa zuletzt Arwens Kopf aus ihrem Schoß auf den Boden hob und aufstand, ging Seb davon aus, dass Isa ihren Entschluss gefasst hatte. Er vermutete, sie würde mit ihm gehen und sich mit ihm eine Möglichkeit überlegen, Alysha zu schlagen. Es konnte fast nicht anders sein. Er reichte Isa die Hand und half ihr hoch. Dann legte er ihr einen Arm um die Schulter und führte sie von dem toten Tier fort.

Schweigend ließen sie das Dorf hinter sich und folgten der staubigen Karrenspur vorbei an einem trockenen Bachbett und zwischen Feldern hindurch, auf denen das Gras gelb war, bis sie tief in einem Tal eine kleine Oase erreichten, in der sie haltmachten, um etwas zu essen. Hier war es kühl und es wuchsen sogar noch Moos und Farne. Mit ein wenig Glück fanden sie hier einen Unterschlupf für die Nacht.

»Du weißt doch, dass es nur eine von vielen Versionen Arwens war, Isa?«, versuchte Willem sie zu trösten. »Und in Schattenland lebt sie in jedem Fall noch weiter, in der einen oder anderen Form … Irgendwo wirst du dein Pferd wiederfinden. Hier vielleicht, oder wenn du wieder im Außenland bist.« Er lächelte unsicher und trat ein Steinchen beiseite; die Hände hatte er in den Hosentaschen vergraben.

Isa nickte, gab aber keine Antwort. Sie hatte kein Wort mehr gesagt, seit sie Arwen tot zurückgelassen hatte. In dem Moment, als Arwens Augen brachen, hatte das Innenland für Isa einen anderen, grimmigeren Charakter bekommen. Ihre Reise war von einem verwirrenden, unwirklichen Abenteuer in einen Albtraum übergegangen, in eine harte, kalte Wirklichkeit … ihre eigene Wirklichkeit, in der alles mit allem zusammenprallte.

Isa warf ihren Rucksack auf das Moos und lehnte sich mit dem Rücken an einen großen überhängenden Felsen. Willem und Isi suchten Brennholz und hielten zugleich Ausschau, ob sich irgendwo in der Nähe eine Höhle oder ein anderer Unterschlupf finden ließ. Seb holte Abendessen, Teller und Besteck aus seinem Rucksack.

»Seb?«, sagte Isa zuletzt, wobei sie mürrisch mit einem Stöckchen in den Waldboden stach. »Ist die Sprengung des Staudamms wirklich die einzige Möglichkeit?«

»Wie meinst du das?« Seb zog gerade eine Dose Thunfisch auf.

»Ich meine, ist es nicht möglich, alles zu erhalten, was Alysha aufbaut, und gleichzeitig diese Gebiete hier zu retten?«

»Da gibt es nichts zu erhalten! Diese dumme Kuh lässt das kostbare Wasser aus dem Lebensfluss in der Wüste verrinnen!«

»Ja, aber du weißt doch, dass ich Alysha werden will? Ich meine, in der wirklichen Welt. Und dass ich es kann? Ich habe das Zeug dazu …«

Seb sagte nichts, sondern löffelte den Inhalt der Dose auf einen Teller und begann, eine Tomate klein zu schneiden.

»Aber«, fuhr Isa fort, »ich will nicht, dass es auf Kosten all des anderen hier geht.« Sie beschrieb einen Bogen um sich. »Der kleinen Isi, all dieser Erinnerungen, Arwens …«

»Vielleicht verlierst du sie ja, weil du irgendwas falsch machst! Wenn du nur noch ackerst und alles andere beiseiteschiebst, so wie du es die vergangenen Jahre getan hast, dann mag es dir vielleicht gelingen, alles Mögliche zu erreichen. Aber es geht darum, ob du das auch wirklich willst. Ob es zu dir passt!«

»Und was ist mit meinem Auftritt abends auf der Schulfeier?«, fuhr Isa fort. »Da hat doch alles gestimmt? Ich war glücklich und alle im Saal waren berührt. Das war echt. Und danach wusste ich, wer ich sein wollte. Ehrenwort. Und ich war bereit, knallhart dafür zu arbeiten. Das bin ich noch immer!«

Seb seufzte. »Aber …«, begann er zögernd, »weißt du noch, wann das war?«

»Ja, natürlich. Kaum einen Monat, nachdem du verunglückt warst, und …«

Seb unterbrach sie. »Eben das meine ich, Isa. Damals war es deine Trauer um mich, die bei diesem Auftritt mit einem Mal nach außen trat. Vielleicht hatte es deswegen gestimmt. Aber die ganze Plackerei danach, dieses ganze Technische …«

»Mantras!«

Isi und Willem kamen angerannt, Tarzan im Kielsog hinter sich. »Mantras!«, keuchte Willem nochmals. »Ganz nah, auf dem Weg! Lauft!«

Isa und Seb rafften ihre Sachen zusammen und stopften sie in die Rucksäcke. Tarzan bellte kurz, aber laut vor Erregung. Isa zischte, er solle still sein. Seb deutete tiefer in das dunkelgrüne Tal. »Das Tal wird weiter oben zur Sackgasse, aber vielleicht können wir uns irgendwo verstecken. Kommt!«

»Nein!«, sagte Willem. »Ich lenke sie ab und locke sie weg. Ich habe kein Gepäck, ich bin schnell, ich bin zu ersetzen … Wichtig ist, dass Isa entkommt. Wenn es mir gelingt, sie abzuschütteln, dann treffen wir uns in wenigen Tagen im Soul Kitchen.«

Isa schaute von Willem zu Seb und zurück. »Ist das nicht zu gefährlich?«

»Wir haben jetzt keine Zeit für lange Überlegungen. Wenn er es so will … Danke, Willem. Gib, was du kannst! Kommt, Isa, Isi!« Und er rannte los.

Isa schaute Willem an. »Also gut … Tschüs, Willem … Vielen Dank!«

Willem grinste. Seine Augenwinkel zuckten, als wollte er etwas sagen. Dann drehte er sich um und rannte weg, den Mantras entgegen. Isa fasste Isi an der Hand und zog sie mit sich. »Komm, Tarzan, komm! Rennen!«

Das Tal wurde immer enger und die Oase ging schon bald in eine Steinwüste über, in der scharfe Felsblöcke ihr Vorankommen erschwerten. In der Ferne hörten sie bellende Stimmen. Erst näherten diese sich, danach entfernten sie sich wieder – der Köder schien zu funktionieren. So schnell sie konnten, arbeiteten sie sich über die Felsen hinweg oder zwischen ihnen hindurch. Ein Stück weiter schien das Tal wieder etwas leichter begehbar zu werden.

»Wir müssen hinauf!« Keuchend blieb Seb stehen. Er zeigte auf eine enge, steile Felsspalte, die voller Geröll war. Die Stimmen in der Ferne erstarben. »Das erwarten sie nicht. Mit etwas Glück und wenn Willem sich Mühe gibt, schütteln wir sie ab.«

Isa schaute sorgenvoll zu Isi, aber die zuckte mutig mit den Schultern. »Klar kann ich das!«

»Ich trage Tarzan, wenn es nötig wird, aber dann trägst du Isi! Ohne sie gehe ich nicht weiter!«

Seb seufzte und nickte.

Es wurde eine schwere Kletterpartie. An manchen Stellen war der Spalt nicht mehr als einen Meter breit, und scharfe Felsvorsprünge zwangen sie, sich hierhin und dahin zu verbiegen. Und tatsächlich dauerte es nicht lange, bis Isa Tarzan tragen musste, und kurze Zeit später gestand Isi beschämt und mit leiser Stimme ein, dass sie nicht weiterkonnte. Ohne zu murren, nahm Seb sie auf den Arm. Schon bald waren sie todmüde und schweißnass, die Riemen ihres Rucksacks schnitten Isa in die Schultern und Tarzan wog mehr, als Isa geglaubt hatte.

Als sie fast oben waren, flüsterte Isi plötzlich: »Ich sehe sie!«, und zeigte über Sebs Schulter nach unten.

Und tatsächlich, tief unter ihnen durchkämmte eine Patrouille von Mantras das Tal.

»Sie haben keinen Gefangenen dabei«, sagte Isa erleichtert.

»Das besagt nichts«, antwortete Seb. »Sie können ihn auch gefesselt oder mit einer Wache am Eingang des Tals zurückgelassen haben.«

»Pessimist!«, murmelte Isa.

»He, ich glaube fast, Willem gefällt dir?«

»Dieser Freak? Pah, rede kein dummes Zeug!« Isa drehte sich um. »Kommt, wir gehen weiter, ehe sie uns sehen.«

An der Stelle, wo die Felsspalte auf eine kahle, felsige Hochebene hinauslief, verbrachten sie eine kalte Nacht. Nirgendwo gab es eine Höhle oder Grotte, die sie gegen die Nachtwesen hätte schützen können. Unter einem bedrohlich überhängenden Felsen breiteten sie ihre Schlafmatten aus, und zu beiden Seiten stapelten sie zum Schutz einige Steine auf. Isa und Seb hielten abwechselnd Wache. Ein paar Stunden nach Mitternacht weckte Seb Isa. Schweigend kroch er in seinen Schlafsack und sie übernahm die Wache.

Fröstelnd setzte Isa sich auf einen flachen Stein am Eingang ihres Unterschlupfs, ihre Decke um die Schultern geschlagen, und während sie in die Dunkelheit starrte, überdachte sie Sebs Worte vom Nachmittag. Was hatte sie in den zurückliegenden Jahren eigentlich beschäftigt? Während ihrer Flucht tagsüber war sie vor allem wütend gewesen. Auf Seb. Dass er ihr Talent anzweifelte, dass er mit seinem Unglück sozusagen die Ehre für *ihren* Auftritt einforderte. Aber diese Wut war inzwischen abgekühlt. Immer wieder kam ihr das Bild Arwens vor Augen, die ihren letzten Atem aushauchte.

Nach ihrem erfolgreichen Schulauftritt hatte Isa es ständig zu hören bekommen: »Es ist schon sehr, sehr gut, aber du musst noch mehr daran arbeiten …« Ob sie nun sang oder tanzte oder schauspielerte, immer konnte es ihren Lehrern zufolge noch »professioneller« sein. Ganz verrückt hatte sie das gemacht. Alle Freude an dem, was sie tat, war ihr abhanden gekommen. Arbeit war es geworden, bleischwere Arbeit, und das Versprechen von Ruhm und Reichtum war in weite Ferne gerückt. Und je mehr ihre Eltern in sie investierten, desto schwieriger war es geworden, damit aufzuhören. Aber die Jury von *Winners & Losers* hatte recht gehabt. Seb hatte recht gehabt, sie hatte an diesem Schulabend für ihn gesungen, für ihren toten Bruder, und sie hatte ihre ganze Trauer in ihre Stimme gelegt, und es war diese Trauer gewesen, die alle gehört, die alle gefühlt hatten. Aber bei dem Vorsingen später war alles anders gewesen. Sie hatte eine Rolle gespielt, mehr nicht.

Konnte es ihr nicht eigentlich vollkommen schnuppe sein, ob sie in den Augen dieser Jury ein *Loser* war oder nicht? Nein … ja … es tat weh. Die Demütigung. Sie war so dermaßen arrogant allen anderen gegenüber gewesen … Dieser fortwährende Kampf, die vergeudeten Jahre, und was sollte sie stattdessen anfangen? Zugleich fühlte sie sich leichter als seit Jahren. Wenn sie erst einmal wieder zu Hause war … Alles durfte, alles konnte wieder sein. Sie würde wieder ausgehen, würde reiten, mit Anouk zusammen lachen, ihre Geige unten aus dem Schrank hervorkramen, ausschlafen …

Isa erschrak. Tief über die Hochebene kam mit großer Geschwindigkeit ein Nachtwesen angeflogen. Kaltblau, mit sehnigen Tentakeln, die das Land in der Tiefe erkundeten. Und das Ding hielt direkt auf ihren Unterschlupf zu. Tastend, suchend, auf der Jagd. Wie gelähmt schaute Isa hin – das hier war wirklich ein Albtraumwesen, war pure Angst, die eine Gestalt anzunehmen versuchte. Sie war dermaßen hypnotisiert von den greifenden, schleifenden Lichttentakeln, dass es ihr nicht in den Sinn kam, Seb aufzuwecken, und erst im allerletzten Moment, als eine der Lichtschlieren ihr schauerlich kalt über Wange und Hals strich, besaß sie die Geistesgegenwart, den Tranquilaser vom Schoß zu reißen, auf den Rumpf des blaue Spukwesens zu zielen und zu schießen. Nur ein dünner, zischender Lichtstrahl und das Nachtwesen verkrampfte sich, schrie, zog seine Fühlarme ein und wirbelte anschließend zu Boden, als besäße es keinerlei Gewicht.

Das Wesen regte sich nicht mehr, doch Isa feuerte immer weiter – seine Berührung war so scheußlich gewesen, dass sie nicht anders konnte. In dem Augenblick, als das Nachtwesen ihr übers Gesicht fuhr, hatte sie eine Angst gespürt, die pure, reine Angst, nicht zu genügen. Die Angst, ihre Eltern zu enttäuschen, nichts anderes zu finden, das sie in ihrem Leben würde tun können, die Angst zu scheitern. In dem Augenblick, als das Nachtwesen ihre Wange berührte, war es gewesen, als würde sie in einen tiefen, schwarzen Abgrund stürzen und auf ewig fallen und fallen, hinein in eine eiskalte schwarze Nacht.

Seb, Isi und Tarzan fuhren hoch. Mit großen Augen starrten sie auf die blaue, wabbelnde Masse, die in weniger als fünf Meter Entfernung von ihrem Unterschlupf auf der Erde lag.

»Hör auf zu schießen, Isa, sonst ist der Laser gleich leer!« Mit zwei Schritten war Seb bei Isa.

Aber Isa schoss weiter. Seb musste ihr den Tranquilaser aus der Hand reißen. Isa schlug die Hände vors Gesicht und krümmte sich. Isi und Seb setzten sich rechts und links neben sie und nahmen sie in den Arm. Tarzan legte sich ihr zu Füßen.

»Ruhig, Isa. Es ist nicht mehr!« Isi zog Isa an sich und streichelte sie.

»Hat es dich angefasst?«, fragte Seb, als Isa wieder etwas zu sich gekommen war.

Isa nickte stumm.

»Es heißt«, fuhr Seb mit leiser Stimme fort, »es heißt, dass, wenn man die Berührung überlebt …, dass man dann stärker werden, dass man davon lernen kann …«

Isa drehte sich ruckartig von ihm weg. »Ich will nicht lernen, nicht auf diese Weise!« Sie schnaubte, löste sich aus der Umarmung der beiden und machte den Rücken gerade. »Legt euch wieder schlafen!«

»Soll ich dich nicht besser ablösen?«

Isa schaute weg. »Ich bin jetzt ohnehin wieder hellwach.«

Seb betrachtete sie in dem letzten erlöschenden Licht des Nachtwesens einige Sekunden lang eindringlich. Dann stand er auf. »Komm, Isi, wir legen uns wieder hin! Isa schafft es auch die restliche Nacht allein.« Er gab Isa den Tranquilaser zurück und verschwand in dem Unterschlupf.

Isi erhob sich ebenfalls. »Tarzan, komm!«, flüsterte sie. »Gute Nacht, Isa, und gibst du auch gut acht? … Auf dich … und uns?«

»Wird gemacht, Isi. Und jetzt leg dich noch ein Weilchen aufs Ohr!« Isa lächelte müde, wischte sich die Tränen ab, und Isi und Tarzan zogen sich zurück.

Isa atmete die kalte Nachtluft ein, kniff die Augen zu Schlitzen zusammen und spähte in die geheimnisvolle Nacht des Innenlandes. Hoch am Himmel, weit weg, zogen die fransigen blauen Lichter der Nachtwesen vorüber. Sie warfen ein kaltes Licht auf die kahle Hochebene, auf der Isa, Seb, Isi und Tarzan ihr Lager aufgeschlagen hatten. Isa wickelte sich fest in ihre Decke und drückte Totem an ihre Brust.

Die Wärme, die das Triebholz verbreitete, war anders als sonst. Weicher, milder. Die Stimmen des Anhängers waren nicht mehr als ein leises Rauschen, so als schliefe das Amulett. Zum ersten Mal spürte sie Totems Herzschlag; ein leises, tröstliches

Klopfen, das dem Rhythmus ihres eigenen Herzens folgte. Und in dem Moment wusste Isa sicher, dass sie nach Hause zurückkehren würde, ganz gleich, was noch geschah. Und was mit Alysha und dem Staudamm geschehen musste, würde ihr auch noch einfallen.

Der Motorische Dschungel

Isa, Isi, Seb und Tarzan standen am Rand eines Abgrunds. Tief unter ihnen erstreckte sich ein Dschungel, ein wogender grüner Teppich. Merkwürdige Laute hallten an den steilen Wänden wider – ein Schaben, ein Fauchen, ein klägliches Tuten, dazwischen Knack- und Pumpgeräusche. Hier und da stieg vielfarbiger Rauch auf – in dünnen Fahnen, dicken Wolken oder auch rhythmischen Stößen. Der Weg, dem sie gefolgt waren, endete an einer schmalen, in den Fels gehauenen Treppe. Isa schaute über den Rand und sah, wie die Treppe hinunterführte, und zwar mindestens zweihundert Meter in die Tiefe. Tarzan fiepte ängstlich. Isa streichelte Totem.

»Der Motorische Dschungel ...«, murmelte Seb ehrfurchtsvoll. »Wow ... wir müssen durch ihn hindurch! Ich hatte gehofft, dieser Weg würde daran vorbeiführen, aber nein. Der Dschungel steht zwar auf der Karte, nur kenne ich bisher niemanden, der je in ihn hinabgestiegen wäre ... Geschichten machen die Runde ... Es ist gefährlich, aber es muss möglich sein ...«

Hinter dem Dschungel, kilometerweit entfernt, zeichnete sich die blaugraue Fläche des Inneren Auges ab. Seb starrte fasziniert zu der grünen Masse weit unter ihm. »Wenn wir tüchtig ausschreiten«, fuhr er fort, »erreichen wir gegen Abend das Auge. Danach ist es nicht mehr weit bis zur Inneren Stadt – nur ein kleiner Strandspaziergang und möglicherweise nimmt uns sogar ein Fischer in seinem Boot mit ... Jetzt umzudrehen und wieder zurückzugehen würde uns mindestens zwei kostbare

Tage zusätzlich kosten, abgesehen davon, dass diese Patrouille sich bestimmt noch irgendwo dort herumtreibt!«

Tarzan schaute über den Rand und fiepte wieder.

»Ruhig, kleiner Tarzan!« Isi hockte sich neben ihn. »Ich trage dich, wenn du nicht mehr kannst!«, sagte sie mutig, dabei schaute sie selbst auch eher ängstlich zu den Treppen und dem grünen Dickicht in der Tiefe.

»In Ordnung?«, fragte Seb. »Wagen wir es?«

»Was ist denn da unten?«, fragte Isa.

Seb deutete auf die dampfende Masse in der Tiefe. »Es ist nicht einfach nur ein Urwald. Alles dort bewegt sich: die Pflanzen, Bäume, Sträucher, die Lianen, sogar das Gras. Alles mahlt und pumpt, hackt und presst, zieht und schrumpft, schießt und saugt, bläst und rührt und …« Seb gestikulierte wild mit den Armen; seine Augen blitzten. Er mochte es noch so gefährlich darstellen, aber klar war auch, dass er es eigentlich kaum erwarten konnte, dort hinabzusteigen. Schon immer hatte er merkwürdige Naturphänomene und verrückte Maschinen gemocht. »Und es …«, aber da wurde ihm klar, dass er sich nicht gerade wie eine Reklame für dieses Gebiet anhörte. »Na ja«, fügte er rasch beschwichtigend hinzu, »so sehr gefährlich wird es nicht sein. Nicht jetzt, wo Isa hier ist. Wir sollten nur nahe zusammenbleiben!« Er zog die Tragriemen seines Rucksacks fester und setzte seinen Fuß auf die Treppe. »Kommt ihr mit?«

Die Treppe war schmal, es gab kein Geländer und auch die Felswand bot wenig Halt. Von Zeit zu Zeit hörten sie eine Explosion, woraufhin alles Mögliche durch die Luft flog – angefangen von Samenkapseln groß wie Regentonnen bis hin zu Wolken aus Millionen löwenzahnähnlicher Federfallschirme, die in flusigen Fontänen aus den Baumwipfeln herabsprühten. Und je tiefer die vier kamen, desto schlimmer wurde es. Eine Zeit lang konnten sie nichts anderes tun, als sich eng auf der Treppe aneinanderzukauern, die Arme um den Kopf zu legen und abzuwarten, bis ein wahres Sperrfeuer von kleinen Schoten zu Ende ging. Sobald die Schoten etwas berührten, sprangen sie auf und knallgelbe kleine Erbsen flogen daraus hervor, die überall kleben blieben. In wenigen Sekunden waren sie alle über und über damit bedeckt.

Als der Hagel vorüber war, entledigten sie sich so gut es ging der Erbsen, aber besonders Tarzan sah anschließend immer noch aus wie ein außerirdisches Warzenschwein. Und während sie weiter hinabstiegen, behielten sie den Urwald ängstlich im Auge. Bis auf einen Schauer fauliger Beeren blieb es allerdings recht ruhig, jedenfalls so lange, bis sie ungefähr auf zehn Meter über den höchsten Baumwipfeln angelangt waren. Schon zuvor hatten sie gesehen, dass auf dieser Höhe alles Mögliche umherpeitschte. Offenbar waren es Lianen, die wie Fangarme um sich griffen. Sie sahen, wie sie einen Vogel erfassten und zu einer Baumkrone führten. Kaum dass die Liane ihre Beute direkt über das Blätterdach hielt, öffnete dieses sich wie ein riesiges Maul. Der Vogel wurde hineingedrückt und das Maul schloss sich. Wenige Sekunden später öffnete sich die Baumkrone wieder. Einige Federn und Knochen wurden ausgespuckt, begleitet von einem hölzernen Rülpser.

»Müssen wir daran vorbei?«, flüsterte Isi.

Seb, der sich schon eine ganze Weile mit Tarzan abschleppte, nickte. »Wir können jetzt nicht mehr zurück. Keine Zeit. Zu gefährlich!«

Er setzte Tarzan ab, der ängstlich fiepend auf einer schmalen Stufe stehen blieb, und zog sein Messer hervor. »Nah zusammenbleiben! Isa, du trägst Tarzan!«

Stufe um Stufe, während sie sich gut aneinander festhielten, stiegen sie weiter hinab. Eine Liane holte aus und streifte Isas Fuß. Isa schwankte. Tarzan in ihren Armen strampelte wild.

Eine andere Liane tastete vor ihnen die Treppenstufen ab. Sie blieben stehen, bis sich die Liane zurückzog, danach gingen sie wieder weiter; einmal unter dem Blätterdach angekommen würden sie sicher sein. Noch vier Meter, noch zwei. Dann passierte es. Ein dicker Strang wickelte sich wie eine lange Peitsche um Sebs Taille. Seb hieb auf die Liane ein, wurde jedoch umgerissen, wobei er sein Messer verlor. Es fiel runter und verschwand zwischen dem Laub.

Isa ließ Tarzan fallen und griff nach Seb, bevor er über den Rand gezogen wurde. »Isi! Das Messer!«, keuchte sie. »Schnell!«

»Ich sehe es nicht!«, klang ein dünnes Stimmchen von unten.

Die Liane zog fester. Sebs Beine hingen schon über dem Abgrund und langsam rutschte er weiter weg. Isa bekam ihn etwas besser zu fassen und er entglitt ihr nicht weiter. »Isi!«

Keine Antwort.

»Isi! Ich kann ihn nicht länger halten!« Seb rutschte weiter weg. Er war mittlerweile nicht mehr bei Bewusstsein und es würde Isa auf der Treppe nicht gelingen, ihn noch lange zu halten.

Hörte sie Schritte auf der Treppe? »Isi!«

»Ich komme!«

Nach abermals einer Ewigkeit, wie ihr scheinen wollte, war Isi bei ihnen. Sie hatte das Messer und stach damit auf die Liane ein. Doch sie hatte nicht genügend Kraft.

»Gib her!«, schrie Isa zuletzt – viel länger konnte sie ihn wirklich nicht halten. Sie riss Isi das Messer aus den Händen und klammerte sich an Seb.

Zusammen wurden sie hochgehoben und zu der Baumkrone geschleudert. Isa hatte gehofft, die Liane durchhauen zu können, bevor sie das Maul des Baumes erreicht hatten, doch sie hatte nicht die geringste Chance. Die Baumkrone öffnete sich und Isa und Seb verschwanden darin, einen bellenden Tarzan und eine fassungslose Isi zurücklassend.

Isa fuchtelte so wild mit dem Messer umher, dass sie nicht sofort mitbekam, wo sie gelandet waren. Anstatt in einem Maul voller Zähne befanden sie sich auf einer kleinen hölzernen Plattform. Die Liane hatte sie losgelassen und sich zurückgezogen. Das Blätterdach über ihnen war schon wieder geschlossen. Am Rand der Plattform saß auf einem Bürostuhl und vor einem Regiepult ein mit einem Overall bekleideter kleiner Mann, der ängstlich auf die um sich stechende Isa starrte.

»O Große Unbewegte Bewegerin!«, piepste das Kerlchen und fiel dabei, flehentlich die Hände ringend, auf die Knie.

Isa hob das große Haumesser gegen ihn.

»Vergebt mir, Große Unbewegte!« Tränen standen ihm in den Augen. Er sprang auf und floh über eine Strickleiter nach unten.

Verwirrt schaute Isa sich um, das Messer immer noch in der erhobenen Hand. Seb lag bewusstlos neben ihr. Neben dem Regiepult und dem Schreibtischstuhl standen einige unheimlich aussehende hölzerne Apparate, die zum Häckseln und Mahlen gemacht schienen.

In dem Augenblick öffnete sich das Dach abermals und Isi landete unsanft auf ihr und Seb. Eine andere Liane pfefferte Tarzan auf die Plattform.

Isa schlang die Arme um Isi und versuchte, sie zu beruhigen. »Es ist okay!«, flüsterte sie. »Wir sind sicher … glaube ich.«

Als Seb wieder bei Bewusstsein war, murmelte er eine Entschuldigung nach der nächsten.

»Jaja, schon gut!«, sagte Isa ungeduldig. »Lass uns lieber zusehen, dass wir verschwinden, ehe dieser kleine Bursche irgendwelche Hilfstruppen herbeigeholt hat!«

Mit vor Schmerz verzerrtem Gesicht setzte Seb sich auf.

»Ich trage deinen Rucksack«, sagte Isa. »Los, gib her!«

Seb wehrte sich noch nicht einmal dagegen.

»Aber wie soll das denn mit Tarzan gehen?«, fragte Isi. »Der kann doch nicht selbst die Strickleiter hinunterklettern?«

»Ich nehme ihn zuerst mit«, antwortete Isa. »Und anschließend hole ich unser Gepäck. Und jetzt geht schon hinunter!«

Als sie gut und sicher unten waren und Isa auch das Gepäck geholt hatte, suchten sie einen Platz, an dem sie sich erholen konnten. Sie fanden eine Lichtung ganz in der Nähe. Seb schleppte sich mühsam bis dorthin, gestützt von Isa und Isi.

»Ein Racker!«, stöhnte Seb, nachdem er gehört hatte, was geschehen war. »Dieser kleine Kerl muss ein Racker gewesen sein!« Seb lag der Länge nach ausgestreckt im Gras und hatte nach wie vor große Schmerzen.

Isa schaute ihn fragend an.

»Racker sind die Verwalter des Dschungels«, erläuterte Seb. »Meinen es nicht schlecht, wie ich gehört habe, sind allerdings auch nicht sonderlich schlau. Sie gehorchen Befehlen und halten hier alles instand. Mehr, als sich damit abzurackern, können und wollen sie auch nicht.« Er versuchte, sich aufzusetzen, ließ sich aber gleich wieder flach auf den Boden fallen. »Tut mir leid, ich kann jetzt nicht weiter. Wir müssen uns ausruhen. Entschuldigung.«

»Macht doch nichts«, sagte Isi.

Während Seb sich erholte, teilten sich Isa und Isi einen Riegel Schokolade und studierten den Wald. Die Äste am Rand der Lichtung bewegten sich hin und her wie Bootsriemen. Ein Stück weiter wickelten sich die Ranken irgendwelcher Kletterpflanzen um hohe Kalebassen, um sich anschließend mit einem Ruck loszureißen, sodass die Kalebassen sich wie Betonmischer im Kreis drehten. Dicke Holzkeulen schieden heiße Saftgemische aus, die in gigantische schüsselförmige Blätter tropften. Von dort liefen die Säfte durch Rinnen in wieder andere Bassins, wo sie zu Alkohol vergärten – man konnte die Dämpfe riechen. Der ganze Wald war eine einzige Maschinerie aus wahnsinnigen Gewächsen, die raschelten, knackten und blubberten.

Isi war fasziniert. Sie zeigte auf immer wieder andere sich bewegende Einzelteile des Waldes, aber Isa fragte sich, wozu der ganze Rummel diente, denn das Verrückte war, dass auch nicht eine Bewegung vollendet wurde und kein einziger Prozess zu einem darauf folgenden Schritt führte. Alles schwenkte, kurbelte und presste einfach drauflos. Hochgepumpte Säfte versickerten im Waldboden. Äste, die mit viel Mühe umgebogen worden waren und unter Spannung standen, wurden auf lasche Weise losgelassen, und sorgfältig hochgehievte Kalebassen rollten weg, um ziellos irgendwo auf dem Boden aufzuschlagen.

Mühsam erhob sich Seb und schnallte sich seinen Rucksack wieder um.

»Bist du dir sicher, dass du schon weiterkannst?«, fragte Isa besorgt.

»Ja. Wir können hier doch nicht bleiben, sondern müssen uns einen Ort für die Nacht suchen!«

»Wir könnten vielleicht im Inneren des Lianenbaums schlafen«, schlug Isa vor.

Seb schüttelte den Kopf. »Nein, denn jedes Mal, wenn sich das Maul öffnet, kann alles Mögliche mit hereingeflogen kommen. Und ich weiß auch nicht, was diese Racker tun, wenn wir ihre Sachen anfassen.«

»Es hatte aber eher den Anschein, als hätte dieser Racker Angst vor uns gehabt.«

Seb zuckte mit den Schultern. »Er war allein und fürchtete sich natürlich vor dem Messer. Wahrscheinlich hatte er noch nie eine so große Beute gefangen. Los, wir gehen!«

Sie kamen nur langsam voran.

Zuerst mussten sie durch ein Feld, in dem sich riesige Farnblätter rhythmisch ein- und ausrollten. Beim Ausrollen besaßen die Blätter eine enorme Kraft, und die Geschwindigkeit, mit der sie sich entfalteten, hätte genügt, einen Menschen bewusstlos zu schlagen. Und beim Einrollen zogen sie alles in ihrer Reichweite kraftvoll in sich hinein. Nach einigem Beobachten wurde den dreien allerdings klar, dass sich das Ein- und Ausrollen jedes Mal wie eine Welle über das Feld fortsetzte. Lief man genau in dem Moment los, wenn die äußeren Blätter ganz eingerollt waren, und behielt dann das richtige Tempo bei, dann konnte man das Feld ungehindert durchqueren und die Blätter knallten erst hinter einem wieder auf.

Etwas später kamen sie durch ein Gebiet mit Weinstöcken, zwischen denen überall kurvige Abflussrinnen verliefen. Hunderte kleiner Greifer pflückten die Trauben und warfen sie in die Rinnen, wo sie von hin und her rollenden Knollen zerstampft wurden, die aus den Rinnen emporwuchsen. Der Saft floss in eine Art kleinen Moortümpel, umringt von Schilfrohr, das mit seinen Rispen den Saft rührte. Die Alkoholdämpfe sorgten dafür, dass sie etwas benommen wurden, und Tarzan vollführte die ganze Zeit sehr eigenartige Sprünge.

»Seb?«

»Hm?«

»Wieso verschwindet dieser Staudamm nicht von selbst, wenn ich beschließe, dass er wegmuss? Ich meine, das hier ist doch mein Innenland?«

Seb blieb stehen und streckte sich, was ihm sichtlich Schmerzen bereitete. »Wäre es nur so einfach! Ich denke, es ist wie eine Drogensucht. Ein Süchtiger kann einsehen, dass das, was er tut, dumm ist, aber deswegen hört er noch nicht damit auf …«

»Du meinst, Alysha werden zu wollen sei wie eine Sucht?«

Seb nickte. »Alysha führt längst ein Eigenleben und zieht dich mehr und mehr an sich. Mit jedem Tag wird sie stärker. Am Anfang war sie ein Traum, vielleicht sogar ein schöner, aber dieser Traum ist zu einer Obsession geworden, einer Zwangsvorstellung. Du kannst sie schon längst nicht mehr einfach nur wegdenken. Dazu bedarf es viel mehr!«

»Hm … Und … kannst du an neuen Sprengstoff kommen? Dieses Zeug in der Flasche?«

»Inneres Feuer?« Seb schüttelte den Kopf. »Wir hatten es von einem der Mythiker, aber der war längst nicht so nett wie Salicia. Also wenn wir den nochmals belästigen … Selbst er hat Jahre dazu gebraucht, diese Menge zusammenzubekommen.«

»Was sind diese Mythiker überhaupt … und wieso hat er dieses Innere Feuer dann trotzdem hergegeben?«

Seb zuckte mürrisch mit den Schultern und ging weiter. »Was Mythiker sind, weiß niemand so genau. Man kann sie vielleicht als eine Art Naturkräfte des Innenlandes bezeichnen oder als Urbilder, die in jedem Menschen hausen – ewig, ungreifbar und sehr mächtig, aber nicht auf die herkömmliche, menschliche Weise. Na ja, etwas in der Art. Und das mit dem Fläschchen … Es war damals das einzige Mittel, das mir einfiel, dich nicht ganz in die Klauen dieser Alysha geraten zu lassen. Außerdem wollte ich verhindern, dass sie dieses Innere Feuer in die Finger bekam.«

»Aha. Na gut. Und jetzt?«

»Jetzt will ich dafür sorgen, dass die Innenwelt Kopf steht!«

»Kopf steht …« Isa wurde langsam ungeduldig. »Tut mir leid, Seb«, platzte sie los, »aber ich habe die Nase voll von all diesen Rätseln! Schon tagelang renne ich dir über diese bescheuerte Insel hinterher, und hier und da hat man mir auch mal etwas erklärt, aber ich habe immer noch das Gefühl, durch Nebel zu waten! Erzähl mir jetzt endlich mal alles über deinen sogenannten Widerstand … über die Innere Stadt und was alles geschah, bevor ihr mich hierhergeholt habt!«

Seb lächelte. »Ha, so kenne ich dich wieder, Isa. Schön! Mal sehen, wo soll ich anfangen? Bei der Inneren Stadt: Da habe ich gewohnt und gearbeitet. Alles fing damit an, dass die große Dürre ausbrach und die Stadtverwaltung nichts unternahm. Nur auf die Aufrechterhaltung der Ordnung wurde strenger als zuvor geachtet, und Essen und Trinken wurden rationiert. Und eigenartigerweise verhängten sie auch ein Reiseverbot. Das waren die ersten Anzeichen, dass die Stadtverwaltung korrupt war. Im Nachhinein denke ich, Alysha hatte sie schon damals bestochen oder unter Druck gesetzt oder dergleichen.

Ich arbeitete im Soul Kitchen, dem größten Nachtklub im Innenland. Mit einer Reihe von Kollegen und Freunden haben wir damals schon recht bald eine heimliche Widerstandsgruppe gegründet. Wir wandten uns zunächst an den Stadtrat, aber da stießen wir nur auf opportunistische und geheimniskrämerische Beamte. Das brachte uns keinen Schritt weiter. Also beschlossen wir, eben selbst Kundschafter flussaufwärts zu schicken. Erst als wir hinter die Existenz des Staudamms kamen, wurde uns klar, dass wir es mit etwas Großem zu tun hatten. Größer als die Projektion einiger korrupter Gemeindebeamter.«

»Und dann?«

»Die Stadtverwaltung fing an, uns offen Steine in den Weg zu legen, die Bewachung rund um das Soul Kitchen wurde verstärkt, überall liefen Polizeispione herum und über den Staudamm erfuhren wir so gut wie nichts. Nur dass er sehr groß war und schwer bewacht wurde. Wir hatten kaum Waffen … Aber über einen Trumpf verfügten wir: Eines der Mitglieder unserer Gruppe war ein Mythiker.«

»Eine von diesen Naturkräften, die du vorhin schon erwähnt hast?«

»Ja, die meisten sind merkwürdige Leute. Unnahbar, launisch, verschlossen, aber Karma ist anders. Karma ist …«

Isa sah, wie Sebs Augen zu leuchten anfingen und sein Blick abschweifte.

»Nun ja, wie auch immer, um eine lange Geschichte kurz zu machen: Dann rücktest du selbst ins Visier. Karma verhalf uns zu dem Fläschchen Inneres Feuer und verfasste ein Empfehlungsschreiben an ihre liebe Tante Salicia mit der Bitte, dich hierherzuholen. Und, na ja, den Rest kennst du.«

Isa ließ sich Zeit, um Sebs Worte erst einmal zu verdauen. »Aber«, sagte sie schließlich, »wenn ich es recht verstehe, ist euer gesamter Widerstand nur ein kleiner, schlecht bewaffneter Haufen! Und das, während Alysha über eine ganze Armee von Mantras verfügt und auch die Stadtverwaltung auf ihrer Seite hat?«

Seb nickte.

»Was glaubt ihr denn, gegen sie ausrichten zu können?«

»Ganz simpel. Ich zähle auf die Bevölkerung. Sie leidet Hunger. Als ich letzte Woche die Innere Stadt verließ, war die Stimmung bereits sehr angespannt. Und die Stadt verfügt zwar über einige Ordnungskräfte, aber die sind nicht stark genug, um einen Aufstand der Massen niederzuschlagen. Ich habe so die Vermutung, dass die Atmosphäre in der Inneren Stadt in den letzten Tagen noch explosiver geworden ist. Ein Funke und alles steht in Flammen!«

Isa schaute ihren Bruder von der Seite an.

»Im Außenland ist schon nichts mehr von mir übrig«, fuhr er in leiserem Ton fort. »Ich bin tot, ich existiere schon fast nicht mehr. Aber was ich noch habe, was ich noch bin, hier als Andenken, lasse ich mir nicht widerstandslos abnehmen. Ich lasse mich nicht noch einmal in deinem Innenland zur Schlachtbank führen. Und ich will nicht, dass diese Schlampe dich kaputt macht!« Er ballte die Fäuste. »Weißt du, Isa, ich will dieser Funke sein, mit dem der Krieg beginnt!«

Die Heftigkeit von Sebs Äußerungen machte Isa Angst, Angst vor dem, was kommen würde. Das alles hier drehte sich um sie, aber es war auch viel größer als sie selbst – Aufstand, Krieg, Revolution … Sie griff nach Totem, aber seine Wärme wirkte in diesem Augenblick kaum tröstend. »Und was ist mit mir?«, fragte sie leise, obwohl sie die Antwort eigentlich schon wusste. »Was wird dann aus mir und wie komme ich jemals wieder zurück nach Hause?«

Seb legte ihr einen Arm um die Schulter und zog sie an sich. »Du steckst bis zum Hals mit drin, Schwester. Du kannst erst wieder weg, wenn Lebensfluss und Herzenslust wieder zusammenströmen … Unser erster Plan ist gescheitert, aber ich bin nach wie vor zutiefst davon überzeugt, dass dir eine Schlüsselrolle in dem Ganzen vorbehalten ist. Alles hier dreht sich schließlich um dich, und letztendlich bist du die rechtmäßige Herrscherin über das Innenland! Aber ich glaube, ehe du sie wirklich nutzen kannst, müsstest du erst einmal dahinterkommen, worin deine Kraft liegt!«

Sie gingen eine Weile schweigend weiter. Der Weg wurde breiter und Isi und Tarzan liefen jetzt neben ihnen her.

»Seb«, fragte Isi neugierig, »was ist dieser Wald hier eigentlich?«

»Er heißt der Motorische Dschungel und haargenau das ist er auch: Er regelt alle Bewegungen deines Körpers. Deine körperlichen Bewegungen im Außenland, um genau zu sein.«

»Aber«, schaltete sich Isa ein, »wieso bewegt sich alles so … so nutzlos?«

»Wie meinst du das?« Seb pflückte eine Traube Wein, aber ehe er auch nur eine einzige Beere hatte aufessen können, wurde ihm die Traube von einem kleinen Greifer aus der Hand gerissen.

»Alles, was hochgehoben wird, fällt wieder zu Boden. Kaum dass eine Soße fertig ist, wird sie wieder ausgegossen … Nichts scheint zu irgendetwas zu führen … Alles geschieht einfach aufs Geratewohl!«

»Ach, das rührt natürlich daher, dass du im Koma liegst! Du bewegst dich nicht, also ist es auch hier ziemlich ruhig.«

»Ziemlich ruhig nennst du das?«

Seb drehte sich um und grinste. »Glaubt mir eines: Was ihr bisher gesehen habt, ist noch gar nichts!«

Die Racker

Als Isa aufwachte, hatte sie keine Vorstellung davon, wo sie war. Sie lag auf etwas Flauschigem, Licht fiel durch einen schmalen Spalt herein und der Raum, in dem sie sich befand, war länglich und hatte große, runde Ausbuchtungen. Grünes Licht schimmerte durch die Wände.

Ach ja, Mist, diese Schote, wir sind in dieser idiotischen Riesenschote!

Isa lächelte. In der nächsten Ausbuchtung lagen Isi und Tarzan. Sie schliefen noch. Isa richtete sich auf und schaute hinter sich. Dort, in einer dritten Ausbuchtung, in der sich auch einst eine kuhgroße Erbse befunden hatte, lag Seb. Auch er schlief noch.

Sie hatten die Schote gegen Abend gefunden. Nachdem die Erbsen herausgesprungen waren, hatte das Ding sich wieder fast ganz geschlossen. Der Spalt zwischen den beiden Schotenhälften war gerade noch breit genug gewesen, um hineinzukriechen, und die samtig ausgepolsterte Innenseite ergab einen guten Schlafplatz. Nachdem sie zunächst die Umgebung ausgekundschaftet hatten, hatten sie anschließend von außen gegen die Schote gelehnt dagesessen und Cracker und Thunfisch aus der Dose gegessen. Noch vor Eintritt der Dunkelheit hatte sich jeder dann eine eigene Höhlung in der Schote gesucht, um lange und tief zu schlafen.

Bequem war es ja in der Schote, doch Isa fühlte sich schmutzig. Für ein warmes Bad hätte sie jetzt sehr viel übrig gehabt. Sie döste noch eine Weile vor sich hin, ehe Geräusche sie aufschrecken ließen: ein knackender Ast, Schritte, Gemurmel …

»Seb! Isi! Aufwachen!«, flüsterte Isa. »Ich höre Stimmen!« Seb fuhr hoch. Tarzan krabbelte aus Isis Armen und bellte. »Still, Tarzan! Still!«, zischten Isa und Seb gleichzeitig.

Seb kroch zu dem Spalt und schaute hinaus. Schon nach wenigen Sekunden wandte er sich um: »Äh … du hast recht. Wir haben Besuch.«

»Sind es Freunde oder Feinde?«, fragte Isa.

»Das erfahren wir noch schnell genug«, antwortete Seb. »Wartet, bis ich euch rufe!«, fügte er hinzu und ließ sich durch den Spalt ins Freie rollen.

Helle Stimmen und ein Knurren klangen durcheinander. »Loslassen!«, hörten sie Seb rufen. »Ich bin … Ich …« Den Geräuschen zufolge, die er anschließend von sich gab, hatten sie ihm einen Knebel in den Mund gesteckt.

Isa schaute durch den Spalt und erblickte Hunderte von Rackern. Viele standen mit erhobenem Speer da, andere hielten Pfeil und Bogen im Anschlag. So klein die Racker auch sein mochten – die größten waren vielleicht einen halben Meter hoch –, einer solchen Übermacht waren sie nicht gewachsen. Seb lag auf dem Boden. Er wehrte sich heftig, aber ein rundes Dutzend der kleinen Leute war eifrig dabei, ihn zu fesseln.

»Gut, gehen wir auch nach draußen«, murmelte Isa. »Etwas anderes bleibt uns ohnehin nicht übrig!« Und sie rollte durch den Spalt ins Freie.

Sie hatte erwartet, ebenso wie Seb in Fesseln gelegt zu werden, aber als die Racker Isa sahen, knieten sie wie ein Mann nieder und richteten ihre Blicke zaghaft zu Boden. »O Große Unbewegte Bewegerin«, huben die kleinen Wesen gemeinschaftlich an, »Ihr seid uns erschienen! Schlussendlich! Verzweifelnd begannen wir Rackerchen uns bereits vor Verknirschtheit zu enthaaren! Viele Haare rissen wir uns in unverzeihlichem Müßiggang vom Haupt, uns lauthals fragend, wo Ihr wohl stecktet!«

Isa runzelte die Stirn. Hatten sie das auswendig gelernt? Alle kleinen Wesen sprachen gleichzeitig und sagten exakt dasselbe. Sie antwortete mit einem Kopfnicken.

»Wir armen kleinen Racker warteten und warteten und warteten und warteten …«, klang es im Chor. »Kribbelig vor Unbewegtheit. Ja, genau das waren wir geworden! Haufen großer Hoffnung hatten wir auf die unvergleichlich rustikalen Befehle unserer Großen Unbewegten Bewegerin. Die gesamte motorische Maschine hielt inne!«

Die Männchen deuteten alle zugleich auf den sie umgebenden Dschungel.

»Doch, natürlich waren wir Racker gar fleiß-, fleiß-, fleißig beschäftigt mit Wartungsarbeit, technischer Überwachung und Leerlaufbetrieb, mit Säftezapfen, Rinnenfegen, Saugerschmieren … Natürlich gibt es immerfort die vitale Arbeit von Herzschlag und Atmungs- und Verdauungsstoffwechsel, aber wie gern gäben wir nicht reine Butter bei die Fische! Wir suchten Beweggründe! Wir hofften so tief auf Willenstaten Eurigerseits, damit motiviert gelupft werden könnten die Augenlider, in Regung versetzt die Abteilung der Fußläufigkeit … Ein Fuß, anderer Fuß, ein Fuß, anderer Fuß… Und ach, so wunderbar weiter trapp-tripp-trapp! Wir hofften auf Befehl zum Kauen mit Fleiß, Radeln mit Eifer, komplexvoll anderem Bewegen in – wohlan – sämtlichen Stellungen und Aktivitäten! Körper soll sich regen!«

Wie auf Befehl begannen sie alle gleichzeitig zu weinen: »Wir kleinen Racker flehen zu Euch, Große Unbewegte Bewegerin, befehlt uns, bedeutet uns, beutet uns, unterwerft uns Eurem Willen! Gebt uns Beweggründe!« Und genau zeitgleich warfen sich alle händeringend auf die Knie. »Haltet unsere faulen Pelze an zu emsigem Fleiße! Wir arbeiten ja so gern, doch sind wir nicht selbststeuernd … Vergebt uns unsere Schuld … Vergebt uns die vernunftlose Festnahme Eures großspurigen Reisekameraden, vergebt uns unsere Dummheit, vergebt uns unsere himmelschreiende Faulheit …«

Isa konnte ihr Lachen kaum unterdrücken. Sie räusperte sich. Das Weinen verstummte sofort, hoffnungsvoll blickten die haarigen Kerlchen zu ihr auf. »Äh … wenn ihr meinen Körper einfach mal eine kleine Runde durchs Zimmer gehen ließet?«

Wieder wie ein Mann wischte sich die Menge der Winzlinge die Tränen ab, ehe sie jubelnd auseinanderstoben. Die meisten Racker verschwanden in den Dschungel, einige kletterten in einen nahe gelegenen Baum, an dem riesige Knäuel aus aufgerollten Lianen hingen. Sie rollten sie ab, knoteten deren Enden an Stiele, die aus mehreren Riesenkürbissen ragten; andere stachen hohle Stängel in ebendiese Früchte.

Das Beben des Erdbodens nahm zu, Röhren und Trossen knallten hoch und wanden sich und suchten sich einen Weg, die Temperatur stieg, überall schwenkten Hebearme weiter aus und pumpten Balgblumen ihre gurgelnden Säfte durch die Rinnen. Der Lärm war ohrenbetäubend. Isa schleppte Seb zu ihrer Schote zurück. Diese bot ihnen einigen Schutz, während sie die Stricke aufknotete, mit denen er gefesselt war.

»Isi!«, rief Isa. »Nimm die Rucksäcke!«

Isi schlüpfte in die Schote und warf die Rucksäcke nach draußen.

Seb war frei. Ihr Gepäck hinter sich herschleifend, rannten sie zu einem Blumenfeld, wo es ruhig zu sein schien.

Aber auch hier rannten Racker herum, die alles Mögliche mit der Vegetation anstellten. Sie machten einen ausgesprochen fröhlichen Eindruck. Isa und Seb schulterten ihre Rucksäcke, während Tarzan mit eingekniffenem Schwanz versuchte, sich zwischen ihnen zu verstecken.

»Sie haben dich erkannt!«, keuchte Seb. »Sie wissen, dass du

Isa selbst bist! Unglaublich! Diese Leute wissen überhaupt nichts, aber das haben sie dennoch gepeilt!«

Im gleichen Moment öffneten sich die Blüten um sie herum und riesige Honigmengen strömten daraus hervor; eine erstickende süße Masse, die sie alle vier mit sich riss. Isa verlor die anderen aus dem Auge. Der Honigstrom mündete einige Hundert Meter weiter in einen Pfuhl, in dessen Mitte sich ein Strudel befand. Isa blickte geradewegs in das Maul eines unterirdischen pflanzlichen Monsters. Unaufhaltsam wurde sie dem gähnenden Schlund zugeführt und rutschte weg, hinein in die klebrige Finsternis.

Sie blieb auf einem Filter hängen und wurde grob in einen Abfluss gefegt. Eine Klappe öffnete sich und Isa tropfte klebrig und nach Atem ringend ins Freie. Sofort plumpste ein klebriger, tropfender, haariger Ball auf sie. Mit einem Schrei schlug Isa das teigige Ding von sich, das daraufhin losbellte.

»Entschuldige, Tarzan!«, stieß sie mühsam hervor. Sie kroch von dem Abflussloch weg und wenige Sekunden später kamen Seb und Isi daraus hervorgekleckert.

Ganz allmählich beruhigte sich der Urwald wieder. Der Lärm nahm ab, Röhren und Trossen zogen sich in den Boden zurück und die Racker versammelten sich um die Stelle, an der Isa, Seb, Tarzan und Isi ihre fruchtlosen Versuche unternahmen, sich des klebrigen Zeugs zu entledigen.

»O vergnüglich peitschende Freudendame unserer plagedurchreiften Tage! Das war wundervoll!«, riefen die Racker zuletzt im Chor. »Arbeit erfreut uns gleich einem die Blumenzwiebeln liebevoll bewässernden Frühlingsregen. Schinde uns! Bewege uns! Sporne uns an!«

Isa bedeutete ihnen, still zu sein, und es war still. »Gibt es hier irgendwo vielleicht einen Bach, in dem wir uns waschen können?«

»Schinde uns!«, klang es im Chor. »Schinde uns! Schinde uns! Schinde uns!«

Seb stand auf. »Lass uns von hier verschwinden, Isa. Diese Leute sind vollkommen verrückt! Wir müssen zusehen, dass wir sie loswerden. Kommt mit!« Er zog Isi vom Boden.

Doch Isa blieb sitzen. Sie hatte eine Idee, die sie ausprobieren wollte.

»Öffnet bitte meine Augen!«, sagte sie zu den Rackern.

Sogleich rannten die Kerlchen davon und wieder brach die Hölle los, wenn auch viel weniger heftig als beim ersten Mal, aber immer noch so schlimm, dass Isa, Seb, Isi und Tarzan nichts anderes tun konnten, als eng aneinandergekauert sitzen zu bleiben.

»Bist du verrückt geworden?«, rief Seb über den Lärm hinweg. »Hast du etwa gedacht, du würdest wieder im Außenland aufwachen, sobald deine Augen aufgehen?«

Isa sagte nichts, sondern wurde nur noch kleiner.

»Du weißt doch inzwischen, dass das keine Lösung ist! Damit würdest du Alysha praktisch freie Hand geben!«

Das Getöse um sie herum ebbte ab.

»Tut mir leid«, murmelte sie. »Du hast recht. Aber ich wollte auf einmal so gern nach Hause. Lasst uns rasch weitergehen, ehe diese Blödiane wieder hier auftauchen. Seb, in welche Richtung müssen wir?«

Seb zuckte mit den Schultern. »Ich sehe die Felswand nicht mehr, von der aus wir losgegangen sind … Ich weiß es nicht.«

»Okay. Verirrt. Das hat uns gerade noch gefehlt!« Isa seufzte. »He!«, rief sie in den Urwald hinein. »Könnt ihr uns den Weg zeigen?«

Wieder erschienen die Racker und bildeten einen Kreis um sie. »Großedelunbewegte! Nur Ihr könnt uns weisen! Weist uns! Macht uns weise! Macht uns weise! Mach uns weise!«

Isa mahnte sie zur Ruhe. »Habt ihr denn gar keinen Schimmer, in welche Richtung die Innere Stadt liegt?«

»Einen Schimmer! Einen Schimmer!«, skandierten die Männchen. »Gebt uns bitte, bitte einen Schimmer!«

Isa seufzte wieder, sehr tief diesmal. »Kommt!«, sagte sie zu Seb und Isi. »Lasst uns einfach dort in diese Richtung gehen, da sieht der Urwald etwas weniger dicht aus.«

Sie gingen los, umringt von Hunderten von Rackern, die keineswegs beabsichtigten, sich wegschicken zu lassen. Stattdessen riefen, flehten und weinten sie weiter um Arbeit und fragten sich verzweifelt, weshalb Isa sie so bestrafe. Aber Isa hatte nicht vor, den ganzen Zirkus noch einmal von vorn losgehen zu lassen.

Stundenlang bahnten sie sich einen Weg durch die Vegetation, verklebt und missmutig. Sie hatten keine Ahnung, wohin sie gingen. Wiederholt mussten sie die Richtung ändern, weil sie auf etwas stießen, das sie wirklich nicht durchqueren konnten – Gestrüpp, das scharfe Stacheln abfeuerte, Bambus, der sich, sobald man nur in die Nähe kam, zu einer undurchdringlichen Hecke zusammenflocht, Felder voll fauliger Riesenkürbisse. Bis sie endlich am späten Nachmittag auf einen Bach stießen.

»Wasser!«, riefen sie alle drei gleichzeitig.

»Vergebt uns!«, riefen die Racker in ihrem Gefolge.

Bellend sprang Tarzan in das kühle Nass. Die anderen warfen ihr Gepäck ab und wateten ihm hinterher. Das Wasser war kristallklar und wunderbar frisch. Das Bachbett bestand aus feinem Sand – das Wasser stand auch hier sichtlich tiefer als sonst, doch immerhin gab es noch Wasser. Sie wuschen sich und wälzten sich darin, bis sie wieder ein wenig vorzeigbar waren. Anschließend packten Isa und Seb ihre Rucksäcke aus, denn ihre Decken und Schlafmatten mussten auch ausgespült werden. Die meisten Lebensmittel waren in Dosen oder Kunststoff verpackt und leicht zu säubern. Die Skatefilze allerdings waren unbrauchbar geworden. Der Filz war durchtränkt mit Blütennektar und Seb zufolge konnte man sie nicht waschen.

Am schlimmsten war, dass auch der Tranquilaser völlig verklebt war. Seb spülte ihn, so recht und schlecht es ging, sauber, doch als er ihn anschließend ausprobierte, produzierte die Waffe nicht mehr als ein Knistern. »Vielleicht funktioniert er ja wieder, wenn er ganz getrocknet ist.« Er legte das Ding neben ihr Schlafzeug, das auf einem Felsen neben dem Bach zum Trocknen ausgebreitet war, und setzte sich daneben. »Erst mal ausruhen!«

Sie aßen etwas und streckten sich dann auf dem Felsen aus, nach wie vor von bettelnden Rackern umringt.

»Am besten folgen wir nachher einfach dem Bachlauf«, meinte Seb, nachdem ihre Sachen ein wenig getrocknet waren. »Mit etwas Glück mündet er ins Innere Auge.«

»Können wir heute Nacht nicht hierbleiben?«, fragte Isi.

Seb schüttelte den Kopf. »Ich habe noch nirgendwo einen Unterschlupf gesehen. Wir müssen weiter. Der Bach ist leicht zu durchwaten. Mit etwas Glück finden wir schnell einen Platz für die Nacht.«

Sie packten ihre immer noch feuchten Sachen ein, luden sich die schweren Rucksäcke wieder auf und setzten ihren Weg fort.

Am Strand

»Licht! Da vorn wird es heller!«, rief Isi plötzlich aus. Sie ging als Letzte, aber sie hatte als Einzige aufgeschaut und gesehen, dass der Wald lichter wurde.

Seb und Isa hoben die Köpfe. Isi hatte recht. Nach der nächsten Kurve floss der Bach auf einen Strand, hinter dem in der Ferne ein großes Gewässer zu sehen war.

»Das Innere Auge!«, rief Seb fast ungläubig aus. Mit großen Schritten ging er den anderen voraus. Dann drehte er sich freudestrahlend um: »Ja, wir haben es geschafft!«

Am Waldrand blieben die Racker stehen, in Tränen aufgelöst. »Befiehl uns, Edle Frau des freien Willens! Geliebte erste Ursache unseres Daseins! Liebe Causalina, angebetete Tyrannina!«

Erleichtert wandte Isa sich zu ihnen um. Wieso sollte sie sie nicht noch etwas beschäftigen? Hier am Strand würde sie das nicht mehr belästigen. »Lauft einfach im Kreis!«, rief sie ihnen zu. »Fünfzig Runden durchs Zimmer!«

Jubelnd verschwanden die Kerlchen im Gestrüpp, und während Isa weiterging, hörte sie, wie hinter ihr der Lärm des Dschungels wieder anschwoll.

»Hier kenne ich mich wieder aus«, sagte Seb. »Dieser Strand geht weiter bis zur Inneren Stadt. Ein paar Stunden zu Fuß und wir sind da!«

»Sehr schön.« Isa ließ ihren Blick schweifen. »Aber es dämmert schon. Hast du schon an einen sicheren Platz für die Nacht gedacht?«

Seb lachte dümmlich. »Äh … nein.«

»Sollen wir dann vielleicht doch wieder in den Wald zurück?«

Seb deutete mit einem Kopfnicken auf den wild mahlenden Dschungel. »Hast du eine Ahnung, wie lange dieses Getöse da noch dauert?«

Jetzt war es Isa, die ein dummes Gesicht machte. »Äh … sehr lange, fürchte ich … Ich habe sie beauftragt, Runden zu gehen … Eine Menge Runden. Ich wollte ihnen eine Freude machen.« Sie schaute sich um. Der Strand war leer, das Wasser des Inneren Auges glatt wie ein Spiegel.

Isi stellte sich zu ihnen. »Können wir uns nicht eingraben?«

Seb schüttelte den Kopf. »Dann ersticken wir und außerdem riechen sie einen. Nicht die geringste Chance!« Er versuchte den Tranquilaser, aber immer noch brachte das Ding nicht mehr als ein Knattern zuwege.

»Ein Zelt?«, versuchte Isa. »Können wir aus den Decken, den Schlafmatten und den Rucksäcken kein Zelt bauen?«

Wieder schüttelte Seb den Kopf. »Wir brauchen Mauern. Stabile Wände, ein richtiges Dach. Da oben auf dem Berg hatten wir einfach Glück, dass nur eines kam, und da funktionierte auch der Tranquilaser noch, aber hier, offen und ungeschützt am Strand, dazu unbewaffnet …« Sein Blick schweifte über das Wasser. »Wir müssen uns beeilen. Schnell sein und hoffen, dass wir es bis in die Stadt schaffen. Und wenn wir angegriffen werden, springen wir ins Meer. Das schreckt sie vielleicht ab.«

Wirklich schnell kamen sie nicht vorwärts; vielmehr konnten sie sich nur noch müde weiterschleppen.

»Ich kann nicht mehr!«, schluchzte Isi schon nach wenigen Minuten.

»Du musst!«, keuchte Seb. »Es ist unsere einzige Chance!«

Das letzte Licht verschwand vom Himmel. Das Wasser des Inneren Auges war nach wie vor unnatürlich glatt, trotz der kräftigen Brise, die darüber hinwegwehte. Wie ein gläserner Spiegel lag es da, scheinbar gleichgültig und rätselhaft. Isa fragte sich, was wohl geschah, wenn sie in dieses eigenartige Wasser gingen. Sie blieb stehen, hob ein Steinchen auf und warf es ins Wasser. Es wurde geräuschlos verschlungen, ohne auch nur eine einzige Bewegung zu verursachen.

»Na los, kommt jetzt!«, murmelte Seb mutlos.

Sie stolperten weiter. Jetzt waren blaue Lichter zu sehen, die sich näherten wie ein rasch herbeiziehendes Gewitter. Seb blieb stehen. »Vielleicht sollten wir doch besser zurück in den Dschungel. Dort haben wir mehr Chancen. Besser, von einem Baum zermahlen als von einem Nachtwesen verschlungen zu werden!«, fügte er in einem Ton hinzu, als würde er eine alte Volksweisheit zitieren.

Auf Isas Gesicht erschien ein schwaches Lächeln; dann nickte sie. Ihr war alles recht, wenn sie nur nicht mehr so zu rennen brauchte. Im gleichen Augenblick gab Tarzan einen scheußlichen Schrei von sich. Wie in Todesnot heulte er etwas an, das direkt neben ihm im Sand landete – sich windende blaue Lichter, die sich allmählich zu grauenhaften, missgestalteten Wesen verdichteten, haarigen und glibberigen Bestien. Isa konnte nicht erkennen, was genau sie waren. Es dauerte etwas, ehe die Wesen eine feste Form angenommen hatten, und diese ganze Zeit über standen Isa, Isi und Seb da wie vor Angst an den Boden genagelt. Tarzan machte sich klein und wimmerte leise. Der Weg zurück in den Dschungel war abgeschnitten.

»Ins Wasser!«, rief Seb.

Die Nachtwesen schnitten Grimassen, kaputte Zähne wurden sichtbar, sie spannten ihre Muskeln an und machten sich sprungbereit. Seb, Isa und Isi rannten zum Ufer, Tarzan folgte ihnen jaulend.

Isi und Seb glitten spiegelglatt in das Wasser; nur als Isa hineinrannte, spritzte es auf und kleine Wellen verbreiteten sich in fächernden Kreisen auf der Oberfläche. Tarzan sprang ihr hinterher und wurde genau wie Isi und Seb vom Wasser umschlossen, als wäre es ein regloser, quecksilberner Nebel. Die Albtraumwesen folgten ihnen bis zur Wasserlinie. Eines von ihnen streckte ein Bein vor und zog es laut kreischend zurück. Das Bein leuchtete nicht mehr, sondern rauchte. Wimmernd hinkte das Wesen davon. Die übrigen blieben knurrend und sabbernd dort, wo sie waren.

Sie standen bis zu den Knien im Wasser, ausgenommen Tarzan, dessen Kopf nur so eben aus dem kalten Nass herausschaute.

»Was jetzt?« Isa schaute zu Seb, der den Himmel ringsum absuchte.

Seb zuckte mutlos mit den Schultern. »Solange sie in der Form von Lichtfäden umherfliegen, können sie dir nicht wirklich etwas antun – sie können nur Angst in dich hineinpumpen; genau das, was du auf dem Berg empfunden hast. Wenn es wirklich sein muss, dann überleben wir auch das!« Mit einem Kopfnicken deutete er auf die Monster am Strand. »Wenn sie landen und eine feste Form annehmen, dann bekommen sie echte Klauen und Zähne … Ich befürchte, manche von ihnen können auch in ihrer festen Form fliegen«, sagte er matt. »Es gibt sie in hunderterlei Arten und es ist lediglich eine Frage der Zeit, bevor noch weitere Nachtwesen von uns Wind bekommen.« Er deutete auf das lahme Geschöpf, das winselnd über den Strand hinkte. »Sehr lange wird das nicht mehr dauern, möchte ich meinen.«

»Und dann?«

Seb sagte nichts, sondern starrte finster auf das schwarze Wasser. Hinter ihm, hoch am Himmel, funkelten neue blaue Lichter, die näher zu kommen schienen. Der Dschungel in der Ferne dagegen fand tatsächlich langsam zur Ruhe.

Isa ging auf und ab. Wellen verbreiteten sich rund um ihre Beine. »Es muss doch etwas geben, das wir tun können!«, zischte sie wütend.

Das Geheul des verletzten Nachtwesens hielt an. Von mehreren Seiten näherten sich jetzt blaue Knäuel aus Lichtfäden. Tarzan jaulte leise.

»Seht mal!«, sagte Isi und zeigte auf das offene Wasser, hinein in die Dunkelheit. Isa sah nichts.

»Was …?«, fragte Seb.

»Da!«, sagte Isi aufgeregt.

Einen Moment lang glaubte auch Isa etwas zu sehen, einen großen, sich bewegenden Schatten, aber dann war das Bild wieder weg.

»Was siehst du denn?«, fragte Seb nochmals.

Aber Isi konnte nichts als einfach nur zeigen.

Einer der abscheulichen blauen Lichtfetzen näherte sich jetzt rasch. Er fuhr herab und hüllte die Umgebung in eine trübsinnige Glut – eine Glut, die auch das Schiff enthüllte, das direkt auf sie zuhielt. Das Gefährt wirkte bedrohlich – düster und schwer, mit zerrissenen Segeln und schweren Schleppnetzen an beiden Seiten, die an große Spinnweben erinnerten.

»Wegtauchen!«, schrie Seb, der in die andere Richtung geschaut hatte. Isa drehte sich um und sah, wie ein reptilienhaftes Wesen Gestalt annahm und auf sie niederstürzte – ein Nachtwesen mit riesenhaften, ledrigen Flügeln und einem gezahnten Schnabel. Isa tauchte und zog Isi mit unter Wasser.

Ein Schnabel oder eine Klaue riss an Isas Rucksack, zog sie und Isi fast aus dem Wasser, doch dann lockerte sich der Griff. Isi strampelte in Isas Armen. Mit aller Kraft hielt Isa sie unter Wasser. Noch wenige Augenblicke und das Nachtwesen würde an ihnen vorbeigeschert sein und zu einem neuen Sturzflug ansetzen, was ihnen die Zeit gab, kurz aufzutauchen und Luft zu holen.

Doch so weit kam es nicht. Isa spürte einen Strudel, und ehe sie auch nur Anstalten machen konnte, sich wieder hinzustellen, wurde sie zusammen mit Isi grob über den Boden mitgerissen, verstrickt in die Maschen eines Fangnetzes. Verängstigt schlug sie um sich und spürte, wie auch Isi kämpfte, um sich zu befreien. Sie musste Luft holen. Jetzt! Aber sie schluckte lediglich Wasser. Kaltes, schwarzes Wasser. Etwas Hartes – Isis Kopf? – schlug ihr gegen den Schädel und sie verlor das Bewusstsein.

Lem

Lem durchquerte den Eingangsbereich. »NEUROLOGIE – 4. ETAGE«, las er auf dem Schild neben den Fahrstühlen. Er drückte auf die 4.

Das Krankenhaus hatte angerufen und mitgeteilt, es gebe eine Veränderung in Isas Zustand. Ihre Augen hätten sich kurzzeitig geöffnet und etwas später sei sie aufgestanden und wie eine Schlafwandlerin durchs Zimmer gegangen – vollkommen desorientiert sei sie dabei gewesen und deswegen überall angeeckt. Man habe sie unter Zwang zu ihrem Bett zurückführen und dort festbinden müssen. Ihre Beine hätten noch lange Zeit Laufbewegungen vollführt. Es seien zunächst hoffnungsvolle Zeichen gewesen, aber danach sei sie wieder in denselben komatösen Zustand zurückgefallen, der jetzt schon fast eine Woche andauerte.

Frida und Kees waren nach ihrer Arbeit schon bei ihr gewesen. Jetzt, nach dem Abendessen, war Lem an der Reihe.

Die Fahrstuhltüren schoben sich auf. Zimmer 14a lag links. Lem grüßte eine Krankenschwester und trat in Isas Zimmer. Sie lag allein. Das andere Mädchen, das gestern noch in dem zweiten Bett gelegen hatte, war fort. Schade, denn es war ein nettes Mädchen gewesen.

Lem ging zu Isa. Ihre Haare lagen wie ein Fächer auf dem Kissen und man konnte sehen, wie unter dem blondierten Haar ein dunkler Haaransatz nachwuchs. Wie bleich sie aussah!

Neben Isas Bett standen lauter Apparate. Lem erkannte den Herzfrequenzmesser – einen grünen Monitor, auf dem ein Punkt von links nach rechts lief, der bei jedem Herzschlag einen kleinen Sprung nach oben machte, während das Gerät gleichzeitig einmal piepte. Was, wenn die Linie auf einmal flach blieb? Konnte er dann irgendetwas tun? Wahrscheinlich würde er einfach nur sehr laut schreien. Mehr ausrichten konnte er nicht.

Er nahm Isas Hand. Sie war schlaff und lau und er spürte jeden Knochen darin – als hielte er ein totes Vögelchen in der Hand. Verzweiflung kam in ihm hoch. Isa musste aufwachen, sonst würde es mit Frida und Kees vollkommen danebengehen. Nach Sebs Tod war es gewesen, als ob sie sich alle miteinander verirrt hätten, aber wenn jetzt auch noch Isa … Nein, das durfte nicht geschehen!

Sentirus

»Isa! Isa!« Jemand schlug sie leicht auf die Wange. Isa öffnete die Augen. Sie sah nichts. Sie blinzelte, doch es blieb dunkel. »Isa!« Es war Sebs Stimme.

»J-ja?«

»Ein Glück, du bist wach!«

»Ich sehe nichts!«

»Stimmt, es ist hier stockdunkel.«

»Und wo sind wir?«

»Ich glaube, wir befinden uns im Laderaum.«

»Im Laderaum?«

»Von diesem Schiff. Gerade bevor ich das Bewusstsein verlor, fühlte ich, wie wir hochgehoben wurden.«

»Du warst also auch in diesem Netz?«

»Ich befand mich mit Tarzan in dem Netz auf der anderen Seite des Schiffs, glaube ich. Tarzan sitzt hier auf meinem Schoß.«

Isa streckte die Hand aus und fühlte ein nasses, kläglich zitterndes Häuflein. Sie versuchte, es zu streicheln, doch ihr fehlte dazu die Energie. Ihre Hand fiel auf den Boden zurück.

»Und Isi?«

»Hinter dir. Sie schläft. Sie atmet ruhig, aber sie ist unterkühlt und ich glaube, sie hat jede Menge Wasser geschluckt. Zumindest hat sie eine Menge ausgespuckt, als sie wieder zu sich kam.«

»Sind wir schon lange hier?«

»Weiß ich nicht. Den Nachtwesen sind wir jedenfalls entkommen.«

»Als ob das hier eine so große Verbesserung wäre …« Isa musste husten. Sie würgte und erbrach einen großen Schwall Wasser.

»Dann wären wir jetzt tot, Isa, wirklich …«

Isa fühlte sich so miserabel, dass sie sich einen Moment lang fragte, ob das nicht vielleicht besser gewesen wäre. Sie versuchte, sich aufzurichten, doch ein stechender Schmerz durchzuckte ihren Kopf und brachte sie dazu, sich sofort wieder zurückfallen zu lassen. Wieder musste sie würgen. Anschließend sank sie erneut in einen kalten Schlaf, der eher einer Bewusstlosigkeit glich.

Als Isa zum zweiten Mal erwachte, fiel Licht durch ein paar Ritzen ins Innere. Sie befanden sich tatsächlich im Bauch eines Schiffes – einem niedrigen Raum mit einem geteerten Fußboden und verwitterten, gebogenen Holzwänden. An der Decke verliefen dicke Balken.

Gepolter. Jemand lief oberhalb von ihnen übers Deck. Schwere, träge Schritte. Kurz darauf ein Quietschen und Knarren, gefolgt von Geklapper; hölzernes Takelwerk, ein Segel, das gehisst wurde. Danach bewegten sich die Schritte auf die Ladeluke zu. Das Geräusch eines rostigen Riegels, den jemand beiseiteschob.

Die Luke öffnete sich. Grelles Licht strömte herein.

»Raus mit euch, und zwar dalli!«, rief eine heisere, schwere Stimme in den Schiffsbauch hinein. Sie klang nicht direkt feindlich, aber auch keinesfalls freundlich.

Seb, der direkt unter der Luke saß, stand auf und kletterte hinaus. Isi und Tarzan blieben, wo sie lagen. Isa kroch auf die Luke zu und erhob sich langsam. Sie musste sich an den Sprossen der Leiter festhalten, um nicht umzufallen, so übel und schwindelig war ihr. Sie atmete tief durch und steckte den Kopf durch die Luke ins Freie. Seb saß dort an die Reling gelehnt, blass und mit Ringen unter den Augen. Neben ihm stand ein langer, hagerer Mann, der Isa mürrisch betrachtete. Er sah nicht weniger wettergegerbt aus als sein Fischerkahn. Isa begrüßte ihn mit einem Kopfnicken. Der Mann reagierte nicht und auch die tiefe Denkfalte über seiner Nasenwurzel verschwand nicht, während er sie weiter anstarrte.

Isa kroch aufs Deck und sah, dass sie sich auf offenem Wasser befanden. Sie konnte nicht ausmachen, wie schnell sie fuhren, denn das Binnenmeer war nach wie vor einfach nur spiegelglatt. »Guten Tag …«

Der Mann knurrte und spie einen dicken Klecks Spucke aufs Deck. »Und Numero drei? Hm? Und das Tier? Das klebrige Haarbüschel?«

»Die sind zu krank …«

»Hm.«

»Danke, dass Sie uns vor den Nachtwesen gerettet haben!« Seb erhob sich und streckte ihm die Hand hin. »Ich bin Seb.«

Der Mann warf ihm einen verstörten Blick zu. Er ignorierte die ausgestreckte Hand und deutete mit einem Kopfnicken auf die Ladeluke. »Wenn du mit deiner vorlauten Art jetzt mal die beiden anderen apportierst, dann okkupiere ich mich mit dem jungen Fräulein hier.« Mit einer raschen Bewegung fasste er Isa an der Schulter. Seine Hand fühlte sich an wie ein Schraubstock.

Mit einem Sprung war Seb bei ihm. »Wer Isa anfasst, der bekommt es mit mir zu tun!« Doch der Mann hielt Seb mühelos mit seiner zweiten Hand auf Distanz.

»Nicht so affig, kleiner Tropf mit Lockenkopf! Hätte ich euch ein Haar krümmen wollen, dann hätte ich das schon vollführt, als ihr noch in der Ungewissheit des Laderaums verkehrtet, du Schlaumeier! Nein« – sein Blick ruhte wieder auf Isa – »Sentirus ist schließlich nicht auf den Hinterkopf gefallen, weiß auch wirklich und wahrhaftig wohl, wer hier in ihrer vollen Schönheit appariert … Keine Isa, kein Innenland. Kein Speck, keine Bohnen. Aber ich habe mit ihr noch ein paar extravagant hartleibige Hühnchen zu rupfen. Also hopsasa, fort mit dir!« Er schubste Seb roh von sich weg.

»Geh nur, Seb«, sagte Isa. »Besser, Isi und Tarzan sind auch hier oben als in dem kalten Schiffsbauch.«

»Aber …«

»Jetzt geh schon!«

Zögernd ging Seb zur Ladeluke zurück und verschwand die Treppe hinunter.

»Ausgezeichnet! So, und jetzt wir beide.«

Der Mann führe Isa unsanft zu einer kleinen Bank neben dem Eingang zu seiner wackeligen Kajüte. »Hinsetzen.«

»Sie … Sie wissen, wer ich bin?«

»Na und ob ich das weiß!« Der Mann blieb vor ihr stehen, die Hände in die Hüften gestemmt.

»Aber wissen Sie denn auch, weswegen ich hier bin?«

»Das kümmert mich keine Fischgräte! Du hast hier überhaupt nicht zu existieren, kleine Flatterbiene!« Der Mann schien jetzt erst recht in Rage zu kommen. »Observieren sollst du, dösige, graue Schönwetterfahne!« Er zeigte im weiten Bogen um sich. »Schau, sieh und erschauere! Glatt! Glatt, glatt, platt! Schon seit Tagen!« Isa spürte seinen harten Zeigefinger, der ihr gegen das Brustbein stach. »Was hast du zum Krisenkuckuck noch mal hier verloren? Die ganze Zeitspanne deines Aufenthalts hier liegen deine sämtlichen Sinneswerkzeuge flach wie ein toter Acker! Und das bedeutet, dass es für uns Fischer nichts zu fangen gibt! Keine Kräusel auf dem Auge, keine Sensualität! Und genau das kausalisiert Hungersnot! Bittere Krusten! Dünnst gekratzte Butterbrote! Keinen Schweiß, kein Angesicht!«

»Aber …«, versuchte Isa ihn zu unterbrechen.

»Kein Wenn und Aber! Alles ist glatt, ja? Ein Lotterleben, ja?

Na ja, gestern: Deine Augen gingen auf, fast sofort wieder zu. Kaum einen Zentimeter Eröffnung und schon konnte das gesamte gottvergessene Gesindel wieder weiterbummeln wie gehabt!«

Isa dachte daran, wie sie die Racker beauftragt hatte, ihre Augen zu öffnen. Offenbar war dadurch tatsächlich etwas passiert, auch wenn sie selbst im Dschungel nichts davon bemerkt hatten.

»Gestern kräuselte sich das Auge wieder. Ein Juchhe und Gewusel! Alle fuhren sie aus, hoch die Segel, hopsasa! Doch das dösige Demoisellchen Isa sah nichts, schaute nicht, tat nichts damit!« Wieder der harte Zeigefinger auf Isas Brust. »Grus und Schmus kamen herein, faulige Fetzen, Scherben, von denen keiner etwas hat! Bedeutungsloser Müll! Und ehe wir alle so recht wussten, woran wir waren, schloss unsere kleine Zimtziege die Augen wieder und war das Fest schon vorbei, ehe es überhaupt richtig angefangen hatte.«

Seb kam mit Isi auf der Schulter die Leiter heraufgewankt.

»Aber Herr …«

»Sentirus! Nenn mich Sentirus! Herr hier, Herr da, das geht mir auf die Nerven!«

»Sentirus …«

»Nein. Erst bin ich an der Reihe, kleiner Herr Schlaumeier. Erst dann darfst du versuchen, mir dein kandiertes Gequatsche zu verkaufen. Mein Schiff, mein Sagen! Mein Kopf, mein Kragen!«

Seb legte Isi vorsichtig aufs Deck und verschwand wieder im Laderaum.

Sentirus wandte sich wieder an Isa. »Und ich bin nicht einfach nur mal eben mit deinem mickrigen Persönchen überworfen, denn weißt du, es ist nicht nur etwas aus den letzten Tagen. Wäre es bloß das! Nein, du bist schon viel zu lange sehr damit zugange, die Dinge auf den Kopf zu stellen. Früher! Als du so warst!« Er zeigte auf die kleine Isi, die zitternd auf dem Deck lag, nach wie vor ohne Bewusstsein. »Früher! … Moment.« Sentirus tauchte in seine Kajüte und kam sofort wieder mit einer dicken Decke hervor, die er grob, aber sorgsam über Isi ausbreitete. Isi schlug kurz die Augen auf, machte sich behaglich klein unter der Decke und schlief wieder ein.

Der Blick in Sentirus' Augen änderte sich, wurde verträumt und er schaute weg, hinaus über das Wasser. »Du warst immer so wunderbar ungezähmt und unverhohlen neugierig, als du noch so klein warst. Von allen Seiten strömten und wehten die Impulse herein. Facettenreich, ausdifferenziert, raffiniert, wohlriechend, idyllitisch. Die weiten Wasser des Inneren Auges wallten und wogten in tantalitisch prächtigen Mustern. O geliebte Interferenz! Reiches Füllhorn! Mehr und mehr Fischer wagten sich auf die Wasser, die Flotte florierte und für jeden Emsigen mit einem Netz gab es ein ehrliches, herrliches Butterbrot mit Käse oder Sonstigem zu verdienen. Geräusche, Geschmäcker, Bilder, Tastbares, Gerüche … Du scheutest nichts. Du suchtest das Neue. Augen und Ohren begierig offen! Damals sahst du noch, wie schön das Außenland ist, die wundersamsten Fänge landeten in unseren Netzen – irisierend, widerhallend, bebend, lebend, reich und voll! Die Innere Stadt wuchs und gedieh … Aber …«

Sentirus' Blick verdüsterte sich wieder. »In den letzten Jahren verschließt du dich in Augenklappenträumen und siehst nichts mehr! Blick auf unendlich, Verstand auf null. Tunnelvisionen. Verkrampfte Versuche, jemand zu sein, der du nicht bist, etwas zu erreichen, das für sich genommen nichts ist! Hirngespinsten jagst du nach, blinden Träumen. Nirgendwo Herz, bloß Schellfischproblematik! Backfischbanalitäten! Immer dieselben Ängste und Verbissenheiten, immer dieselben Muster. Geschlossene Vorhänge des Geistes. Jalousien im Gehirn. Schöne Ideen oder Beobachtungen kommen nicht mehr hinein oder heraus. Tote Algen! Bloßes Rauschen und kalte, bange Disziplin – mehr als grober Geestgrund und Aknefutter können sie in den Raffinerien daraus auch nicht machen!«

Seb hatte Tarzan auf den Schoß genommen und sich nah zu Isi gesetzt. Ängstlich schauten sie zu, wie Sentirus Isa die Leviten las.

»Aber Herr … Sentirus … Ich kann doch auch nichts dafür … Ich meine …«

»Quatsch!« Wieder spuckte Sentirus geringschätzig aufs Deck, direkt neben Isas linken Fuß. Er schnaubte. »Weißt du, ich war Perlenfischer. Ein Fachmann, spezialisiert auf den höchsten Allüregrad, immer emsig auf der Suche nach der Crème de la Crème deiner Wahrnehmungen und Empfindungen. Observationes delicatesca! Geschmack und Farbe von pudrigem Safran, das ewigweiche Graugrün des Federkleides der Kohlmeise, Kamillenduft, der Glanz in Arwens Augen, deine Fingerspitzen, die den unendlich weichen Pelz eines toten Maulwurfs streichelten, der Geschmack von in Butter gebratenen und mit einem Hauch von Rosmarin gewürzten Austernpilzen, um nur einiges zu nennen. Ich war derjenige, der diese wunderbaren Wahrnehmungen als Erster festhielt. Ich hegte und pflegte sie und brachte sie an Land wie meine eigenen Kinder. Was sage ich? Es *waren* meine Kinder, die Frucht meiner Netze! Ich verkaufte sie lediglich an die besten Raffinerien, damit daraus die fruchtbarsten Erinnerungen aufblühten … Vor zwei Jahren habe ich mir Grundschleppnetze kaufen müssen. Kein stinkender Kanten trocken Brot war noch mit Spezialitäten zu verdienen … Das Einzige, was in letzter Zeit noch auf deinen Wahrnehmungen wachsen will, sind Strebertum, Arroganz und Angst!«

Isa starrte auf das verwitterte, graue Holz des Decks. Sie wollte nicht hören, was Sentirus ihr alles zu sagen hatte.

»Und dann dies …« Hoch ragte Sentirus' Gestalt über Isa hinaus. Und es hatte den Anschein, als sei er noch längst nicht fertig.

»Stopp!«, schrie Isa. »Es ist nicht bloß meine Schuld!« Sie schaute zu Seb. »Als Seb starb, wurde alles anders … Zuerst wollte ich nicht mehr. Ich war traurig und wütend. Die ganze Welt konnte mir gestohlen bleiben. Was ist das für eine Welt, dachte ich immer nur … Ich verstand es nicht, ich fand es ungerecht … Eine Welt, die zulässt, dass die Menschen, die du liebst, einfach so verschwinden! Später überlegte ich mir, dass ich Alysha sein wollte … Geliebt und bewundert werden, reich sein, schön und berühmt … Zu Hause war es nicht mehr schön. Frida und Kees versauerten nach Sebs Tod, sie behandelten mich wirklich wie Luft, taten lediglich so, als ob sie mich unterstützten. Alles war grau und düster, gefühllos. Außenseite. Genau dem wollte ich entkommen. Und ich wollte allen zeigen, dass ich anders bin, anders als sie, anders als meine Eltern … Stärker, besser, schöner, klüger …«

Kopfschüttelnd wandte Sentirus sich ab. Er warf einen zerstreuten Blick auf die Segel und blickte einige Sekunden lang schweigend über das Wasser, das glatt wie eine frisch gebügelte Tischdecke das Graurosa des Himmels widerspiegelte. »Gut. Du willst mir also haarfein enthüllen, weshalb es dich schlussendlich und angeblich hierher verschlagen hat«, sagte er dann.

Isa erwiderte nichts. Ohne etwas zu sehen, starrte sie durch ihre Tränen aufs Deck. Dann begann Seb zu erzählen: von dem Staudamm im Lebensfluss, von Alysha mit ihren Mantras, von der um sich greifenden Dürre, von dem Kanal, der den Lebensfluss in die Wüste umleitete, von ihrem misslungenen Versuch, den Staudamm zu sprengen … Und diesmal unterbrach Sentirus ihn nicht. Seine Wut wich der Sorge, und als Seb fertig war, lief er zu der großen Ruderpinne und den Leinen für das Großsegel auf dem Achterdeck. »Sobald ich ›Klar zur Halse!‹ und ›Re!‹ rufe, dann fiert ihr als meine Schiffsjungen die Vorschot. Bei ›Hol dicht die Fock!‹ holt einer von euch die Vorschot auf der anderen Seite an. Capito?«

Seb schaute Sentirus hilflos an. »Äh … was ist die Vorschot?«

Sentirus zeigte nach vorn. »Dieses Seil da, junger Herr Schlauberger … Klar zur Halse? … Re!«

Seb riss missmutig an dem Seil, er hatte Sentirus die nasse, kalte Nacht im Laderaum noch nicht verziehen und das »Herr Schlauberger« machte die Sache auch nicht besser. Das Focksegel klapperte. »Bücken!«, rief Sentirus. Schon kam der Giekbaum auf die andere Seite geschwirrt. »Hol dicht die Fock!« Seb holte auf der anderen Seite die Vorschot ein und sicherte sie dann. »Perfetto!«

Sentirus belegte die Großschot und setzte sich wieder zu ihnen. »Ich bringe euch zu Eidos auf dem Cogitorium«, erläuterte er mit nach wie vor besorgter Miene.

»Zum Cogitorium?« Seb schaute bedenklich. »Aber ich sagte doch, wir wären unterwegs zur Inneren Stadt. Das Cogitorium liegt genau in der entgegengesetzten Richtung! Wir haben Eile!«

Sentirus nickte. »Schon klar. Jedoch hege ich die obsidiane Vermutung, dass es lehrreich ist, Eidos zu visitieren. Denn wie hattet ihr geglaubt, den Staudamm zu nihilieren, nachdem ihr nicht mehr über dieses Innere Feuer verfügt?«

»Kämpfen!«, antwortete Seb streitlustig. »Ich will einen Aufstand entfesseln, eine Revolution! Ich bin sicher, alle in der Inneren Stadt werden hinter uns stehen und …«

Sentirus lachte hämisch. »Du hast wirklich keinen Schimmer, was im Augenblick in der Inneren Stadt so vom Stapel rollt, nicht wahr, junger Herr Schlaumeier? Um eine lange Geschichte kurz zu machen: Besser, du rückst sie wieder an den Rand, deine Simpelstrategie!«

»Aber …«, versuchte Seb schwach, »Sie wissen nicht … Der Widerstand …«

»Und ob ich weiß!«, fuhr Sentirus fort. »Wenn ihr nur die Hälfte von dem wüsstet, was mir bekannt ist, dann würdet ihr eine ganz andere Melodie pfeifen. Gestern sind Alyshas Truppen in die Innere Stadt einmarschiert. Mit einer bombastösen Zurschaustellung ihrer Überlegenheit. Schwer bewaffnet. Euer ganzer Haufen nichts als Futter für die Haifische. Große Überzahl. Was immer du auch vorhattest … Ein ganzer Volksaufstand … Eure Hoffnung liegt nicht mehr in Arbeiterhänden oder Zimmermannsaugen, sondern auf dem Grund des Meeres!«

Seb starrte Sentirus entsetzt an.

Sentirus wandte sich ab, stellte auch das Ruder fest und tauchte ab in seine Kajüte. Wenige Sekunden später kam er mit weiteren Decken hervor. »Hier. Ach ja, wartet mal!« Wieder verschwand er hinein; diesmal, um mit Essen, Tellern, Besteck und Bechern bepackt wieder heraufzukommen. »Der stramme Wind des heutigen Augenblicks bringt uns ruck, zuck zu unserem Ziel, also regt euch nicht auf. Lehnt euch zurück und esst!« Sentirus schnitt das Brot und den Käse in grobe Stücke, verteilte sie über die Teller und steckte auch Tarzan ein Stück zu. Danach goss er Wasser in Becher ein.

»Wisst ihr«, fuhr er mit vollem Mund fort, »ich habe sie selbst noch nicht gesehen, diese Alysha. Am liebsten halte ich mich von sämtlichen Politokraten fern.« Er schüttelte den Kopf. »Schön sein soll die Dame ja, so hörte ich, aber auch ein Luder. Ein Mannweib, eine Organisatorin unreinsten Wassers. Einen Staudamm in den Lebensfluss … Wasser in die Wüste tragen …«

Er stocherte sich mit dem Messer zwischen den Schneidezähnen herum, besah sich die Messerspitze und schmierte sich das, was er da erbeutet hatte, an seiner vor Fettflecken nur so starrenden Hose ab.

Isa nahm einen Bissen Brot, während sie versuchte, nicht an das Messer zu denken, mit dem es geschnitten war. »Aber wer ist denn dieser Eidos?«

Sentirus sagte nichts, sondern aß und starrte zum Horizont, wie er es wahrscheinlich für gewöhnlich tat, wenn er allein an Bord war.

Isa schaute zu Seb, aber es war klar, dass auch der nicht die geringste Ahnung hatte, wohin sie fuhren. »Sentirus?«

»Hm?«

»Wer ist Eidos?«

Sentirus' Blick gab Isa das unbehagliche Gefühl, dass er glatt durch sie hindurchschaute. »Das ist für jeden anders … denke ich …« Er lächelte. »… Aber im Allerentferntesten läuft es immer auf das gleiche Lied hinaus. Wisst ihr, tagein, tagaus lauschen wir Fischer dem Lied des Windes, wir sind damit verwoben, davon durchschnitten. Er flüsterlispelt in den Segeln, raschelsingt in der Takelage und wir wissen ihn in den Wanten. Und immer, ewig und überall auf diesen Wassern singt er die Melodie des ewigen Paradieses, das war und ist und zugleich verloren ist für immer, mit Eidos als seinem paradoxalen Wächter, unerreichbar für uns wie Anfang und Ende des Regenbogens, aber doch immer da … dort, inmitten des Auges …«

Isa blickte zu Seb. Der zuckte mit den Schultern und seine Augen verrieten, dass er eher glaubte, der alte Mann habe nicht mehr alle Tassen im Schrank. Aber ganz offenbar dachte er auch an seinen soeben in Rauch aufgegangenen Plan. Er hatte daran geglaubt; vielleicht hätte daraus etwas werden können.

Aber Alysha war ihnen zuvorgekommen. Der Widerstand verfügte kaum über Waffen, es wäre Wahnsinn, die wehrlose Bevölkerung gegen eine schwer bewaffnete Übermacht aufzuhetzen.

»Sentirus …«, versuchte Isa es nochmals. »Ich verstehe es nicht!«

»Tja, dann musst du es halt abwarten, stimmt's oder habe ich recht?« Er nahm einen Bissen von seinem Brot. »Aber mir dämmert da eine Vermutung, und die wäre, dass du gehen kannst, wohin wir nicht gehen können!«

»Aber was kann ich denn von diesem Eidos lernen?«

Sentirus ließ sich Zeit, in aller Ruhe seinen Mund leer zu essen. »… Wenn der oder jener schon vorher weiß, was er lernen wird, dann braucht er es nicht mehr zu lernen, und weiß er es nicht, dann kann er sich im Grunde auch keine Vorstellung davon machen.«

Sie aßen einige Minuten in Stille, jeder in seine eigenen Gedanken versunken. Dann kam eine andere Frage in Isa auf. »Sentirus?«

»Hm?«

»Wie konntest du uns an einer Stelle auffischen, an der das Wasser mir noch nicht einmal bis zu den Knien reichte? Warum lief das Schiff nicht auf Grund? Ich meine …«

Zu ihrer Verwunderung brach Sentirus in Gelächter aus. »Gründen?«, sagte er. »Stranden? Der Rezeptor, mein geliebtes Schiff, ist für die Wahrnehmung gebaut, liebes, liebes Kind: ganz und gar Äußeres und Außenseite und Exterieur. Möglichst wenig Tiefgang … das ultimative Plattbodenschiff. Selbst in einer Regenpfütze würde es nicht auf Grund laufen. Teufel noch mal!«

Eidos

In schmuddelige Decken gewickelt, konnten sie sich an Deck mehrere Stunden lang ausschlafen. Als Sentirus sie aufweckte, zeichnete sich in der Ferne ein kleines vollkommenes Eiland ab, ein perfekt runder Hügel, grasbewachsen und zu allen Seiten von spiegelglattem Wasser umgeben: das Cogitorium, das wie eine Iris in der Mitte des Inneren Auges lag. Die Insel wirkte leer, abgesehen von einer Mauer, die den höchsten, zentralen Teil der Insel – die Pupille des Auges – den Blicken entzog. Der Rezeptor steuerte direkt auf die Insel zu, obwohl es nirgendwo einen Hafen und erst recht keinen Landungssteg zu entdecken gab.

»Festhalten!«, rief Sentirus, als das Schiff das Ufer fast berührte. Isa erwartete eine Erschütterung, doch das Schiff glitt mit einem Knick ein Stück auf die Insel hinauf und kam dann sanft zum Stehen. Isi schaute verschlafen und zugleich neugierig über das kahle Land, noch in ihre Decke gewickelt. Sie sah etwas besser aus, war aber nach wie vor blass und still. Auch Tarzan hatte seinen alten Übermut noch nicht wieder.

»Okay«, sagte Sentirus. »Geht! Ich warte.« Dann machte er sich daran, die Taue zu lösen, mit denen das Großsegel befestigt war.

»Aber woher wissen wir, dass es keine Falle ist?«, fragte Seb. »Nachher sitzen wir auf dieser Insel und du fährst weg. Was dann?«

Sentirus bedachte Seb mit einem mitleidigen Blick und schüttelte den Kopf. »Glaubst du denn immer noch, ich hätte eure Geschichte nicht verdaut? Denkst du in aller Realität, ich verstünde nicht, was dieser Staudamm bedeutet? Denkst du, die Innere Stadt wäre mir nicht ans Herz gegossen? Wir sitzen alle im selben bildlichen Boot und …«

»Ja, aber woher weiß ich, dass du keiner von Alyshas Spionen bist und die ganze Besetzung nur erfunden hast, damit wir uns hier wie willige Schafe von dir abführen lassen?«

Sentirus lachte verächtlich. »Ich bin vom Klub der Wahrnehmung, erinnerst du dich? Der reinen Wahrnehmung. Ich habe so meine eigenen Belange. Ich erkenne eine Wurst, wenn ich sie sehe. Leibliches Wohl und dergleichen mehr. Aber im allerweitesten Sinne bin ich neutral. Ich verehre lediglich Bilder, Gerüche, Geräusche, genieße Geschmäcker, Tastbares … alles andere ist mir so ziemlich schnuppe. Politik ist eine Sache von Ideen, Argumenten, Normen, Sehnsüchten, Werten und was weiß ich welchem munkelnden, kunkelnden, funkelnden Fußvolk, das so in der Stadt und den sich dahinter erstreckenden Regionen residiert. Damit hat Sentirus als einfacher Fischer nichts und niemanden nicht zu behelligen … Was natürlich nicht heißt, dass ich mir nicht auch weiter ein sehr gutes Butterbrot verdienen will.«

Seb schien nicht überzeugt.

»Seb, ich vertraue ihm!« Isa fasste ihn am Ellbogen. »Komm, lass uns gehen!« Sie zog Seb mit an die Reling. »Wir lassen alles Gepäck hier. Isi, Tarzan, kommt ihr bitte auch?«

»Äh …« Isi schaute zu Sentirus und zu Isa. »Kann ich nicht hierbleiben? Ich habe Hunger und bin immer noch so müde.«

Isa nickte.

»Darf Tarzan dann bei mir bleiben?«

»Okay. Wir sind bald wieder zurück.«

Es dauerte nicht lange, da erreichten sie die Mauer, die den zentralen Teil der Insel umschloss. Wie sich zeigte, bestand sie aus maßgerecht behauenen Natursteinen und war mindestens fünf

Meter hoch. Ein Tor oder auch nur eine Tür war nirgendwo zu erblicken. Seb versuchte hinaufzuklettern, aber die Steine waren so perfekt zusammengefügt, dass er sich nirgendwo festhalten konnte.

»Komm«, sagte Isa, »irgendwo gibt es bestimmt einen Eingang!« Sie ging los.

Es war mittlerweile fast dunkel. Seb blickte zaghaft zum Himmel und suchte den Horizont nach den gefürchteten blauen Lichtern ab. Vorläufig jedoch schien die Luft rein zu sein. Etwas später verschwand auch das letzte Licht am Firmament und eine vollkommene Dunkelheit hüllte sie ein. Einziger Orientierungspunkt war jetzt die Mauer, die sich schwer und kalt unter ihren Fingerspitzen anfühlte.

»Sollten wir nicht besser zurückgehen?« Seb klang ängstlich.

»Zurück? Weißt du denn noch, wie weit wir an der Mauer entlanggelaufen sind? Wenn wir jetzt wieder hinuntergehen, landen wir ohnehin bloß im Wasser.«

»Aber wir können doch rufen oder am Ufer entlang weitergehen?«

»Ich will wissen, was dieser Eidos zu erzählen hat. Ich vertraue Sentirus und …«

»Ach ja? Du vertraust ihm? Und wieso hat er uns dann die ganze Nacht in den kalten, nassen Laderaum gesperrt?«

»Seb, wir leben noch! Sentirus ist vielleicht sonderbar, aber ich glaube, er versucht uns zu helfen. Ich gehe weiter!« Isa folgte wieder der Mauer, wobei sie leicht mit den Fingern über deren Oberfläche strich. Murrend kam Seb hinter ihr her.

Nach etwa fünf Minuten blitzte blassblaues Licht am Horizont auf, wie Wetterleuchten. Seb verkrampfte sich vor Angst. Er war es gewohnt, bei Dunkelheit im Schutz von vier sicheren Wänden zu sein. Als er den Kopf hob, entdeckte er, dass Isa nicht mehr da war.

»Isa!« flüsterte er. »Isa!«

Es blieb still. Sollte sie so weit vorausgegangen sein? Er beschleunigte seinen Schritt. »Isa!«

Stille. Bis auf seinen eigenen, gehetzten Atem hörte Seb nichts.

»Iii-saa!«

Keine Reaktion. Blaues Licht flackerte am Horizont. Das Innere Auge warf die Lichter wie blassen Nebel zurück. Die Mauer war schwarz, der Rezeptor weit außer Sichtweite. Seb war allein und hatte Angst.

Gleich nachdem Isa beschlossen hatte, ihren Weg fortzusetzen, war sie gestolpert und durch die Mauer gefallen. Erschrocken rappelte sie sich wieder hoch, sich an der Mauer abstützend, die noch ebenso massiv dastand wie vor ihrem Sturz. »Seb!«, rief sie »Seb!«, und blinzelte in das Licht. Aber Seb war auf der anderen Seite und nur sie badete in dem vollen Sonnenschein, der auf unerklärliche Weise auf der inneren Seite herrschte.

»Hättest du dir nichts Besseres ausdenken können?«, zischte eine Stimme im Gras.

Erschrocken presste sich Isa mit dem Rücken an die Mauer und tastete sie in Verzweiflung ab auf der Suche nach der Stelle, an der sie sie durchdringen konnte, zurück in die Nacht, zurück zu Seb. Er hatte doch recht gehabt: Es war eine Falle! Das Monster kam geradewegs auf sie zugekrochen. Sie griff nach Totem, hörte und fühlte jedoch nichts als ein totes Stück Holz. Offenbar war das Amulett hier machtlos.

Das Tier richtete sich auf. »Ich fragte, ob du dir nichts Besseres hättest einfallen lassen können!« Direkt vor Isas Gesicht tanzte der Reptilienkopf jetzt hin und her. Seine gegabelte Zunge zuckte herein und heraus. Die Knopfaugen musterten sie mit kaltem Blick. Der massive, dunkelgrün gefleckte Leib der Riesenschlange ruhte in einem vollkommenen Kreis im Gras.

Isa sagte nichts.

»Eine Schlange«, zischte das Tier böse, »und das in dieser Umgebung!« Es blickte hinter sich in den Garten. »Gut, es ist nun mal so«, seufzte es, »... auch wenn ich gar zu gern Füße gehabt hätte ... oder Beine ... viel besser noch ... echte Beine!« Sein Blick glitt gierig über die von Isa. »Also, fangen wir an?«

Isa blinzelte mit den Augen.

Die Schlange hielt den Kopf schräg. »Du bist doch nicht taub oder so? ... Nein ... Es ist Angst ... Sie hat Angst... Sss ... Eigenartig!« Der Kopf sank zu Boden und das Tier schlängelte durch das Gras davon. »Komm«, sagte es und Isa folgte ihm wie hypnotisiert.

Während sie den Garten durchkreuzten, murmelte das Reptil beständig in sich hinein: »Wie kann sie bloß Angst haben? Das gehört nicht hierher in den Hof. Ich meine ... Sie selbst wählt eine Schlange und dann ...« Ab und zu drehte es den Kopf nach hinten, um zu sehen, ob Isa ihm auch folgte, wonach es wieder weiter durch das mit Tausenden von Blumen durchwebte Gras glitt. »Aber weshalb eine so dicke Schlange?«, murmelte es weiter. »Ich meine ... fast scheint es, als *wollte* sie Angst eingejagt bekommen ...«

Der Garten war überwältigend schön. Überall sangen paradiesisch bunte Vögel in den Bäumen, und jeder Baum stand in Blüte. Eine warme Sonne warf kühle Schatten unter die Bäume und eine leichte Brise machte, dass das Gras wogte und das Laub raschelte. Überall liefen Tiere herum, aber nicht scheu und ängstlich oder gerissen und bösartig. Nein, Raubtiere und Pflanzenfresser, sie lustwandelten Seite an Seite in vollkommener Unschuld dahin. Neugierig traten sie näher, ein Hirsch leckte Isas Hand, Kaninchen hoppelten vor ihr her.

Die Schlange schaute sich um. »Wir sind fast da. Du weißt doch, was du zu tun hast?«

Isa schüttelte verneinend den Kopf, auch wenn sie ein merkwürdiges Vorgefühl beschlich. Sie war im Paradies, und diese Schlange ... das war der Teufel! So war die Geschichte doch gewesen? Die Schlange würde sie in Versuchung bringen, einen Apfel vom Baum zu pflücken und aufzuessen. Anschließend würde sie aus dem Paradies verjagt werden.

»Hier.« Die Schlange hielt inne. »Das hier ist er.«

Der Baum hing voller Äpfel. Nein, Äpfel waren es nicht, auch wenn es zunächst den Anschein hatte. Die Früchte waren größer, voller und hatten unten eine Kelchrippe, die deutlich größer war als bei einem Apfel.

Die Schlange deutete mit einem Kopfnicken auf den Baum und rollte sich faul im Gras zusammen. »Dann mal los!«, murmelte sie und verbarg ihren Kopf irgendwo zwischen ihren vielen Windungen.

Ein paar Sekunden lang stand Isa wie mit Stummheit geschlagen da. Das hier war das Letzte, was sie erwartet hätte. Was sollte das Ganze überhaupt? Sie räusperte sich. Der Kopf der Schlange glitt wieder hervor. »Aber, äh ... ich war eigentlich auf der Suche nach Eidos ...«

»Ich bin Eidos«, sagte die Schlange. »Eidos, die Boa. Angenehm!« Der Schlangenkopf verschwand wieder.

»Aber, aber, ich meine, du musst nicht denken, ich würde einfach so von diesem Baum essen! Ich bin zwar nicht sonderlich religiös aufgewachsen, aber dass das hier verboten ist, weiß selbst ich!«

Der Kopf der Schlange kam wieder hoch. »Du solltest in allererster Linie das tun, wozu du Lust hast, Mädchen. Aber eines lass dir von mir gesagt sein: Die Ewigkeit dauert verdammt lang!« Gelangweilt plumpste sie wieder ins Gras. »Ach ja, *by the way*, falls du dir die Frage stellen solltest: Das da an diesem Baum sind sehr wohl Äpfel! Granatäpfel!«

Granatäpfel? Was war das denn schon wieder? Die Schlange hatte Eva doch dazu verführt, von einem Apfel zu essen? Ein schöner Verführungsversuch war ihr das! Dieses dumme Tier tat, als ob ihm das alles gleichgültig wäre! War es vielleicht doch eine Art Falle, ein Test? Und gab es nicht noch eine Geschichte mit einem Apfel? Die von Schneewittchen und den sieben Zwergen … Darin war der Apfel giftig gewesen. Auch nicht wirklich eine Empfehlung. Obwohl Schneewittchen am Ende von einem Prinzen wach geküsst wurde …

»Eidos?«

Die Schlange schaute sie an.

»Jemand hat mir gesagt, ich könnte hier lernen, wie ich Alysha besiegen und diesen Staudamm in die Luft sprengen kann … Weißt du vielleicht mehr davon?«

»Ich weiß nichts von dem, was jenseits dieser Mauern liegt. Wir befinden uns hier außerhalb der Zeit, weit jenseits von Krieg und Frieden, Gut und Böse, Urteil und Tat.«

»Gibt es denn vielleicht sonst jemanden hier, der mir helfen kann?«

Unergründlich starrte die Schlange Isa an. Es dauerte lange, ehe sie Antwort gab. »Du glaubst doch nicht, Mädchen«, sprach sie zuletzt mit einem giftigen Unterton in der Stimme, »das Cogitorium wäre so eine Art Beratungsstelle? Sss …!« Wieder versteckte sie ihren Kopf.

Isa setzte sich ins Gras und dachte nach. Was sollte sie tun? Was erwartete man von ihr? Was sollte sie dem Willen der Schlange zufolge tun? War die Schlange gut oder schlecht?

»Eidos?«, versuchte sie es schließlich nach einer Weile.

»Sss?«

»Wo ist Adam eigentlich?«

»Wer?«

»Adam. Der war doch zusammen mit Eva im Paradies?«

»Ja und?«

»Na, ich dachte … wenn das hier das Paradies ist, dann muss Adam doch auch da sein!«

»Du bist doch auch nicht Eva!«

»Nein … ach … ich dachte …«

Die Schlange glitt wieder auf Isa zu und richtete sich auf. »Du musst nicht so viel denken, Mädchen. Weißt du, was man in meiner Zeit sagte? … Na? … *›An apple a day keeps the doctor away!‹* Das sagte man. Äpfel sind gesund!«

»Okay, okay. Vielleicht nachher. Aber erst will ich mich hier noch etwas umsehen.«

»*Whatever.*« Die Schlange rollte sich wieder auf.

Lange Zeit irrte Isa durch den paradiesischen Garten auf der Suche nach Hinweisen für das, was man von ihr erwartete. Sie wurde das Gefühl nicht los, dass noch mehr hinter alledem steckte. Wenn sie von dem Apfelbaum aß, würde sie verjagt werden, das konnte nicht anders sein. Wahrscheinlich war es überhaupt der Weg, wieder aus dem Garten zu gelangen. Na gut. Aber zuerst wollte sie die Lösung finden, von der Sentirus gesprochen hatte.

Isa betrachtete jeden Baum, studierte die Blumen und sog ihren Duft ein. Sie ging die Mauer entlang, die den Garten umsäumte. Nirgendwo gab es ein Tor oder einen Durchgang, doch im Augenblick war das Isa ganz recht. Der Garten war ein herrlicher Ort voll Ruhe und Harmonie. Keine Mantras hier, keine Dürre, keine Hungersnot. Sie genoss den Gesang der Vögel und streichelte die Kaninchen. Sie kostete von den Früchten – Birnen, Beeren, Apfelsinen, allesamt wunderbar –, danach setzte sie sich ans Ufer eines Bächleins, das sich singend seinen Weg zwischen herrlich rund geschliffenen Steinen hindurch suchte. Träge Algenstränge wehten und tanzten in seinem Strom. Das

Moos war weich und kühl, die Sonne schien warm und Isa gähnte. Der plätschernde Bach machte sie schläfrig. Sie legte sich hin. So viel Eile hatten sie doch auch wieder nicht … Weswegen überhaupt noch? Ach, was machte das schon! Ein wenig Erholung konnte keinesfalls schaden. Sie schloss die Augen und sank in einen traumlosen Schlaf.

Isa schrak hoch. Wie lange hatte sie geschlafen? Die Sonne stand hoch am Himmel. Die Vögel sangen, Hummeln schwebten von Blüte zu Blüte. Sie fühlte sich träge und schwer, so als hätte sie sehr lange und sehr tief geschlafen.

»Sss … ich sagte doch, dass die Ewigkeit verflixt lange dauert.« Eidos lag auf der anderen Seite des Baches auf einem Felsplateau und wärmte seinen schuppigen Leib in der Sonne.

»Wie lange habe ich denn geschlafen?« Isa rieb sich die Augen und streckte sich. »Tss. Einen Tag, eine Woche, ein Jahr, eine Ewigkeit … Was weiß ich. Spielt auch keine Geige. Zeit existiert hier nicht, du bist unsterblich!« Die Schlange glitt davon und verschwand im Gestrüpp.

»He, warte!« Von Stein zu Stein springend, überquerte Isa den Bach. »Was meinst du? Wieso unsterblich? Wie lange habe ich geschlafen?«

Die Schlange war verschwunden.

Gehetzt lief Isa durch den Garten. Sie hatte das unbehagliche Gefühl, sehr lange so dagelegen zu haben. »Eidos! Eidos!« Vielleicht waren es ja mehrere Tage gewesen und die anderen waren längst davongesegelt! Sie fing an zu laufen. Sie musste zurück durch die Mauer. Wild schlug sie die Zweige, die sie störten, beiseite. Tiere wichen ihr verwundert aus und überall, wo sie vorbeikam, schwiegen die Vögel.

»Eidos!«

Isa erreichte die Lichtung, auf der dieser eine Baum stand.

Eidos lag aufgerollt darunter. Wieder beschlichen Isa Zweifel. Die Schlange war aber doch wirklich der Teufel gewesen. Oder vielleicht nicht? Sie konnte doch nicht tun, was der Teufel sagte? Eidos hatte gemeint, solange sie hier sei, wäre sie unsterblich. Schritt für Schritt ging sie zu dem Baum. Die Schlange starrte sie emotionslos an. Einen Meter vor dem Baum blieb sie stehen.

»Du musst es schon selbst tun, hörst du? Ich tue es nicht für dich!«

Da fiel Isa etwas ein. »War das hier nicht der Baum von Gut und Böse?«

»Nein, von der Kenntnis von Gut und Böse!«

»Wieso darf ich dann nicht davon essen?«

»Hat denn jemand gesagt, du dürftest nicht davon essen?« Der Kopf der Schlange wiegte hin und her.

»Na, du bist mir vielleicht eine Hilfe!«

Statt einer Erwiderung glitt die Schlange durch das Gras zum Baum, schlängelte sich den Stamm entlang hinauf, drapierte sich über einen Ast und blickte Isa gelangweilt an.

Isa setzte sich ins Gras zwischen die Blumen und atmete die Frühlingsluft ein. Die Sonne war wunderbar, eine Erholung nach dem unbestimmten Licht des Innenlandes. Klatschmohn tanzte in einer kühlenden Brise. Akelei blühte in dutzenderlei Farben. Missmutig riss Isa ein Büschel Gras aus dem Boden. Es gab hier nichts, überhaupt nichts! Nur dumme Bäume und Pflanzen und todlangweilige süßliche Tiere. Dumme Kuschelviecher. Hier gab es nichts zu holen. Was hatte dieser idiotische Sentirus gemeint? Sie musste hier weg. Isa bekam das Gefühl, dass die Schlange sie auslachte. »Um hier wegzukommen, muss ich bestimmt von einem dieser Granatäpfel essen?«

Die Schlange nickte.

»Aber was ist dann der Sinn dieses Gartens? Was ist der Sinn dieser ganzen Insel? Ein dösiger Garten, aus dem man nicht herauskommt, es sei denn, man isst ein bestimmtes Stück Obst … und in dem es sonst nichts zu erleben gibt. Oder entgeht mir da irgendwas?«

»Fehlt dir etwas? Glaubst du das wirklich?« Die Schlange glitt träge von Ast zu Ast, sich schlängelnd, hypnotisch. »Findest du es denn nicht außergewöhnlich, dass du die ganze Ewigkeit in dir trägst? Das Paradies … diesen Garten? Die meisten Menschen hätten sehr viel dafür übrig, die Ewigkeit in sich zu finden!«

»Ich will zurück nach draußen, aber Sentirus meinte, ich könnte hier etwas lernen. Etwas, womit ich Alysha bekämpfen kann. Kannst du es mir nicht erzählen?«

»Es ist deine Entscheidung, von einem Granatapfel zu essen oder nicht … Es geht um ein Fünkchen deines Willens. Die Kenntnis von Gut und Böse verbirgt sich nicht in deinen Gedanken, sondern in deinem Herzen.«

»Ja, ja, wird wohl so sein.« Gereizt stand Isa auf. Sie hatte genug von dem philosophischen Gefasel der Schlange. Sie ging zu dem Baum, pflückte eine der Früchte und biss hinein. Im selben Augenblick stand sie wieder draußen im Dunkeln, im Mund den herben Geschmack einer bitteren Schale und in der Hand einen stattlichen Granatapfel. In der Ferne blitzen die blauen Lichter.

»Isa!«, hörte sie Seb ein paar Meter weiter rufen.

»Hier bin ich!«

Sie hörte, wie Seb zurückgelaufen kam. »Wie kann das sein? Eben noch bist du vor mir gewesen, und jetzt bist du plötzlich hinter mir! Warst du weg von der Mauer oder so?«

»Äh, nein. Ich …«

»Weißt du«, unterbrach Seb sie, »ich will zurück zum Schiff. Mir reicht es, im Dunkeln herumzutappen!«

»Ich war drinnen!«

»Wie bitte?«

»Ich war auf der anderen Seite der Mauer. Gerade vorhin. Als du mich verloren hattest.«

»Wie kann das sein? Vor zehn Sekunden hast du noch neben mir auf dieser Seite der Mauer gestanden!«

»Für mich war es viel länger. Ich bin durch die Mauer hindurchgefallen und war in einem Garten. Ich weiß nicht, wie lange ich dort drinnen war. Ein paar Stunden, ein paar Tage, ich weiß es nicht!«

Seb stellte sich nah vor sie. Sein Gesicht wirkte gespenstisch im Schein der fernen Nachtwesen. »Aber … Hä? Und … bist du dahintergekommen, wie wir diesen Staudamm in die Luft jagen können?«

Isa schüttelte den Kopf. »Nein. Keine Ahnung. Es war sehr eigenartig … Ich habe lediglich das hier.« Sie hielt den Granatapfel in die Höhe. Die Frucht verströmte eine sanfte Glut, orangerot, und fühlte sich in Isas Hand an, als ob sie lebte, so wie ein kleines schlafendes Tier, aufgerollt in einem warmen Nest. »Aber jetzt bin ich müde. Lass uns zum Schiff zurückgehen. Ich erzähle dir später, was geschehen ist.«

»Sollten wir nicht versuchen, gemeinsam hineinzukommen? Vielleicht können wir sie dann zwingen, weitere Informationen preiszugeben!«

»Nein … so läuft es dort nicht … Es ist da ganz anders als hier, ganz …« Isa fühlte sich müde. »Lass uns zurückgehen.« Vorsichtig trug sie den Granatapfel in ihren Händen, vielleicht konnte Sentirus etwas damit anfangen.

Alysha

Alysha ließ sich auf das Sofa in ihrer Privatlounge fallen. Was für ein großartiges, herrlich dekadentes Sitzmöbel sie hier doch hatte! Ihr Sofa war aus rotem Samt, darauf ein Berg von Kissen in Seidenbrokat, und groß war es, so groß und weich, dass sie sozusagen darin schwimmen konnte. Sie schmiegte sich behaglich zwischen die Kissen und schloss die Augen. Hm, sehr gut so!

Ihr Plan nahm allmählich Gestalt an. Die Innere Stadt war eingenommen, von dieser Seite waren vorläufig keine Probleme zu erwarten. Der Kanal zur Wüste war abgesperrt, sodass alles Wasser aus dem Lebensfluss im Stausee hinter dem Damm zusammenfloss. Und ihre Ingenieure hatten Alysha versichert, der Druck des angesammelten Wassers würde mehr als genügen, sie ins Außenland zu lancieren – falls das Wasser überhaupt bis zum Rand des Staudamms kam, was noch an die zehn Tage dauern würde. Zwar musste auch noch Isa gefasst und nach Schattenland verbannt werden, aber das war lediglich eine Frage der Zeit, darüber machte sie sich jetzt keine Sorgen.

Alysha öffnete die Augen und setzte sich etwas auf. Nur noch eine Kleinigkeit erledigen, dann war es für heute genug.

»Wache!«

Ein zierliches, kleines Mantra kam ins Zimmer gestiefelt, knallte die Hacken zusammen und salutierte gewichtig.

Alysha musterte es geringschätzig, eigentlich waren ihr diese grauen Figuren von Grund auf zuwider, aber vorläufig brauchte sie sie noch. »Krishna«, sagte sie dann, »befiehl meinem Schreiber, sofort zu mir zu kommen!«

Das Mantra salutierte erneut und verließ das Zimmer. Wenige Minuten später klopfte jemand an die Tür.

»Herein!«

Der Schreiber trat auf leisen Sohlen näher. »Sie wünschen, gnädige Frau?«, fragte er mit gesenktem Blick.

»Einen Brief! Ich möchte dir einen Brief diktieren!«

»Wie Sie wünschen, gnädige Frau.« Der Schreiber holte einen Schreibblock und einen Stift aus seiner Umhängetasche.

»Verehrter Rat der Bewusstseinsphänomene«, hub Alysha an. »Ihnen wird nicht entgangen sein, dass meine Truppen alle strategisch bedeutsamen Punkte in der Inneren Stadt eingenommen haben. Hiermit möchte ich Sie wissen lassen, dass es sich dabei lediglich um eine zeitweilige Maßnahme handelt. Die Besetzung wird nicht länger dauern als unbedingt notwendig, und dem jetzigen Augenschein nach wird das keinesfalls länger als vierzehn Tage sein.

Ich möchte Ihnen hiermit nochmals versichern, dass auch die Absperrung des Lebensflusses von zeitlich vorübergehender Art ist. Er wird alles unternommen, die daraus resultierenden Unannehmlichkeiten baldmöglichst zu beseitigen. Sie können mich darin unterstützen, indem Sie die Jagd auf die angeblich ›echte Isa‹ eröffnen, die, wahrscheinlich als Selbstbild verkleidet, das Innenland durchstreift. Derjenige, dem ihre Festnahme gelingt, kann mit einer beträchtlichen Belohnung rechnen.

In der Hoffnung, Sie mit diesen Ausführungen genügend informiert zu haben, verbleibe ich,

Hochachtungsvoll und so weiter, und so weiter.«

»Das war es, gnädige Frau?«

»Ja, das war alles. Schreib es ins Reine und übergib die Reinschrift dem wachhabenden Mantra.«

»Zu Ihren Diensten.« Der Schreiber verbeugte sich und verließ den Raum.

Die Überfahrt

Am nächsten Morgen wurden Isa und Seb vom Klappern von Segeln und Tauwerk sowie dem Knarren und Quietschen von Mast und Giekbaum geweckt. Als sie aus der Kajüte kamen, stand Sentirus auf dem Achterdeck, in der einen Hand das Ruder, in der anderen die Großschot. Isi hielt die Vorschot fest; auf ihrem Gesicht erschien ein stolzes Grinsen, als sie Isa erblickte.

»He, hallo, du Schlafmütze! Das hier ist echt stark!« Großtuerisch hängte sich Isi mit ihren mageren Ärmchen an das Tau. »Wir segeln den ganzen Tag! Sentirus sagt, wir werden erst heute Abend im Hafen sein!« Mitsamt ihrer Vorschot sprang sie auf ein kleines Fass, das neben dem Mast stand. »Fünfzehn Mann auf des toten Manns Kiste …«, sang sie. »Johoho, und 'ne Buddel voll Rum!«

Lachend sprang sie wieder herunter.

»He, du lausepelziger Fockmatrose!«, rief Sentirus. »Gib auf dein Segel acht! Hol dicht die Fock!«

Es wehte eine stramme, gleichmäßige Brise. Der Rezeptor glitt über das spiegelglatte Binnenmeer dahin, während hinter ihnen das Cogitorium rasch aus ihrem Blickfeld entschwand.

Isa stellte sich zu Sentirus.

»Und?« Der alte Fischer schaute Isa erwartungsvoll an.

Isa zuckte mit den Schultern. »Nichts.«

»Was meinst du mit *nichts*? Ich hatte gehofft – nein: Ich hegte die Gewissheit im Herzen, dass du dort hineinfinden würdest.«

»Ich bin auch drinnen gewesen, aber da war nichts. Ein Garten mit einer dummen Schlange. Das Einzige, was ich von dort mitgenommen habe, ist dieses Stück Obst hier. Da, sieh es dir an!« Sie holte den Granatapfel hervor und zeigte ihn Sentirus. »Ich habe nicht die leiseste Ahnung, was ich damit soll.«

»Das Paradies und die Schlange … wie es der Wind vorhergesagt hat!« Sentirus blickte sehnsuchtsvoll zu der kaum noch erkennbaren Insel zurück. »Weißt du, das Paradies des Cogitoriums ist unter uns Fischern ein mächtiger Mythos … ein Ort der Sehnsucht, ein Lied des immerwährenden Windes. Wir können dort nicht hinein. Jeder von uns hat die Mauer umrundet auf der Suche nach dem Eingang, aber immer erwies sie sich als bittere Hürde. Uneinnehmbar. Ich verwette mein Schiff darauf, dass auch Seb nicht hineingelangt ist. Aber ebenso sicher vermute ich, dass du etwas von Eidos gelernt hast, Ein- und Aussicht … der Wind hat es immer schon gesagt. Hundegesang. Es muss so sein. Es ist dir nur noch nicht recht bewusst geworden.«

Isa schüttelte den Kopf. »Nein. Ein wunderschöner Garten, das schon, aber diese Schlange hat immer nur irgendwas von der Ewigkeit gefaselt. Weiter gab es nichts Besonderes. Außer eben diesem Granatapfel.«

»Zeig doch mal her.«

Isa gab ihm die Frucht.

Nachdem Sentirus sie ausgiebig studiert hatte, schaute er Isa mit schräg gelegtem Kopf von seinem Platz hinter dem Steuerrad an. »Diese Frucht, Mädchen, die musst du hätscheln, hegen, pflegen … Sie verbirgt des Rätsels Lösung, tief intern in ihren saftigen Zellen … Vielleicht muss sie noch zur Reifung gelangen, gären, fermentieren, mit enigmatischen Enzymen … Rotbäckchen und Lebertran … Doch ich bin sicher … Hat die Schlange dazu noch etwas gesagt?«

Isa überlegte. »Nein … irgendwas von Entscheidungen, die

man treffen muss, und der Kenntnis von Gut und Böse. Aber, ehrlich gesagt, weiß ich es nicht mehr so genau.«

Seb gesellte sich zu ihnen. »Was für ein Apfel war das noch mal, Isa?«

»Ein Granatapfel. Wie oft soll ich es dir noch sagen? Das Ding schmeckt noch nicht mal gut! Die Schale jedenfalls ist ausgesprochen bitter.« Sie nahm Sentirus die Frucht wieder aus der Hand.

»Ja, aber«, sagte Seb triumphierend, »versteht ihr es denn wirklich nicht? Ein Granatapfel? Dieser Apfel ist explosiv! Das Ding ist eine Bombe! Es leuchtet haargenau so wie die Flasche Inneres Feuer, ich habe es heute Nacht selbst gesehen – nur steckt hier zehn Mal mehr drin als in dem kleinen Fläschchen. Unten an der Kelchrippe ziehen, fünf Sekunden warten und anschließend werfen ... Tschack, Staudamm kaputt!«

Isa zuckte mit den Schultern. »Wer weiß«, sagte sie matt. »Ich jedenfalls kapiere rein gar nichts davon. Ebenso wenig wie vom ganzen Innenland. Hier, nimm du ihn vorläufig an dich.« Sie gab Seb den Granatapfel, der ihn in seinen Pullover wickelte und vorsichtig in seinem Rucksack verstaute.

Mutlos ließ sich Isa neben Seb gegen die Reling fallen. »Wohin bringt Sentirus uns jetzt? Und möchtest du sofort mit dem Apfel zum Staudamm?«

Seb schüttelte den Kopf. »Nein. Ich will die Lage in der Inneren Stadt mit eigenen Augen sehen. Außerdem möchte ich mich mit Karma beraten. Was auch in den vergangen Tagen geschehen sein mag: Ich bin mir ziemlich sicher, dass sie noch nicht verhaftet wurde und dass auch das Soul Kitchen noch sicher ist. Vielleicht hat Karma Informationen, die uns nützlich sein können, und ich möchte, dass auch sie umgekehrt weiß, was wir vorhaben. Heute übernachten wir im Relais, einem Hotel am Hafen, denn wir werden nicht früh genug ankommen, um das Soul Kitchen noch bei Tageslicht zu erreichen.«

Isa starrte auf die Maserung des Holzdecks. Plötzlich sehnte sie sich nach Frida und Lem und nach dem Müllhaufen, der ihr Zimmer war. »Und wenn wir in deiner Seelenküche fertig sind?«

»He, kleines Isaschwesterchen«, meinte Seb und legte seinen Arm um sie, »nicht so mutlos! Ich glaube wirklich, dass dieser Granatapfel eine Bombe ist. Ich schwöre es dir! Sentirus meinte doch auch, der Apfel sei die Lösung? Und wenn irgendwer im Innenland über ein klein wenig Weisheit verfügt, dann er!«

»Ich dachte, du kannst ihn nicht leiden?«

»Am Anfang nicht, das stimmt. Aber ich denke, du hast doch recht gehabt, als du meintest, du würdest ihm vertrauen.«

Isa starrte weiter auf das Deck. »Und dieses Relais?«

»Ein Gasthaus irgendwo zwischen den Industriegebieten, den Häfen und dem Stadtrand. Der Eigentümer Anarchus ist ein cooler Typ. Gehört mehr oder weniger zum Widerstand. Keine wirklich fantastische Bleibe, aber bei ihm sind wir sicher.« Er schaute Isa von der Seite an. »Trotzdem werden wir uns etwas ausdenken müssen, das dich unkenntlich macht. Die Racker haben es gleich geblickt und auch Sentirus wusste sofort, wer du warst ... Und sogar van Berkel ... In der Stadt wird uns das Probleme bereiten.«

Endlich kam in der Ferne wieder Land in Sicht. Ein dünner Streifen am Horizont, unterbrochen von den gezackten Umrissen verschiedener Türme und sonstiger Gebäude. Der Wind verjagte Isas düstere Gedanken. Sie atmete einige Male tief durch. »Du bist nicht verrückt, Isa!«, flüsterte sie mehrere Male vor sich hin. »Du bist nicht verrückt! Es ist ein Traum. Ein unangenehmer, aber auch ein schöner Traum. Du kannst vorläufig nur noch nicht hinaus. So ist es nun mal ...«

»Ich hab's!«, rief Seb plötzlich. »Ich glaube, du verkleidest dich am besten als Nonsens!«

Isi kicherte und selbst Sentirus konnte ein Lächeln nicht unterdrücken. Isa schaute vom einen zum anderen. »He!«, rief sie dann, als alle immer noch lachten. »Dürfte ich auch mal erfahren, was daran so lustig ist?«

»Na klar!«, sagte Seb. »Du darfst als Nonsens verkleidet herumlaufen!«

»Ja und?«

»Nonsense sind die Hanswurste des Innenlandes. Jeder macht einen großen Bogen um sie. Das heißt, wenn du als Nonsens gehst …« Seb musste schon wieder lachen.

»Okay. Und ihr findet das lustig?«

»Na ja, ich meine … Wir müssen dann auch mit einem Nonsens über die Straße, und …«

»Aber was ist denn so schlimm an einem Nonsens?«, fragte Isa gereizt.

»Äh, Isa … Früher, als du noch kleiner warst, ging das ja noch. Aber in den letzten Jahren ist jeder Nonsens ein Tabu. Niemand lacht mehr über sie. Man meidet sie wie die Pest, sie sehen unmöglich aus und es werden auch immer weniger.«

»Und das bedeutet?«

»Dass sie schwachsinnig und zurückgeblieben sind!« Isi versuchte, nicht zu lachen.

»Loser, Gescheiterte, Vollidioten«, ergänzte Sentirus ungefragt. »Gestalten mit Pickeln und Mitessern und Segelohren, die ständig rot werden. Sie stammeln und stottern, straucheln und stolpern, pfuschen und stümpern!«

»Und gibt es auch einen Grund, weshalb ihr unbedingt so einen minderbemittelten Nonsens aus mir machen wollt?«

»Weil bestimmt jeder davon ausgeht, dass du das auf gar keinen Fall mitmachst«, sagte Seb. »Alle halten dich für viel zu stolz dafür. Alyshas Spione werden nach einem stolzen Selbstbild Ausschau halten, vielleicht auch nach einem Hohen Ideal, jedenfalls einer würdigen Widersacherin für Alysha. Niemand wird vermuten, du könntest als blöder Nonsens deinen Einzug halten. Es ist eine gute Verkleidung, eben weil sie so gar nicht zu dir passt.«

»Hm … Und was muss ich tun, um als Nonsens durchzugehen?«

»Niemandem gerade in die Augen schauen. Stottern und dich verhaspeln, schielen, sabbern, krumm und vornübergebeugt gehen, mir das Wort überlassen … Zwei unterschiedliche Schuhe tragen, dir die Bluse schief zuknöpfen, deine Haare zu einer merkwürdigen Zopffrisur flechten … Und wir werden dich schminken. Anarchus im Relais hat bestimmt etwas Entsprechendes … Einige Pickel im Gesicht, ungesunde rote Flecken am Hals … Meiner Meinung nach wirst du ein großartiger Nonsens!« Seb strahlte. »Ich sehe es schon richtig vor mir: ein kleines, junges Selbstbild, ein kraftvolles Andenken und ein flegelhafter Nonsens, zusammen unterwegs zum …«

»Jetzt macht aber mal einen Punkt!«, fiel ihm Isa ins Wort. »Wieso glaubt ihr eigentlich, ich würde da mitmachen? Das hier ist mein Innenland, und ausgerechnet hier soll ich mich von allen auslachen und demütigen lassen?«

Seb seufzte. »Isa, hör zu. Verstehst du denn nicht, wie genial das ist? Eben weil du nicht die geringste Lust dazu hast, eben weil alle denken werden, du würdest es nie im Leben tun, gerade deshalb ist es eine so großartige Verkleidung!«

»Du kannst mich mal! Mich erst auslachen und dann glauben, ich würde mich an diesen blödsinnigen Plänen beteiligen! So langsam reicht es mir, *Herr Kraftvolles Andenken*!« Wütend ging Isa zur Reling. »Die ganze Zeit tust du schon so, als ob du alles hier wüsstest, aber währenddessen verspielst du das Innere Feuer, führst uns in diesen idiotischen Dschungel, der uns fast das Leben gekostet hätte, schmiedest Pläne, die überhaupt keinen

Sinn machen, und ... und ...« Isa wurde immer wütender. »Und dann soll ich jetzt auch noch wie ein Blödian durch die Gegend laufen. Ich hatte geglaubt, dich zu kennen! Meinen lieben älteren Bruder! Du warst mein Held, als ich klein war, aber davon ist nicht mehr viel übrig!« Sie rannte in die Kajüte, schlug die Tür hinter sich zu und setzte sich mit dem Rücken von innen dagegen, sodass kein anderer mehr hereinkonnte.

Lange Zeit blieb es still. Nur der Wind pfiff zwischen den Segeln hindurch, Taue klapperten gegen den Mast, das Holz von Mast und Giekbaum knarrte und quietschte. Ohne einen Kielsog in den unwirklichen Wassern des Inneren Auges zu hinterlassen, fuhr der Rezeptor weiter, immer auf Kurs zu den Häfen der Inneren Stadt.

Isi ging als Erste und klopfte an die Kajütentür. »Isa?«, versuchte sie mit leiser Stimme.

»Hm?«

»Wir sind fast da. In ein paar Minuten legen wir an. Wir dachten, das möchtest du bestimmt wissen.«

»Hm.«

»Und ... entschuldige, dass ich gelacht habe. Aber ... na ja. Nichts. Entschuldige. Kommst du gleich wieder raus?«

»Hm.«

»Okay ... Also, dann bis gleich.«

Isa langte nach Totem unter ihrem Shirt.

»Vergiss dich selbst!«, flüsterte das Holz. »Spiel einfach mit! Innenland, Außenland ...«

»Worte, Worte, Worte!«, murmelte Isa. »Ich will, dass du mir Kraft gibst, die Kraft, weiter daran zu glauben, dass ich wieder nach Hause komme!«

»Kraft ...«, murmelte das Amulett. »Solange du um Kraft kämpfst, erschöpfst du dich nur selbst.«

Isa seufzte. Sie hatte jetzt wirklich keine Lust mehr auf neue Orakelsprüche. Sie steckte Totem wieder weg und schloss die Augen.

Kurz bevor sie in die Hafenmündung einfuhren, erschien Isa wieder an Deck. Der Hafen bestand aus zwei gekrümmten Molen, die eine Bucht abschlossen, in der Dutzende von Landungsstegen kreuz und quer vom Festland aus ins Wasser ragten. Dutzende von Schiffen, vergleichbar mit Sentirus' altem Kahn, lagen an den Stegen, aber weit und breit war niemand zu sehen. Kein Mensch, kein Tier, nichts regte sich.

Betrübt betrachtete Sentirus die Szenerie. »Immer herrschte hier eine dem Gaumen schmeichelnde Betriebsamkeit!«, seufzte er. »Schiffe kamen und gingen, Fänge wurden gelöscht, Netze geflickt. Es wurde getrunken, gestritten, gelacht, gesungen!« Er seufzte.

Seb stellte sich zu Isa. »Tut mir leid, das von vorhin. Ich hatte geglaubt, du könntest einen kleinen Scherz vertragen, denn ich dachte auch, dir wäre allmählich klar geworden, dass es dein Tod ist, der hinter der nächsten Ecke lauert. Salicia hat dich hierhergeholt, aber die Sache in Ordnung bringen musst du selbst. Es ist dein Leben. Du musst Alysha schlagen. Entweder sie oder du. Wenn du lügen oder dick auftragen musst, um dich schlagen oder mit Füßen treten, dann tu es! Betrüge, wenn du betrügen musst! Beiße und trete um dich, sei verführerisch und irreführend und kämpfe!«

»Okay, okay, okay«, murmelte Isa. »Jetzt lass mich mal!«

»Wir gehen gleich über Steg, Leute!«, rief Sentirus.

Isi zog sofort die Schot aus der Tauklemme.

Tarzan rannte ihr ungeduldig vor den Füßen herum. Es war klar, dass es ihm allmählich reichte und er von Bord wollte.

»Seb, dich möchte ich beim Mast haben, um das Großsegel

zu fieren, wenn wir anlegen. Isa, nimmst du das Haltetau, das auf dem Vordeck liegt? Wenn ich ›Jetzt!‹ rufe, springst du damit auf den Landungssteg und hältst das Schiff auf Abstand vom Kai.«

»Das was soll ich nehmen?«

»Das Haltetau. Das Seil dort! Schnell!« Isa lief nach vorn und griff sich das Ende des Seils, das in einem schönen Kreis auf dem Deck aufgerollt lag.

»Jetzt!«, rief Sentirus und Isa sprang auf das vordere Ende des wackligen Landungsstegs. Langsam trieb der Rezeptor auf den Steg zu. Isa stellte einen Fuß gegen den Schiffsrumpf und hielt ihn so vom Steg ab.

»Seb, das Großsegel! Isa, binde die Leine fest und komm dann hierher!« Er hielt eine zweite Leine hoch, mit der das Schiff auch achtern vertäut werden konnte.

Als der Rezeptor festgemacht dalag, suchten sie ihr Gepäck zusammen. Seb und Isi putzten Isa, so gut es ging, als Nonsens heraus: Sie musste ihr T-Shirt falsch herum anziehen, Isi kämmte Isas Haare auf eine blödsinnige Weise nach vorn und schnitt auf der einen Seite zusätzlich eine große Strähne heraus, wobei sie schon wieder kicherte, während Seb Isas Hosenbeine mit der Schere um die Hälfte kürzte. Danach wischte Seb schwarze Schmiere aus einer Seilwinde auf Isas Kleidung, Hände und Gesicht. Er trat einen Schritt zurück und betrachtete das Ergebnis. »Du musst ein dümmeres Gesicht aufsetzen, Isa, viel dümmer! Und du musst sabbern oder schielen!«

Isa zog ein idiotisches Gesicht, schielte und begann zu lachen, als sie Isi grinsen sah.

Seb war ernsthafter. »Isa, Isi! Das hier ist wichtig! Wir sind schneller verhaftet, als ihr euch vorstellen könnt! Isa, ich will, dass du krumm und gebeugt gehst, so schlaff und lahm wie nur möglich. Und nicht reden, wenn wir jemandem begegnen, sondern wegschauen. So, ja, aber ohne dieses blöde Grinsen!«

Isa schaute Isi mit offenem Mund an, die Zunge halb ausgestreckt, und produzierte merkwürdige Töne dazu. Wieder brachen beide in Gelächter aus.

»Isa! Zum Kuckuck!«

»Lass mich doch, Seb«, sagte Isa. »Wenn wir jemandem begegnen, werde ich nicht lachen. Aber jetzt muss es einfach mal sein. Ich komme mir ohnehin schon albern genug vor.« Anschließend schielte Isa dermaßen, wobei sie auch noch einen Buckel machte und sich einen Speicheltropfen über das Kinn laufen ließ, dass selbst Seb sich nicht mehr beherrschen konnte.

»Okay, okay«, murmelte er, nachdem sie sich etwas erholt hatten. »So sollte es wohl gehen. Vielleicht fällt Anarchus ja noch etwas Gutes ein.«

»Hüte den Granatapfel und vergiss nicht, was du von Eidos gelernt hast, Isa«, sagte Sentirus beim Abschied. »Es ist wertvoller, als du jetzt glaubst.«

»Aber ich habe von dieser Schlange nichts gelernt!«

»Du wirst dir Eidos' Zunge memorisieren, sobald du sie benötigst.«

Isa zuckte mit den Schultern und schnallte sich ihren Rucksack um. »Danke. Immerhin hast du uns ja vor diesen Nachtwesen gerettet. Und … ich bin froh, jetzt zu wissen, wer mein Inneres Auge befährt. Wenn ich wieder im Draußen bin, werde ich an dich denken. Mich wieder auf die Suche nach schönen Dingen machen und so. Ich verspreche es.« Isa errötete, sie bedauerte es, dass sie Abschied nehmen mussten.

»Das sind erfreuliche Aussichten, aber sorge zunächst einmal dafür, dass du überhaupt wieder ins Draußen kommst!« Seine Miene verdüsterte sich. »Denn daran wirst du noch hart zu kauen haben – merke dir meine Worte. Diese Alysha ist ein böser Feind. Haare auf den Zähnen und Blut, möchte man wähnen!« Sentirus nahm einen Schöpfeimer und dazu eine Wurzelbürste aus einer der Deckkisten. »Wird Zeit, dass ihr geht.«

»Sentirus?«

»Ja?«

»Ich habe noch eine letzte Frage.«

Sentirus warf den an einem Seil befestigten Eimer ins Wasser, zog ihn gefüllt wieder herauf und begann, auf Knien das Deck zu schrubben.

»Wie fängst du eigentlich diese Kräusel? Ich meine, ein Kräuseln auf dem Wasser ist doch eigentlich nichts! Wie kannst du die denn mit einem Netz fangen?« Isa schaute zu dem Kurrbaum mit seinen wirr herabhängenden Netzen.

Sentirus hob den Kopf. »Wie können Erinnerungen zu Pflanzen heranwachsen? Wie kann jemand einen Staudamm in deinen Lebensfluss bauen?« Und mit einem Blick zu Isi und Seb fuhr er fort: »Wie kannst du mit einem Andenken losziehen oder mit einem alten Selbstbild spielen?« Er lächelte. »Du weißt doch, liebes Kind, dass alles hier nur ein Bild ist? Ein Bild, das du dir selbst schaffst, um mit deinem eigenen Inneren umgehen zu können, das neblig ist und mächtig und opak?«

Isa musste blinzeln. Einen Moment lang erschien es ihr, als wäre Sentirus durchsichtig, als wäre alles durchsichtig und als sähe sie wie durch eine beschlagene Fensterscheibe die wirkliche Welt, doch der Moment ging vorüber und Sentirus war wieder so echt wie nur irgend möglich. »Aber wieso ist alles dann so echt? Wieso kann ich nicht hinaus?«

Sentirus deutete mit seiner Scheuerbürste auf sie. »Dass du nicht herauskannst, zeigt lediglich, dass du deine Innenwelt nicht ausradieren darfst. Träume sind echt, weißt du noch? Genauso echt wie ein Marmeladenbrot.« Er beugte sich wieder vor und schrubbte weiter. »Jetzt müsst ihr gehen. Das Relais befindet sich auf der gegenüberliegenden Seite des Platzes. Den Landungssteg hinunter, den Platz überquert und ihr seid da. Nicht zu verfehlen.« Noch einmal hob er den Kopf. »Gute Reise. Und Isa: Denk an das, was ich dir über Eidos gesagt habe!«

Isa nickte. »Tschüs, Sentirus.«

»Tschüs, du barer Unsinn.«

Seb und Isi verabschiedeten sich ebenfalls und sprangen von Bord, Seb mit Tarzan in den Armen.

»Okay, Isa. Von diesem Augenblick an bist du Nonsens.«

Isa zog kräftig die Nase hoch und streckte anschließend Seb die Zunge heraus.

Das Relais

Das Gasthaus war ein unförmiges Gebäude, das schon bessere Zeiten gesehen hatte. Graue Tropfspuren von jahrelangem Regen und aus undichten Dachrinnen liefen durch den abgeblätterten Verputz. Hinter den schmuddeligen Fenstern hingen löchrige, verräucherte Gardinen und zu beiden Seiten der Eingangstür stapelten sich die Müllsäcke.

Links von dem Gasthaus begann die Stadt. Das heißt, hinter einem von Unkraut überwucherten Stück Brachland standen mehrere graue Hochhäuser. Ein Stück dahinter erhoben sich noch weitere Wohntürme. Rechts vom Relais, hinter einem riesigen Parkplatz, erstreckte sich ein Industriegebiet – Fabrikhallen mit hohen Schornsteinen.

Die völlige Ruhe war unnatürlich. Weit und breit war niemand zu sehen, die Fabriken standen still und der Parkplatz wirkte verlassen. Nicht ein Rauchwölkchen entwich den Fabrikschloten. Sentirus zufolge war mit der Fischerei alles zum Stillstand gekommen. Wenn nicht gefischt wurde, lagen die Raffinerien und die Geestgrund-Produktion ebenfalls brach und niemand hatte mehr etwas in diesen Randbereichen der Stadt verloren.

Sentirus' Worte spukten Isa durch den Kopf. *Alles hier ist nur ein Bild, das ich mir selbst schaffe …*, wiederholte sie in Gedanken. Lediglich ein Bild, eine Art, mit meinem Inneren umzugehen … Bin ich also doch verrückt geworden? Ich kann nicht ins Draußen zurück, weil die Gefahr in meinem Inneren echt ist, aber zugleich ist nichts von dem echt, was ich hier sehe! »Konntest du dir nichts Besseres einfallen lassen?«, hatte die Schlange gefragt. Habe ich demnach also doch Einfluss darauf, wie es hier aussieht? Sie schaute hoch zu dem trübsinnigen Gebäude, in dem sie die Nacht würde verbringen müssen – wieso hatte sie sich kein Fünfsternehotel der Superluxusklasse ausgedacht?

Noch bevor sie die äußere Eingangsstufe betreten hatten, schwenkte die Tür zum Relais schon auf. »Ha! Seb!« In der Türöffnung erschien ein derbe aussehender Kerl, etwa vierzig Jahre alt, mit Bierbauch und fettigen langen Haaren. Er trug eine schwarze Lederhose, die ihm viel zu eng saß, und ein ärmelloses schwarzes T-Shirt. Seine Oberarme waren tätowiert – links eine dunkelgrüne Ratte, rechts ein großes A, umgeben von einem Kreis.

Offenbar konnte ich mir auch hier nichts Besseres einfallen lassen, überlegte Isa. Warum ist dieser Anarchus kein hübscher Kerl oder sonst ein altes Mütterchen, notfalls auch ein weißes Kaninchen? Warum in aller Welt so ein halber Hell's Angel? Ich will mir diesen schmierigen Typen überhaupt nicht ausgedacht haben!

Neben Anarchus tauchte eine zweite Person auf, eine magere Frau mit hochgestecktem Haar. Sie hatte dunkle Ringe unter den Augen, sah leichenblass aus und trug ein gepflegtes Blümchenkleid in Pastellblau mit Rosa. Anarchus schien beim Anblick der Frau zu schrumpfen.

»Was wollt ihr hier?«, fragte die Frau mit kalter Stimme. »Wir haben geschlossen!« Sie betrachtete Isa mit einer Miene, als hätte sie in einen Hundehaufen getreten. »Ein schmutziger Nonsens!«, platzte sie los, noch ehe Anarchus es gewagt hatte, etwas zu sagen. »Die sind hier nicht willkommen!« Sie versuchte, Anarchus beiseitezuschieben und die Tür zuzuwerfen. Doch Anarchus blieb, obzwar schwankend, an der Stelle stehen, wo er stand.

»Warte doch, mein Turteltäubchen …« Anarchus' Stimme klang plötzlich heiser. »Das da ist Seb. Sie sind vom Dingsda«. Flüsternd fuhr er fort: »Vom Widerstand. Und dieser Nonsens ist bestimmt nicht echt, das ist bestimmt eine Verkleidung!« Anarchus bedachte Isa mit einem Augenzwinkern, wobei er sein Gesicht zu einer schiefen Grimasse verzog. »Alles wird gut!«, schien er damit sagen zu wollen, doch es besorgte Isa ein ganz anderes Gefühl.

Die Frau zog ihren Atem zischend durch die Zähne. »Anarchus, Anarchus!«, sprach sie kopfschüttelnd, als würde sie mit einem kleinen Jungen sprechen. »Wie oft habe ich dir nicht schon gesagt, dass wir nichts, aber auch gar nichts mit derartigen subversiven Aktivitäten zu schaffen haben wollen?«

»Ja, aber, mein Schnuckel …«

»NENN MICH NICHT SCHNUCKEL! Du weißt, wie sehr ich das hasse!« Anarchus wich zurück in das Halbdunkel des Eingangsbereichs. Die Frau wandte sich an Isa und Seb. »Stimmt es, was mein Chaot hier behauptet?«

Seb nickte.

Die Frau knurrte; ein Geräusch, das in ein Schnauben überging. »Eine Nacht und nicht länger. Und ihr bezahlt im Voraus, das volle Pfund! Die Geschäfte gehen schlecht genug und ich habe nicht die Absicht, welchen Wohltätigkeitsverein auch immer zu subventionieren. Und der Hund da kommt in die Hütte neben dem Schuppen. Keine stinkenden Viecher auf den Zimmern!«

Einmal im Haus, erwies sich die Feindseligkeit von Severa – so offenbar lautete der Name von Anarchus' Frau – als gar nicht so schlimm. Sie schrieb sie unter dem Namen »Schwarz« ein – »das ist praktisch für unsere Buchhaltung, die weiß dann gleich, worunter sie euch verbuchen muss«. Anschließend begleitete sie Isa und Seb die Treppe hinauf, während Isi und Anarchus Tarzan in seine Hütte brachten. Das Zimmer war einigermaßen sauber, verfügte über ein baufälliges Badezimmer mit Toilette und bot Aussicht über den Platz und den Hafen.

»Falls ihr vorhabt, länger zu bleiben, gebt mir Bescheid, damit ich euch saubere Handtücher besorge. Frühstück von acht bis halb zehn im Speisesaal unten. Abendessen von sechs bis acht.« Severa warf den Schlüssel auf eines der Betten und ging zur Tür. »Ich stelle keine Fragen und ich möchte nichts wissen. Dann kann ich auch nichts verraten.« Sie zog die Tür mit einem Schlag hinter sich zu.

Isa ließ sich auf das Bett neben dem Fenster fallen. »Mein Schnuckel«, kicherte sie, »NENN MICH NICHT SCHNUCKEL!« Sie strich ihre Haare wieder glatt, so gut es ging. Dann öffnete sie kichernd nacheinander sämtliche Schubladen des großen Büfettschranks, der neben der Tür zum Badezimmer stand, und schaute hinein. Sie waren leer.

Nach einem kärglichen Abendessen, das vor allem Appetit auf mehr hinterließ, gesellte sich Anarchus zu ihnen. Er ließ sich rittlings auf einen Stuhl fallen, den er von einem anderen Tisch herangezogen hatte, und stützte die Arme auf der Rückenlehne auf.

»Nicht sehr viel los zurzeit, wie?«, sagte Seb mit einem Blick auf den leeren Saal.

»Scheißegal!«, sagte Anarchus und spuckte einen dicken Rotzklumpen auf den Boden des Speisesaals. »Wen schert es schon, wenn alles den Bach runtergeht? Alles dreht sich um Macht, alle wollen Macht. Und wenn jemand erst einmal die Macht hat, dann will er die nicht mehr aufgeben. Alle Macht ist korrupt! Ob Isa selbst jetzt das Sagen hat oder diese Neue, diese Alysha, es bleibt sich alles gleich. Fuck the system!«

»Aber wieso hilfst du uns dann, wenn es ohnehin gleich ist?«, fragte Isa.

»Jedes Regime produziert Opfer. Das geht nicht anders. Ich widersetze mich jedem, der an der Macht ist, und ich helfe denjenigen, die unter dem derzeitigen Apparat leiden.«

»Also wenn es uns gelingt, Alysha zu verjagen, dann wendest du dich gegen uns?«

Anarchus schaute weg und zuckte mit den Schultern. »Könnte durchaus so sein«, murmelte er. »Man kann nie wissen.«

Severa erschien in der Türöffnung zur Küche. »Der Abwasch wartet!«, klang es schneidend durch den Speiseraum.

Anarchus erhob sich stöhnend. »Fuck the Abwasch …«, seufzte er und begab sich in die Küche.

Die Innere Stadt

Da das Soul Kitchen erst abends geöffnet sein würde, beschlossen sie, am nächsten Morgen zuerst die Innere Stadt zu erkunden. Seb wollte wissen, wie fest Alysha die Zügel in der Hand hatte, und Isi war einfach nur neugierig. Isa fühlte sich nach wie vor, als hätte sie sich verirrt; sie hatte wenig Vertrauen in die Fortsetzung ihrer Reise. Dass der Granatapfel eine Bombe war, bezweifelte sie, aber sie hatte keine Ahnung, welche anderen Möglichkeiten es gab, den Kreislauf wiederherzustellen.

Das erste Viertel der Inneren Stadt, das sie durchquerten, bestand aus Dutzenden trostloser Wohntürme; Betonkolossen mit kleinen Fenstern und Balkonen, auf denen verwaschene Wäsche zum Trocknen hing. Die Hochhäuser standen kreuz und quer, dicht an dicht auf staubiges Brachland geknallt. So still es in der Gegend um das Relais gewesen war, so belebt war es hier.

Auf den Balkonen, auf den Dächern, aus den Fenstern gelehnt, zwischen den Hochhäusern, überall hingen, saßen oder lagen Menschen – Bekannte und Unbekannte, Erwachsene und Kinder. Und alle hockten nur verloren da oder schlenderten ziellos auf und ab. Manche saßen in Grüppchen zusammen und plauderten, andere aßen einen Kanten Brot oder einen runzligen Apfel, aber niemand hatte wirklich etwas zu tun. Selbst die Kinder hingen bloß irgendwie herum. Isi wurde ganz still davon und Isa geriet langsam auf die Palme, denn auch wenn sie hier Hunderte von Menschen sah, die ihr fremd waren, so tauchten doch auch immer wieder bekannte Gesichter auf – Freunde,

Verwandte, Bekannte. Mit hohlen, hungrigen Augen schauten sie quer durch sie hindurch.

Nach einer Weile ging der unbefestigte Weg in eine gepflasterte Straße über mit Gehwegen zu beiden Seiten, an denen schönere Häuser standen. Die hiesigen Bewohner sahen alle etwas wohlhabender aus. Sie waren besser gekleidet und die meisten hatten gekämmte Haare. Ansonsten aber war es das gleiche Bild: Niemand arbeitete oder war eindeutig nach irgendwohin unterwegs.

»Was geht hier vor?«, flüsterte Isa. »Wieso trödeln alle nur so herum?«

»Rohstoffkrise und Trockenheit«, antwortete Seb. »Und vergiss bitte nicht, dass auch die Kontakte zum Reich der Fantasie schon lange abgebrochen sind, was sich ebenfalls schlecht auf die Wirtschaft auswirkt.«

»Wieso sind diese Kontakte abgebrochen?«

Seb zuckte lustlos mit den Schultern. »Das müsstest du eigentlich wissen … Die Straßen in diese Richtung wurden immer weniger genutzt und der Hafen auf dieser Seite des Auges verschlammte allmählich. Du fandest Fantasie offenbar nicht mehr wichtig.«

»Mir gefällt es hier nicht!«, flüsterte Isi; ihre Hand glitt in die von Isa.

»Ein Stück weiter wird es nicht ganz so schlimm sein«, sagte Seb. »Ich gehe jedenfalls davon aus, dass im Zentrum noch ein wenig Leben herrscht.«

Die Straße wurde breiter. Bäume säumten jetzt die Gehwege zu beiden Seiten, hier und da parkten Autos und ab und zu fuhr auch eines vorbei. »ALLEE DER ERWÄGUNGEN« las Isa im Vorbeigehen auf einem Straßenschild, und etwas weiter stand ein Schild mit einem Pfeil, das durch ein Tor hindurch den Weg zum Träumereienhof anzeigte.

»Von hier ist es nicht mehr weit bis zum Park«, sagte Seb. »Lasst uns zuerst dorthin gehen, das ist am Rand des alten Stadtkerns.«

Am Ende der Allee bogen sie rechts in die Diskussionsstraße ein und kurz darauf standen sie vor einem Tor, das den Eingang zum Park bildete. Darüber stand in großen schwarzen Lettern INNERHALB DER SCHRANKEN, außerdem gab es ein Schild mit REGELN FÜR DEN RECHTEN BENIMM UND ANGENEHMES VERWEILEN.

»Zum Kuckuck!«, schimpfte Seb, als er die aufgelisteten Regeln durchlas. »Weißt du, Isa, wie das hier letzte Woche noch hieß? Das hier war der Park zur freien Assoziation. Und in den guten Zeiten gab es hier jeden Tag Jongleure, Musikanten und Puppenspieler. Überall standen Buden, in denen die leckersten Sachen verkauft wurden. Kinder rannten mit Drachen, Fußbällen, Eisenbahnen, Zuckerwatte, Spielzeugschiffen, Tuthörnern und ich weiß nicht was herum. Und jetzt ...« Er zeigte auf das Schild. »Seht euch das an: ›Sie sind gehalten, innerhalb der gebahnten Wege zu bleiben. Es ist lediglich gestattet, sich entlang einer der vorgegebenen Spazierrouten (1, 2 oder 3) durch die Grünanlage zu bewegen. Laufen ist verboten, ebenso das mehr als zweiminütige Verweilen auf ein und derselben Parkbank. Lautes Reden und/oder Lachen wird bestraft.‹ Und so geht es in einem fort weiter! Ekelhaft!«

Zwei Spaziergänger, die gerade in den Park gehen wollten, hoben verstört die Köpfe, als sie Seb so wettern hörten.

»Seb«, zischte Isa. »Vorsichtig!«

Seb schnaubte geringschätzig. Mit geballten Fäusten blieb er vor dem Eingang zum Park stehen.

Wieder kam ein kleiner Trupp Spaziergänger vorbei. Die Leute wirkten scheu und sprachen nicht miteinander.

»Gehen wir denn jetzt hinein oder nicht?«, fragte Isi, als Seb weiter unschlüssig auf das Schild über dem Eingang starrte. »Es ist so heiß! Ich möchte gern zu dem Teich mit den Schiffchen.« Tarzan bellte, Isi streichelte ihn. »Wir sind beinahe da, Tarzan! Vielleicht können wir gleich mit den Füßen ins Wasser!«

»Also gut, gehen wir«, sagte Seb. »Aber erwarte dir nicht zu viel davon. Mit den Füßen ins Wasser zu gehen ist mittlerweile bestimmt auch schon verboten.«

Im Park war es wahrhaftig sehr öde. Aber am schlimmsten traf es sie, als sie entdeckten, dass Alyshas Truppen einen Großteil des Geländes mit Sperrzäunen abgeriegelt und zu einer Kaserne mit Übungsgelände umfunktioniert hatten.

»Soll das da der Teich sein?«, rief Isi enttäuscht. Das ovale Becken mit seiner wunderschönen Mosaikmauer lag trocken da. Schwarzer Schlamm bedeckte den Boden, und überall sahen sie Wracks von Spielzeugsegelbooten, offenbar zielgerichtet zerstört.

»Ich will hier weg!«, sagte Isi. Seb zischte, sie solle still sein, wirkte selbst aber nicht weniger gequält. Ein Pavillon, der in besseren Zeiten ein Terrassencafé beherbergt hatte, war zum Hauptquartier der Truppen umfunktioniert worden. Der alte Name *Zum faulen Freidenker* war noch unter dem eilends angebrachten neuen Namen *Zuchtmeisterkaserne* zu sehen.

»Besser, wir gehen«, sagte Seb schließlich. »Wir haben hier nichts mehr zu suchen. Und über die Stimmung in der Stadt wissen wir ebenfalls genug. Alysha muss direkt nach der Einweihung des Staudamms mit ihren Truppen hier eingerückt sein.«

»Aber was machen wir denn jetzt? Du wolltest doch unter anderem herausbekommen, was Alysha als Nächstes vorhat?«

»Das stimmt«, sagte Seb, »aber alles ist viel schlimmer, als ich angenommen hatte. Ich hatte gehofft, Bekannten zu begegnen, aber die Straßen sind so gut wie menschenleer. Am besten fragen wir heute Abend im Soul Kitchen nach den neuesten Entwicklungen. Karma kann uns bestimmt mehr darüber erzählen.«

»Und was, wenn sie auch verhaftet wurde?«

»Das glaube ich nicht. Karma ist ziemlich ungreifbar.«

»Und was machen wir bis heute Abend?«

»Ich will noch kurz am anderen Flussufer nachschauen, und dann zurück ins Hotel. Isi kann heute Abend nicht mitkommen, sie ist zu klein, man wird sie nicht hineinlassen. Das heißt, wir müssen sie in jedem Fall zurückbringen … Zur Seite!«

Drei Mantras kamen um die Ecke, alle drei mit einem Schlagstock in der Hand. Und sie steuerten direkt auf sie zu. Eines tippte ungestüm mit dem Zeigefinger auf seine Armbanduhr. »Sie haben die Zweiminutenregel übertreten!«

Isa schaute weg, auf den Boden. Sie ließ den Mund offen stehen und nahm eine möglichst schlaksige Haltung an.

»Vergebt uns, edle Herren!« Seb verbeugte sich händeringend. »Wir werden unseren Weg unverzüglich fortsetzen!«

»Zu spät!«, zischte das graue Wesen in Uniform, während es einen Schreibblock aus der Tasche zog und gleich draufloskritzelte. Es riss einen Strafzettel ab und überreichte ihn Seb. »Bei Barzahlung an Ort und Stelle erhalten Sie fünf Prozent Rabatt.«

»Hundert Libidi!«, las Seb und hob fassungslos den Kopf.

Der Blick des Mantras glitt über Isi und Isa. »Ich bin befugt, Sie alle einzeln mit einer Strafe zu belegen, aber wir wollen recht und billig sein. Im Übrigen würde ich Ihnen raten, sich dieses Nonsens zu entledigen. Schlechte Gesellschaft!«

Seb zog seine Börse, nahm neun blaue und ein rotes Kügelchen heraus und überreichte sie dem Mantra. Er war bleich vor Wut, doch er sagte nichts.

Das Mantra nickte.

Seb steckte seine Börse wieder ein. »Kommt!«, murmelte er.

Ehe sie davongingen, verbeugten sie sich alle drei noch einmal tief vor den grauen Kerlen. Als Isa sich umschaute, sah sie, wie die Mantras die Beute untereinander verteilten. »Seb! Sieh nur!«, flüsterte sie. »Sie stecken sich das Geld in die eigene Tasche!«

»Was hattest du denn geglaubt?«, murmelte Seb mit geballten Fäusten. »Sie sind völlig korrupt, diese Mantras!«

Über die Lange Lügenallee und den Gedankengang gingen sie zum Fluss, dessen trockenes Bett sie über die monumentale Brücke zur Symbolischen Einheit überquerten. An jeder Straßenecke standen Mantras und kontrollierten, ob sich auch jeder an die Regeln hielt – Regeln, die überall auf großen, glänzenden Schildern zu lesen waren. Haargenau stand dort beschrieben, wie man zu gehen, zu sitzen, zu stehen, zu essen, zu trinken und so weiter hatte. Außerdem war auf jedem Schild das lächelnde Gesicht Alyshas abgebildet, darunter Texte wie ERFOLG IST FREUDE, GELD MACHT GLÜCKLICH oder DEM EHRGEIZ WEICHT ALLES. Bei jedem Porträt Alyshas, das Isa sah, wurde ihr unwillkürlich übel, und die Textblasen machten es keineswegs besser – erst recht nicht, weil sie selbst wie ein stumpfsinniger Nonsens herumlief und so ungefähr jeder, dem sie begegneten, sie anschaute, als wäre sie ein Stück Ungeziefer.

Straßenbahnen verbanden die verschiedenen Stadtteile miteinander. Die Bahnlinien trugen keine Nummern, sondern Bezeichnungen wie »Begierde«, »Sehnsucht«, »Rührung«, »Liebe«, »Hass«, »Überraschung« und so weiter. Die Linie »Trauer« hatte als Endhaltestelle das Trott- und Routinequartier, jenes Hochhausviertel, von dem aus sie am Morgen aufgebrochen waren. Nach einer Wartezeit von etwa zehn Minuten konnten sie einsteigen und eine halbe Stunde später waren sie wieder in ihrem Hotelzimmer.

Isa legte sich auf ihr Bett, umfasste Totem und schloss die Augen. Doch diesmal erklangen keine Stimmen, weder weiser Rat noch rätselhafte Worte; doch immerhin durchströmte sie die Energie des Triebholzes und ließ sie etwas wärmer werden. Isa presste den Holzanhänger an die Brust.

Das Soul Kitchen

»Wir sind da!« Aufgeregt zeigte Seb auf ein windschiefes, kleines Haus, das sich in nichts von den anderen in der heruntergekommenen Gasse unterschied.

Nach Sebs aufgeregten Erzählungen war Isa einigermaßen ernüchtert. Isi war enttäuscht gewesen, dass sie nicht mitdurfte, aber hier verpasste sie wohl eher nichts. Eine abgeblätterte dunkelrote Eingangstür mit schimmelgrünem Kupferbeschlag, eine unscheinbare Türklingel und links vom Einlass eine kleine Vitrine, in der einige vergilbte, schon wellig gewordene Zeitungsberichte an ehemals hier stattgefundene Auftritte erinnerten. Isa entzifferte eine der Überschriften: HITZIGE DARBIETUNG NICHT OHNE FALLSTRICKE. Und während sie mit den Fingern über Totem strich, überlegte sie: Gut, das hier war vielleicht ein Seiteneingang, aber trotzdem!

Seb läutete. In der Tür, genau in Augenhöhe, bewegte sich ein kleiner Schieber. Seb nickte dem dahinter erscheinenden Auge zu. »Wir … äh … wir kommen wegen der Vorstellung.«

Das Auge machte einen Schwenk und erfasste Isa. Hinter der Tür war ein Räuspern zu hören, gefolgt von einem tiefen Seufzer. Danach blieb es still. Das Auge schoss einige Male zwischen ihnen beiden hin und her, woraufhin sich der Schieber in der Tür wieder schloss. »EINLASS ERST AB 18; VERBOTEN FÜR NONSENSE« stand plötzlich darauf.

»Wartet!« Seb hämmerte an die Tür und schaute links und rechts die Straße entlang – niemand zu sehen. »Wir sind Freunde von Karma!«, zischte er.

Es blieb zunächst still, doch dann wurden einige Riegel beiseitegeschoben und eine gesetzte Orientalin öffnete die Tür. Ein Schwall warmer Kneipenluft schlug ihnen entgegen. Die Frau hatte ein flaches Vollmondgesicht mit hervorstehenden Fischaugen und trug ein glänzendes, viel zu enges Kleid aus roter Seide, das mit einem goldenen Drachen bestickt war. Zwischen ihren vollen, grellrot geschminkten Lippen steckte eine dünne Zigarettenspitze. Hinter ihr war ein dämmriger Flur mit einer Treppe zu sehen, dazu gab es einige antike Möbel und ganz am Ende eine zweite Tür. Den Boden bedeckte ein blutroter, hochfloriger Teppich, die Wände eine Tapete aus Goldbrokat. Von der Decke hingen Kristalllüster herab. Die Frau blickte rasch rechts und links die Straße entlang und bedeutete ihnen anschließend mit einem kurzen Kopfnicken, dass sie eintreten durften.

Als Isa und Seb im Flur standen, verriegelte die Frau die Tür sorgsam und verschloss sie obendrein mit einem kleinen Schlüssel, den sie an einem Goldkettchen um den Hals trug. Danach schaukelte sie ihnen voran in den Flur. Unter der Treppe stand ein kleines Plüschsofa. Die Frau ließ sie darauf Platz nehmen und verschwand durch die zweite, rückwärtige Tür, durch die Musikfetzen hereindrangen – Gesang und verschiedene Rhythmen durcheinander –, begleitet von schweren Gerüchen nach Süßem sowie Bratwürsten.

Isa und Seb setzten sich. »Ich traue dieser Frau nicht!«, flüsterte Isa. »Wer ist sie?«

Seb zuckte mit Schultern. »Man nennt sie, glaube ich, die Stille Kraft. Weiter weiß ich auch nichts von ihr. Aber ich versichere dir, sie ist in Ordnung. So wie alle, die hier arbeiten. Ehrenwort!«

Isa machte ein bedenkliches Gesicht. Sie hatte das Gefühl, in eine Falle gegangen zu sein.

»Was jetzt?«, flüsterte sie.

»Wir warten«, antwortete Seb. »Bestimmt bringt sie Karma hierher. Oder sonst jemanden, der uns Auskunft geben kann. Karmas Name dient hier gewissermaßen auch als Losung.«

Es dauerte lange und Isa fühlte sich zunehmend unwohl. Aber gerade als sie Seb sagen wollte, sie wolle lieber wieder gehen, öffnete sich die Tür abermals und ein dunkelhäutiges, kraushaariges Mädchen kam herein. Sie war klein und zierlich und trug ein schwarzes Ballettkostüm mit Ballettschuhen und Tutu. Sie tanzte mehr, als dass sie ging.

»Seb!« Ihre Stimme überschlug sich. »Du hier!« Ihre Augen huschten zu dem Sofa, zu Isa, die sie nicht erkannte, zu der geschlossenen Eingangstür und wieder zurück. »Ihr hättet nicht hierherkommen dürfen!« Sie wirkte schreckhaft, ihre Augen rollten wie schwarze Glasmurmeln in ihren Höhlen. »Vielleicht ja doch, vorherbestimmt oder Schicksal, wer vermag es zu sagen? Tausend taumelnde Entschuldigungen, dass es so lange gedauert hat! Ich hatte einen Auftritt, stand auf der Bühne. Wieso in drei Teufels Namen habt ihr den Seiteneingang genommen? Fällt nämlich viel mehr auf, fast niemand hier, ausgenommen das niemals erlöschende, immerfort flackernde Misstrauen der Stillen Kraft; Misstrauen, das zu nie da gewesenen Höhen geschürt worden sein muss, sie arbeitet für jeden, gegen jeden, sie kennt nicht Gut noch Böse, kommt mit, wer weiß. Ja, lasst uns versuchen, in der Menge aufzugehen, wir müssen ja irgendwas, irgendwas, irgendwas!«

Isa hatte noch nie jemanden so schnell sprechen hören. Karma winkte und ging ihnen leichtfüßig voraus, ihre Hände gestikulierten nervös und flatterten theatralisch in sämtliche Richtungen, als könnten auch sie ihren Worten kaum folgen.

So armselig der Seiteneingang gewesen war, so beeindruckend

zeigte sich der Ort, an den sie jetzt gelangten. Der Raum, in dem sich das Soul Kitchen befand – hinter dem armseligen Haus, durch das sie hereingekommen waren –, erinnerte noch am ehesten an eine riesige gotische Kathedrale. Den zentralen Teil bildete ein schier endlos langes Mittelschiff mit einem Wirrwarr aus glitzernd bemalten Spitzbögen hoch über ihnen. So weit das Auge reichte, befanden sich zu beiden Seiten hin tiefe Nischen, und in jeder dieser Nischen gab es eine Bühne, auf denen sich alles Erdenkliche abspielte. Es war brütend heiß und es wurde Musik gemacht, getanzt, gesungen und Theater gespielt. An anderer Stelle wurden Filme gezeigt, liefen Models über einen Catwalk oder wurden Box- und Hahnenkämpfe ausgetragen.

Links von ihnen gab es eine Tanzaufführung zu heftigen, afrikanisch anmutenden Rhythmen. Rechts flackerte ein Schattenspiel mit indonesischen Wayang-Puppen auf – bedrohlich scharfe Schatten huschten über eine weiße Leinwand. Musik erklang von allen Seiten. Tausende Menschen sowie andere, eher düstere Wesen tanzten überall vor den Bühnen und in Gruppen unter riesigen Lautsprecherboxen, die hier und da über der Menge hingen, flankiert von bunten Lichtern und Lasern.

Seb stellte Isa Karma vor.

»Was? Sie? Dieser Nonsens? Isa selbst?« Karma fasste sich dramatisch ans Herz und schaute Seb erschrocken an. »Ach, welch eine Katastrophe! Ich dachte schon, fragte mich schon, was du wohl mit diesem baren Unsinn hier vorhast, aber sicher hattest du geglaubt, hier wäre es noch sicher, ich kann dich verstehen, es war hier auch immer sicher; immer, immer, bis jetzt, bis gestern. Könnte ich dich, könnte ich euch nur beruhigen!«

»Karma, bitte, was ist denn nur los?«

Karmas Hände bewegten sich nervös, sie ignorierte Seb und wandte sich an Isa. »Willkommen und zugleich nicht willkommen; gut, dass du da bist, und fürchterlich, dass du *hier* bist. Isa selbst, du selbst in der Höhle des Löwen, der Küche des Verrats, dem Cockpit der Katastrophe! Das macht alles noch schlimmer. Du musst weg hier, ihr müsst weg hier!«

Ein dicker Mann in einem cremefarbenen Anzug tauchte vor ihnen auf, auf dem Gesicht ein butterfeistes Lächeln. Seine Augen schimmerten kalt. Isa kannte ihn. Er war ein Jurymitglied von *Winners & Losers*, der blonde Lockenkopf, der sie als Loser bezeichnet hatte.

»Willkommen, wirklich von Herzen willkommen!« Seine Stimme klang heiser, seine Augen sprühten Funken. »Freunde von Karma ... das *müssen* auch meine Freunde sein!« Einen Moment lang zögerte er, als er Isa erblickte, seine Nasenflügel zogen sich zusammen und auch Isa verkrampfte sich; sie schämte sich tief, hier, zwischen dem ganzen schicken Ausgehpublikum, als tölpelhafter Nonsens herumzulaufen. Doch der Lockenkopf hatte seine Pose als perfekter Gastgeber sogleich wiedergewonnen und reichte Seb und Isa die Hand.

»Fatus mein Name, taufrischer Geschäftsführer in diesem Basar.« Er machte eine ausholende Handbewegung. »Natürlich braucht der ganze Laden hier dringend ein Upgrade und ...«

»Jetzt nicht, Fatus.« Karma zog Isa und Seb mit sich mit. »Ich will ihnen erst die Show der Disorients zeigen. Sie fängt gleich an. Danach gehören sie ganz dir, Karma verspricht es. Tschü-hüüs!«

Fatus wandte sich ab, scheinbar gleichgültig, doch Isa erinnerte er an einen vollgefressenen Löwen, der seine Beute spielerisch einige Meter davonlaufen lässt, ehe er dann doch mit messerscharfen Klauen zuschlägt.

»Kommt!«, flüsterte Karma. »Er ist gefährlich; ihr seid in Gefahr! Seine Kundschafter haben ihn noch nicht erreicht. Dank des Trubels, dank der vielen ein kurzer Aufschub, aber sie sind unterwegs, ganz sicher. Fatus ist der Geschäftsführer hier, seit zwei Tagen, schmutziger Vasall der schändlichen Alysha!«

»Aber ...«, begann Seb.

»Seb, keine Zeit. Mitkommen jetzt!« Sie führte sie zwischen der Menge hindurch auf eine Bühne zu, auf der eine Gruppe bärtiger Typen mit Metallinstrumenten, die entfernt an Brottoaster und überdimensionierte Bürotacker erinnerten, eine irrsinnige, atonale Musik machte. Karma zog sie an der Bühne vorbei und durch eine Tür in einen dämmrigen Raum hinter den Kulissen. Dort ließ sie sich auf einen Diwan fallen, der zwischen einer Menge anderer Schauspielrequisiten in einer Ecke stand. Isa und Seb setzten sich zu ihr.

»Müssen wir denn nicht fliehen?«

»Zwei Minuten, Seb. Und zwei Dinge. Prrrt ... Erstens, Ding eins: Ich weiß nicht, ob es noch ein Entkommen gibt. Fatus lässt Karma mit euch herumbummeln, weil er noch nicht gehört hat, wer ihr seid, aber hier, dort, in der Menge laufen seine Kundschafter, ihr wurdet durchgemessen, dieses Sofa im Eingangsbereich, auf dem ihr gesessen habt, ist vollgestopft mit Intuitoren, Lügendetektoren, Nonsensoren und ich weiß nicht, was sonst noch. Das Ergebnis wird eine Sensation sein. Gerassel und Geknatter, du liebe Güte, Isa selbst hier! Dass dieses Sofa nicht explodiert ist! Die Kerle sind schon unterwegs. Mantras kommen an. Eine, zwei, drei Sekunden, mit etwas Glück eine Minute, vielleicht anderthalb, dann bricht hier die Hölle los.

Ihr hättet nicht hierherkommen dürfen. Fatus will Karma loswerden, vertraut ihr nicht von hier bis dort, benutzt sie, wird ihr soeben klar. Ich komme mir vor wie ein Fliegenfänger, voll von klebrigem Verrat. Die Mantras werden jetzt auch Karma mitnehmen.

Aber kommen wir zum Zweiten. Worüber sprachen wir gerade ... Ding zwei. Nein, Seb, still! Still jetzt. Erst Karma ausreden lassen. Das Zweite ist das Wichtigste, und das müsst ihr beide wissen: Es ist fast schon zu spät. Zu spät für alles, meine ich. Alles, alles, alles. Alysha hat einen neuen Plan – sie wird dich, Isa, in die tiefsten Tiefen Schattenlands verbannen, aus denen du dann nie mehr zurückkehrst, und anschließend will sie an deiner Stelle in den Lebensfluss springen und den ganzen Kram einfach übernehmen!

Sie hat den Kanal zur Wüste hin abgesperrt und lässt jetzt das Wasser im Staubecken steigen, steigen, steigen so hoch wie nur möglich, um so möglichst viel Druck aufzubauen. Anschließend sprengt sie mit einem Knall den Staudamm in die Luft, springt holterdiepolter in den tosenden Strom und bricht ins Außenland durch. Sollte ihr das gelingen, wirst du nie wieder aufwachen, Isabella. Niemals, niemals, niemals mehr! Und Alysha wird aus deinem Leben im Außenland eine todlangweilige Show machen, gefrorenes Katzengold, mit ihrem eiskalten Größenwahn. Wiederherstellung des Kreislaufs gelungen, Patient tot.«

»Aber, aber …« Seb schaute panisch um sich. »Wie kommen wir hier weg, warum erzählst du das jetzt? Wieso hauen wir nicht auf der Stelle ab?«

»Weil ihr beide das hier zuerst wissen müsst, denn ihr müsst euch jetzt aufteilen. Jetzt. Jemand muss entkommen und dafür sorgen, dass das Wasser nicht weiter steigt. Beim Schöpfwerk vielleicht, tief im Innern von Schattenland. Ich weiß nicht, wie, vielleicht vollkommen unmöglich, aber nichts ist unmöglich, Isa muss es hinbekommen, und zwar schnell. Es ist der eine oder die andere von euch. Die anderen Leute vom Widerstand wurden, soviel ich weiß, verhaftet, hochgenommen, abgeführt. Wir sind allein, wir sind die Letzten. Jemand muss weiter.«

»Willem ist vielleicht auch noch da«, unterbrach sie Isa.

Karma schaute sie prüfend an. »Willem. Das sind gute Nachrichten, guter Junge, dieser Willem, hat bestimmt was in sich, an sich, aber kommt, ich muss weiter, wir müssen weiter. Gestern hörte ich, ich belauschte Fatus, Karma lauscht mit erpichten Ohren, Fatus erstattete Alyshas Strohmann hier in der Stadt Bericht, dass einer der beiden Geheimausgänge entdeckt sei. Der Feind weiß nicht, dass es noch einen zweiten geheimen Fluchtweg gibt. Karma dagegen weiß nicht, welchen sie entdeckt haben. Das Schicksal bestimmt. Wir müssen wählen und Wählen heißt Wagen und Wagen ist Leben und Leben ist Sterben. Wir haben den Tiefkühlraum und wir haben die Umkleidegarderobe. Einer dieser Wege ist abgeschnitten, einer liegt offen: Karma gegen Fatus, Fatus gegen Karma.«

Karma sprang auf und deutete tiefer in die Kulissen hinein sowie anschließend auf die Tür, die zurück in den Hauptraum führte. »Der eine durch den Klub, der andere durch die Krypten. Ene-mene-mu, den Knoten durchhauen, Instant-Karma. Isa geht mit mir, quer durch den Klub zum Tiefkühlraum, Seb nimmt den Tunnel in der Garderobe. Alea iacta est. Zufall ist Willkür. Alles hängt von Karma ab, von dem Entschluss, aber Karma weiß nicht, nicht genug, Karma tut. Isa, warte jetzt hier! Ich bin gleich zurück. Zehn Sekunden. Seb, komm mit!« Sie versuchte, Seb mit sich zu ziehen.

Seb widersetzte sich. »Aber … wir gehen zusammen. Isa und ich reisen zusammen! Ich kann sie hier nicht zurücklassen!«

»Du musst. Die Entscheidung ist gefallen. Es ist entweder/oder, nicht sowohl/als auch oder und/oder. Komm mit! Ich helfe Isa. Keine Zeit für innige Abschiede. Das Leben ist kurz!«

»Geh nur, Seb, geh!« Isa umarmte Seb rasch und schob ihn dann von sich. »Wenn du Karma vertraust, dann folge ihr!«

Mit bleiernen Füßen, sich wieder und wieder umdrehend, verschwand Seb hinter Karma in einen dunklen Flur.

Drinnen im Nachtklub änderte sich etwas. Die Rhythmen stockten, Melodien erstarben, Stimmen schwiegen, man hörte das Knacken einer Sprechanlage. Isa ging zurück zu der Tür, durch die sie in die Kulissen gelangt waren, und legte ihr Ohr dagegen.

»In Gruppen vor den Bühnen versammeln … Routinekontrolle …«, schnappte sie auf.

Jemand legte ihr seine Hand auf die Schulter. Isa schnappte nach Atem und schlug die Hand weg.

Es war Karma.

»Pst! Sei ein Nonsens! Die Verkleidung ist gut und nicht gut. Ins Soul Kitchen kommen keine Nonsense. Seb ist unterwegs. Folge jetzt deiner Karma. Rudere mit den Riemen, die du hast. *Row, row, row your boat …*« Sie öffnete die Tür einen Spaltbreit, steckte den Kopf um die Ecke und schlüpfte hinaus. Isa folgte ihr.

Am Bühnenrand entlang schlichen sie sich in den Saal. Sämtliche Showauftritte waren unterbrochen. Im Mittelgang wimmelte es von grauen Mantras. Vor den Bühnen drängten sich die Menschen in Gruppen – in Schale geworfenes Ausgehpublikum, das nervös kicherte und miteinander tuschelte. Karma folgte weiter dem Bühnenrand, wechselte dann zu einer anderen Nische und ging weiter, immer im Schatten bleibend. Isa wünschte, sie wäre ebenso dunkel, klein und zierlich wie Karma. Sie hatte das Gefühl, dass alle ihr nachschauten. Es war eine Frage der Zeit, bis jemand sie bemerkte, aufkreischte, auf sie zeigte und so lange schrie, bis die Mantras sie ergriffen.

»Hierher«, flüsterte Karma und zog Isa mit zu einer großen Terrasse, wo Hunderte von Menschen unter funkelnden Kristalllüstern speisten, die an Ketten von den Spitzbögen bis direkt über die Tische herabhingen. Schräg dahinter kam der Haupteingang des Soul Kitchen in Sicht – ein rosa Tunnel, glitzerhell erleuchtet und momentan schwer bewacht. Gehetzt und vorsichtig zugleich bewegten sie sich zwischen den Tischen hindurch auf den Durchgang zu den Restaurantküchen zu. Viele Gäste speisten noch und versuchten, so zu tun, als wenn nichts wäre. Andere starrten auf die Mantras oder beobachteten Isa und Karma misstrauisch. Hier herrschte offenbar weder Krise noch Hungersnot. Die Tische waren überladen mit Speisen und Getränken – Isa sah Hummer und Austern, blau geäderten Käse, Brote, Suppen und Soßen, riesige Pasteten, vielerlei exotisch anmutende Fische, Schweinsköpfe, riesige Eier und gegrillte Fasane. Und wo kein Essen stand, da funkelte kostbares Kristall. Die Gäste sahen wohlhabend aus, reich, dekadent. Perlenketten schimmerten, Broschen glitzerten. Rundbäuchige Herren umarmten Damen in tief dekolletierten Abendkleidern. Und Isa kannte alle diese Frauen. Oder eigentlich: Sie kannte diese eine Frau – denn an jedem Tisch saß ihre Gesangslehrerin Delilah van Zant. »Du darfst mich auch einfach Déh nennen«, hallte Delilahs heisere Stimme durch Isas Gedanken. In dutzenderlei Ausführungen saß sie an sämtlichen Tischen und speiste. Immer in einem anderen Abendkleid, anders geschminkt und frisiert, doch sie war es jedes Mal wieder – der magere Hals mit den Hautlappen und darunter die scharfkantigen Schlüsselbeine, die hohen Wangenknochen, die dünnen Lippen und die künstlich gebleichten, zu kleinen und zu scharfen Zähnchen, die ihr etwas von einem tückischen kleinen Raubtier verliehen. Und jedes Exemplar sah schick aus, mondän, reich und erfolgsverwöhnt. Das Einzige, was nicht ins Bild passte, war, dass jede Delilah enorme Fleischportionen vertilgte. Bei der einen lag das Gerippe eines ganzen Truthahns auf dem Teller, bei der nächsten ein Schnitzel so groß, dass es zu beiden Seiten über den Tellerrand hing. Wieder eine andere Delilah nagte an einem riesigen Knochen und die vierte stach ihr Messer in ein blutiges Beefsteak von der Größe eines Fußballs.

Würgend rannte Isa weiter. Mürrisch versuchte sie wegzuschauen, damit keine der Delilahs sie womöglich erkannte. Und wie sie dieses Weib eigentlich hasste! Nie zuvor hatte sie sich das klargemacht; sie hatte immer geglaubt, sie selbst sei diejenige, die den Ansprüchen nicht genügte.

Immer hatte Déh etwas an ihr auszusetzen gehabt, ganz gleich, wie sehr sie geübt hatte. Jetzt erst sah Isa, wie mittelmäßig Déh selbst eigentlich war. Sie hatte natürlich niemals Gesangslehrerin sein, sondern selbst berühmt werden wollen, eine gefeierte Opernsängerin, eine echte Diva, und die Wut über ihr Scheitern reagierte sie in dieser schmierigen Musikschule ab, an ihren Schülerinnen, die schon bald glaubten, es sei gut für sie, sich von ihr demütigen zu lassen – »du bekommst es nicht umsonst, Mädchen, nur mit Blut, Schweiß und Tränen kannst du etwas erreichen!«

Als sie die Terrasse zur Hälfte überquert hatten, sprang eine Déh mit hoch aufgestecktem Haar auf, direkt vor Isa.

»Hier!«, kreischte sie. »Mantras! Hier ist die faule Schlampe! Verkleidet als der reinste Nonsens! Ergreift diese minderwertige Vogelscheuche!«

Rasch zerrte Karma Isa zwischen zwei Tischen hindurch und warf im Vorbeigehen alle Tische um. Déh kreischte und schrie immer weiter, die übrigen Déhs schlossen sich ihr an und zusammen bildeten sie einen grausigen, glasklaren Chor erhitzter Mezzosoprane, die ein Geräusch wie das von hundert Sirenen erzeugten.

Isa hörte, wie eine Kohorte von Mantras herbeigeeilt kam. Sie drehte sich um, stolperte und landete auf dem Schoß eines Gastes, es war ein Freund ihres Vaters – der Kieferorthopäde Karel-Jan, den sie mindestens ebenso wenig leiden konnte. Ohne den leisesten Hauch des Wiedererkennens schaute der Mann, dem sie drei Jahre Zahnspangen zu verdanken hatte, sie an. Sie schob seinen dicken Wanst von sich und rappelte sich wieder auf.

»Hier!«, hörte sie Karma rufen, während sie sich weiter zwischen den Tischen hindurcharbeitete.

Keuchend erreichten sie die Klapptüren zur Küche. Karma und Isa stolperten hinein. Knallheiß war es hier und neblig vor Dampf, und überall rannten Köche und Küchenhilfen herum. Karma fasste Isa bei der Hand und zog sie weiter zwischen einem Trupp von Soßenmachern hindurch, die ängstlich ihre delikaten Tunken zu retten versuchten. Anschließend passierten sie einen Megagrill, in dem einige Hundert Stück Geflügel gleichzeitig geröstet wurden – der Duft war überwältigend, das Wasser lief Isa im Mund zusammen, aber zugleich erinnerten die aufgespießten Vogelkadaver in der rötlichen Grillbeleuchtung sie an Massenmorde und Höllenvisionen.

Die Mantras hatten jetzt auch die Küche erreicht und stürmten herein.

»Bück dich!«, zischte Karma. »Noch ein kleines Stück, dann ist es geschafft!« Sie bogen in einen schmalen Flur, in dem nicht gearbeitet wurde. Hunderten von Töpfen, Pfannen, Platten, Tellern und Schüsseln lagen hier in offenen Regalen zu hohen, wackligen Stößen aufgestapelt. Ein Schuss ertönte und ein Tellerstapel stürzte um. Isa und Karma sprangen über die Scherben hinweg. Karma bog wieder um eine Ecke und zog eine große Tür auf. Eiskalter Dampf wölkte ihnen entgegen. »Da hinein! Schnell!« Ein Lichtstrahl prallte von der Tür ab. Sie zogen sie rasch hinter sich zu.

Innen war es eisig kalt und stockdunkel. »Halte dich an mir fest!«, flüsterte Karma und Isa fühlte, wie Karma ihre Hand umfasste, ehe sie weiterging. »Vorsichtig, es ist glatt hier, aber wir sind gleich da. Wir haben immer noch eine gute Chance. Fifty-fifty, weißt du? Entweder wir oder Seb!«

Isa stieß gegen vielerlei eiskalte, harte Klumpen, die an Haken von der Decke hingen. Die Eisklumpen schwangen hin und her und hätten sie ein paarmal fast umgeworfen. Sie erschauerte. In dem Licht, das hereingefallen war, während sie den Kühlraum betraten, hatte sie gesehen, wie Dutzende von Tierleibern – Schweine, Kühe, Schafe, Thunfische, große Lachse und zahllose andere ausgebeinte Tiere, die sie nicht kannte – in langen Reihen hintereinanderhingen, steif gefroren und nach Arten geordnet. Und zwischen diesen Tierleibern bewegten sie sich jetzt. »Nur noch ein paar Meter!«

Die Tür zum Kühlraum schwenkte auf. Hin und her schwankende Taschenlampen zerschnitten mit ihrem weißen Licht die Dunkelheit. »Heraus mit euch!«, bellte jemand. »Die Hände in den Nacken! Widerstand ist zwecklos!«

Karma und Isa tauchten weg. »Kriechen!«, flüsterte Karma und arbeitete sich auf Händen und Knien unter den baumelnden toten Tieren zu einer Luke vor, die sich in dem Dämmerlicht in der Rückwand des Raumes abzeichnete. Karma erreichte die Luke als Erste. Sie drehte sich um zu Isa, von ihrem Gesicht war die Verzweiflung abzulesen. Isa sah es jetzt auch. Die Luke war mit schweren Bolzen verschlossen, erst seit Kurzem; das Sägemehl von den Bohrarbeiten lag in kleinen unangerührten Häufchen auf dem Boden. Ein Entkommen war unmöglich.

»Zeit schinden«, flüsterte Karma, »dann hat Seb einige Minuten mehr für seine Flucht! Bleib sitzen, wo du sitzt!«

Wenige Minuten später standen Karma und Isa mit auf den Rücken gefesselten Händen draußen auf der Terrasse. Die Delilahs und ihre Gastgeber saßen schon wieder beim Essen, als sei nichts geschehen – obwohl manche es nicht lassen konnten, Isa mit einem überlegenen kurzen Kopfnicken falsch zuzulächeln.

»Wo ist der Dritte?« Ein großes graues Mantra hatte sich drohend vor ihnen aufgebaut, in der Hand eine Peitsche. Karma biss die Lippen aufeinander und schüttelte den Kopf.

Isa starrte zu Boden; sie hatte nicht vor, auch nur ein Wort zu sagen. Das hier war *ihr* Innenland. Genau genommen war sie hier die Chefin und niemand sonst. Und sie würde sich nicht von einem Häuflein Verräter wie diesem einschüchtern lassen.

Das Mantra ließ die Peitsche knallen. »Wo?!« Es brachte sein farbloses Gesicht direkt an das von Isa. Isa wandte sich ab, versuchte, sich aus dem Griff des Mantras hinter sich zu lösen. Abermals knallte die Peitsche. »Wo ist er?« Der Atem des Mantras stank nach stockfleckigem Papier und billigen Räucherstäbchen.

Wieder knallte die Peitsche und Karma brüllte vor Schmerz. Über ihr Gesicht verlief ein dunkler Striemen, aus dem tiefrote Blutstropfen hervorquollen. Und wieder hob sich die Peitsche.

»Zwischen den Leuten!«, zischte Isa und bog ängstlich den Kopf beiseite, um der Peitsche auszuweichen.

»Wo?«

»Zwischen den Leuten, in der Menge … Ich schwöre es.«

Das Mantra mit der Peitsche fluchte. »Lüg mich nicht an!«, brüllte es. Dann erschien plötzlich ein Grinsen auf seinem Gesicht. »Du bist kein Nonsens!« Der Mund fiel ihm auf. »Du bist … Isa, richtig? … Isa selbst! Der Hauptgewinn! Jetzt kann Alysha endgültig mit dir abrechnen und ich … ich habe den Hauptgewinn eingefangen!« Beseligt schaute das Mantra in die Höhe.

Isa nutzte die Gelegenheit, dem grauen Wesen, so fest sie konnte, zwischen die Beine zu treten. Brüllend vor Schmerz sank es auf die Knie, die Peitsche schlug gegen Isas Bein. Und noch einmal. Ein schneidender, glühender Schmerz zog ihr Bein hinauf.

»Natter!«, zischte das Mantra. »Falsche Schlange!«

In dem Augenblick erschien Fatus auf der Bühne. Er grüßte Karma und Isa mit einem höflichen Kopfnicken, doch auf seinem Gesicht lag ein falsches Lächeln. »So, *mes chéries!* Was du heute kannst besorgen, das verschiebe nicht auf morgen, um einmal in einer bürgerlich-gesitteten Metapher zu sprechen. Zwei kleine Loser auf einen Streich. Sehr schön!« Er schnippte mit den Fingern und bedeutete den Mantras, die rundum versammelte Menschenmenge zurückzudrängen.

»Führ sie ab«, sagte er anschließend zu dem sich immer noch vor Schmerzen krümmenden Mantra auf dem Boden. »Jetzt sofort! *The show must go on … There's no business like soulbusiness …*«

»Ich habe meine Instruktionen«, stöhnte das Mantra. »Alle drei … Ich muss sie alle drei haben!«

»Dann verhöre sie auf der Wache!« Fatus' Stimme war plötzlich von überraschender Schärfe. »Ich lasse nicht zu, dass die Geschäfte unter dieser Sache hier leiden. Verstanden? Den dritten Schlingel könnt ihr euch später schnappen!«

Das Mantra nickte gekränkt, während es sich mühsam erhob. »Ich werde meine Vorgesetzten von diesem Mangel an Kooperation in Kenntnis setzen!« Es bedeutete seinen Männern, Isa und Karma abzuführen, und wandte sich in Richtung Ausgang. Isa und Karma wurden hinter ihm hergeschoben, gefolgt von den übrigen Mantras.

Sebs Flucht

Seb schielte seitlich an dem Vorhang vorbei, hinter dem er sich versteckt hatte, als Horden von Mantras in einer verbissenen, aber nicht sehr gründlichen Treibjagd vorbeigestürmt kamen. »Umkleidegarderobe drei, hinter der Bühne für die Kampfsportarten«, hatte Karma gesagt, »wirklich nicht zu verfehlen.« Links war ein Boxring und ein Stück weiter befand sich ein dämmriger Flur mit durchnummerierten Türen. Niemand zu sehen. Seb huschte in den Flur, ging zur Tür mit der Nummer drei und wollte sie aufstoßen, als er ein Kichern in dem Raum dahinter wahrnahm.

Seb schielte durch das Schlüsselloch und sah die Frau, die sie hereingelassen hatte, auf dem Schoß eines monströs dicken Asiaten sitzen, eines Sumoringers. Er trug goldene Ringe an seinen Wurstfingern und einen grauen Anzug. Sein Doppelkinn quoll in mehreren Wülsten über seinen Hemdkragen. Die Stille Kraft flüsterte dem Ringer etwas ins Ohr und kitzelte ihn unter dem Kinn, woraufhin ein besonders fettes Grinsen auf dem Gesicht des Mannes erschien. Seine geölten Doppelkinne lächelten allesamt mit ihm mit. Seb hämmerte an die Tür. »Kontrolle!«, rief er. »Alle versammeln sich im Hauptraum! Anweisung von Fatus!« Dann rannte er zum Vorhang zurück, verkroch sich dahinter und wartete ab.

Nichts geschah.

Was jetzt? Seb zählte langsam bis zehn und kam abermals zum Vorschein. Schritt für Schritt ging er zur Garderobe Nummer drei zurück, und gerade als er wieder auf die Tür hämmern wollte, flog diese auf. Die Türöffnung wurde völlig von dem Ringer ausgefüllt. Seb keuchte vor Schreck. »Wir … äh … alle müssen in den Hauptraum. Routinekontrolle. Nichts Spezielles, aber … äh … Fatus will, dass wir alle mitmachen.«

Der Mann schaute ihn aus seinen versunkenen Schweinsaugen misstrauisch an, sagte nichts, schob Seb grob beiseite und verlagerte sein volles, plumpes Gewicht in den Flur. Die Stille Kraft in ihrem zu engen Kleid wackelte hüftschwingend auf kleinen hochhackigen Schühchen hinter ihm her.

Seb tauchte weg, aus Angst, erkannt zu werden. Doch als er den Kopf hob, um zu sehen, ob sie schon fort waren, drehte sich die Frau noch einmal um und zwinkerte ihm zu. Dann erst verschwand sie durch einen dunklen Vorhang, den der Sumoringer galant für sie aufhielt, in den Saal.

Seb betrat das Umkleidezimmer, verschloss die Tür hinter sich, nahm einen Hocker und zerschlug damit den Spiegel. Dahinter tat sich ein schwarzes Loch auf. Seb steckte den Kopf zwischen den scharfen Scherben hindurch. Fischgeruch strömte ihm entgegen. Mit einer Haarbürste schlug er die restlichen Scherben weg, wobei er sich fragte, was ein glatzköpfiger Sumoringer wohl mit einer Haarbürste in seiner Garderobe anfing. Er kletterte auf den Frisiertisch und ließ sich in das Loch hinab. Nichts. Glatte Wände und kein Boden unter den Füßen. Er schloss die Augen, ließ los und fiel.

Sebs Fall wurde zur Rutschpartie über eine steile Schräge, woraufhin ihn ein Rohr verschlang. Dieses bog nach links ab und gleich darauf polterte er in einen Besenschrank, auf einen Stapel aus Metalleimern. Mit lautem Getöse knallte er gegen die Schranktür. Seb wartete einige Sekunden ab, aber als es draußen still blieb, öffnete er die Tür einen Spaltbreit. Ein Fischgeschäft, was sonst. Bleiches Neonlicht, leere Kühlvitrinen, Plastikhummer zur Dekoration, Gläser mit sauer eingelegten Heringen, Rollmöpsen und Gurken. Draußen war es mittlerweile dunkel; Nachtwesen schleiften am Schaufenster vorbei.

Seb durchforschte das Geschäft und den dahinter gelegenen Aufenthaltsraum und auch die wiederum dahinter gelegene Heringeinlegerei. Er musste weiter, hier war er nicht sicher.

Die Einlegerei führte hinaus auf eine schmale Gasse, auf deren gegenüberliegender Seite sich die morsche Hintertür eines anderen Hauses abzeichnete. Sollte er es wagen? Seb griff sich ein Filetiermesser von einer der marmornen Arbeitsflächen, öffnete die Hintertür und trat behutsam ins Freie. Keine Nachtwesen. Mit einem Fußtritt öffnete er die gegenüberliegende Tür, ging hindurch und schloss sie wieder hinter sich. Mithilfe seines Tastsinns versuchte er, sich zurechtzufinden. Er ertastete die Lehne eines Küchenstuhls, stellte diesen von innen gegen die Hintertür und ging tiefer in den dunklen Raum hinein. Es roch hier staubig und es war trocken und warm, besser als in dem kalten Fischgeschäft. Links und rechts fühlte er Stoffballen – glatten Satin, warme Wolle, steifes Leinen, Baumwollcord, Brokatseide und weitere Stoffe, die seine Fingerspitzen nicht erkannten. Er versteckte sich in einer Ecke hinter ein paar hohen Holzregalen. Solange es dunkel war, war er hier einigermaßen sicher, aber beim ersten Morgengrauen musste er zusehen, dass er fortkam.

Am nächsten Morgen weckten ihn Geräusche aus dem angrenzenden Zimmer. Seb setzte sich auf, wütend auf sich selbst: dass er trotz aller guten Vorsätze eingeschlafen war! Er erhob sich und schlich hinaus in die Gasse. Was jetzt? Er war allein und sein Entkommen bedeutete höchstwahrscheinlich, dass Isa und Karma bei ihrer Flucht gefangen genommen worden waren. Nur Isi gab es noch, und Anarchus mit seinem verlausten Hotel. Vielleicht konnte er Anarchus davon überzeugen, mit ihm zu kommen. Der hatte immerhin noch etwas Sinn für die gute Sache. Und vielleicht fände er es auch gar nicht so schlimm, einmal eine Weile von seinem Schnuckel getrennt zu sein. Isi wollte er nicht dabeihaben, die war zu klein. Und Tarzan war auch keine Hilfe. Aber Anarchus war eine Möglichkeit. Seb bog in eine kleine Geschäftsstraße ein, die ganz in der Nähe des Soul Kitchen lag. Zu dieser frühen Stunde war die Straße noch menschenleer.

Seb kam gerade noch rechtzeitig zum Relais, um zu sehen, wie Anarchus, Severa und Isi abgeführt wurden. Aus einer Bodensenke auf dem Brachland neben dem Hotel verfolgte er ohnmächtig ihre Verhaftung. Als eines der Mantras den Kopf in seine Richtung drehte, duckte er sich noch tiefer zwischen die Disteln. Schreie und Gebell; Schüsse knallten. Seb kauerte sich noch mehr zusammen und erschrak maßlos, als kurz darauf Tarzan auf ihm landete. Er fasste den sich wehrenden Hund mit einem festen Griff, zog ihn zu sich in die Senke und schielte in Richtung Hotel. Die Mantras bestiegen gerade ihren Bus und fuhren davon.

Zusammen mit Tarzan wartete Seb noch einige Minuten, bis er annehmen konnte, dass die Luft rein war. Danach näherten sie sich dem Hotel, dessen Tür schief in ihrem Rahmen hing. Sie gingen hinein. In ihrem Zimmer herrschte Chaos. Das Bettzeug war heruntergerissen, Schubladen und Schranktüren standen offen und die Rucksäcke hatte man auf den Fußboden ausgekippt. Sebs Augenmerk galt lediglich einer Sache: dem Granatapfel, der wie ein beliebiges Stück Obst in eine Ecke gerollt dalag.

Vorsichtig hob er die Frucht auf. Wo Isa in die Schale gebissen hatte, war diese noch etwas weiter aufgeplatzt. Glasiges, dunkelrotes Fruchtfleisch quoll aus dem Riss hervor, viele einzelne Zellen mit kleinen Kernen. Die Frucht fühlte sich warm in seinen Händen an, schien leise zu pochen. Dann sah er wieder das

Licht, das der Granatapfel ausstrahlte, genau wie dieses Fläschchen mit Innerem Feuer, bloß wärmer und viel stärker ... Dieses Ding musste imstande sein, eine Explosion ohnegleichen zu verursachen! Seb stopfte es in einen Kissenbezug, um es dann umsichtig in noch einen zweiten Bezug einzuwickeln.

In der Küche packte er sich etwas zu essen und zu trinken ein und versteckt in einem Marmeladenglas hinten in einem der Küchenschränke fand er auch etwas Geld. Danach stopfte er alles in seinen zum Glück unbeschädigten Rucksack und lud ihn sich auf die Schulter. Er schloss das Hotel ab, soweit das noch möglich war, und ging in Richtung Industriegebiet davon, auf dem Fuß gefolgt von einem fröhlich schwanzwedelnden Tarzan.

Gefangen

Isa und Karma waren in einem gepanzerten Fahrzeug zum Hauptquartier der Mantras abtransportiert worden. Dort schloss man sie in einen Arrestkäfig aus Stahldraht, der mitten in einem großen dunklen Raum stand. Stumm nahmen sie auf einer der kalten Stahlbänke Platz. Zu Isas Verwunderung wurde sie nicht durchsucht. Hätte es eine Leibesvisitation gegeben, hätte sie Totem zweifellos für immer hergeben müssen.

In einer Ecke neben einer metallenen Trennwand, die eine Toilettenschüssel den Blicken entzog, hockten zwei zwielichtige Gestalten auf dem Boden, die sie ignorierten: »Schlechte Gedanken«, meinte Karma. Zu ihrer Verwunderung teilten sie die Zelle auch mit einem Mantra. Das Mantra stellte sich ihnen artig mit einem höflichen »Seien Sie mir gegrüßt« vor, woraufhin Karma zischte, sie sollten nicht ein Wort an es verschwenden. »Ein Informant schmutzigsten Wassers. Ich sehe es an seinen Augen!« Mit gesenktem Blick zog sich das Mantra zurück.

Isa war wütend. Wütend auf Seb, der sie ins Soul Kitchen geführt hatte, wütend auf Karma, die nicht hatte verhindern können, dass sie verhaftet wurden, wütend auf sich selbst, weil alles einfach immer nur schlechter zu werden schien. »Wir hätten gemeinsam mit Seb abhauen sollen«, herrschte sie Karma an, »dann säßen wir jetzt nicht hier!«

»Aber das habe ich dir doch schon erklärt! Es war absolut notwendig, dass zumindest einer von euch entkam. Alle wurden in den zurückliegenden Tagen verhaftet und ausgeschaltet. Auch ich stand unter Beobachtung. Ich glaubte schon, verrückt zu werden, überlegte, mich selbst zum Staudamm aufzumachen, auch wenn ich nicht die geringste Ahnung hatte, was ich dort tun sollte, und dann standet ihr plötzlich vor meiner Nase. Etwas musste ich doch tun! Indem wir uns aufteilten, blieb zumindest einem von euch eine Chance!«

»Jaja«, brummte Isa, »schon gut!« Ein paar lange Sekunden schaute sie schweigend vor sich hin. »Und was jetzt? Ich meine, was geschieht jetzt mit uns?«

»Verdrängung …«, seufzte Karma, »ein Schauprozess, und danach heißt es ab über die Schattenländer Straße!«

»Und dann?«

»Schattenland …«

»Und dann?«

Karma schaute zur Seite, in ihren Augen das blanke Entsetzen. »Du weißt es wirklich nicht, oder?«

»Was?«

»Verdrängung nach Schattenland bedeutet Verbannung für immer. Jedenfalls habe ich noch nie von jemandem gehört, der von dort zurückgekommen wäre … ausgenommen nachts.«

»Nachts? Wie meinst du das?«

»Als Nachtwesen! Verstehst du es jetzt? Jeder, der verdrängt wird, wird zum Wesen der Nacht!«

Isa hatte noch nie jemanden so mutlos dreinschauen sehen. Sie legte ihren Arm um Karma. »Vielleicht … na ja, ich weiß es auch nicht. Lass uns versuchen, etwas zu schlafen.«

Karma zuckte schroff mit den Schultern und wandte sich ab. Sie rückte einen Meter weiter auf der Bank und legte sich hin, zusammengerollt wie ein kleines Tier. Isa streckte sich ebenfalls aus, der Länge nach auf den Rücken, Totem versteckt in ihrer Hand. Totems Stimmen sangen leise ein tröstendes Wiegenlied. Trotzdem dauerte es lange, bis sie einschlief.

Am nächsten Morgen wachten sie auf, weil die Tür zu dem Raum, in dem ihr Käfig stand, mit einem Schwung aufflog. Isi wurde hereingeschoben, gefolgt von Anarchus und Severa. Vier schwer bewaffnete Mantras führten sie zu dem Käfig. Sie öffneten die Tür, nahmen den dreien die Handschellen ab und schoben sie hinein.

»Isi!« Isa sprang auf sie zu und nahm sie in die Arme. »Ihr Schufte!«, rief sie den Mantras hinterher. »Wie könnt ihr nur? Kleine Mädchen verhaften! Feiglinge!«

Die Mantras grinsten und verließen den Raum.

Anarchus und Severa plumpsten auf eine Sitzbank, ohne Isa oder sonst jemanden von den Anwesenden zu grüßen, und setzten einen Streit fort, den sie wahrscheinlich schon den ganzen Weg bis hierher geführt hatten.

Isis Handgelenke hatten dicke Striemen von den Handschellen. Die Kleine war direkt aus dem Bett heraus verhaftet worden und ihre Augen waren noch verquollen vom Schlaf.

»Wo ist Tarzan?«, fragte Isa.

»Pst …!« Isi begrub ihr Gesicht in Isas Hals. »Tarzan konnte entkommen. Ich habe ihn bellen gehört und davonrennen sehen. Sie haben auf ihn geschossen, ihn aber nicht getroffen, glaube ich.« Sie begann zu weinen. Ihr zarter, kleiner Körper zuckte und zitterte.

»Ruhig, kleine Isi!« Isa zog sie fester an sich und streichelte ihr den Rücken.

Isa schaute zu Anarchus, der verloren vor sich hin starrte, während seine Frau weiterhin Gift und Galle spuckte. Ihre Blicke begegneten sich. Anarchus sah sofort scheu zur Seite. »Ich hatte dir gesagt, dass wir alle festgenommen würden …«, fuhr Severa fort, »und dennoch hast du sie hereingelassen … du wusstest, dass es lediglich eine Frage der Zeit war, ehe die Mantras kämen … du wusstest es … Und trotzdem …«

»Jetzt halt endlich den Mund!«, schnauzte Anarchus sie auf einmal vollkommen unerwartet an.

Erschüttert starrte Severa zurück. »Aber … aber«, stammelte sie, »aber mein Schweinchen … Was … wie …«

»UND NENNE MICH NICHT SCHWEINCHEN! Du weißt genau, dass ich das nicht ertrage!«

Schmollend wandte sich Severa von ihrem Ehemann ab.

»Nenne mich nicht Schweinchen, mein Schnuckel!«, flüsterte Isa Isi ins Ohr und aus ihrem Weinen wurde ein verschnieftes Kichern.

Dieser Tag und die Tage danach dauerten schier endlos. Dreimal täglich wurden ein geschnittenes Weißbrot, eine Karaffe Wasser sowie ein Packen lascher, geschmackloser Schnittkäse durch eine Art Katzenklappe in den Käfig geschoben, woraufhin die Wache sich wieder durch die einzige Tür im Raum zurückzog.

Schon nach einem Tag konnten sie kein Weißbrot mehr sehen, und der Geruch des an Fensterkitt erinnernden Käses erfüllte sie mit Ekel. Kein Tageslicht drang in die Zelle, und jeden Tag stank der Toiletteneimer schlimmer als am Tag zuvor. Anarchus und Severa stritten sich, die Schlechten Ideen hockten schweigend in ihrer Ecke zusammen und an die Außenwand des Käfigs gelehnt saß Fingernägel kauend und allein das Mantra.

Zusammen mit Isi und Karma versuchte Isa, ihrer Lage so gut es eben ging noch etwas abzugewinnen. Isa kramte Erinnerungen an das Außenland hervor und Isi und Karma erzählten Isa alles, was sie über das Innenland wussten. Doch schon am dritten Tag begann auch das sie zu langweilen. Zuletzt stand Isa auf, und nach einigen frustrierten Runden durch den Käfig ging sie zu dem Mantra und hockte sich zu ihm.

»Nicht, Isa!«, zischte Karma. »Bleib weg von dem Mickerling! Er ist ein Verräter, ein Informant!«

Isa ignorierte Karma. »Hallo«, begann sie zögernd. Sie wusste nicht recht, was sie zu dem fremden grauen Wesen sagen sollte. »Weshalb sind Sie hier?«

Das Mantra hob den Kopf. Der Blick in seinen Augen war sympathisch, obwohl sein farbloses Gesicht Unbehagen in Isa auslöste. »Rosenkranz ist mein Name. Seien Sie gegrüßt!« Es lächelte. »In Erwartung meines Prozesses sage ich lieber nichts, was meiner Sache schaden könnte. Bitte entschuldigen Sie.« Es wandte sich wieder seinen Fingernägeln zu.

Ein talentierter Bursche, der davon noch etwas abgebissen bekommt, dachte Isa, während sie sich seine abgenagten Fingerstumpen besah. Nach einem kurzen Zögern wollte sie zu Isi und Karma zurückgehen, als das Mantra wieder den Kopf hob. »Sie sind Isa, nicht wahr?«, sagte es mit leiser Stimme.

Isa nickte.

»Dann stimmt es also doch …«

»Was stimmt?«

»Die Legende!«

»Welche Legende?«

Das Mantra schaute Isa verwundert an. »Die Legende natürlich, die da lautet, dass, wenn wir Mantras unsere Gesänge nur oft genug und so gedankenlos wie möglich wiederholen, Isa ins Innen kehren wird, zurück zur Quelle, wo sie Kraft finden wird, die Kraft, alle vom Joch der Welt zu befreien. Nein, mehr kommt nicht über meine Lippen. Ich habe schon zu viel gesagt. Und dennoch …« Es sprach jetzt eher mit sich selbst als zu Isa, seine Stimme war weich und singend und klang, als würde es ein Gebet murmeln. »Wenn die Legende stimmt, dann braucht nichts mehr verteidigt zu werden und niemand wird jemals mehr verurteilt. Und Alysha wird am Ende machtlos sein … Machtlos gegenüber dem Zorn derer, die frei ist. Frei …« Es wandte sich wieder zu Isa. »Wissen Sie, noch mehr Mantras denken darüber so wie ich. Viele glauben an die Kraft unserer Gesänge und sind davon überzeugt, dass wir Alysha nicht länger stützen, sondern uns auf Eure Seite stellen sollten.«

Hinter der Tür waren Geräusche zu hören. Das Mantra kauerte sich wieder zusammen und sagte nichts mehr, wie sehr Isa es auch drängte.

Schließlich ging sie weiter bis in die entfernteste Ecke, wo die schlechten Ideen hockten. »Und ihr?«, legte sie unmutig los. »Was habt ihr angeblich ausgefressen?«

Die schlechten Ideen zogen die Köpfe noch tiefer ein. Ein säuerlicher Schweißgeruch umhüllte sie. Eine der beiden entblößte ihre Zähne: »Hihihihihi …«

»Ach, ihr könnt mich mal!« Isa trat gegen das Drahtgeflecht des Käfigs und wollte schon zu ihrem Platz zurückgehen, als sie einen Einfall bekam. »Wache!«, rief sie. »Wache! Wache!«

Ein schläfriges Mantra, dem das Hemd aus der Hose hing, schaute durch die Tür.

»Wache? Ich will ein paar Fragen stellen!«

Das Mantra schloss die Tür wieder.

»Wache! Ich … äh … ich will eine Erklärung abgeben … ein Geständnis!«

Einige Sekunden später ging die Tür wieder auf. Das Mantra trat herein, jetzt mit dem Hemd in der Hose sowie mit einem Klemmbrett bewaffnet, in dem ein Blatt Papier steckte, sowie einem Stift. Vor dem Käfig blieb es stehen, den Stift im Anschlag.

»Aber zuerst habe ich ein paar Fragen.«

Das Mantra sagte nichts. Bisher hatten die wachhabenden Mantras ihr nicht eine Frage beantwortet. Entsprechend gelangweilt beobachteten die übrigen Gefangenen die Szenerie.

»Wie lauten die gegen uns vorgebrachten Anschuldigungen, haben wir ein Recht auf Verteidigung und wann wird unser Prozess stattfinden?«

»Ihre Erklärung lautet?«

»Du bekommst meine Erklärung erst, wenn du meine Fragen beantwortet hast. Und genau das ist deine Chance auf mildernde Umstände, Bursche!«, sagte Isa mit höhnischer Stimme. »Du kennst doch die Legende?« Isa schaute es streng an; das Mantra schien zusammenzuzucken, fasste sich aber sofort wieder. »Nach der Umwälzung«, fuhr Isa fort, »wirst du bestimmt zu denjenigen gehören wollen, die mir geholfen haben. Also ein paar Fragen …«

Das Mantra zögerte.

»Weißt du was? Du bekommst mein Geständnis noch gratis dazu. Sollte sich also die Legende nicht bewahrheiten und Alysha an der Macht bleiben, dann hast du ein schönes Bekenntnis. Das rückt dich bei deinen Vorgesetzten in ein gutes Licht!«

Das Mantra zog die Tür zum angrenzenden Büro zu, damit weiter niemand sie hören konnte.

»Wie heißt du?«, fuhr Isa fort. »Wenn du mir deinen Namen sagst, kann ich dich verschonen, wenn es darauf ankommt.«

»Um Mani Padme Hum«, flüsterte das graue Wesen.

»Okay, Ummani. Wäre das ein Deal zwischen uns?« Isa hielt den Kopf schräg und versuchte, möglichst unschuldig auszusehen.

Das Mantra blickte nervös zur Tür. »Die Anschuldigungen weiß niemand, die werden erst während des Prozesses bekannt gegeben«, flüsterte es rasch. »Auf sie kommt es auch gar nicht an, denn die Strafe steht bereits fest. Allerdings bekommen Sie die Gelegenheit zu sprechen. Sie könnten das als Ihr Plädoyer bezeichnen, auch wenn es vollkommen gleich ist, was Sie sagen. Ihre Strafe ist Verdrängung. Eine einfache Reise nach Schattenland. Der Prozess findet übermorgen statt. Dann erst kommt Alysha in die Innere Stadt. Sie will das Verfahren selbst leiten.« Es räusperte sich und hielt seinen Stift wieder im Anschlag. »Dann bin ich jetzt gern bereit, Ihre Erklärung entgegenzunehmen.«

»Übermorgen?! Noch zwei ganze Tage in dieser stinkenden Zelle? Du kannst mich mal!«, rief Isa wütend. »Du kannst mich mal mit deiner Erklärung!« Sie trat abermals gegen die Wand des Käfigs und ging dann zu ihrer Bank zurück.

An diesem Abend bekamen sie weder zu essen noch zu trinken. Und auch den nächsten Tag mussten sie hungrig und durstig überstehen. Bald sehnten sie sich sogar nach dem pappigen Weißbrot, das sie in den Tagen davor noch verflucht hatten. Die einzige positive Folge war, dass Anarchus und Severa ihren ewigwährenden Streit beilegten, um daraufhin den ganzen Tag lang gemeinsam Isa die fürchterlichsten Krankheiten auf den Hals zu wünschen.

Seb und Tarzan

Über ausgestorben daliegende Industriegebiete erreichten Seb und Tarzan schon bald das trockene Bett des Lebensflusses, den kürzesten Weg zum Staudamm. Dafür Sorge tragend, dass sie von der am Ufer entlangführenden Straße aus nicht gesehen werden konnten, folgte Seb den grauen Fassaden der Raffinerien, und lange Zeit gingen sie durch die Rinne eines trocken liegenden Kühlwasserkanals, der parallel zum ausgetrockneten Lebensfluss verlief. Gegen Mittag erreichten sie die Grenze zum Motorischen Dschungel.

Seb ließ sich auf das knochentrockene Kanalufer fallen und betrachtete den mahlenden Wald. Er überlegte, dass es unmöglich gewesen wäre, ganz allein das Hauptquartier der Mantras zu erstürmen. Und auch während des Prozesses oder später wäre er nicht in der Lage gewesen, Isa und die anderen zu befreien oder auch überhaupt nur an sie heranzukommen. Nein, er musste so schnell wie möglich weiter.

Nur noch wenige Tage, hatte Karma gesagt, danach würde es zu spät sein. Dann würde Alysha den Staudamm sprengen, in den Fluss tauchen und die Macht endgültig übernehmen. Die echte Isa würde im Schattenland verkümmern und nur noch bei Nacht und Nebel erscheinen, verwandelt in eines der Wesen der Nacht. Isa retten konnte er jetzt nicht, geschweige denn Alysha besiegen. Aber indem er den Staudamm vorzeitig in die Luft jagte, konnte er sie daran hindern, ins Außenland vorzustoßen.

Tarzan drückte seine Schnauze in Sebs Rucksack.

»Du hast Hunger, was, Kumpel?« Seb öffnete den Rucksack und holte etwas Brot und Käse daraus hervor. »Hier!« Er gab Tarzan ein großes Stück Brot und streichelte ihm über den Kopf. »Weißt du«, fuhr er fort, »jetzt bin ich doch froh, dass du da bist. Ist immer noch besser, als ganz allein losziehen zu müssen.« Als Antwort riss Tarzan ihm den Käse aus den Händen. »He, gib wieder her! Dummes Vieh!« Seb hechtete dem Hund hinterher, doch der sprang weg und schlang den Käse, so wie er war, hinunter. »Dämliches Tier!«, murmelte Seb. »Aber ach, was soll's … Los, wir gehen weiter. Mir steht der Sinn sowieso nicht nach Essen!«

Der Prozess

Am Morgen des Tages, an dem der Prozess stattfinden sollte, erhielten die Gefangenen endlich wieder ein Frühstück. Hungrig attackierten sie das Brot und den Käse und gierig tranken sie die Wasserkannen leer, die der Wachmann durch die Klappe geschoben hatte. Isa fühlte sich schmutzig.

Einige Stunden später wurden alle Gefangenen unter schwerer Bewachung in einem fensterlosen Kleintransporter zu einem großen Platz im Stadtzentrum gebracht, dem Vorplatz des Innenministeriums. Dort angekommen, wurden sie gezwungen, das Holzpodium zu besteigen, das mitten auf dem Platz zusammengezimmert worden war.

»Siehst du jetzt, dass dieses Mantra kein Informant ist?«, flüsterte Isa Karma zu.

Karma zuckte bloß mit den Schultern und ließ sich gelassen zu der Stelle dirigieren, die die Mantras ihr zeigten.

Als sie nebeneinander aufgereiht auf der Bühne standen, ihnen gegenüber ein großer, weinroter leerer Sessel, kniete vor jedem der acht ein Mantra nieder und zeichnete einen Kreis um die Stelle, auf der sie standen.

»Limits«, flüsterte Karma. »Sie limitieren uns!«

Isa nickte, auch wenn sie nicht verstand, was Karma meinte.

Überall standen Menschen, außer auf dem Zugangsweg und dem Podium in der Mitte, auf das Tausende von Einwohnern schweigend starrten. Eine Brigade säuerlicher alter Jungfern in moosgrünen Uniformen – Pflichten, wie Karma meinte – wachte über die Ordnung. Isas Blick fiel auf jemanden, der offenbar versuchte, ihre Aufmerksamkeit durch schräge Gesten und Grimassen auf sich zu ziehen. Isa wies Karma auf die Gestalt hin.

»Pah, ein Nonsens. Achte nicht auf ihn!«

Doch der Nonsens hatte etwas; er ähnelte jemandem. Willem. Nein, er ähnelte ihm nicht nur, er war es! Nicht einfach nur eine seiner vielen blassen Widerspiegelungen, die sich hier auf dem Platz tummelten, nein, es war der Willem, der sie am Staudamm gerettet hatte, Isa war sich ganz sicher. Sie sah es an seinen leuchtenden Augen. Aber was hatte er vor? Sie befreien? Unmöglich, hier in diesem Gewühl, mit dieser Bewachung. Er musste weg, ehe er ebenfalls verhaftet wurde! Isa nickte ihm zu und mit dem Mund formte sie lautlos die Worte »Seb« und »Staudamm« in der Hoffnung, er würde sie verstehen.

Im nächsten Moment zog eine Welle der Erregung durch die Menge. Alle versuchten, zumindest einen Schimmer von der blutroten Limousine zu erhaschen, die auf den Platz einbog, bis vor die Bühne fuhr und dort anhielt. Alysha glitt anmutig aus dem Wagen und bestieg die Treppe zum Podium, wo sie sexy und sehr selbstbewusst auf dem Sessel Platz nahm. Es war das erste Mal seit ihrer Machtergreifung, dass sie sich öffentlich in der Inneren Stadt zeigte, und es war klar, dass nicht alle auf ihrer Seite waren. Die eine Hälfte der Zuschauer blickte erwartungsvoll zu ihr auf mit den glänzenden Augen und der Erregtheit wirklicher Anhänger, doch ein anderer Teil reagierte eher argwöhnisch.

Der Anführer der Mantras schlug dreimal mit dem Heft seines zeremoniellen Schwerts gegen seinen Schild. »Alysha!«, rief er mit schriller Stimme.

Das Mädchen in dem Sessel richtete ihren überlegenen Blick auf Isa, die fühlte, wie ihr die Knie weich wurden.

Der Anführer schlug gegen seinen Schild. »Der Rat der Bewusstseinsphänomene, Tägliche Verwaltung der Inneren Stadt, ersucht Alysha demütig, in all ihrer Überlegenheit die Rolle der Richterin zu übernehmen!«

Das Mädchen nickte huldvoll und zwinkerte mit den Augen, und zwar dergestalt, dass ihre langen Wimpern wunderbar zur Geltung kamen. In aller Ruhe zog sie ihre bestickten Pantöffelchen aus und schmiegte sich anschließend behaglich in ihren Sessel – es war eher, als würde sie es sich an einem offenen Kaminfeuer bequem machten und nicht gleich einen Prozess leiten.

Alles an Alysha machte, dass Isa sich hässlich, plump, dumm und nichtswürdig vorkam. Diese gerade Nase, das glänzende, wellige Haar, dieses vollkommene Lächeln, dieser flache Bauch in dem großartigsten Kleid, das je ein Schneider genäht hatte – schick, stilvoll und aufregend zugleich. Dazu dieses widerwärtige Selbstvertrauen, diese Ruhe, diese Ausstrahlung! Dieses Miststück war alles, was sie selbst offenbar um ein Haar nicht war. Und zugleich glich ihr Alysha so sehr, dass sie es kaum ertragen konnte.

»Was denkst du wohl …«, platzte Isa los. Das Herz klopfte ihr bis zum Hals, ihre Stimme klang heiser. Sie suchte nach Willem in der Menge, sah ihn jedoch nicht mehr. »Dreckige Schlampe!«, zischte Isa. Im selben Augenblick knallte sie gegen eine unsichtbare Barriere. Es gelang ihr nicht, den Kreidestrich zu überschreiten, den das Mantra auf das Holz gezeichnet hatte. Wütend schlug Isa mit der flachen Hand auf das unsichtbare Limit.

Alysha schaute überlegen lächelnd zu. Lass dir ruhig Zeit, schien sie sagen zu wollen. Tobe dich nur aus, Liebes! Ich habe nur das Beste mit dir vor. Wir haben alle Zeit der Welt. Ich verstehe dich ja, ich weiß doch, wie unzulänglich du bist!

Das Lächeln auf ihrem Gesicht machte Isa noch wütender.

Sie hämmerte, trat und schlug aus Leibeskräften gegen die Barriere. »Ich fege dich weg!«, schrie sie. »Das hier ist mein Innenland! Du bist nicht echt, du bist ein Hirngespinst! Du gehörst nicht hierher! Ich befehle dir zu verschwinden! Ich bin hier der Chef! Ihr seid allesamt nicht echt! Nur ich! Ich, ich, ich!«

Nichts geschah. Alysha beobachtete Isa abwartend und ein wenig gelangweilt.

Tränen sprangen Isa in die Augen. Sie wollte im Erdboden versinken! Verschwinden, weg von all diesen Augen, die sahen, wie sie sich aufführte, wie sie den Kürzeren zog.

»Ganz ruhig, Isamädchen«, flüsterte Isi leise neben ihr.

Isa holte tief Luft, fasste mit der Hand nach Totem, fühlte, wie seine Kraft sie durchströmte. Sie würde es noch einmal versuchen. Sie konzentrierte sich und rief Bilder aus dem Außenland in sich wach. Sie stellte sich vor, wie sie daheim in ihrem Bett aufwachte – ein Streifen Sonnenlicht, der durch die Vorhänge drang, ein Wirrwarr von Kleidung, CDs, Schuhen und Zeitschriften auf dem Fußboden, Lems Gemurmel auf dem Flur, ein Stapel Schulbücher auf ihrem Schreibtisch … alles normal, völlig normal. Isa ballte die Hände zu Fäusten, die sie fest geschlossen hielt. Sie würde sich einfach zurück nach draußen *denken* – es musste möglich sein!

Sie würde den Atem anhalten, bis ihr die Lungen platzten – es machte nichts, wenn sie hier in Ohnmacht fiel, es war ja doch nicht echt.

Aber weh tat es trotzdem. Sie erstickte, sie musste würgen, pfeifend sogen sich ihre Lungen wieder voll und sie öffnete die Augen. Ihr war übel und schwindelig, als sie voller Ekel Alysha direkt ins Gesicht sah.

»So … ausgewütet?« Alyshas Stimme klang süß wie der Honig einer giftigen Blüte. Ein Lächeln, ein kleines Kopfnicken – perfekt getimt. Jetzt wandte sie sich an alle Gefangenen. »Wie ihr wisst, sind wir hier zusammengekommen, um zu einem klaren Urteil über euer Verhalten zu kommen.« Ein mitfühlendes Augenklimpern, eine kurze Pause. »Natürlich werden wir dabei auch die Umstände berücksichtigen, und ihr dürft so viele Entlastungszeugen aufrufen, wie ihr wollt, aber das ändert natürlich nichts daran, dass ich bereits über genügend Informationen verfüge, um ein ausgewogenes und gerechtes Urteil zu fällen.«

Sie pausierte kurz, um den besten dramatischen Effekt zu erzielen, und fuhr dann fort: »Verbannung nach Schattenland erscheint wie eine drastische Sanktion, aber für jeden, der scheitert, für jeden *Loser* ist es letztlich das Beste. Und so möchte ich …«

Isa konnte es nicht länger mit anhören. »Stopp!«, schrie sie. »Das ist alles Unsinn!« Sie wandte sich an die Zuschauer. »Ich bin Isa! Ich bin keine Innenländerin, sondern Isa selbst! Man hat mich hierhergeholt, um Ordnung zu schaffen! Alysha ist eine Betrügerin! Sie ist kein Traum, sondern eine Zwangsvorstellung! Der Staudamm, den sie gebaut hat, wird alles vernichten! Die allgemeine Dürre kommt durch den Damm, den sie hat bauen lassen! Vom Staudamm aus führt ein Kanal in die Wüste! Das Wasser geht verloren! Das Innenland wird untergehen! Ihr werdet alle vor Hunger und Durst sterben, und sie ist daran schuld!«

Mit ausgestrecktem Zeigefinger deutete sie auf Alysha, die die Szene lächelnd beobachtete.

»Und du«, fuhr sie zu Alysha gewandt fort, »der Tag des Vorsingens … Weißt du noch? Damals, in diesem Moment, hattest du deine Chance. Aber was du gebracht hast, war nichts. Überhaupt nichts! Es war Pfusch, eine elende Blamage!«

Sehr kurz, kaum wahrnehmbar, erstarrte Alysha. Sofort fasste sie sich und machte eine lockere Handbewegung in Richtung eines Mantras, das sogleich niederkniete und einen zweiten Zirkel um Isa herum auf den Boden zeichnete.

»Und übrigens«, fuhr Isa fort, »hier glaubt auch fast niemand an dich. Sieh nur!« Sie deutete auf die Menge.

»Du kannst gern so weiterschreien, Mädchen«, sagte das Mantra zu ihren Füßen, »aber hören wird dich hier niemand mehr.« Es zeigte Isa seine Kreide. »Taub-und-stumm-Kreide, und das hier« – es deutete auf den Kreis, den es soeben gezogen hatte – »ist eine Schallmauer. Selbst wenn du Beethovens neunte Sinfonie herausschreien und anschließend zerplatzen solltest, würde dich keiner hören.« Lächelnd trat es zurück.

Aber Isas Worte waren nicht ohne Wirkung geblieben. Vom Platz stieg ein Gemurmel auf.

Alysha ergriff das Wort. Sie wandte sich an die murrende Menge und ermahnte sie zur Stille. »Landsleute, Innenländer!«, begann sie mit samtiger Stimme und einem warmen Lächeln. »Seid nicht beunruhigt! Ich habe sie sprechen lassen, weil ich mich nicht vor ihr fürchte, weil ich nichts zu verbergen habe. Natürlich weiß ich, wer sie ist: die angeblich echte Isa. Die Isa, die in den zurückliegenden Jahren unser Aussehen nach außen hin bestimmt hat. Die unperfekte, zweifelnde Isa. Die Isa, die selbst nicht weiß, wer sie ist oder was sie will, die sich in ihrem eigenen Innenland wie eine Fremde bewegt. Ich habe sie zu Wort kommen lassen, weil ihre Zeit vorbei ist! Seht sie euch an!«

Alysha deutete mit ihrem langen, schlanken Zeigefinger auf Isa, die bleich und wütend gegen die unsichtbare Wand des Limits gelehnt dastand mit ihren verdorbenen Haaren und den schief abgeschnittenen Hosenbeinen. »Schaut nur gut hin! Ist es das, was wir sein wollen? Ist es das, was wir ausstrahlen wollen? Doch wohl nicht, oder?« Sie pausierte und lächelte. »Ja, es stimmt: Der Bau des Staudamms war ein gefährliches Unterfangen. Es stimmt, dass Teile des Innenlandes zeitweilig durch den Staudamm bedroht sind. Aber hier geht es um kalkulierte Risiken! Und wenn wir vorwärtskommen wollen, müssen wir

Dinge wagen, Mut beweisen, müssen wir über unseren Schatten springen!«

Alysha ließ ihren Blick über die Menge schweifen. »Gebt mir eine Woche und ich führe euch in ein neues Zeitalter! Sieben Tage! Am siebten Tag wird der Staudamm geöffnet werden. Der Lebensfluss wird wieder fließen. Das Innere Auge wird wieder in wundervollen Mustern wogen und sich kräuseln. Reiche Ernten werden uns erwarten. Das Innenland wird blühen!« Sie warf ein strahlendes Lächeln in die Menge, ehe sie mit leiserer Stimme fortfuhr: »Aus Sicherheitsgründen kann ich euch jetzt nicht im Einzelnen darlegen, was genau wir mit dem Damm vorhaben. Aber« – ihre Stimme wurde wieder lauter und sie zeigte auf Isa – »ich garantiere euch: Mein Regiment wird produktiver, reicher, süßer und glücklicher sein als das ihre! Jetzt haben wir die Chance! Und die angeblich echte Isa mit ihrem Jammern und Zweifeln wird uns nicht länger im Wege stehen. Nie mehr! Denn wie jeder weiß: Aus Schattenland gibt es kein Entrinnen!« Sie nickte der Menge zu und schritt zu ihrem Thron zurück. »Fahren wir also fort mit der Tagesordnung«, sagte sie und nahm wieder in ihrem Sessel Platz.

Das Einzige, woraus Isa noch etwas Mut schöpfte, war, dass die Menge Alysha nicht ungeteilt zujubelte. Die Bevölkerung duldete sie, aber auch nicht mehr. Offenbar war Alyshas Charmeoffensive doch nicht so effektiv.

Die Sitzung schleppte sich noch eine Weile dahin. Achtmal wurde eine Anklage verlesen und achtmal verhängte Alysha am Schluss das gleiche Urteil: »Verdrängung und damit die absolute und totale Verbannung nach Schattenland!«

Nach dem offiziellen Abschluss der Sitzung kam Alysha auf Isa zu. Sie blieb direkt vor ihr stehen, wobei ein widerwärtig überlegenes Lächeln ihre Lippen umspielte. Isa versuchte, sie zu ignorieren, und ballte dabei die Fäuste so sehr, dass ihre Fingernägel ihr schmerzlich in die Handflächen schnitten.

»Schön, dass du hierhergekommen bist, Isa. Ganz im Ernst!« Wenn man Alyshas Miene glauben mochte, war das tatsächlich ihre Meinung. »Wenn du erst einmal im Schattenland bist, kannst du mir nicht mehr in die Quere kommen. Ich werde deinen Platz einnehmen. Nie mehr Zweifel, sondern nur noch Ehrgeiz und Erfolg! Ich werde siegen, wo du gescheitert bist. Wunderbar!« Sie seufzte beseligt und schaute Isa durchdringend an.

Isa wandte sich ab.

»Denn du verstehst natürlich, was ich vorhabe, nicht wahr? Durchstoßen in deine Welt, sodass ich künftig deine Erscheinung im Außenland bestimme! Und wie froh werden alle sein – Frida, Kees, Lem … Diesmal wird endlich alles hinhauen. Der Durchbruch ist zum Greifen nah!« Ein weiteres Lächeln. »Bestimmt wird es ganz großartig! Echt! Einfach fantastisch! Also, ich muss jetzt gehen. Ich habe ja so viel zu tun! Tschüs, Isa, tschau-tschau!« Alysha drehte sich um und entfernte sich, eleganter und leichtfüßiger denn je.

Isa hämmerte mit der Faust gegen das unsichtbare Limit. Sie schrie vor Wut und Ohnmacht, aber niemand hörte sie.

Die Gefangenen wurden in demselben Transporter abgeführt, mit dem sie gekommen waren – geradewegs ins Abschiebezentrum.

In der Nacht, unter einer stinkenden Pferdedecke, träumte Isa von zu Hause. Es war Abend. Sie ging die Treppe hinunter und ins Wohnzimmer. Ihre Eltern saßen auf dem Sofa und sahen fern; gezeigt wurde ein Auftritt Alyshas. Sie zeigten keinerlei Regung, als Isa sie grüßte. Stumm starrten sie auf den Bildschirm.

»Hal-lo!«, rief Isa noch einmal.

Keine Reaktion.

Isa ging zum Fernseher und stellte sich genau davor. »He! Hallo, habe ich gesagt!«

Frida und Kees reagierten nicht.

Isa nahm die eingerahmte Fotografie von Seb, die oben auf dem Fernseher stand, und warf damit nach ihren Eltern. Die beiden verschwanden und das Bild zersprang in Scherben. Hinter ihr auf dem Bildschirm des Fernsehers sang Alysha munter weiter.

Cerebrus

Isa fühlte sich müde und schmutzig. Zusammen mit Isi, Karma und den übrigen Verurteilten saß sie in einem Reisebus. Sie fuhren durch das ausgedehnte, tödlich langweilige Marschland von Normenwerder, auf dem Weg nach Schattenland. Isi, die neben ihr am Fenster saß, schlief. Hinter den hohen Zäunen, die die Straße gegen das Land ringsum abgrenzten, glitten grüne Wiesen vorbei, Firmengelände, gläserne Gewächshäuser, schnurgerade Wasserkanäle, Viehfuttersilos, hier und da eine Reihe Kappweiden und von Zeit zu Zeit ein Bauernhof. Nebel über den Feldern, Fabrikschornsteine in der Ferne, Hochspannungsleitungen überall, sonst nichts. Wäre die Situation nicht so aussichtlos gewesen, hätte sich Isa an Schulreisen von früher erinnert gefühlt – es war, als könnten im nächsten Moment das Ijsselmeer und am Horizont die Windmühlen der Zaanse Schans auftauchen.

Nach einer Nacht im Abschiebezentrum hatte man sie früh am Morgen in den Bus getrieben. Hinter dem Steuer saß eine mürrische Pflicht und zwei schwer bewaffnete Mantras bewachten sie. Vom Innenhof aus war der Bus in die eingezäunte Schattenländer Straße eingebogen und schon bald hatten sie die Innere Stadt hinter sich gelassen.

Isa fragte sich, wo Seb wohl sein mochte. Wahrscheinlich war er noch auf freiem Fuß, denn wenn sie ihn geschnappt hätten, dann säße er jetzt ebenfalls mit einem Einfachticket Richtung Schattenland in diesem Bus. Ob er schon in der Nähe des Staudamms war? Und hatte er den Granatapfel wiedergefunden? Isa glaube nicht so recht, dass die Frucht eine Bombe war, das passte nicht, es war einfach zu simpel. Und Willem? Hatte er sie verstanden? War er Seb nachgereist? Vielleicht würde sie es nie erfahren. Eine Befreiung aus Schattenland war offenbar unmöglich. Sie würde sich in ein Monster verwandeln, dazu verdammt, ihr weiteres Leben über einem Innenland herumzuspuken, das nicht mehr das ihre war.

Die anderen im Bus hockten stumm und verzweifelt da. Von ihnen war nichts zu erwarten. Isa schaute zu den Wachen und räusperte sich. Einer der Burschen hob den Kopf und Isa nickte ihm zu. »Haben Sie, wenn ich fragen darf, schon einmal von der Legende gehört? Der Legende, dass Isa selbst …«

»Still!«, schnauzte das Mantra und hob seinen Tranquilaser. Isa zuckte zusammen und schwieg.

Sanft gewellter Geestgrund löste mittlerweile das Marschland ab. Der schwere Dieselmotor brüllte und stank und es war unangenehm heiß im Bus. Die ersten Ausläufer des Überich-Massivs kamen in Sicht, steil und unnahbar mit seinen verschneiten Berggipfeln. Isa schloss die Augen. Sie umklammerte Totem und ein Fünkchen neuer Hoffnung durchströmte sie, ein Quäntchen Lebenskraft. Sie musste fliehen. Und sie würde fliehen! Schattenland war keine Option.

»Halte mich versteckt«, flüsterte eine von Totems Stimmen, »aber halte mich griffbereit oder, noch besser, halte mich in der Hand! Aber Cerebrus darf mich nicht sehen! Nicht, bis ich es sage!«

Isa schrak hoch; sie musste eingenickt sein. Es war dunkel. Der Bus stand vor einem Tor, das mit einem Hängeschloss verriegelt war. Eines der Mantras stieg aus und öffnete es. Nachdem der Bus hindurchgefahren war, verschloss es das Tor und stieg wieder ein. Sie fuhren einige Hundert Meter weiter und hielten dann auf einem umfriedeten staubigen Gelände; große Scheinwerfer hüllten die Szene in eine kalte Glut.

Auf der einen Seite des Terrains erhob sich eine schwarze wabernde Nebelwand: Schattenland. Es war, als würde das Licht der Scheinwerfer davon aufgesogen. Vor der Wand, halb im Schwarz versunken, ragte ein Tor in die Höhe: Zwei riesige Säulen aus schwarzem Marmor, gekrönt von einem dreieckigen Tympanon. Davor lag etwas Schwarzes und Schweres; ein Tier von der Größe eines stattlichen Lieferwagens. Das musste Cerebrus sein, von dem Karma erzählt hatte; der dreiköpfige Hund, der das Tor bewachte.

»Aussteigen!«, bellte eine der Wachen.

Unwillig und träge erhoben sich die Gefangenen und stolperten durch den Bus. Einmal draußen, konnten sie Schattenland spüren. Es ging eine Art Sogwirkung davon aus wie von einer fleischfressenden Pflanze, die Insekten mit ihren süßen Fäulnisdüften anlockt.

Cerebrus erhob sich langsam. Nervös schoben die Wachleute die Gefangenen etwas weiter vor und machten, dass sie wieder in ihren Bus kamen. Noch ehe das letzte Mantra ganz eingestiegen war, gab der Fahrer bereits Vollgas. Der Bus drehte mit quietschenden Reifen und raste zum Tor zurück.

Cerebrus streckte sich. Alle drei Köpfe gähnten, die Hälse wanden sich und er schlug mit seinem Schwanz – einem Schwanz, der in einem Schlangenkopf endete. Im Maul des Schlangenkopfs glitzerten lange Giftzähne. Der mittlere Kopf räusperte sich und betrachtete sie mit Bedacht.

»Wisst ihr …«, sagte der mittlere Kopf mit heiserer Stimme, während der linke und der rechte ihn gelangweilt anschauten, »… ich finde es ja so ironisch, dass, was für euch wie ein Kapitalverbrechen daherkommt, für mich nicht mehr ist als ein Routinejob!« Der Kopf blickte selbstzufrieden nach links und nach rechts, doch die beiden anderen Köpfe wandten sich ab. »Ich rieche eure Angst, aber dieser Geruch bedeutet mir nichts. Er ist nichts anderes als das, was der Schlachter Tag für Tag riecht, wenn das Vieh in seinen Schlachthof getrieben wird. Und denkt dieser gute Mann immerfort und tagtäglich: ›Ach Gott, ach Gott, was für bedauernswerte, liebe Tiere!‹? Ach was! Er denkt an das Fußballtor gestern im Fernsehen, an das Bier, das er am Abend trinken wird, an seinen Lieblingsstar aus der Seifenoper, und er fragt sich, womit wohl seine Mittagsbutterbrote belegt sein mögen – mit Speck oder mit Aufschnitt oder vielleicht auch mit leckerer, fetter Leberwurst?« Er schmatzte.

Die beiden anderen Hundeköpfe hielten hoch über dem Rücken des Monsters ein Schwätzchen mit der Schlange, die nicht weniger gelangweilte und mitleidige Blicke auf den sprechenden Kopf warf.

Die grellen Scheinwerfer leuchteten Cerebrus grotesk aus und warfen tintenschwarze Schatten ringsum auf den Boden. Er stank.

»Meine Aufgabe ist es«, fuhr der mittlere Kopf fort, »einige von euch sicher in den Hafen Schattenlands zu lotsen, wo endlich eure wahre, beängstigende Art aufblühen wird. Wirklich eine Ehre! Eure Kraft wird zunehmen, man wird euch künftig fürchten …« Der Kopf schaute sie schräg an. »Und ist es nicht das, wonach jedes Wesen strebt? Gefürchtet zu werden?« Er schnaubte. »Einige andere aus eurer traurigen kleinen Gesellschaft werde ich auffressen. Vielleicht sogar eine noch größere Ehre!« Er kicherte.

Niemand sonst lachte, nur bei dem Wort »auffressen« schauten die anderen Köpfe hoch.

»Ja! Genau! Fressen! Und halt jetzt endlich den Schnabel«, rief der linke.

»Wir haben Hunger, du Dummkopf!« Das war der rechte. »Genug geschwatzt!«

Cerebrus' geschuppter Schwanz rollte sich auf, der Schlangenkopf zog sich schweigend zurück.

»Ja, ja, schon gut!«, meckerte der mittlere Kopf beleidigt und musterte die Gefangenen. »Die mageren Gören da, an denen ist doch nichts dran. Oder wie seht ihr das?«, fragte er und schaute nach links und rechts. Die anderen Köpfe nickten zustimmend. Mit einer Klaue zeigte er auf Karma und Isi, die sofort wie hypnotisiert vortraten.

»Nein!«, rief Isa und zog Isi am Arm wieder zurück.

Cerebrus' Köpfe schnaubten.

Isi riss sich los; sie schaute Isa mit leerem Blick an und trat einen Schritt vor.

»Lass sie gehen …«, flüsterte Totem in Isas Hand. »Warte … Warte auf mein Zeichen!«

Wie Schlafwandler gingen Karma und Isi unter dem Tor hindurch in die Dunkelheit, wo sie sich in dem schwarzen Nebel auflösten.

Die Blicke der drei Hundeköpfe irrten begierig über die noch verbliebenen Gefangenen. Einer von ihnen zeigte hauptsächlich Interesse an Isa und wandte sich daraufhin stirnrunzelnd an die beiden anderen. »Darf nicht eintreten«, schnappte Isa auf. »Wird kein Nachtwesen, sondern eine Psychose.« »Wir können nicht anders, als …« »Wohl mager …« »Lieber die Schlechten Ideen oder diesen Fettsack oder seine Frau …«

Schließlich nickten sie übereinstimmend und der mittlere Kopf wandte sich wieder an die Gefangenen: »Die Schlechten Ideen, das Mantra und die Frau können weitergehen. Das Mädchen und den Fettsack werden wir als bescheidene Belohnung für unsere Mühen verspeisen. Wir sind schließlich kein Wohlfahrtsverein!«

Anarchus brüllte und sank zu Boden. Severa schaute noch

einmal auf ihren Mann. Einen Moment lang stand ihr die Verzweiflung ins Gesicht geschrieben. Sofort darauf aber wurde ihr Blick ausdruckslos und sie folgte dem Mantra und den schlechten Ideen.

»Warte, Isa, warte!«, bedrängte sie Totem, unhörbar für die anderen. Isa hielt ihren Talisman krampfhaft umklammert, ohne zu verstehen, was er vorhatte. »Warte, bis ich es sage!«

Die Schlechten Ideen und das Mantra gingen willenlos durch das Tor. Anarchus lag zusammengesunken auf dem Boden, jammernd, die Arme schützend um den Kopf gelegt.

»Jetzt!«, zischte Totem, als die Schlechten Ideen und das Mantra außer Sicht waren und Cerebrus sich auf Isa und Anarchus richtete, bereit, um zuzubeißen.

»Jetzt was?«, schrie Isa.

»Werfen natürlich!«, donnerten die vielen Stimmen Totems durcheinander. »Wenn zwei Hunde sich um einen Knochen streiten … Genau zwischen die Köpfe! Wirf mich!«

»Nein!«, rief Isa und mit all ihrer Kraft warf sie Totem nach Cerebrus. In dem Augenblick, als sie warf, fühlte sie zum letzten Mal, wie sein Trost und seine Lebenskraft sie durchströmten. Weinend und kalt sah sie, wie die Köpfe alle drei zugleich zuschnappten und sich wild und verrückt vor Begierde gegenseitig wegbissen, während sie versuchten, sich Totems zu bemächtigen. »Lauf!«, brüllte Isa zu Anarchus hinüber, der zusammengekauert auf die Kiefer wartete, die seinen Hals zermalmen würden. »Lauf, Anarchus!«

Tränenblind rannte Isa zu dem Tor. Die Köpfe kämpften, Totem zersplitterte, Cerebrus sprang wild und unkoordiniert umher. Anarchus kroch weg.

Aus eigener Kraft hätte Isa es nicht geschafft: Das Tor war hoch und oben mit Stacheldraht versehen. Aber während sie rannte, holte Cerebrus' Schweif nach ihr aus und der schwere, schuppige Schlangenleib schlug sie mit einem gigantischen Hieb fort. »Schlauesss Mädchen!«, meinte sie ihn zischen zu hören, bevor er sie traf. Sie flog über den Zaun, woraufhin sie unsanft in einem Strauch landete. Bevor sie aufschlug und das Bewusstsein verlor, sah sie gerade noch, wie Anarchus durch das Tor nach Schattenland flüchtete.

Willem und Seb

Direkt nachdem Isa vom Podest auf dem Gerichtsplatz aus versucht hatte, ihm etwas deutlich zu machen, hatte Willem sich aus der Menge zurückgezogen. Es war dort zu gefährlich gewesen; zu viele Augen. Immer wieder die Straßenseite wechselnd und irgendwo abbiegend, um eventuelle Verfolger abzuschütteln, war er zuletzt bis zum Stadtrand gelangt, in ein stilles Armenviertel. Isas Botschaft war klar gewesen: Er musste zum Staudamm, Seb hinterher.

Hinter einer kleinen Mauer ruhte er sich kurz aus. Wieso ließ er sich eigentlich auf all das hier ein? Wenn er gefasst wurde, saß er morgen in Schattenland, soviel war sicher. Zwar musste er zugeben, dass Isa ihm richtig gut gefiel, aber gleichzeitig war sie für einen ungeschickten Lulatsch wie ihn auch vollkommen unerreichbar. Dem stand gegenüber, dass das Leben unter Alyshas Herrschaft für ihn vollkommen unerträglich sein würde.

Willem seufzte tief. Was jetzt? Sollte er sich nach Bundesgenossen, Waffen, Vorräten und dergleichen mehr auf die Suche machen oder sollte er auf der Stelle aufbrechen, Seb hinterher? Wenn er sich beeilte, konnte er Seb vielleicht noch einholen, ehe dieser den Staudamm erreichte.

Müde stand er wieder auf, streckte seinen langen, mageren Körper und machte sich auf den Weg. Viel Schlaf hatte er in den zurückliegenden Tagen nicht gehabt – die Mantras hatten ihm bis zum Stadtrand im Nacken gesessen –, und viel Schlaf, so stand zu befürchten, würde er auch in den nächsten Tagen nicht bekommen.

Seb hatte sein Nachtlager in einer alten, verlassenen Werkstatt in einem der Pfeiler der Eselsbrücke aufgeschlagen – der großen Brücke über den Lebensfluss, die recht verloren dastand, seit der Fluss ausgetrocknet war. Jeden Morgen war er in Tarzans Gesellschaft zum Staudamm geschlichen, hatte sich im Krüppelholz versteckt und ausgekundschaftet, welche Runden die Wachtposten liefen, wann und wo sie sich ablösten und welche Wachleute weniger achtsam waren als andere. Willems Tunnel war fachkundig zerstört worden: Über die gesamte Länge hatten sie das Ding zusammengetreten. Übrig war nur eine mit lockerer Erde zugeworfene Spur, die von dem verkohlten Wäldchen zum Staudamm verlief. Das Gelände war so schwer bewacht, dass ein Durchkommen undenkbar schien.

Der Stausee bereitete Seb Sorgen. Seit dem letzten Mal hatte sich der See in seinem Umfang mindestens verdoppelt. Der Kanal zur Wüste war abgesperrt und das Wasser reichte bis auf wenige Meter unter den Rand des Staubeckens. Mehr als ein paar Tage konnte es nicht dauern, bis Alysha ihren Plan in die Tat umsetzte. Wenn sie länger wartete, würde auch das Schöpfwerk austrocknen, das sämtliches Wasser durch Lebensfluss und Herzenslust pumpte. Das Schöpfwerk würde sich festfahren und irreparabel beschädigt werden. Das wäre das Ende von allem, auch für Alysha.

Er durfte nicht zu lange zögern – nicht länger wider besseres Wissen darauf hoffen, dass Hilfe auftauchte. Er musste versuchen, so nahe wie möglich an den Staudamm heranzukommen. Und dann würde er werfen. Die Granate würde explodieren und er unter den Trümmern und Milliarden Kubikmetern Wasser begraben werden. Aber das war nicht so schlimm, denn er würde zwar als Andenken verloren gehen, aber einzelne Erinnerungen an ihn würden in den Entsinnerpflanzen und ihren Samen weiterleben. Und letztlich ging es nicht um ihn, sondern um Isa. Trotzdem hatte er Angst, und wieder und wieder schob er seine Entscheidung hinaus.

Am späten Nachmittag des fünften Tages am Damm schlich Seb zurück zu seinem Unterschlupf unter der Brücke. Endlich hatte er sich durchgerungen. Morgen früh würde er den Plan in die Tat umsetzen.

Während er abwesend Tarzan streichelte, verzehrte er sein letztes Abendbrot – die allerletzten Krümel der Vorräte, die er aus der Inneren Stadt mitgenommen hatte. Die Frucht aus Eidos' Garten lag geheimnisvoll vor ihm auf dem Boden. Immer noch war es, als würde das Ding pochen und vibrieren, voll von Leben. Wäre er selbst nur mit dabei gewesen, dort in diesem Cogitorium, vielleicht hätte er mehr von den Worten dieser Schlange verstanden als seine kleine Schwester – denn das war Isa nach wie vor für ihn. Die Stelle, wo Isa in die Frucht gebissen hatte, war zu Sebs Verwunderung wieder verheilt. Nur eine Narbe war davon zurückgeblieben.

»Tut mir leid, kleiner Tarzan«, flüsterte er dem Hund zu, der sichtlich noch Hunger hatte. »Ich habe nichts mehr. Ab morgen wirst du wieder für dich selbst sorgen müssen.«

Tarzan jaulte, als würde er begreifen, was Seb vorhatte.

»Und mitkommen kannst du nicht, denn dann bist du ebenfalls erledigt!«

Willem verbrachte die Nacht in einem trockenliegenden Abflussrohr, dessen Ausgang er mit Steinen und Schutt verbarrikadierte. Es war kalt dort und er wurde mehrere Male aus einem Traum gerissen, in dem er von einem schwarzen Strom verschlungen wurde, der lautlos durch das Rohr geschossen kam, und ertrank. Ausgekühlt bis auf die Knochen wachte er am nächsten Morgen auf.

Er schob die Steine von innen aus dem Rohr und über und

über mit Steinstaub und Schmutz bedeckt kam er anschließend selbst mit blinzelnden Augen hinaus ans Tageslicht gekrochen – wie ein Insekt, das aus seiner Verpuppung schlüpft. In der Ferne waren die Pfeiler der Eselsbrücke bereits zu sehen; eine Stunde Fußweg bis zur Brücke und dann noch eine knappe Stunde bis zum Staudamm. Dann musste er Seb irgendwie finden. Der Hunger war erträglich, nur der Durst machte, dass er schwarze Flecken vor den Augen sah. Er musste unbedingt etwas zu trinken finden, und zwar schnell!

Schon bald erreichte er den Wald, wo er sich in der Zeit, als er seinen Tunnel gegraben hatte, sein Essen zusammengesucht hatte. Hier kannte er sich aus, und entsprechend schnell kam er auch vorwärts. Etwas Trinkbares hatte er unterwegs nicht gefunden. Überall war das Land staubtrocken, selbst der Wald lag im Sterben. Er musste jetzt etwas trinken! Zwischen den Sträuchern und Bäumen hindurch schlich er sich stromaufwärts und bergauf, bis er an eine Stelle kam, von wo aus er das Seeufer sicher erreichen konnte – das Wasser reichte inzwischen bis zum Waldrand. Das Wasser des Sees war kristallklar und rein. Es erschien ihm wie das Herrlichste, war er je geschmeckt hatte! Er gönnte sich eine kleine Erholungszeit und blickte dabei über den See, den Staudamm und das leere Flussbett dahinter.

Plötzlich sah er in der Ferne etwas Eigenartiges. Eine kleine Gestalt, die tief unten im Tal auf den Staudamm zurannte. An der Art ihrer Bewegung meinte er, Seb zu erkennen. Willem stand auf und hastete zurück durch den Wald. Er kam gerade noch rechtzeitig an, um zu sehen, wie die kleine Gestalt – es war wahrhaftig Seb – die letzten Meter weithin sichtbar zum Fuß des Staudamms spurtete und, während von allen Seiten die Mantras angerannt kamen, ausholte und etwas Kleines gegen den Damm warf. Nichts geschah. Keine Explosion, nichts. Seb wurde zu Boden geworfen, überwältigt und abgeführt.

Geduckt blieb Willem sitzen. Er war zu spät gekommen. Jetzt war er ganz auf sich gestellt – unbewaffnet und ohne die geringste Ahnung, was er noch tun konnte. Er sah, wie einige Wachleute Schritt für Schritt das Gelände am Fuß des Staudamms nach dem Projektil absuchten, das Seb geworfen hatte. Willem schlich sich näher an sie heran. Zuletzt – nachdem sie schon zwei Mal hin und her gegangen waren, bückte sich eines der Mantras und hob etwas auf. Er rief die anderen hinzu. Mitten in der grauen Gruppe, die sie bildeten, sah Willem etwas Rotes aufleuchten.

Nach langem Überlegen – es schien, als wüssten sie nicht recht, was sie mit dem roten Ding anfangen sollten –, spaltete sich der Trupp auf. Einige Mantras setzten die Suche am Fuß des Staudamms fort und vier andere gingen vorsichtig mit dem roten Ding das Flussbett stromabwärts. Intuitiv entschied sich Willem, diesen vier zu folgen.

Irgendwo auf halber Strecke zwischen Staudamm und Eselsbrücke legten die Mantras Sebs Projektil auf den rissig gewordenen Schlamm des Flussbetts. Sie zogen sich ein Stück zurück und suchten die Deckung einiger größerer Felsen auf. Von dort aus schossen sie einige Male auf das rote Ding. Es explodierte nicht, sondern zerplatzte in Stücke. Zuletzt wagte sich eines der Mantras hervor, ging zu dem Ziel und trat die letzten Reste mit dem Fuß beiseite. Danach kehrten sie zum Staudamm zurück.

Als die Mantras außer Sichtweite waren, stieg Willen zu dem Flussbett hinab. Im Schlamm stieß er auf die Überreste einer Frucht. Die Schale war gänzlich aufgerissen und das Fruchtfleisch lag meterweit im Umkreis verstreut – Safttropfen, die schnell auftrockneten, etwas wie Hautfetzen und überall kleine rote Zellen mit Kernen. Verständnislos studierte Willem die Reste. Wieso in aller Welt hatte Seb ein Stück Obst gegen den

Staudamm geworfen? Das ergab wirklich überhaupt keinen Sinn!

Es musste etwas geben, das er übersah. Uns Seb musste sich ebenfalls getäuscht haben, denn was immer das Ding auch war, eine Bombe war es nicht gewesen.

Willem streckte seine Hand nach der Schale aus, und in dem Moment, als er sie berührte, durchfuhr ihn eine Woge aus Trauer und Schmerz. Wie von einer Wespe gestochen zog er seine Hand zurück. Die Frucht war zwar keine Bombe, doch sie enthielt eine enorme Kraft. Selbst jetzt noch. Eine Kraft, der gegenüber die Mantras wohl unsensibel waren. Eine Kraft, die Seb offenbar nicht verstanden oder auch nicht gespürt hatte. Ganz vorsichtig langte Willem erneut nach der Schale und hob sie auf. Wieder dieser Schmerz und diese Trauer, aber auch – sehr schwach – Wärme und Kraft, ja vielleicht sogar ein Fünkchen Hoffnung. Das hier war keine Bombe, sondern etwas Lebendiges; etwas, in dem sehr viel Gefühl zusammengeballt war, und immer noch steckte ein klein wenig Leben darin.

Willem zog sein Shirt aus und legte die Schale darauf. Auf Knien durch den Staub kriechend, las er anschließend jede Zelle und jede Faser der Frucht zusammen, die er nur finden konnte. Als er fertig war, wickelte er die Schale so gut es eben ging um das Fruchtfleisch und knotete das Ganze in sein Shirt.

Dann kletterte er zu dem Versteck hinauf, das er entdeckt hatte, als er sich als Kundschafter in dieser Gegend hier aufhielt: eine Grotte auf einem der Berge des Überich-Massivs.

Verirrt

Dornen stachen sie in die Haut, ihre Knochen fühlten sich allesamt verstaucht an und die Helligkeit schmerzte Isa in den Augen. Stöhnend kroch sie aus dem Busch hervor. Sie war aus Schattenland entkommen, aber zu welchem Preis? Isi weg, Karma weg, Totem weg – selbst Anarchus und Severa fehlten ihr, und das jetzt schon!

Hinter ihr, hinter dem hohen Zaun, lag der Platz mit dem Tor nach Schattenland. Vor dem Tor lag Cerebrus. Sie musste versuchen, Seb möglichst schnell wiederzufinden, den Staudamm, notfalls auch Willem, jemanden … Schon der Gedanke, ganz allein durch dieses Innenland ziehen zu müssen, jagte ihr Angst ein. Wie lange war sie jetzt schon hier? Zwei Wochen? Sechs Tage hatte sie noch, bevor Alysha in den Lebensfluss springen würde.

Am besten folgte sie dem Weg zurück. Aber die Zäune, die den Platz des Cerebrus umgaben, reichten bis an eine Bergwand heran, die sich links von ihr erhob. Sie würde einen Umweg machen und sich einen Weg durch die Berge suchen müssen. Isa fluchte, trat gegen einen Stein und ging zu der Wand. Sie würde ihr folgen, bis sie einen Durchgang fand. Es war ein dummer, einfältiger Plan, aber etwas Besseres fiel ihr jetzt einfach nicht ein.

Gegen Mittag des zweiten Tages erreichte Isa den Strand; das Ufer am Ozean der Zeit. Nachdem es endlos eine massive gerade Wand gebildet hatte, zerfiel das Gebirge hier an der Küste in scharfkantige Klippen. Kalte Wogen zerschellten an ihnen; es war gar nicht daran zu denken, von hier aus weiter nach Norden zu kommen. Die Verletzungen, die sie sich bei ihrem Fall zugezogen hatte, begannen schon zu verheilen, doch sie war hundemüde, hatte Blasen an den Füßen und allmählich übermannte sie die Verzweiflung. Noch eine Woche, hatte Alysha während des Prozesses gesagt. Drei Tage von dieser Woche waren inzwischen schon vorbei.

Isa sank in den Sand und starrte über den Ozean. Vielleicht hätte es sie doch besser nach Schattenland verschlagen, dann wäre sie jetzt ein Wesen der Nacht und alles wäre vorüber und sie hätte Ruhe gefunden. Alysha hätte ihr Leben übernommen und sie würde ihr restliches Dasein als Nachtwesen verbringen. Sie fing an zu weinen.

Isa weinte, bis sie nicht mehr konnte und zur Seite rollte. Auf dem kalten Sand blieb sie liegen und weinte um alles, was sie verloren hatte. Das wirkliche Meer, die wirklichen Wälder, wirkliche Menschen, alles in der wirklichen Welt.

Wo war der Ausgang aus diesem fürchterlichen Albtraum? Gab es denn gar keinen Ausweg? War es zu spät? Klamm vor Kälte blieb sie auf dem Sand liegen, bis die aufkommende Flut an ihren Beinen leckte und die Wellen sie kalt überspülten.

Lem

Lem trottete über den sonnenüberfluteten Parkplatz zu den Fahrradständern. Seit einigen Tagen war es noch deprimierender, Isa im Krankenhaus zu besuchen. Sie lag jetzt auf einer Station für dauerhafte Komapatienten. Er hatte einen der Pfleger einem anderen gegenüber von »den Pflanzen« reden hören, und damit hatte dieser Rüpel bestimmt nicht die gelblichen Birkenfeigen im Eingangsbereich des Krankenhauses gemeint.

In der vergangenen Woche hatte Isa weiter abgebaut. Ihr Herz schlug schwächer, ihr Gehirn zeigte weniger Aktivität und es war, als würde sie immer tiefer in ihre Kissen versinken. Ernährt wurde sie mittlerweile durch eine Sonde, das war ein Schlauch, der durch ihre Nase in ihren Magen führte, und mehrere Kabel verbanden sie mit den vielen Monitoren, die aufgereiht hinter ihrem Bett standen. Piepser und Linien auf grünen Bildschirmen: Das war die einzige Ablenkung, die es gab, wenn man Isa besuchen kam, außer man hatte sich seine eigene Musik oder eine Zeitschrift mitgebracht.

Unter Isas blondierten Haaren wuchs mittlerweile ein mehr als ein Zentimeter breiter schwarzer Streifen nach, ihre eigene, Lem zufolge viel hübschere Haarfarbe, auch wenn es darauf jetzt wirklich nicht mehr ankam.

Lem war völlig bedient. Der Urlaub in Frankreich war abgeblasen und zu Hause herrschte eine Grabesstimmung. Er trat gegen einen Kiesel. Mit einem lauten Geräusch schlug er eine kleine Delle in eines der Autos auf dem Parkplatz. Die Diebstahlsirene heulte los. Aber niemand reagierte, niemand hatte etwas gesehen. Mit großen Schritten ging Lem weiter. Bei seinem Rad, während er in seinen Hosentaschen nach dem Fahrradschlüssel suchte, schossen ihm die Tränen in die Augen.

End's End

Wieso sie sich schließlich doch aufgerappelt hatte, wusste Isa später nicht mehr. Aber sie war aufgestanden, hatte den Sand von sich abgeklopft und war losmarschiert. Warum? Weil es ohnehin schon egal war, weil sie zu sehr gefröstelt hatte, um länger stillsitzen zu können, weil ...

Sie konnte nur nach Süden, denn ein paar Kilometer landeinwärts ragte zu allen Seiten die schwarze Grenze Schattenlands auf.

Isa ging. Seit Stunden schon. Linker Fuß, rechter Fuß, brechende Wellen, das Aufflackern des Windes, linker Fuß, rechter Fuß. Es war Isa völlig gleich, dass bald die Nacht hereinbrechen würde; sie hatte schon eine am Strand zugebracht. Nachtwesen schienen nicht bis hierher zu kommen; sie war allein.

Es ist zu spät ... Was ist zu spät? Ich weiß es nicht ... Was macht es noch aus?

Linker Fuß, rechter Fuß, Wellen, Wind, Sand, linker Fuß, rechter Fuß ...

In drei Tagen würde Alysha ihren Sprung machen. Isa würde weitergehen, endlos weiter durchs Innenland, sonst nichts.

Linker Fuß, rechter Fuß ...

Einige dünne Töne kamen zwischen dem Tosen der Brandung angeflattert und verschwanden wieder. Wie? Rechter Fuß, zögernder linker Fuß, rechter Fuß, linker Fuß, rechter Fuß. Wieder ein Fetzen einer Melodie, verirrtes Geigenspiel, das Weinen eines Akkordeons, eine Oboe, die sogleich wieder erstarb. Wie bitte? Unmöglich. Keine Musik! Nicht hier! Isa schüttelte den

Kopf. Linker Fuß, rechter Fuß. Linker Fuß, rechter Fuß. Eine heisere Singstimme, einige Takte eines Refrains, eine Geige, die jammerte.

Linker Fuß – halt! Isa setzte ihre Füße nebeneinander in den Sand und zum ersten Mal seit einer Ewigkeit hob sie den Kopf. Sie näherte sich dem Ende des Strandes. Ein Stück weiter erhob sich eine schwarze Felswand aus der Brandung, nicht sehr hoch, aber unnahbar. Landeinwärts stieg die Felswand rasch an und bildete ein wahres Gebirge, eisig und leblos. Gletscherzungen in den Felsspalten. Stein, Eis und Wasser, sonst nichts.

Oder doch? Isas Blick irrte über den Fels. Wieder drang die Musik an ihr Ohr. Die Melodie zog ihren Blick auf ein kleines Plateau auf halber Höhe der Wand. Dort stand zu Isas großem Erstaunen ein Gebäude, eine Art Strandpavillon. Irgendwann einmal war er weiß gewesen, jetzt war er dunkel wie der Fels, fast unsichtbar in der Dämmerung. Durch die Fenster drang flackerndes Kerzenlicht nach draußen. Die Tür des Pavillons öffnete sich, wieder erklang die Musik, ein Schemen erschien in der Türöffnung, trat hinaus und verschwand in der Dunkelheit.

In die Felswand war eine Treppe gehauen. Isa fand den Anfang und ihre Füße trugen sie Stufe um Stufe über den glitschigen schwarzen Stein nach oben. Sie betrat die Terrasse – nicht mehr als ein farbloser Holzrost – und schaute hinein. Links von einer zentralen Eingangstür gab es ein Café-Restaurant, in einem dämmrigen Raum rechts davon waren mehrere kleine Geschäfte untergebracht – Isa erkannte einen Waschsalon und einen Frisiersalon. Hinter dem Türfenster hing an zwei dünnen Ketten ein kleines Brett. Darauf eingebrannt war zu lesen:

End's End

Rechts von der Tür, in Augenhöhe, hing ein Emailschild:

Uneingeschränkte Schankerlaubnis

Isa versuchte die Türklinke: Knirschend bewegte sie sich nach unten. Sie drückte die Tür auf, diese scheuerte über eine verschlissene Kokosmatte. Eine dampfige Luft, gesättigt mit Tabakrauch und den Gerüchen von Bier und Essensresten, schlug über ihr zusammen. Traurige Zigeunermusik wehte ihr entgegen. Isa betrat den Eingangsbereich; ein verwitterter Bretterfußboden und ein Empfangstresen. Niemand zu sehen.

Sie ging nach rechts in den Teil mit den Geschäften.

»Hallo?«

Es blieb still.

»Hallo? Ist da jemand?«

Sie ging weiter und schaute zum Waschsalon hinein. Ihr Magen drehte sich und sie fuhr erschreckt zurück. Die Betreiberin des Waschsalons reagierte nicht, sondern starrte quer durch Isa hindurch – aufgedunsen und blass, mit Ringen unter den Augen, die Haare fettig und dünn, der Mund halb offen. Es war widerwärtig: Isa wurde aus dem Waschsalon von sich selbst angestarrt. Sie wusste es sicher: Das hier war sie selbst, so wie sie in zwanzig Jahren aussehen würde. Gelangweilt und missmutig, gestrandet in einem Waschsalon. Vollkommen verwelkt.

Der Blick der Frau ging nach rechts, es war der Blick eines Reptils. Ihre Hand wanderte zu einem Aschenbecher, in dem eine Zigarette mit einem langen Aschekegel vor sich hin schwelte. Sie nahm sie, tippte die Asche ab und hob sie zum Mund. Jetzt erst kam Bewegung in das teigige Gesicht. Die Frau inhalierte tief und zog dabei die Oberlippe hoch. Gelbe Zähne mit schwarzen Flecken wurden sichtbar. Sie wandte sich mit einer rauchigen Stimme an Isa, während ihr der Zigarettenqualm durch Mund und Nasenlöcher entwich.

»Was willste?«

Isa antwortete nicht, sondern wandte sich ab und ging rasch weiter.

»He!«, schallte es ihr hinterher. »Bisschen höflicher wär auch nicht verkehrt!« Die Stimme erstickte in einem röchelnden Hustenanfall.

Isa wandte sich nicht um, sondern betrat rasch das nächste Geschäft.

»… Zimtzicke!«, hörte sie hinter sich, erstickt in jeder Menge Geröchel. »Na warte!«

In dem nächsten Geschäft, einem Zeitungskiosk, war die Begrüßung, sofern möglich, noch trister. In einem kleinen Kassenverschlag saß hinter zerkratztem Plexiglas eine Isa-Version, die drei, höchstens vier Jahre älter war als sie jetzt – mager und blass. Das Mädchen erwiderte Isas Blick nicht, sondern bekam rote Flecken im Gesicht und am Hals und drehte sich mürrisch weg.

End's End – war dies vielleicht der Endpunkt, würde sie hier den Rest ihres Lebens bleiben müssen, genau wie all die anderen Versionen ihrer selbst? Sie stürmte in den Frisiersalon und vier verschiedene Isas starrten sie an. Zwei von ihnen, beide mittleren Alters, eine Mollige und eine Schlanke mit Brille, saßen nebeneinander unter der Trockenhaube, auf dem Schoß eine aufgeschlagene Illustrierte. Die Dritte war etwa Anfang dreißig, hatte mindestens fünfundzwanzig Kilo Übergewicht, trug einen rosa Trainingsanzug und dazu ein dickes Make-up. Sie schnitt Isa Nummer vier die Haare – einer Fingernägel kauenden, spindeldürren jungen Frau mit den gleichen blondierten Haaren, die Isa auch hatte. Die Frau hatte große Ekzemflecken im Gesicht.

»Ehrlich, Mädel«, platzte die Friseurin los, »also deine Haarfarbe, das geht echt nicht mehr. Ist kein Aschblond mehr, sondern eher schon Arschblond – hahaha! Also dich werden wir jetzt mal so richtig rannehmen!«

Isa rannte zurück in den Eingangsbereich, zerrte an der Außentür, bekam sie nicht auf und rannte dann verzweifelt in das Café-Restaurant. Schwarze Flecken tanzten ihr vor den

Augen, End's End, sie hätte es wissen können. Sie sah, wie der Barkeeper hinter seinem Tresen den Kopf hob, um sie zu begrüßen – ein Glück, jedenfalls war es nicht wieder sie selbst. Ihre Angst legte sich etwas, als sie sein Gesicht sah. Es wirkte freundlich, vielleicht war es ja gar nicht so schlimm, aber sie musste weg von hier – und dann brach sie zusammen vor lauter Angst und Erschöpfung.

Alysha

Alysha lehnte sich in die weichen Kissen zurück. Das Summen des Motors und die monotone Landschaft vor den Fenstern machten sie schläfrig. Sie war unterwegs zum Staudamm. Alles verlief nach Plan. Das Wasser des Stausees stieg stetig und ihre Truppen hatten die Innere Stadt und die übrigen Gebiete von Bedeutung eisern unter Kontrolle. Eigentlich müsste sie zufrieden sein, doch sie war es nicht.

Die Pflicht, die das Auto lenkte, betrachtete sie im Rückspiegel und sah den unzufriedenen Zug auf Alyshas Gesicht. »Alles nach Wunsch, gnädige Frau?«

Alysha antwortete nicht, sondern wandte sich ab und schaute zum Fenster hinaus. In der Ferne erhob sich der Einsame Gipfel aus der öden Wüstenei, die nach wie vor den Großteil der Gewinnregionen ausmachte. Das Eis, das die höheren Teile des Berges bedeckte, glitzerte blassblau und stahlhart. Alysha erschauerte und sie schloss die Augen. Sie fühlte sich nicht gut.

Seit dem Tag des Prozesses fraß der Zweifel an ihr. Auch wenn sie sich nichts anmerken ließ und ihre Unsicherheit niemandem zeigte: In ihrem Inneren nagte es. Die verdoppelte Energie, mit der sie sich auf die Verwirklichung ihrer Pläne gestürzt hatte, half nicht. Nichts half. Bei passender und unpassender Gelegenheit hörte sie in Gedanken Isas Stimme, die sie an das Debakel erinnerte, das ihr Auftritt bei *Winners & Losers* gewesen war. Isas Heftigkeit hatte sie überrascht. Wie war es möglich, dass Isa sie so hasste? Offenbar war sie doch mehr gewesen als nur ein schlaffes Restchen Zweifel, das es schnellstmöglich zu beseitigen galt.

Dann wieder plagten Alysha die skeptischen Blicke derjenigen, die an diesem Tag des Prozesses auf dem Platz gewesen waren. Wieso hatten ihr nicht alle zugejubelt? Die Leute mussten doch einsehen, dass ihre Pläne einfach von überlegener Natur waren und einen Segen für die Innenländer bedeuteten!

Irritiert schüttelte sie den Kopf und strich sich mit der Hand durchs Haar, wie um ein lästiges Insekt zu verjagen. Sie holte tief Luft und wandte sich an die Fahrerin. »Wie lange noch?«

»Noch eine Viertelstunde bis zum Staudamm, gnädige Frau, vielleicht etwas länger.«

»In zehn Minuten möchte ich dort sein. Auf mich wartet Arbeit!«

Die Pflicht nickte und gab Vollgas. Der Motor brüllte auf und die Limousine schoss über den verlassenen Asphalt.

Alysha nahm den Bericht mit den Berechnungen zur Hand, den die Techniker bezüglich ihrer Lancierung angefertigt hatten. Sie wollte die Sache selbst nachprüfen, sie durfte nichts dem Zufall oder der Dummheit ihrer Untergebenen überlassen. Doch es gelang ihr nicht recht, sich zu konzentrieren. Wieder und wieder las sie die Erläuterungen oben auf der ersten Seite. Die Techniker wollten etwas mit ihr tun, das sie »hypen« nannten. Kam dieser Prozess einmal in Gang, dann würde er nicht mehr zu stoppen sein. Geschwindigkeit war dabei von allergrößter Bedeutung. Aus diesem Grund musste der Druck im Staubecken im Augenblick ihrer Lancierung so hoch wie nur möglich sein. Das alles klang logisch, aber es behagte ihr doch nicht ganz, denn waren Hypes nicht auch in kürzester Zeit wieder vorbei? Alysha wollte mehr Klarheit haben und blätterte weiter, doch die Zahlen tanzten ihr vor den Augen. Wütend feuerte sie den Bericht zur Seite.

Mors

Als Isa zu sich kam, saß sie an einem kleinen Tisch an der Bar. Sie wusste nicht, wer ihr auf den Stuhl geholfen hatte, und auch nicht, wie lange sie sich schon dort befand. Die Musik hatte soeben aufgehört, soviel war ihr klar, denn die plötzliche Stille hatte sie geweckt. Auf der kleinen Bühne packten die Musikanten, scheue, ärmlich gekleidete Männer, ihre Instrumente in Koffer und verschwanden durch einen Seitenausgang. An den Tischen beim Fenster saßen verstreut einige einsame Gäste; Isa konnte sie in der Dämmerung nicht recht unterscheiden. Alle hatten ihr den Rücken zugedreht. Trotz der gemütlichen Einrichtung des Lokals und trotz der Musik und der Wärme hing etwas Schicksalsschweres in der Luft.

Der Barkeeper war ein rothaariger Mann in einem weißen T-Shirt voller Fettflecken. Er polierte gerade ein Weinglas und nickte Isa liebenswürdig zu; ein Nicken, das die Frage miteinschloss, was sie denn trinken wolle. Zögernd erwiderte Isa seinen Gruß. Was ihr auffiel, war die Eleganz, mit der sich der Mann bewegte – von ihm ging eine Ruhe aus, die nicht zu ihm passte; nicht zu seiner Statur, nicht zu seinem Beruf und nicht zu der trübsinnigen Umgebung. Der Mann hielt das Glas gegen das Licht, betrachtete es in aller Ruhe und hängte es dann in das Glasregal über dem Tresen. »Das Übliche?«

Was meinte er wohl damit? »Ich … äh …«, Isa kam ein wenig zu sich, »äh … ich habe kein Geld dabei, um ehrlich zu sein.«

Der Mann spitzte seine dicken Lippen; seine Augen funkelten. »Kein Geld dabei, weil du ehrlich sein möchtest?«

»Nein, nein, ich meine … äh …«

Der Barmann wedelte Isas Gestotter mit einer Handbewegung beiseite und lächelte freundlich. »Ein alberner Witz, vergiss es!« Und als er sah, dass Isa ihn immer noch verständnislos anstarrte, nahm er eine Tüte Erdnüsse aus einem Fach im Tresen und reichte sie Isa. »Hier. Du siehst aus, als hättest du lange nichts Anständiges gegessen. Was zu trinken? Etwas Warmes?«

Isa nickte sprachlos und schaute zu, wie er einen Becher dampfende Schokolade für sie zubereitete.

»Ich … äh …«

»Ganz ruhig.« Der Mann deutete mit einem Kopfnicken auf den Kakaobecher vor ihr. »Trink das erst mal aus. Danach haben wir noch reichlich Zeit zum Reden, nicht?«

Isa legte beide Hände um den Becher und führte ihn zum Mund. Leise pustete sie über die heiße Flüssigkeit.

»Was sage ich? Reichlich Zeit? Die gesamte klapprige Ewigkeit!«

Isa nippte an ihrer Schokolade. Der Mann hatte etwas Vertrauenerweckendes an sich und sie hatte noch nie jemanden gesehen, der eine derart unendliche Ruhe ausstrahlte. Sie hätte schwören mögen, dass dieser Mensch nicht wusste, was Eile war, und sich vor nichts fürchtete. Auf eine seltsame Weise wirkte er vollkommen glücklich.

Die Schokolade schmeckte noch besser, als sie roch. Eine wohltuende süße Wärme verbreitete sich in Isas Körper. Bei jedem Schluck fand sie mehr ins Leben zurück. Der Mann lächelte. »Von den besten Kakaobohnen, geerntet von Yggdrasil selbst. So etwas tut gut!«

Also trank sie gerade wieder etwas von sich selbst leer; Isa lächelte bei dem Gedanken. Das bedeutete, es war doch noch etwas von ihr übrig, irgendwo in einem entlegenen Winkel dieser Welt. Sie nahm noch einen Schluck.

»Äh … was ist das hier eigentlich für ein Ort?«

Der Mann nickte ihr freundlich zu, sagte aber nichts.

Isa schaute ihn einige Sekunden lang erwartungsvoll an, aber als der Mann auch weiter schwieg, wandte sie sich wieder ihrer Schokolade zu.

Als Isa ihren Becher leer hatte, deutete der Barmann mit einem Kopfnicken auf die Leute am Fenster. »Weißt du … dass es die da hierher verschlagen hat … Irgendwie haut das schon hin, natürlich tut es das, aber du …«

Isa drehte sich zu den Gestalten um, die über den Ozean blickten. Es waren ausnahmslos Frauen, wie sie erst jetzt bemerkte; Frauen mittleren Alters, einige wirklich sehr übergewichtig, zwei andere schon krankhaft mager. Jede für sich strahlte etwas Erloschenes aus, hatte hängende Schultern und fettige Haare und hing mehr in ihrem Stuhl, als dass sie darauf saß. Genau wie in den Geschäften im anderen Gebäudeflügel waren es welk gewordene Versionen ihrer selbst.

»Hocken hier schon eine Ewigkeit«, fuhr der Barkeeper fort, »und ehrlich gesagt, sehe ich sie auch nie wieder gehen.« Auf seinem Gesicht erschien ein schiefes Lächeln. »Mein Ort wäre es nicht … Nicht dass es hier schlecht wäre … Sicher nicht, was das Essen und Trinken angeht. Aber weißt du, meiner Meinung nach bist du zu früh gekommen. Ist weiter nicht schlimm, aber es wundert mich.«

Isa schaute den Mann verständnislos an.

Wieder deutete er mit einem Kopfnicken auf die anderen Gäste. »Erkennst du sie sie denn nicht? Sackgassen, Gebete ohne Ende, leere Zukunftshülsen deiner selbst!« Der Mann zuckte mit den Schultern. »Am Fenster ist noch ein Tisch frei, will sagen …«

»Aber was ist das hier denn für ein Ort?« Isa wollte weg – die Gerüche, die Wärme, die gemütlich gemeinte Holztäfelung, alles hier verschaffte ihr Beklemmungen. Auch wenn der Barmann noch so freundlich war, sie musste von hier verschwinden!

»Na komm schon!«, sagte der Barmann. »Denk doch mal nach: ein Laden im Ozean der Zeit, der End's End heißt … Viel deutlicher können wir es doch nicht ausdrücken, dachte ich.«

Isa nickte. Sie hatte tot sein wollen bei jedem Schritt, den sie tat, dort draußen auf diesem Strand, aber jetzt, wo sie hier war, dem Tod näher denn je, liefen ihr die Schauder über den Rücken. »Und wer sind Sie?«, fragte sie mit kleinlauter Stimme.

Auf dem Gesicht des Mannes erschien wieder sein Lächeln. »Deiner Stimme nach zu urteilen, weißt du das nur zu gut!«

»Der Tod? Sind Sie der Tod?«

»Fast richtig!« Der Barkeeper lachte jetzt sehr herzlich wie ein Bekannter von früher, der sich freut, dass man ihn nach all den Jahren noch wiedererkannt hat. »Nicht einfach ›der Tod‹, sondern dein Tod natürlich. Nenne mich einfach Mors, das macht die Sache unkomplizierter. Mors, treuer Verwalter deines Fegefeuers, deiner Ewigkeit, deines Himmels und deiner Hölle. Was immer du willst. Es ist dein Wunschkonzert. Komm, ich will dir etwas zeigen!« Er stand auf und kam um die Bar herum. Bei dem Spülbecken und seinem Vorrat an Biergläsern blieb er stehen.

Isa stand auf und folgte ihm. Sie stellte sich neben ihn.

»Schau mal.« Mors nahm eine kleine Flasche von einem Regal, öffnete sie und goss einige Tropfen einer öligen Flüssigkeit über dem Spülbecken aus.

»Dieses Fläschchen«, sagte Isa. »Das Innere Feuer, das Seb dabeihatte, am Staudamm.«

»Ach, das.« Mors machte ein missmutiges Gesicht. »Da versucht man ihnen tatsächlich mal zu helfen, und gleich hauen sie die Sache wieder in die Grütze.«

»Stammte das Innere Feuer von Ihnen?«

Mors nickte. »Du kannst ruhig Du zu mir sagen … Ich fange das Zeug hier auf, ein Stück weiter. Am Südkap ist eine kleine Quelle. Dein Inneres Feuer tröpfelt dort langsam heraus. Lebensfluss und Herzenslust liefern, sagen wir mal, das Benzin für das Innenland, und das Innere Feuer ist so etwas wie das Motoröl: Es steckt in allem und es durchdringt alles. Es ermöglicht Bewegung und Veränderung. Aber es tröpfelt weg, unvermeidlich. Und eines Tages frisst sich die Maschine fest.«

»Und dann stirbt man«, ergänzte Isa.

»Haargenau.« Mors machte ein Gesicht wie ein erfahrener Automechaniker, der die fachmännische Arbeit eines Kollegen bewundert. Dann meinte er stirnrunzelnd: »Obwohl es anscheinend auch etwas mit deinem Baum zu tun hat.«

»Dürfte ich vielleicht so ein Fläschchen mitnehmen?«

Mors' Miene verdüsterte sich. »Nein. Ich werde mich nicht noch einmal in eure Angelegenheiten einmischen. Schon jetzt bereue ich es unendlich, die letzte Flasche hergegeben zu haben. Außerdem ist auch nicht mehr da. Diese kleine Pfütze hier in der Flasche zu sammeln hat mich fast drei Jahre gekostet. Jede Woche gehe ich zu der Quelle, um den Tropfen, der dort hängt, aufzufangen.«

»Und wenn Sie … wenn du eine Flasche voll hast?«

»Dann gehe ich zum Ozean und gieße es über die Wellen.«

»Und wieso?«

»So ist die Ordnung der Dinge. So muss es geschehen.« Er lächelte beseligt. »Und es lockt sogleich die wunderbarsten Wesen an. Aus den Tiefen des Meeres der Zeit. Sie wälzen sich darin. Wieder und wieder und wieder, bis alles verschwunden ist. Dann tauchen sie wieder unter.« Seine Augen glänzten.

Mors schüttelte seine Verzückung von sich ab und deutete auf das Spülbecken. »Aber sieh doch hin, bevor es seine Wirkung verliert!«

Isa schaute, sah aber nichts Besonderes. Klares Wasser, auf dem eine sehr dünne Ölschicht schwamm, glänzender Edelstahl und auf dem Boden des Beckens eine Widerspiegelung ihres Gesichts.

»Weiter hinsehen. Sieh einfach weiter hin!« Mors trat einen Schritt zurück.

Isa musste blinzeln. Das Bild zitterte. Aus dem Wasserhahn über dem Spülbecken fiel ein Tropfen. Runzeln durchzogen Isas Spiegelbild. Ihr Gesicht auf dem Boden des Spülbeckens schien zu altern. Isa zog die Stirn kraus und ihr Spiegelbild bekam Falten – die Lippen wurden dünn, um ihre Augen und Mundwinkel bildeten sich Krähenfüße, die Nase wurde schärfer und knochiger, ihr Haar wurde grau und dünn. Isa drehte sich um zu Mors. »Na gut, das bin ich, wenn ich alt bin. Und was soll das? Jeder Mensch ...«

»Nicht wegschauen, hinsehen!«

Isa wandte sich wieder ihrem Spiegelbild zu, einer alten Frau mittlerweile. Isa las Trauer in ihren Augen und Wehmut um die verflossenen Jahre. Etwas wurde anders in dem Gesicht der alten Frau, es war, als hätte sie Atemnot, ihr Mund ging einige Male auf und zu – sie wollte etwas sagen, sie bekam keine Luft, in ihren Augen war Schmerz abzulesen. Isa wollte die Frau trösten, sie streicheln; sie sah, wie sie leben wollte, wie verzweifelt sie nochmals die Zeit herbeisehnte, als sie jung und stark war. Isa spürte einen Kloß im Hals. Sie beugte sich vor, bis ihr Gesicht die Wasseroberfläche fast berührte. Die Augen der alten Frau brachen. Ihre Lider klappten ein Stück weit zu, ihr Mund entspannte sich und fiel auf. Ihr Gesicht war jetzt friedlich.

»Nein!« Wie von einer Tarantel gestochen sprang Isa zurück.

Sie hatte ihr eigenes Sterben nicht nur gesehen, sondern auch mitempfunden. Als die Augen der alten Frau brachen, war es, als ob in ihrem Innersten ein Wasserhahn zugedreht würde. Sie fühlte, wie sie erlosch und der Leere Platz machte, wie sie sich in einen leblosen Gegenstand verwandelte; eine Leiche.

Mors wollte sie in den Arm nehmen, doch Isa schlug nach ihm und rannte zur Tür. Sie rüttelte daran, das Glas klirrte in seiner Fassung, aber die Tür ging nicht auf. Sie hämmerte mit den Fäusten gegen das Glas; es brach nicht. Isa rannte zu der Seitentür, die die Musikanten benutzt hatten. Auch dieser Ausgang war verschlossen.

»Ich will leben!«, brüllte Isa. »Lass mich raus!« Sie sank auf die Knie. »Bitte!«, schluchzte sie. »Du hattest recht, ich gehöre nicht hierher, es war dumm von mir hierherzukommen. Ich will nicht sterben. Bitte lass mich gehen!«

»Und weshalb möchtest du leben?« Mors sah plötzlich kalt und streng aus.

»Weshalb?«, stammelte Isa.

»Ja. Nenne mir einen guten Grund und ich lasse dich gehen.«

»Aber … aber …«

Mors nahm einen Lappen und machte sich daran, die Tische abzuwischen. Isa schaute zu, wie er mit dem nassen Tuch routiniert über die Tische fuhr. Weshalb wollte sie leben? Sie wusste es nicht, sie konnte es nicht sagen.

Mors hielt einen Moment inne. »Und?«

»Äh … äh … Frida und Kees würden mich vermissen … und Lem …«

Der nasse Lappen traf Isa mitten ins Gesicht.

»Quatsch! Hier, geh und wisch die Tische ab! Mit albernem Gerede ist mir nicht gedient. Denk dir bitte etwas Besseres aus!«

Isa nahm den Lappen, der ihr in den Schoß gefallen war, und stand auf. Ihre Knie zitterten und ihr war schaurig kalt. Sie ging zu dem nächstgelegenen Tisch. Tränen liefen ihr übers Gesicht. »Weil das Leben schön ist?«, fragte sie weinend.

»Bäh!« Mors spie geringschätzig in den Spucknapf, der zwischen den Barhockern auf dem Boden stand. »Noch so ein lasches Klischee und es ist aus! Dann darfst du dich ans Fenster setzen und ich serviere dir die liebe lange Ewigkeit hindurch das Tagesgericht. Tag für Tag, immer wieder!«

»Ich … weiß nicht … warum ich leben will …«, murmelte sie schließlich mit erstickter, fast nicht zu verstehender Stimme. »Ich weiß es nicht mehr. Ich dachte lange Zeit, ich wüsste es. Ich dachte, ich wollte Alysha werden … Danach dachte ich, Alysha müsste weg, müsste tot sein. Jetzt weiß ich nur noch, dass ich leben will. Aber weshalb, kann ich nicht sagen. Noch nicht. Aber ich fühle es.«

»Hm. Jetzt bist du wenigstens ehrlich. Deine Antwort macht zwar nicht viel her, aber sagen wir mal: Du bist noch jung.« Mors musterte sie von Kopf bis Fuß. »Wenn du dir Mühe gibst, kommst du irgendwann noch dahinter.« Er ging zu Isa und nahm ihr den Wischlappen wieder weg. »Weißt du«, fuhr er fort, »im Außenland kann es allerlei Leute geben, die auf dich einreden, Leute sogar, die dich lieb haben, aber du bestimmst, was du tust. Du bist frei, diejenige zu werden, die du wirklich bist … oder einen Sauhaufen aus deinem Leben zu machen.« Er warf den Wischlappen in Richtung Tresen, mit einem Platschen landete er im Spülbecken. »Genug geredet. Komm!« Er holte einen Schlüsselbund aus seiner Hosentasche und ging zu der Seitentür.

Bevor sie Mors folgte, schaute Isa sich noch einmal nach den Tischen am Fenster um. Die Frau, die ihr am nächsten saß, drehte sich ebenfalls um. Ihr Blick war wie tot, nicht einmal ein Funken des Wiedererkennens erschien auf ihrem Gesicht. Sie war aufgedunsen, ihre Haut gelblich. »Bringst du mir gleich noch einen?« Die Frau hob ihr leeres Glas in die Höhe. Isa wandte sich ab, ihr war übel und innerlich spürte sie immer noch diese Kälte.

Isa folgte Mors durch einen langen Korridor, der nur von einer nackten Glühbirne erhellt wurde, die an einer dünnen Strippe von der hohen Decke hing. Sie schüttelte das Bild der Frau von sich ab. Sie würde weitermachen. Sie würde kämpfen. Nie würde sie so werden wie diese missglückten Versionen ihrer selbst! Sie würde nicht aufgeben, niemals! Es gab doch noch Hoffnung? Sie wusste doch nicht mit absoluter Sicherheit, ob Alysha ihren Plan schon ausgeführt hatte? Und selbst wenn es so wäre, dann konnte sie sich doch immer noch wehren! Warum nicht?

Mors drehte sich nach ihr um, lächelte und trat plötzlich durch eine Tür, die sie noch gar nicht bemerkt hatte; nicht die am Ende des Flurs, sondern eine kleinere, links, die in einen kühlen, stockdunklen Raum führte. Hier roch es nach Tieren und Isa spürte raschelndes Stroh unter ihren Füßen. Erleichtert atmete sie durch. Die Gefahr schien gebannt. Sie würde von hier fortkommen. Und sie würde einen Weg zurück nach Hause finden. Trotz allem. Von jetzt an würde ihre Reise aufwärtsführen, zurück zum Licht! Und sie würde gewinnen. Sie wusste nicht, warum, aber sie spürte es, wusste es.

Mors entzündete eine Öllampe und eine gelbliche Flamme erhellte den Raum. Sie waren in einem Stall. In einer Ecke stand ein Pferd und schlief. Ein altes Tier, kahl an den Flanken, mit groben Knochen, die ihm durch die Haut stachen, und mit flachsartigem Schwanz und grauer Mähne. Es schnaubte in seinem Schlaf, scharrte mit einem Vorderhuf über den Betonboden, schüttelte den Kopf und öffnete die Augen. Das Pferd sah sich um, blinzelte in das Licht und schnaubte nochmals. Sein Atem bildete eine Wolke in der kalten Luft.

Isa ging auf das Tier zu und streichelte ihm über Hals und Flanken. Was für ein liebes Pferd war das! Und so lebendig nach all dem Tod der zurückliegenden Stunden. Das Pferd drehte den Kopf wie zum Gruß zu ihr, beschnüffelte ihr Shirt und tastete sanft mit seinen Lippen über Isas nackte Oberarme.

»Orfis«, sagte der Barmann. »Er kann dir ein gutes Stück weiterhelfen. Er ist ein alter Bursche, aber zuverlässig.« Er lächelte und hob die Öllampe etwas höher, sodass sie auch die Wand hinter ihm beleuchtete. Dort hingen neben verschiedenem rostigem Gerät ein Sattel mit Steigbügeln und zwei Satteltaschen. Auf einer Holzbank darunter stand ein Hafersack.

»Am besten machst du dich möglichst schnell auf den Weg. Dieser Ort ist nicht gut für dich. Selbst Nacht und Nebel sind bessere Gefährten …«

»Aber nachts kann ich doch nicht reisen?«

Mors zuckte mit den Schultern. »Sind nur hundsgewöhnliche Schattenlander, die nachts ein wenig umhergeistern. Wenn sie mich sehen, bleibt nichts von ihnen übrig, sie schmelzen wie Schnee in der Sonne. Sie flüchten schreiend davon. Und du … du könntest sehr viel von ihnen lernen!«

»Aber sie sind stärker als ich, ich habe Angst vor ihnen! Kann ich nicht hier schlafen? Ein paar Stunden, bis es hell wird?«

Mors zögerte. »Dort«, sagte er schließlich und zeigte auf einen Berg Stroh, »da liegt es sich gut.« Er nahm eine Pferdecke von dem Stapel unter der Holzbank. »Aber reite los, sobald es hell wird. Der Weg wird sich dir von selbst zeigen. Das ist das Einzige, was du dir merken musst. Wenn du fortwillst, wird Orfis dir auf den Weg helfen.«

Isa nahm die Decke entgegen; sie fühlte sich matt und schwer und wollte nur noch auf dem Stroh liegen mit der Decke über sich, doch sie hatte noch eine Frage. »Mors, wohin muss ich gehen?«

»Pst. Keine Fragen mehr jetzt. Dein Weg wird sich von selbst zeigen. Nicht zu viel denken, nicht zu viel tun, sondern dich einfach auf den Weg machen, ganz besonders, solange du nicht weißt, weshalb und wohin. Warte ab, sieh dich um, aber schau nicht zu viel zurück und vertraue darauf, dass du dorthin kommst, wo du sein sollst. Und lass dir versichert sein: Es ist noch nicht zu spät … Gute Nacht.« Er drehte sich um und verschwand, wobei er die Tür leise hinter sich zuzog.

Orfis

Isa erwachte, weil etwas Nasses und Warmes ihr Gesicht berührte. Sie erschrak, verstand aber dann, dass es Orfis war, der sie mit seiner Nase weckte. Das erste Morgenlicht fiel durch ein kleines Fenster herein. Isa blieb noch etwas liegen und genoss die Berührung des Tieres und das behagliche Gefühl seiner Nähe. Nach einigen Minuten streckte sie sich und stand gähnend auf. Sie hatte nur wenige Stunden geschlafen, fühlte sich aber wunderbar ausgeruht.

»Guten Morgen, Orfis!«, flüsterte sie. Das alte Pferd nickte bedächtig.

Isa ging zu der Wand, wo das Pferdegeschirr lag. Auf der Holzbank darunter entdeckte sie ein Päckchen, das ihr am Abend zuvor noch nicht aufgefallen war. Es enthielt eine alte Jeans, ein Stück Seil und ein verwaschenes weißes Oberhemd. Beide Kleidungsstücke waren ihr viel zu groß. Abgelegte Sachen von Mors wahrscheinlich.

Bei dem Gedanken, die Kleidung ihres Todes anziehen zu müssen, überlief Isa ein Schauder, aber ihre eigenen Sachen bestanden eigentlich nur mehr aus Rissen und Löchern. Sie zog Hose und Hemd an, krempelte die Hosenbeine und Hemdsärmel einige Male um und knotete die Hose mit dem Strick kräftig um ihre Taille. Es sah bestimmt nach nichts aus, aber bequem war es schon.

Anschließend inspizierte sie die Satteltaschen. Die erste war mit Dosensuppen, Crackern, Schokoriegeln, Streichhölzern und einem kleinen Gaskocher gefüllt. In der anderen befanden sich eine Decke, ein Kanister mit Wasser sowie einige Kerzen. Isa nahm den Hafersack von der Bank und hängte ihn Orfis um den Hals. Während das Tier fraß, bürstete sie es mit einem Striegel, den sie zwischen den Gerätschaften an der Wand gefunden hatte. Es war wunderbar, sich gegen den großen, warmen, freundlichen Körper zu lehnen und seine Mähne zu kämmen, auch wenn das Pferd die Erinnerung an Arwen und dessen Tod wieder in ihr wachrief.

Als Orfis zu Ende gefressen hatte, legte ihm Isa den Sattel auf und schnallte ihn kräftig fest. Sie versuchte, nicht daran zu denken, dass es der sechste Tag seit dem Prozess war. Morgen würde es zu spät sein. *Einfach alles geschehen lassen, wie es geschehen soll. Tu, was du tun musst, und es gibt immer noch Hoffnung. Oder?* Sie befestigte die Satteltaschen und hängte den Hafersack daneben. Zügel gab es nicht, sie würde sich an Orfis' Hals festhalten und auf die Richtung vertrauen müssen, die er für sie einschlug. Sie löste seine Leine und führte ihn ins Freie. Orfis schnupperte und schnaubte, froh, die frische Morgenluft zu riechen. Isa folgte ihm einfach.

Einmal draußen, wunderte es sie schon nicht mehr, dass sie sich nicht mehr auf dem Kliff befand, sondern auf einer grasigen Bergweide, die sich bis zum Horizont in Wellen erstreckte. Hinter dem Stall war auf der anderen Seite ein Abgrund, in dessen Tiefen einige Kliffe bis in den Ozean hinausragten. Dort irgendwo weit unten musste sich End's End befinden. Der Stall bildete die einzige Unterbrechung in einem Meer aus Gras, das Isa bis über die Hüften reichte. In dutzenderlei Grün- und Gelbtönen und durchflochten von bunten Feldblumen wogte es in den kalten Böen der Morgenbrise.

Mühelos stieg Isa in den Sattel. Sie sog die Morgenluft ein und klopfte Orfis auf seinen starken Hals. »Lauf zu, Orfis! Ich glaube, du kennst den Weg besser als ich. Lauf zu!«

Orfis reagierte nicht auf sie. Er wieherte kurz und begann

dann mit einem langen Aufstieg durch das taunasse Gras, den Wind im Rücken, bergan, eine endlos wirkende Böschung hinauf. Zuerst im Schritttempo, doch schon bald ging er in einen rhythmischen Galopp über. Isa musste sich mit beiden Händen an seinen Hals klammern, eine Umarmung, bei der sie ihr Gesicht tief in seine Mähne grub. Orfis war nicht länger das alte Pferd, das er heute Nacht gewesen zu sein schien. Sein Fell schimmerte und seine Beine schlugen kraftvoll auf die Erde. Mühelos galoppierte er, alle seine Bewegungen in Harmonie, und Isa bewegte sich mit, indem sie ihn beritt, als hätte sie nie etwas anderes getan, eins werdend mit seiner Kraft und Bewegung.

Erst nach langer Zeit blieb er stehen. Sie waren jetzt auf dem höchsten Punkt der Umgebung und standen am Anfang einer Hochebene. Orfis schüttelte den Kopf, schnaubte und drehte sich um. Weit in der Tiefe war der Stall zu erkennen – von dort aus verlief ein glitzerndes Band durch das Gras, das dorthin führte, wo sie jetzt standen: die Spur, die sie in dem nassen Gras hinterlassen hatten. Der Ozean der Zeit war nicht mehr als ein grauer Streifen darüber. Isa tätschelte Orfis den Hals. »Lass uns bitte weiterziehen: Der Ozean, dieser Strand, dahin will ich nie mehr zurück!«

Die darauffolgenden Stunden ritten sie über die Hochebene, nicht länger im Galopp, sondern ruhiger jetzt. Gras, nichts als Gras. Keine Vögel oder sonstigen Tiere, keine Spuren einer Bebauung oder auch nur von anderen Reisenden.

»Brauche ich bitte nie mehr abzusteigen?«, flüsterte Isa Orfis nach langer Zeit ins Ohr. Der muskulöse, warme Pferderücken unter ihr fühlte sich vertraut an, ebenso der Hals, den sie umklammerte, die Mähne, die ihre Wange streichelte, und der süße Pferdegeruch. Orfis wieherte und drehte sich zu ihr um. Isa kniff die Augen zusammen und schmiegte sich enger an seine Flanken.

Im Lauf des Nachmittags machte Isa sich langsam Sorgen: Auf der Ebene war nirgendwo ein Unterschlupf zu entdecken. Wo sollten sie hin, wenn die Nacht hereinbrach? Isa beugte sich vor. »Orfis?«

Das Tier nickte.

»Ist es noch weit?«

Orfis reagierte nicht.

»Denn weißt du, die Nacht rückt näher …«

Orfis schüttelte den Kopf und lief einfach mit derselben Geschwindigkeit weiter.

Isa beschloss, es geschehen zu lassen; sie konnte ohnehin wenig anderes tun.

Als jedoch einige Zeit später immer noch kein Ende der Ebene zu kommen schien und die Dämmerung hereinbrach, bekam sie wirklich Angst.

»Orfis, wir müssen sehen, dass wir von hier fortkommen. Es wird dunkel!«

Wieder reagierte das Pferd nicht auf sie.

Isa presste ihre Knie zusammen und drückte dem Pferd ihre Fersen in die Seiten. Sie schlug ihm auf die Flanken, während sie ihm ins Ohr zischte: »Rennen, Orfis! Rennen! Wir müssen weg! Weg von hier!«

Orfis schnaubte. Er bäumte sich auf und warf Isa ab. Mit einem dumpfen Schlag landete sie im Gras. Der Schmerz war halb so schlimm; der Boden federte mit und sie war nicht unglücklich aufgeschlagen. Sie rappelte sich wieder hoch. *Einfach dem Weg folgen!*, hallte Mors' Stimme in ihrem Kopf wider.

»Entschuldige, Orfis. Ich werde es nicht wieder tun. Entschuldige! Ich hatte Angst und da dachte ich …«

Das Pferd war etwa zehn Meter weiter stehen geblieben. Es ignorierte Isa, rannte aber nicht weg, als sie näher kam. Sie streichelte seine Flanken. »Es tut mir leid.« Beschämt stieg Isa wieder in den Sattel. Sie streichelte Orfis' Hals. Es war jetzt fast ganz dunkel. Jeden Augenblick konnten die Nachtwesen auftauchen. »Geh nur«, flüsterte sie Orfis zu. »Geh bitte, wenn du noch möchtest. Lauf einfach. Mors hat es gesagt. Ich werde dein Vertrauen kein zweites Mal enttäuschen.«

Orfis lief die ganze Nacht. Zu Anfang stand Isa Todesängste aus. Jedes Mal, wenn ein Irrlicht am Himmel oder auf der Ebene erschien oder wenn raue Schreie in der Ferne widerhallten, zuckte sie zusammen und duckte sich in Orfis' Mähne. Aber das Pferd entwich jedem Schemen mühelos. Isa verstand nicht, wie, aber es war, als seien sie für die Nachtwesen unsichtbar.

Als die Nacht voranschritt und Isa müder wurde, fiel sie ab und zu in einen Halbschlaf, wegdämmernd auf dem warmen Rücken des Pferdes, mitwiegend im Rhythmus seiner Bewegungen, höchstens ab und zu aufgeschreckt, wenn ein schriller Schrei das Firmament durchzog oder flammende Gestalten hoch am Himmel vorbeijagten.

Erst beim ersten Morgendämmern erreichten sie das Ende der Hochebene. Ein schmaler Pfad suchte sich seinen gewundenen Weg hinab in ein fruchtbar aussehendes Tal. Orfis blieb stehen und Isa wusste, dass er sie nicht weiter als bis hierher bringen würde. Von hier an würde sie wieder zu Fuß gehen müssen und auch wieder allein sein. So war es halt; sie versuchte, sich dadurch nicht entmutigen zu lassen. Sie musste weiter, das war das Einzige, woran sie denken musste: weiter, weiter, weiter, auch wenn heute Alyshas Tag war und nicht der ihre. Isa stieg ab, schnallte die Satteltaschen los und hängte sie sich über die Schulter. Sie tätschelte Orfis die Flanke und umarmte ihn. »Jetzt lauf schnell, sonst muss ich weinen … Danke schön.«

Orfis drehte sich um, wieherte und lief fort, zurück über die Hochebene, während Isa ihren Abstieg begann.

Das Pandämonium

Isa folgte dem Pfad, bis sie am späten Nachmittag auf eine schmale, von toten Weißdornsträuchern gesäumte Straße stieß. Von den bemoosten Zweigen hingen Flechten herab, die in der Dämmerung leise hin und her wehten. Der Straßenbelag bestand aus geborstenen Betonplatten. In den Rissen wuchs Unkraut und in die Platten hatten sich tiefe Spurrillen gegraben.

In der Ferne war ein Tor zu sehen. Als sie etwas näher herankam, sah Isa, dass es der Zugang zu einem Landgut war. Unweit dahinter, umringt von ganz oder halb abgestorbenen Bäumen, erhob sich ein riesiges Landhaus. Das Gebäude stand kurz vor dem Einsturz. Eine Dachrinne hing schief an der Hauswand herunter, im Dach selbst fehlten mehrere Ziegel und von der Holzfassade blätterte die Farbe.

Vor dem Tor, das mit einer rostigen Gittertür verschlossen war, blieb sie stehen. In den halbrunden Steinbogen waren Buchstaben gemeißelt. Mit viel Mühe gelang es Isa, die moosbedeckte Schrift zu entziffern:

Pandämonium

Auf der anderen Torseite hatte einst ein kleines Pförtnerhaus gestanden. Eine Mauer davon stand noch, die Trümmer waren von Unkraut überwuchert. Das Gelände dahinter war mit den Resten unzähliger Steinskulpturen übersät – Menschen- und Tierköpfe, Menschentorsos, Arme und Beine, Klauen und Schwänze lagen zu Dutzenden verstreut. An den Gittern des

Tors war mit rostigem Eisendraht eine moderne Gegensprechanlage aufgehängt, bestehend aus einem Klingelknopf, einem kleinen Lautsprecher, komplettiert von der gläsernen Fischlinse einer Kamera. Daneben hing in einer Klarsichthülle ein Zettel:

das pandämonium ist aufgehoben!
dieses vormalige spekulationsobjekt wurde durch
die real existierende ideelle wohngemeinschaft
das kollektiv instand besetzt.
kapitalisten, bourgeoise, rationalisten und sonstige
ratten ZIEHT LEINE!
zugang nur für authentische archetypen.
klingel drei x betätigen.
betteln und hausieren verboten.

Weder rechts noch links des Tors gab es einen Zaun, also konnte man auch einfach um es herum gehen. Dennoch hielt Isa es für besser, ihr Kommen anzukündigen. Sie drückte drei Mal auf die Klingel.

»Ja bitte?«, kam es sofort knackend aus dem Lautsprecher. »Was willste?« Eine erkältete, verräucherte Altfrauenstimme.

»Äh, ich bin Isa.«

»Sonst noch was?«

»Äh … ich suche eine Bleibe für die Nacht.«

»Kannste dich mal direkt vor die Kamera stell'n?«

Isa ging einen Schritt zurück und stellte sich auf Zehenspitzen. Es blieb still.

»Dürfte ich vielleicht hineinkommen?«

»Kannste nich' lesen oder was?«

»Äh, doch, natürlich, aber äh …«

»Biste universal? Ewig? Legendarisch? Mythisch?«

»Äh … nein, ich weiß es nicht … Ich glaube nicht.«

»Na dann.« Mit einem Klick wurde die Verbindung unterbrochen.

Isa räusperte sich und drückte nochmals auf die Klingel. Keine Reaktion. Sie klingelte noch einmal. Lang und laut.

»Wenn du jetzt nich' auf der Stelle Leine ziehst«, quäkte es von Knacken unterbrochen aus der Gegensprechanlage, »dann jag' ich dir die Töle auf'n Hals. Und die kann beißen. Kannste mir glauben, Mädelchen. Reißt dir die Arschbacken ab, alle zwei auf einmal!«

Klick.

Isa ging um das Tor herum auf die Auffahrt des Landguts. Man konnte sehen, dass der Garten irgendwann einmal schön gewesen war, mit einem Teich, Blumenbeeten und kunstfertig gestutzten Hecken, doch der Teich war zu einem Schlammloch verkommen und die Pflanzen und Bäume, die noch lebten, wucherten wie kranke Algen vor sich hin, erstickt von schlaffen Farnen und fauligem Moos, begraben unter ihren eigenen abgestorbenen Blättern und Zweigen. Ein Geruch nach nassem Spätherbst erfüllte die Luft.

Isa war auf der Hut. Direkt neben der hinter dem Tor mit Kopfsteinen gepflasterten Auffahrt wuchsen seltsame Pflanzen mit riesigen, schlaffen Blättern, aus denen ein Rascheln drang, und jeden Moment hatte Isa die eigenartige Empfindung, aus den Augenwinkeln eine Bewegung bei den Pflanzen wahrzunehmen. Doch sobald sie den Blick auf die Stelle richtete, wo sie etwas Derartiges bemerkt zu haben meinte, war alles reglos.

Sie ging zum Wegrand und hockte sich vor eine der Pflanzen. Die Blätter hingen bis auf den Boden und bildeten rings um den Stängel eine Art Zelt. Im Inneren raschelte es tatsächlich. Zögernd zog Isa eines der Blätter beiseite. Etwas sprang auf und davon. Ein kleines grünes Schaf, nicht größer als ein Meerschweinchen. Es gesellte sich zu einigen anderen, die sich hinter dem Stängel unter dem Blattwerk versteckten. Die Tierchen wirkten unschuldig. Isa streckte die Hand aus, um eines zu streicheln. Da erst sah sie, dass sie durch dicke grüne Stiele mit der Pflanze verbunden waren.

Im selben Moment kribbelte etwas Kaltes auf ihrem Hals – eine Ranke der Pflanze glitt in ihr Hemd. Mit einem Aufschrei schlug Isa die Ranke weg und sprang zurück, wodurch sie gegen jemanden stieß. Keuchend vor Schreck drehte Isa sich um. Ihr gegenüber stand ein grüner Mann. Anstelle von Haaren wuchs ihm grünes Laub auf dem Kopf.

»Barometzen«, sagte der Mann mit freundlicher Stimme. »Nur zu, du darfst sie ruhig streicheln!« Er nickte Isa freundlich zu, das Blattwerk auf seinem Kopf raschelte. »Die anderen«, fuhr er fort und deutete auf das Landhaus, »behaupten steif und fest, es gäbe keine Barometzen und sie wären nichts als Trugbilder!« Er lachte kopfschüttelnd. »Nein, Ehrenwort! Und all diese Typen sind sich zu fein, sich die Sache einmal selbst anzuschauen. Ich züchte sie schon seit Jahren, weißt du, aber keine Menschenseele, die …«

»Jaja, sehr schön, aber ich finde sie auch ein bisschen unheimlich«, unterbrach Isa den Mann – sie spürte den kalten Finger der Pflanze noch immer auf dem Hals. »Ich bin auf dem Weg in den Norden … denke ich … Obwohl, wahrscheinlich ist es zu spät. Ich hatte gehofft, hier die Nacht verbringen zu können. Die Frau an der Gegensprechanlage war nicht sehr freundlich, aber könnten Sie mir vielleicht helfen?«

Der Mann lächelte wieder, er wirkte dabei etwas dümmlich. »Das darfst du mich nicht fragen, ich bin der Gärtner. Die Pförtnerin wird dir weiterhelfen.«

»Ist das die Frau, die auch die Klingel beantwortet?«

»Ja genau.« Der grüne Mann lächelte wieder, kopfschüttelnd. »Die gute alte Medusa!«

»Sie hat mich vorhin aber ziemlich angeschnauzt.«

»Mach dir nichts draus, sie ist immer noch sauer wegen der Gegensprechanlage. Früher hat sie in dem Häuschen neben dem Tor gewohnt. Aber als Pförtnerin war sie nicht sehr praktisch, denn wie du weißt, wird jeder, der die Medusa anschaut, zu Stein verwandelt.«

Isas Blick glitt über das Gelände mit den Skulpturen.

Der grüne Mann nickte. »Genau das wäre dir auch passiert, wenn Medusa hier immer noch leibhaftig als Pförtnerin gesessen hätte.« Er zuckte mit den Schultern. »Es hatte seine Vorteile, aber es lief auch jede Menge falsch in jenen Tagen. Zeitungen, die nicht zugestellt wurden, Lieferanten, die Schadensersatz forderten, weil ihre Laufburschen niemals mehr wiederkamen. Und dann jedes Mal die Schlepperei mit den Steinskulpturen, um den Weg wieder frei zu machen! Bleischwer, die Dinger! Nun gut, ich wünsche dir alles Gute. Und … einmal im Haus, siehst du von selbst, welche Türen sich dir öffnen. Diese Türen sind die richtigen für dich.«

Isa zögerte.

»Mach dir nicht allzu große Sorgen, wir haben Medusa eine teure Sonnenbrille geschenkt. Sie trägt sie eigentlich immer … Fast immer. Oder, na ja, sie trägt sie ab und zu, das auf jeden Fall.«

»Vielen Dank auch.« Isa nickte dem Gärtner zu und näherte sich dem riesigen Landhaus.

»Sieh dich vor da drinnen!«, rief der Mann ihr nach. »Es wimmelt da von merkwürdigen alten Typen, und auch den Fußböden kann man nicht überall trauen!«

Zwei Stufen führten zu einer morschen Veranda, aus deren Bretterboden rostige Nägel ragten. Isa hielt den Blick gesenkt, damit sie nicht aus Versehen mit den versteinernden Augen der Pförtnerin konfrontiert würde.

Die Haustür hing lose in ihrem Rahmen und stand halb offen. Isa drückte sie weiter auf und trat ein. Der Flur, in den sie gelangte, wurde von einer qualmenden Öllampe erhellt. Es roch hier nach Petroleum und gekochten Kartoffeln.

»Hallo?«

Keine Reaktion.

Isa zögerte. Sollte sie weitergehen oder musste sie zuerst diese unheimliche Pförtnerin suchen? Sie ging ein paar Schritte tiefer in den Flur hinein. Die Fußbodendielen knarrten beängstigend.

»Hallo? Ist da jemand?«

Es blieb still, aber Isa hatte das Gefühl, beobachtet zu werden. Sie ging weiter bis zur ersten Tür, einer Holztür mit Kupferbeschlägen, die von außen mit schweren Vorhängeschlössern verriegelt war. Auf die Tür war ein Kupferschild mit eingravierter Beschriftung aufgeschraubt:

Teutonicum

Sie hielt ihr Ohr an die Tür und lauschte. Dahinter klang ein leises Poltern, Gekicher, das Klirren von Gläsern. Anschließend ein leises, lang gezogenes Schluchzen, das in einen dünnen Gesang überging, eine Opernarie oder dergleichen.

Isa ging weiter. Was war das hier bloß für ein Ort?

Auf der nächsten Tür befand sich ebenfalls ein Namensschild. Isa ging darauf zu, aber ehe sie die Gelegenheit bekam, es zu lesen, schwang die Tür auf und sie wurde in das dahinterliegende Zimmer gezerrt. Zwei dicke Arme drückten Isa an einen geblümten, übervollen Mutterbusen, in dem ihr Kopf völlig versank. Sie bekam kaum Luft durch den warmen, gestärkten Baumwollstoff, in dem es stark nach Rosenwasser und Schweiß roch. Gedämpft hörte sie eine gurrende Stimme. »Mädilein, nein, nein, nein, was haben wir uns Sorgen gemacht!« Mollige Hände streichelten ihr über Arme und Rücken.

Mit aller Kraft versuchte sie, sich aus dem schweren Busen zu befreien, doch die Arme hielten sie mit eisernem Griff umklammert.

»Nur zu, immer nur zu! Mama ist ja da, Mama sorgt für dich, Mama hält dich fest!«

Lass mich los!, wollte Isa rufen, doch sie schaffte es nicht, mehr als ein ersticktes »Aammihoo!« hervorzubringen.

»Ja, Mädili, schon gut! Du brauchst nichts zu sagen! Ich weiß ja, wie du dich freust, endlich wieder zu Hause zu sein! Ich werde dich so richtig verwöhnen! Gleich wird schön gegessen, dann ab ins Bad, den Schlafanzug an und schön gemütlich ins Bettchen. Mama hat dich ja so lieb!«

»Lammilooo!«

Wurstfinger harkten Isa durchs Haar. Sie wurde vom Boden gehoben, als wöge sie nichts, und ehe sie sich versehen hatte, saß sie festgebunden in einem Ledergeschirr in einem hohen Kinderstuhl.

Die Frau war eine riesenhafte, aufgeblähte Version ihrer tatsächlichen Mutter, gehüllt in ein urmütterliches Blümchenkleid und mit dicken, rötlichen Apfelwangen. Sie starrte Isa mit begierigen, überbesorgten Augen an.

»Lass mich los, bitte!«, schrie Isa und riss an den Riemen ihres Geschirrs.

Die Monster-Frida schaute sie weiter zärtlich an, die dicken Arme vor der Brust verschränkt. Anschließend wandte sie sich dem Herd zu, auf dem ein Topf vor sich hin brodelte. »Du wolltest doch immer eine große, liebe Muttermama, die dich tröstet? Liebes, liebes Isimädchen? Jetzt hast du mich gefunden und jetzt ist es Zeit für deinen Brei!« Mit einem Schöpflöffel klatschte sie eine Portion der blubbernden Masse in einen tiefen Teller.

»Ich muss weiter, verstehen Sie doch!« Isa versuchte, die Schnalle ihres Geschirrs aufzubekommen, aber die befand sich auf ihrem Rücken und sie konnte sie nicht erreichen.

Die Frau schüttelte zärtlich den Kopf. »Mädchen, Mädchen, Isamädili, liebes, liebes Schätzchen macht schon Mätzchen … Höchste Zeit für den Brei!« Sie klatschte noch einen Löffel Brei auf den Teller, bestreute das Ganze mit reichlich Zucker und drückte zwei ordentliche Esslöffel Butter in die dampfende Masse. Schaukelnd kam sie zurück zu Isa und stellte den Teller vor sie auf das Tischbrett des Kinderstuhls.

»Ich brauche keinen Brei, vielen Dank. Bitte lassen Sie mich jetzt weitergehen!«

»Tu-tu-tu … kleine Meckerliese!« Sie fischte einen Löffel aus ihrer Schürzentasche und führte eine gehäufte Portion zu Isas Mund. Tropfen geschmolzener Butter rannen an ihm herunter. Allein schon der Geruch machte, dass Isa schlecht wurde. »Ein Löffelchen für Mama …«

Isa schlug den Löffel weg, dass der Brei durchs Zimmer flog.

Die Frau schöpfte unbeirrbar einen weiteren Löffel voll. »Noch ein Löffelchen für Mama! Buh, buh, buh! Ti-ti-ti! Kann das kleine Mädili denn auch noch lachen?«

Wieder schlug Isa den Löffel weg. Der Brei klatschte mitten auf das linke Auge der Frau, doch die lächelte immer noch.

»Kindchen, aber Kindchen!« Mit einer überraschend schnellen Bewegung umfasste die Frau Isas Handgelenke mit ihrer dicken Faust und führte mit der anderen Hand einen neuen Löffel zu Isas Mund. »Mündchen auf! Ein Löffelchen für Mama!«

»Aber ich … mmm, blblbl … igitt!« Genau in dem Augenblick, als Isas Mund sich öffnete, bekam sie den Löffel mit dem fetten Blubberzeug unerbittlich hineingeschoben. Isa spuckte sofort alles aus, aber der nächste Löffel hing schon wieder vor ihrem Gesicht. Und die Frau hörte einfach nicht auf, wie hingerissen zu lächeln.

Isa biss die Zähne fest zusammen.

Die Frau drückte jetzt feste mit dem Löffel, das Lächeln auf ihrem Gesicht erstarrte. »Schwierig, was, Liebe anzunehmen?« Sie sprach jetzt zwischen den Zähnen hindurch. »Aber du musst wissen, dass mein Mädchen erst dann ins Bettchen darf, wenn das Tellerchen leer ist. Mit Liebe gekocht, mit Liebe gegessen, sage ich immer, was, kleiner Schnuckelmuckel?«

Die Lage war aussichtslos. Isa blieb nichts anderes übrig, als den Teller leer zu essen. Danach würde die Frau sie vielleicht aus dem Stuhl befreien. Isa öffnete den Mund und ließ sich füttern. Würgend ließ sie sich die lauwarme graue Pampe eintrichtern. Löffel um Löffel um Löffel.

Als der Teller leer war, schnallte die Frau Isa los und hob sie aus dem Kinderstuhl. »So-o-o, und jetzt trinkt das Kindchen sein Fläschchen, und dann wird schön geschlafen. Schön warm bei Mami-Mami!« Die Frau setzte sich in einen Schaukelstuhl vor einem großen, warmen Kaminfeuer und zog Isa zu sich auf den Schoß. Aus einer ihrer vielen Kleidertaschen zog sie eine Saugflasche hervor und schob sie Isa in den Mund. Die Flasche enthielt dicke, sahnige warme Milch, lasch mit Honig gesüßt. Von Zeit zu Zeit nach Luft schnappend, trank Isa sie leer. Bis zum letzten Tropfen.

»Hören Sie«, versuchte es Isa nochmals. »Es war … wunderbar. Wirklich. Darf ich jetzt gehen?«

Die Frau ignorierte Isas Worte und schaukelte sanft mit dem Stuhl. Dazu summte sie ein Schlafliedchen. Isa konnte keinen Finger mehr rühren, eingeklemmt wie sie war zwischen dem riesigen weichen Bauch und den vollen Armen. Das schwere Essen hatte sie träge gemacht. Nach wie vor wartete sie auf ihre Gelegenheit zu entkommen, aber die Frau ließ nicht locker.

Das Wiegen, die Wärme des Kaminfeuers und auch die fast animalische körperliche Nähe dieses riesenhaften Mutterleibes sorgten dafür, dass Isa ihren Widerstand aufgab und sich einschläfern ließ – etwas anderes wäre ihr auch nicht übrig geblieben.

Frau Justitia

Verschlafen schlug Isa die Augen auf. Sie lag in einem muffigen Bett unter einer dicken Daunendecke. Sie hatte ein seltsames langes Nachthemd an und fühlte sich schwer und träge. Vorsichtig blickte sie um die Ecke. Niemand zu sehen, aber hinter der Tür ins andere Zimmer hörte sie Stricknadeln klappern und dazu ein Knarren – wahrscheinlich der Schaukelstuhl.

Sie musste weiter, und zwar jetzt. Isa wusste es auf einmal mit Bestimmtheit. Wenn Alysha den Damm in die Luft gesprengt hätte und in den Fluss gesprungen wäre, dann hätte sie das mitbekommen. Sie hätte es bemerkt, denn alles Mögliche im Innenland müsste sich verändert haben, das konnte nicht anders sein. *Aber noch hatte sich nichts verändert!* Das bedeutete, dass ihr noch Zeit blieb. Vielleicht nur noch wenige Stunden, aber das war ihr gleich. Sie durfte nicht aufgeben, niemals!

Ein Überraschungsangriff war die einzige Möglichkeit, von hier wegzukommen. Sie kletterte leise aus dem Bett und suchte das Zimmer nach ihrer Kleidung ab, konnte sie aber nirgendwo finden. Dann eben so, in diesem albernen Nachthemd.

Sie rief: »Mama!«, und versteckte sich hinter der Tür.

Schritte, ein Schlüssel, der sich im Schloss drehte. Die Frau trat herein, ging zu dem Bett und beugte sich darüber. Isa rannte aus dem Schlafzimmer und zog die Tür hinter sich zu. Rasch drehte sie den Schlüssel herum und floh nach draußen.

»MATRIMONIUM« las sie im Vorbeieilen auf der Tür. Sie rannte durch den Flur, hinein in einen ersten und direkt danach in einen zweiten Seitenflur. Keuchend lehnte sie sich gegen die

Wand, während sie in der Ferne ein ersticktes Rufen zu hören meinte: »Liebchen, Liebchen! Mein liebes, liebes, liebes Hoppelmoppelmädchen, wo bist du? Juhuu! Komm auf der Stelle zu deiner Mama!«

Es war Nacht: Das einzige Licht in den Fluren des Pandämoniums stammte von der grünen, matt erleuchteten Beschilderung der Notausgänge. In den Fluren hing ein ärmlicher Kohlgeruch. Isa ging einige Schritte zurück zum Anfang des Flurs, in den sie gerade eingebogen war. »GROSSE ARCANA« las sie auf dem Schild, das in den Gang zeigte.

Auf gut Glück folgte Isa dem Flur der großen Arcana weiter. »NARR« las sie auf der ersten Tür, »MAGIER« auf der zweiten. Sie passierte die Hohepriesterin, den Kaiser, eine Tür mit der Aufschrift »DIE GELIEBTEN« sowie einige andere, doch nirgendwo wagte sie anzuklopfen oder gar einzutreten. Zögernd ging sie weiter den Flur entlang. Überall, hinter jeder Tür, herrschte Stille. »KRAFT« las sie, »DER EINSIEDLER«, »DAS GLÜCKSRAD«. Alle Türen waren geschlossen, wie offenbar überall auf diesem Flur.

Ausgenommen eine einzige Tür, die weit geöffnet war. *Einmal im Haus, siehst du von selbst, welche Türen sich dir öffnen*, hatte der grüne Mann gesagt.

Isa warf einen Blick hinein. Ein sterbendes Feuer in einem großen gemauerten Kamin, zwei Sessel und an der Rückwand ein Tisch mit lauter eigentümlichen Gegenständen. Leise schlich sich Isa hinein. »JUSTITIA« hatte auf dem Türschild gestanden.

Auf dem Sessel, der dem Kaminfeuer am nächsten stand, lag ein im Schein glühender Kohlen blutrot aufleuchtendes Schwert. Isa näherte sich dem Tisch hinten im Raum. In der Mitte, sah sie jetzt, stand eine große, sich haargenau im Gleichgewicht befindliche Balkenwaage. Die sie umgebenden Gegenstände waren ebenfalls Waagen in allen Größen und Formen – digitale und solche mit Zeigern, andere funktionierten mit Stahlfedern oder mit Gewichten, und bei einer zeigte eine Flüssigkeit in einer Glasröhre das Gewicht in ihr unbekannter Weise an.

»Was möchtest du wiegen, Liebes?«

Erschrocken drehte Isa sich um. Mitten im Raum stand eine atemberaubend schöne Frau in einem schwarzen Seidenpyjama, barfüßig. In der Hand hielt sie das Schwert aus dem Sessel, so locker, als wöge es nichts. Ihre roten Locken waren verwuschelt und ihr Blick wirkte schläfrig. Die Tür hinaus zum Flur war geschlossen.

»Was willst du wiegen?« Die Stimme der Frau war nicht unfreundlich, aber auch nicht freundlich.

»Ich, äh …« Isa schwieg, sie kam sich vor wie eine Einbrecherin.

»Oder möchtest du gewogen werden?«

»Entschuldigung, dass ich Sie zu so später Stunde aufgeweckt habe, ich …«

»Wiegen oder gewogen werden?« Die Frau tickte rhythmisch mit einem rot lackierten Fingernagel auf den Griff ihres Schwerts.

»Eigentlich weiß ich es nicht recht, ich bin unterwegs … Es ist noch nicht zu spät, aber ich weiß nicht, wie … Es muss sich von selbst zeigen, hat mir jemand gesagt. Vielleicht können Sie mir helfen, aber ich habe nicht wirklich etwas, das gewogen werden muss.«

»Justitia ist nicht die Telefonauskunft. Justitia wiegt und wägt.«

»Ich bin auf dem Weg in den Norden, vielleicht lässt sich noch etwas gegen Alysha ausrichten. Ich bin gleich wieder weg, wenn Sie mir nicht helfen können.« Isa schob sich unauffällig in

Richtung Tür, doch die Frau versperrte ihr den Weg, indem sie ihr mit gestrecktem Arm das Schwert an die Kehle drückte.

»Nichts zu wiegen bedeutet, gewogen zu werden.«

Isa schluckte, dann nickte sie. »Gut, einverstanden … Sagen Sie mir einfach, was ich tun soll«, sagte sie und trat wieder einen Schritt vor.

Die Frau ging zu dem Tisch, zögerte und entschied sich dann für eine alte Personenwaage. »Hiermit sollte es gehen«, murmelte sie. Sie stellte die Waage auf den Boden und bedeutete Isa mit einem Kopfnicken, sie solle sich daraufstellen. Sie selbst hockte sich neben den Apparat.

Isa blickte erst zur Tür und dann auf das Schwert, das die Frau nach wie vor in der Hand hielt. Dann bestieg sie die Waage. Der Zeiger drehte sich. Auf der Waage standen keine Ziffern, die die Kilos angaben, sondern Symbole, die Isa nicht kannte.

»Hm«, murmelte Justitia. Der Zeiger drehte sich weiter, wurde langsamer, schaukelte kurz zwischen zwei Symbolen hin und her und drehte sich abermals weiter.

»Nein, also so was!« Die Frau setzte sich anders hin, der Zeiger drehte und drehte sich. Isa stand, so reglos sie konnte, auf der Waage.

»Wie bitte?« Justitia schaute mit ungläubigen Augen zu Isa hoch. »Was bist du denn für etwas?«

Isa zuckte mit den Schultern. Der Zeiger drehte sich weiter.

Justitia stand auf und hob eine andere Waage vom Tisch, ein altmodisches Ding mit Stangen und Gegengewichten. »Hier. Versuch diese mal.« Sie fasste Isa bei der Hand und führte sie auf die kleine Plattform des zweiten Wiegegeräts.

Aber wie sehr Justitia auch schob mit den Gegengewichten, es gelang ihr nicht, die Waage auszutarieren. »Unmöglich«, murmelte sie und nahm ein drittes Instrument, ein digitales Ding mit einem Monitor, das allerlei Piepser produzierte, letztlich aber auch keine stabile Messung hervorbrachte.

»Los, steig schon herunter!«, sagte Justitia zuletzt – nicht gereizt, nicht mutlos, sondern vollkommen emotionslos. Sie schaute Isa durchdringend an. »Wer bist du?«

»Äh, ich bin Isa …«

»Du siehst aus wie ein Mensch, aber du bist keiner. Ich kann jeden Menschen messen. Auf Gut und Böse, auf Recht und Unrecht, auf richtige und unrichtige Entscheidungen und sogar auf friedliche oder bösartige Absichten. Bei dir messe ich nichts.«

»Ich bin wohl ein Mensch! Ich bin auf dem Weg nach Hause, ich weiß nur nicht, wie. Ich gehöre nicht hierher. Sie müssen mich gehen lassen. Ich will nicht gemessen werden!«

Justitia hatte sich in einen der Sessel am Feuer gesetzt und deutete auf den anderen. »Nimm Platz.« Ihre Stimme duldete keinen Widerspruch.

Isa gehorchte angespannt.

»Kein Mensch will gemessen werden, also das ist nicht das Thema. Aber jeder Mensch handelt, entscheidet, steht irgendwann anderen Menschen gegenüber, hat Erfolg und Misserfolg und versagt und rappelt sich wieder auf … Das hinterlässt Spuren. Spuren, die ich messe, über die ich urteile. Bei dir messe ich nichts. Als würde eine Pflanze auf der Waage stehen. Als würdest du schon nicht mehr mitmachen. Wenn du Mensch sein willst, wirst du mitmachen müssen! Den Mut haben, auf die Nase zu fallen, sagen wir mal, anstatt mit deinen Würzelchen in der Erde ängstlich und zitternd deine Blättchen in die Höhe zu recken und zu hoffen, dass niemand deine Äpfelchen aufisst.«

»Das versuche ich doch auch«, murmelte Isa. »Ich bin schon ganz lange auf dem Weg nach draußen!«

»Also ich bitte dich! Du tust ja immer noch, als hättest nicht du selbst dieses Land geschaffen, als wärest du es nicht. Und du lässt dich hin und her schlagen wie eine Kugel in einem Flipperautomaten. Du übernimmst keine Verantwortung für das, was du bist, was du tust … Du läufst Seb hinterher, beklagst dich über Alysha, lässt Arwen sterben. Isi lässt du beim erstbesten Rückschlag gehen. Und Nacht für Nacht verkriechst du dich vor deinen Ängsten!«

Isa schaute wütend weg in die glühende Asche des Feuers. Was bildete diese Ziege sich ein? »Ich laufe nicht weg«, murmelte sie.

»Ach nein? Und wieso reist du dann niemals in der Nacht? Na?«

»Was hat das denn damit zu tun?«

»Die Nachtwesen sind deine Ängste, meine Liebe. Hast du das denn immer noch nicht begriffen? Alles, wovor du Angst hast, alles, was dir nicht in den Kram passt, das verbannst du nach Schattenland!« Justitia stocherte mit ihrem Schwert in den glühenden Schlacken. »Unerwünschte Erinnerungen, Gefühle und Gedanken … Nachts kommen sie zum Vorschein, fliegen über dem Innenland herum auf der Suche nach Aufmerksamkeit, nach Anerkennung. Frustriert, wütend, verzweifelt …«

»Aber es sind Monster!«, rief Isa.

Die Schwertspitze schwenkte rot glühend in Isas Richtung. »Du hast Monster aus ihnen gemacht! Weil du ihnen nicht ins Auge zu sehen wagst …«

Isa zuckte mürrisch mit den Schultern. Diese Frau brachte sie nicht weiter. Sie musste zum Staudamm, Mitstreiter suchen, kämpfen. Sie stand auf. »Ich muss jetzt los, vielen Dank. Mir fehlt die Zeit für Ihre Betrachtungen. Demnächst taucht Alysha in den Fluss und dann ist es vollkommen gleich, was ich denke oder was ich will oder wer ich bin!«

Sie wollte zur Tür gehen, doch Justitia hielt sie mit dem Schwert zurück.

»Einfach so weiterzuwursteln hat keinen Sinn, Mädchen. Wage es, deinen Ängsten ins Auge zu blicken!«

»Ja, werde ich«, antwortete Isa, um die Frau nur schnell wieder los zu sein. »Ich werde daran denken.«

Justitia nahm ihr Schwert weg, die Tür schwenkte auf und Isa trat hinaus auf den Flur.

Das Wesen der Nacht

Wieder irrte Isa an Dutzenden geschlossener Türen entlang. Sie bog mehrmals um irgendwelche Ecken, ging Treppen hinauf und hinab, sie ging immer weiter. Es hatte sie nicht umsonst hierher verschlagen. *Folge einfach dem Weg,* hatte Mors gesagt. Irgendetwas musste hier zu finden sein!

Schließlich, am Ende eines Flurs, der nicht mehr weiterführte, fand Isa eine bloß angelehnte Tür. Todmüde stolperte sie hinein. Das Zimmer war leer – keine Tapete an den Wänden, ein verwitterter Dielenfußboden. Hinter ihr fiel die Tür ins Schloss. Innen gab es keine Klinke. Sie war eingesperrt, es sei denn …

Isa ging zum Fenster und zog den Vorhang beiseite. Dutzende kleiner Bleiglasfenster. In einem der Fenster war das Glas zerbrochen; kalte Luft wallte durch das Loch herein. Verschiedene Nachtwesen schwirrten im Garten des Pandämoniums umher. Eines von ihnen kam direkt auf sie zu. Mit einem Ruck schloss Isa den Vorhang und rannte zur Tür, hämmerte dagegen; hinter ihr bauschte sich der Vorhang, es wurde hell im Zimmer. Kaltes, blaues Licht, das bizarre Schatten auf die Tür und die sie umgebende Zimmerwand warf.

Isa drehte sich um. Das Nachtwesen, das hereingeschlüpft war, materialisierte sich zu einem ekelhaften, erbarmungswürdigen Geschöpf, einem räudigen Hund mit zerfetzten Fledermausflügeln, die wie schwarze Lappen kraftlos über den Boden schleiften. An der Stelle, wo seine Augen hätten sein müssen, klafften dunkle Wunden. Isa spannte alle Muskeln an. Das Wesen kam auf sie zu, blind, aber zielgerichtet … Noch fünf Meter, drei … Wenn Justitia recht gehabt hatte, dann …

Isa hechtete dem Wesen entgegen, umarmte es, bevor es sie beißen konnte, und drückte es an ihr Herz. Die Angst durchschnitt ihr die Brust und nahm ihr den Atem.

Alle sahen sie an, sie hatte sich zum Narren gemacht, sie war vollkommen lächerlich, einsam und allein. Ausgestoßen, sie gehörte nicht dazu. Nackt stand sie vor der Klasse auf einer Bühne, ohne Stimme, und sie war hässlich, dumm, verunstaltet, sie konnte nichts, sie sang falsch, alle lachten sie aus. Sie hatte etwas unvorstellbar Dummes gesagt, niemals würde sie wieder mitmachen dürfen, niemand wollte mit ihr reden, sie hatte Läuse, stank nach Schweiß, roch aus dem Mund … und das Lachen hörte nicht auf. Alle lachten sie aus … Die Jury von Winners & Losers, *ihre Klassenkameraden, Lem, Seb … Frida wandte sich von ihr ab. »Du kannst Seb nicht ersetzen«, las Isa ihr von den Lippen ab. »Du enttäuschst uns ja dermaßen. Wie können wir dich so jemals lieben?«*

Isa lag halb unter dem Wesen, weinend vor Elend. Sie schob es von sich weg, zu groß war der Widerwille, den sie empfand, doch in dem Moment, als sie sich gegen es wandte, fühlte sie seine Feindseligkeit anschwellen. Fluoreszierende Zähne blitzten grellgelb in dem kalten Blau, das Maul suchte ihren Hals. Isa schrie.

Während sich ihr der Magen zusammenzog, versuchte sie, sich zu entspannen. Sie streichelte das Wesen, das ihr seinen stinkenden Atem ins Gesicht keuchte, zog es an sich. »Komm«, murmelte sie mit erstickter Stimme, »komm her!« Die Angst leckte ihr das Gesicht, ein abgebrochener Eckzahn zog eine Schramme über ihre Wange. »Komm …«, weinte Isa, *sie musste fort, durfte nie mehr zurückkommen, sie war endgültig abgewiesen, niemand würde sie jemals lieben, niemand würde sie je wieder anfassen, sie war es nicht wert, geliebt zu werden, sie war kein Mensch, sie war ekelerregend, Ungeziefer, ansteckend, ein Monster.* Die Angst kniete nieder.

Isa kniete sich neben das Tier und streichelte seinen ledrigen, kahlen Kopf und Hals. Bei jeder Berührung durchwogte sie die Angst, schwindel- und übelkeiterregend, aber sie musste weitermachen. Sie schaute der Angst direkt in die Augen, und dann verstand sie es: Dieses missgestaltete Tier rief nicht nur Angst in ihr hervor, es stand auch selbst Todesängste aus, es *war* die Angst. Sie verspürte Mitleid, das Tier hob den Kopf und jaulte herzzerreißend.

»Ganz ruhig!«, flüsterte Isa weinend und nicht recht wissend, was sie jetzt tun sollte; die Stimmung des Wesens durfte nicht umschlagen. Sie stand auf, streichelte dem Tier über den Rücken, klopfte ihm auf die Flanken. Wieder jaulte es, während es Kopf und Schwanz mutlos hängen ließ. »Ganz ruhig, Liebes, ganz ruhig …« Nach wie vor strömte bei jeder Berührung die Angst des Tieres in kalten Wellen durch sie hindurch. Aber sie wusste jetzt, dass sie stärker war als die Angst. *Den Sprung machen, den du machen musst …*

Solange ihr Mitleid dem Tier galt und sie die Angst zu spüren wagte, würde es ihr nichts Böses tun. Doch jetzt kam es darauf an. Sie musste die Angst dazu bewegen, sie zum Staudamm zu bringen, und zwar schnell. Aber wie? Sie konnte doch nicht einfach so auf ihrem Rücken Platz nehmen, ihr die Fersen in die Flanken schlagen und sie anspornen, mit ihr loszureiten? Oder doch? Was musste sie sagen? »Möchtest du …«, flüsterte sie schließlich zögernd, »würdest du mich irgendwohin bringen?«

Das Wesen knurrte, sprang auf seine Pfoten, entblößte die Zähne.

»Pst … ganz ruhig.« Isa streichelte es. »Ganz ruhig, du musst gar nichts …« Die Augen des Tieres leuchteten grimmig, doch hinter der plötzlich aufgeloderten Wut sah Isa die Angst. »Ich bin bei dir. Hab keine Angst … Ich werde für dich sorgen … Kann ich etwas für dich tun?«

Noch ein Knurren, aber das Tier beruhigte sich allmählich wieder.

»Möchtest du irgendwohin?«, versuchte es Isa.

Das Tier schaute sie mit schrägem Blick an, die Augen zusammengekniffen. Es war, als würde es überlegen. Anschließend bewegte es den Kopf etwas nach hinten, so als wollte es sagen: »Nimm Platz!« Isa hoffte, dass sie es richtig verstanden hatte. Vorsichtig schwang sie ein Bein über das kalt aufleuchtende Tier und setzte sich auf seinen Rücken. Sie hielt sich an seinen borstigen Nackenhaaren fest und beugte sich vor. »Nur zu«, flüsterte sie. »Bring mich fort, wohin du willst!« Sich der Angst überlassen, das war die einzige Möglichkeit.

Das Tier stand auf und lief mit elastischem, würdevollem Schritt auf das Fenster zu, ganz anders als die bösartige Gangart, mit der es kurz zuvor auf sie zugekommen war.

Die Angst sprang durch das Fenster. Das Bleiglas bog sich, brach und zersplitterte. Sie stürzten. Isa klammerte sich fest. Geschmeidig landeten sie auf einem Feld hinter dem Pandämonium. Die Angst trabte davon und schon bald ließen sie das Feld hinter sich und gelangten in einen Wald. Die Angst beschleunigte ihren Schritt. Ihre ausgefransten Flügel schleiften ohnmächtig über den Boden. In der kalten Glut, die sie ausstrahlte, waren die Bäume nicht mehr als Schemen, die mit immer größerer Geschwindigkeit aus dem Dunkel auftauchten.

Isa klammerte sich fest, das Gesicht gegen den stacheligen, stinkenden Tierpelz gedrückt. Sie fühlte die Rippen des Tiers, das Anspannen und Rollen harter Muskeln, und hatte nach wie vor fürchterliche Angst. Zweifel und Selbsthass besprangen sie wie Wildkatzen und schon bald fühlte sich Isa wie gerädert und wollte nur noch verschwinden. Sie hielt durch, weil sie sich vorhielt, dass sie weitermusste, wie auch immer, und weil sie sich weiter auf das unförmige Wesen konzentrierte, das sie durch die Nacht trug und sich an ihrem Mitleid nährte.

Lange jagten sie zwischen den Bäumen dahin. Isa verlor jedes Bewusstsein für Richtung oder Zeit. Die kalte Glut der Angst, der Wind, der ihr übers Gesicht fuhr, und die unwirklichen Schatten der Bäume, an denen sie vorbeisausten, das war alles, was blieb. Und die Hoffnung. Ohne dieses kleine Fünkchen Hoffnung in ihrem Herzen, an das sie sich verbissen klammerte, hätte Isa schon längst losgelassen, wäre sie auf den Waldboden gestürzt und die Angst hätte sie am Ende doch noch verschlungen – aber die Hoffnung gab ihr die Kraft, die Angst zuzulassen und auf ihr zu reiten. Die Angst, sich zum Narren zu machen und nirgendwo dazuzugehören, überschwemmte sie auch weiter in Wellen. Bilder blitzten vor ihrem geistigen Auge auf – Bilder, wie sie im Stich gelassen, verworfen wurde, ausgebuht, ausgelacht, gehänselt, verspottet.

Sie ließen den Wald hinter sich und kamen auf eine offene Ebene. Es war ein schauriger Ort. Überall irrten Nachtwesen umher, missgestaltet und bösartig. Scheinbar ziellos schwärmten sie durch die tundraähnliche Landschaft oder flatterten in launischem Flug über sie hinweg. Isa drückte sich noch tiefer in das Fell ihrer Angst. Gab es denn so vieles, wovor sie sich fürchtete? So vieles, dem sie nicht ins Auge zu schauen wagte? So vieles, das sie verdrängt und damit in Angst verwandelt hatte? Die Ängste erhellten hier mit eisigem Schein im weiten Umkreis das Land. Und in dieser Glut sah Isa die Grenze auftauchen, die wabernde Grenze nach Schattenland, dem Herzen des Innenlandes. Sie rannten geradewegs auf die Grenzlinie zu. Isas Puls raste jetzt noch schneller. Die Angst verzehrte sie. Viel länger würde sie es nicht aushalten! Sie schloss die Augen.

In Schattenland

Alles funkelte. Licht umspülte sie. Isa öffnete die Augen und konnte einen Schrei der Verwunderung nicht unterdrücken. War das hier Schattenland? Die ganze Zeit über hatte sie sich einen unheimlichen Verbannungsort vorgestellt, eine Wüstenei des Bösen und Dunklen. Aber Licht und Wärme umhüllten sie. Es gab kein Oben, kein Unten. Isa war schwerelos, kleine Flämmchen entsprangen ihren Fingerspitzen und tanzten über ihre Haut – kühle Flämmchen, sie *war* diese Flämmchen. Dies war ihre wahre Gestalt, wusste sie plötzlich mit Sicherheit, sie war Feuer, reines Bewusstsein.

Wege aus Licht und Farbe führten durch den Raum, beweglich, sich kreuzend, miteinander verflochten. Die Angst, auf der sie hierhergeritten war, hatte sich in einen Strang reiner Energie verwandelt. Zum ersten Mal konnte sie alles durchschauen und sah, was sich wirklich hinter allen Dingen verbarg. Schattenland war ein Gebiet der Kraft, des Lichts und der reinen Formen. Die Angst war noch da, aber Isa sah jetzt, was sie wirklich war: eine Naturkraft, weder gut noch schlecht, sondern einfach ein Teil ihrer selbst.

Isa rotierte umher. Überall bewegliche Formen, rein wie Schneekristalle, unendlich verschieden. In ihnen erkannte Isa verdrängte Gedanken, Erinnerungen und Sehnsüchte. Sie ruhten hier, bis sie über die Grenze von Schattenland geführt würden, wo sie im Zusammenprall mit dem übrigen Innenland ihre abscheuerregenden Formen annahmen. Eine Form, die sie erhielten, weil sie dort unwillkommen waren, verunstaltet durch diejenigen Kräfte, die sie aus ihrem Dasein verbannen wollten. Die Angst, auf der Isa hierhergeritten war, verringerte das Tempo, um dann in eine ebensolche Form auszukristallisieren. »Vielen Dank, meine liebe Angst!«, flüsterte Isa mit einem Kloß im Hals, und die Angst sprang fort, hinein in den Raum.

Auch wenn es nichts als Endlosigkeit gab, wusste Isa doch, wohin sie wollte und was sie zu tun hatte. Mühelos bewegte sie sich über Lichtbahnen und durch Kraftfelder, sich wieder und wieder um die eigene Achse drehend, ohne Hast und Eile. Denn Zeit spielte hier keine Rolle. Sie wusste, dass sie hier nicht für immer bleiben konnte, aber solange sie hier war, genoss sie es in vollen Zügen.

Nach einer Ewigkeit, wie ihr schien, kam sie am Mittelpunkt an. In zwei abgeklemmten Energiebündeln erkannte Isa den Lebensfluss und die Herzenslust, beide zittrig und dünn. Der Kreislauf war eindeutig noch nicht wiederhergestellt; der Staudamm musste also noch stehen. Die Lichtbündel trafen in einer vollkommenen Kugel zusammen. Isa floss hinein, mühelos durch die weiße Wand. Sie fiel, schlug auf etwas Hartes und rappelte sich erschrocken auf. Unvermittelt fand sie sich in einer gigantischen Fabrikhalle wieder. Sie stand hoch über dem Boden auf einem Metallgitter, einer Brücke zwischen zwei großen Silos. Das Dröhnen mahlender und ächzender Maschinen schrillte durch die Halle.

»Ojemine!«, klang es neben ihr.

Isa schaute erschrocken zur Seite.

»Also da hast du ja vielleicht etwas angestellt!«

Neben ihr saß, die Füße über den Rand des stählernen Laufstegs baumelnd, ein Junge nicht älter als vier oder fünf Jahre. Mit großen Augen beobachtete er die Maschinerie unter ihnen.

»Wie funktioniert das?«

»Das darfst du mich nicht fragen ...«, antwortete Isa verdattert. »Ich weiß noch nicht einmal genau, was das hier ist ... Und wer bist du?«

»Du weißt sehr wohl, wo du bist ... Du bist selbst gekommen. Nenne mich einfach dein kleines Geschöpf!«

Isa blickte um sich, sah, wie die Ströme von Lebensfluss und Herzenslust in den Maschinen zusammenkamen.

Der kleine Junge zeigte auf die Maschinen in der Tiefe. Hunderte riesiger Kolbenstangen, in langen Reihen angeordnet, bewegten sich jede in einem eigenen Tempo, pumpend, ächzend und quietschend, in einem gigantischen Stahlfass. Er stand auf und lehnte sich über das Geländer. Besorgt schaute er Isa an. »Es funktioniert nicht richtig, wie?«

Isa schüttelte den Kopf.

»Das Ganze liegt so gut wie trocken, denke ich«, fuhr der Junge fort. »Demnächst knallt hier alles auseinander. Kra-wumm!« Wild und aufgeregt gestikulierend fantasierte er: »Vielleicht stürzt dann ja alles zu einem schwarzen Loch zusammen! Oder ... oder ...«

»Kannst du mich zu dem Betriebsleiter bringen?«

Der kleine Junge lächelte. »Ich bin der Müller und ich weiß auch nicht, warum du einen kleinen Jungen aus mir gemacht hast. Es ist genau wie mit diesem Ding.« Er zeigte auf die Maschinen. »Es ist alles dein Bild. Deine Einbildung.«

»Ja, ja«, sagte Isa gehetzt, »aber ich bilde mir *nicht* ein, dass das Ding kurz vor den Knall steht!«

»Hihi, da könntest du durchaus recht haben ... oder auch nicht ... Komm mal mit!« Der Junge führte Isa zu einer Treppe. »Aber weißt du: Es hätte auch so aussehen können.« Und im selben Augenblick stand Isa vor einer verfallenen Wassermühle in einem dunklen Wald, neben sich eine steinalte Müllerin, krumm gewachsen und am Stock gehend. Der Bach war so gut wie ausgetrocknet; das hölzerne Mühlrad hing schief und drehte sich quietschend und splitternd im Kreis.

»Oder so.«

Die Müllerin zwinkerte Isa zu und im nächsten Moment stand sie bei mörderisch tropischer Hitze neben einem riesigen, so gut wie leeren Wasserbecken, aus dem Hunderte in Lendentücher gekleidete, spindeldürre Männer stinkenden Schlamm in Eimer schöpften, die sie auf wackligen Leiter hinaufschleppten, um sie anschließend in einen so gut wie verstopften Abfluss zu entleeren. Neben ihr stand ein hochgewachsener Mann mit einem Tropenhelm, ein Gewehr in der Hand.

»Aber du wolltest es offenbar so«, sagte der Mann und Isa befand sich wieder in der Fabrikhalle, zusammen mit dem kleinen Jungen.

Isa folgte dem Jungen die Stahltreppen hinunter. Wenn Alysha den Staudamm nicht schnell in die Luft jagte, dann war es gleich, wer von ihnen beiden in den Fluss tauchte – es würde keinen Fluss mehr geben. Wusste Alysha überhaupt von der Existenz des Schöpfwerks?

Nervös studierte Isa die Maschinen. Was musste man tun, wenn eine Pumpe übersteuert? Sollte sie das Ding ausschalten? Aber dann würde alles vielleicht endgültig stillstehen! Und wer sollte es je wieder einschalten? Dieser kleine Junge dort? Ihr Blick irrte wieder über die Pumpen. Es musste etwas geben …

»Umkehren!«, rief sie dann. »Wir müssen die Pumprichtung umkehren!«

Der Junge machte große Augen. »Kannst du das?«

»Es muss gehen«, sagte Isa verbissen. »Es muss! So retten wir jedenfalls das Schöpfwerk, und wenn wir das Ding auch noch ein wenig beschleunigen können, dann pumpen wir den Stausee innerhalb weniger Tage leer! Wir lassen die Herzenslust wieder anschwellen und pumpen das Wasser aus dem Inneren Auge in den Lebensfluss!« Sie suchte die Maschine ab, um herauszufinden, wie sie funktionierte. Der Junge kletterte auf die Maschine und hüpfte lachend zwischen den bedenklich stotternden Kolben hin und her.

»Irgendwo muss Wasser sein«, murmelte Isa, während sie an dem langen stählernen Fass entlangging. Der winzige Anfang des Lebensflusses …« – sie fuhr mit der Hand über das kühle Metall – »und der muss von der Pumpe angesaugt werden.«

Sie erreichten das Ende des Schöpfwerks. Ein riesiges Rohr ragte dort heraus und verschwand mit einem Knick im Boden. Isa klopfte das Rohr ab und legte ihr Ohr darauf. Es klang hohl. Wenn es hier kein Wasser gab, dann auf der anderen Seite. Isa rannte zum anderen Ende des Schöpfwerks. Auch hier nur ein hohl und leer klingendes Rohr. Was jetzt? Isa trat einen Schritt zurück. Das Knirschen und Quietschen der Kolbenstangen nahm zu; verschiedene waren schon ganz festgefahren. Gab es hier denn kein Schaltbrett? Nichts zu sehen. Keine Knöpfe, keine Hebel, keine Räder zum Drehen, nichts.

»Diese Silos, wozu dienen die?«

Der Junge zuckte mit den Schultern. »Es sind deine Silos. Zu nichts nütze, wenn du mich fragst.« Er stellte sich vor sie. »Glaubst du wirklich, dass das geht? Die Fließrichtung umzukehren?«

»Äh, also …«

»Du glaubst nicht wirklich daran, wie?«

»Ich weiß es nicht …«, gab Isa zögernd zu. »Alles hier ist so fremd …«

»Wenn du nicht daran glaubst, dann geht es nicht«, unterbrach sie der Junge. »Das hier ist dein Schöpfwerk. Es sieht aus, wie du glaubst, dass es aussieht. Und wenn du nicht glaubst, dass die Fließrichtung umgekehrt werden kann, dann kann sie auch nicht umgekehrt werden!«

Isa ballte die Fäuste. »Ich habe hierzu keine Lust!«, rief sie. »Ich muss mich beeilen!«

»Erst glauben, dann sehen.« Der Junge verschränkte die Arme vor der Brust. »Und ohne Sinn kein Sein. So einfach ist es.«

»Aber wie kann ich denn etwas glauben, dessen ich mir nicht sicher bin?«

»Das gerade bedeutet es ja zu glauben …« Der Junge lachte, als hätte er gerade einen guten Witz erzählt, aber als er Isas verzweifeltes Gesicht sah, verdüsterte sich seine Miene. »Das Ganze ist dir immer noch nicht klar, was?«

»Was?«

»Dass das hier wirklich dein Innenland ist.«

»Das weiß ich doch längst.« Isa zuckte mit den Schultern. »Salicia hat es mir gesagt, kaum dass ich hier war. Und danach hat so ungefähr jeder hier mir damit in den Ohren gelegen.«

»Okay, aber meiner Meinung nach hast du keinen blassen Schimmer, was das wirklich bedeutet!«

»Wieso? Was meinst du?« Isas Blick irrte immer noch unruhig über die Maschinerien des Schöpfwerks. Irgendwo gab es einen Knall: Einer der Kolben brach. Die Antriebsstange drehte durch und schlug wild und sinnlos umher.

»Wissen genügt nicht, du Klugscheißerin.«

Isa schaute den Jungen verständnislos an.

»Solange du nicht einsiehst, dass Alysha ein Teil von dir ist und somit zu dir gehört, wirst du nie gegen sie gewinnen!«

»Aber was soll ich denn tun?« Isa setzte sich auf den kalten Beton.

»Du musst endlich anfangen, an deine Kraft zu glauben. Genauso wie du erst dann gehen kannst, wenn du wirklich daran glaubst, dass deine Beine dich tragen. Bis es so weit ist, wirst du immer nur von widersprüchlichen Kräften hin und her geworfen. Kräften, die dein Untergang sein werden!«

Isa seufzte tief und schloss die Augen. Sie war völlig fertig, sie hatte in der Nacht nur wenige Stunden geschlafen. Sie wollte einfach etwas tun. Ob das, was der Junge sagte, wirklich stimmte? Man kann erst dann gehen, wenn man daran glaubt, dass einen die Beine tragen werden …

Sie öffnete die Augen wieder. Der Junge stand bei dem Schöpfwerk, das Ohr am Metall. »Was soll ich jetzt tun?«, murmelte sie.

Der Junge hob den Kopf. »Nichts tun!«, rief er. »Glauben!« Er lachte schrill, spöttisch, aber mit einem freundlichen Unterton. In zwei Sprüngen war er oben auf dem Schöpfwerk. Im Zickzack hüpfte er zwischen den knirschenden Kolben hindurch und sang dazu ein seltsames Lied mit merkwürdig lang gezogenen Tönen, während er mit den Füßen stampfend den Takt dazu angab. Eigenartigerweise übertönte seine dünne Kinderstimme das Tosen der Maschinen mit Leichtigkeit.

Es war ein Lied, dessen Worte Isa nicht wiedererkannte, aber sie wusste, wovon es handelte: von der Welt draußen, der wirklichen Welt, der sie vor so langer Zeit den Rücken zugekehrt hatte. Der Junge sang von dem Laub an den Bäumen, dem Sonnenlicht, das durch die Zweige fiel, der Stadt und ihren Häusern, dem Duft reifer Tomaten, ihrer Schule, ihrer Klasse, ihrem Zuhause, ihren Eltern, dem Geschmack heißer Schokolade, von Lem, den Wolken, dem Mond, ihrem Zimmer, dem Garten … Jedes Wort, das er sang, weckte in ihr die Sehnsucht nach der wirklichen Welt und bei jeder Wendung in der Melodie wusste sie wieder, dass die Dinge, von denen er sang, in Wirklichkeit tausendmal reicher waren als die Schemen, zwischen denen sie sich hier die ganze Zeit aufhielt.

Sie musste zurück ins Außen. Und haargenau das würde sie

tun. Sie hatte die Nase voll von all diesen idiotischen Innenlandbewohnern und Innenlanddingen. Der Junge hatte recht. Es war ihr Innenland, und alle mussten auf sie hören.

In dem Moment, als Isa die Fäuste ballte und beschloss, dass es vorbei war mit allen Umwegen und Umständlichkeiten, sah sie am Ende des Schöpfwerks einen großen Hebel. Sie konnte nicht sagen, ob das Ding schon die ganze Zeit über dort gewesen oder erst jetzt aufgetaucht war. Es machte auch keinen Unterschied. Sie rannte an der Maschine entlang und bestieg sie, links und rechts den immer lauter quietschenden Kolbenstangen ausweichend.

Sie erreichte den Hebel, ein bleischweres, rostiges Ding, mit dem ein riesiges Zahnrad bewegt werden konnte. Daneben war ein Schild angeschraubt, auf dem »PUMPRICHTUNG UND ÜBERSETZUNG« stand. Sofort zog sie daran, mit all ihrer Kraft. Nichts geschah. Das Ding saß völlig fest.

Der Junge schaute stirnrunzelnd zu. »Du machst es dir selbst aber auch nicht leicht, wie?«

Isa warf ihm einen wütenden Blick zu. »Was mache ich denn nun schon wieder falsch?«

Der Junge deutete mit einem Kopfnicken auf den Hebel. »Na, ein Schieberegler wäre einfacher gewesen … ein roter, schön glänzender Schieber. Oder noch besser wäre ein *Touchscreen!*«

»Was geht das dich an?«, sagte Isa wütend und hängte sich mit ihrem vollen Gewicht an den Hebel.

Etwas knirschte. Der Hebel verschob sich um einige Millimeter. Tief innen im Schöpfwerk zischte es. Ein Gefühl des Triumphs erfüllte Isa. Sie zog wieder, fester als beim ersten Mal. Der Hebel bewegte sich. Rostsplitter sprangen von dem Zahnrad ab. Eigentlich konnte sie diesen Hebel überhaupt nicht umlegen. Das Ding war zu groß, zu schwer und zu sehr verrostet.

Noch vor zehn Minuten hätte sie es auch nicht gekonnt. Aber jetzt schaffte sie es. Sie war stärker als alles andere in diesem Innenland. Sie fühlte es, sie wusste es, sie glaubte es!

Ein schweres Beben verbreitete sich durch den Stahlkörper des Schöpfwerks. Aus dem Rohr drang ein schlürfendes Dröhnen. Mit einer letzten Kraftanstrengung, begleitet von einem gigantischen Urschrei, zog Isa den Hebel über den toten Punkt. Ventile drehten sich knirschend in ihren Scharnieren. Kolbenstangen zögerten, bebten, zitterten und machten abermals Tempo. Gurgelnd füllte sich das Fass unter Isas Füßen mit Wasser. Ein Seufzer der Erleichterung durchzog die Maschine. Der kleine Junge nickte bewundernd. Ein letzter Ruck und der Hebel war vollständig umgelegt – volle Kraft voraus in die entgegengesetzte Richtung.

Isa kletterte herunter.

»So. Und jetzt soll Arwen kommen.« Isa legte die Hände trichterförmig um den Mund, um ihrer Stimme mehr Kraft zu verleihen. »Glauben, Isa, darum geht es!«, sagte sie leise zu sich. »Arwen ist nicht wirklich tot, es war nur ein Hirngespinst, das ich sterben sah, damals dort in diesem Dorf. Arwen lebt und sie ist hier!« Sie atmete tief ein und rief: »Aaar-weeen!« Daraufhin stiefelte sie auf eine Tür los, über der ein Schild mit der Aufschrift NOTAUSGANG prangte.

»He! Nicht so schnell!«, rief ihr der kleine Junge hinterher.

Isa drehte sich um. »Ach ja, natürlich: vielen Dank auch! Ohne dich hätte ich es niemals geschafft!«

Der Junge schüttelte den Kopf. »Du vergisst etwas.« Er zeigte auf das Schöpfwerk. »Alles fließt jetzt rückwärts mit einem Affentempo. Das kann nicht immer so bleiben! Es kommt zum Staudamm, wird gestaut und fließt aus seinem Bett … Bahnt sich einen Weg zum Ozean, fließt für immer davon …«

Isa lächelte ihn an. »Weißt du was? Das ist eine hübsche Aufgabe für dich!«

Der Junge bekam große Augen.

»Warte zwei Tage, und dann legst du den Hebel wieder um, ja?«

»Glaubst du wirklich, ich kann das? Du bist mindestens doppelt so groß wie ich und …«

Isa hob die Hand, um ihn zum Schweigen zu bringen. »Ich bin davon überzeugt, dass du es kannst. Ich glaube hundertprozentig daran. Tu's einfach, okay?«

Der kleine Bursche strahlte. Dann nickte er. »Ja, klar. Zwei Tage. Und dann …« Er machte eine Geste, als würde er den Hebel umlegen.

»Haargenau! Das ist lieb von dir. Ich muss jetzt gehen.« Ihr Blick schweifte zu dem rostigen Hebel. Wenn man daran glaubt, dachte sie bei sich, dann geht hier alles … endlich habe ich es begriffen. Und … weil hier alles geht, glaube ich daran … Wie konnte ich nur die ganze Zeit so dumm gewesen sein?

Der kleine Junge machte eine elegante Verbeugung. Er lächelte breit und seine Augen glänzten, als teilten sie zusammen ein Geheimnis. »Ich wünsche dir eine schöne Reise. In zwei Tagen kehrt sich die Fließrichtung wieder um. Sieh zu, dass du darauf vorbereitet bist!«

Alysha

Das Wasser des Stausees bildete einen dunklen, bedrohlichen Spiegel. Es reichte jetzt bis an den Rand des Staudamms. Alysha hockte mitten auf der Dammkrone und betrachtete ihr Spiegelbild in dem schwarzen Nass. Die geballte Kraft des Wassers war fast greifbar, spürbar. In der Hand hielt sie die Fernbedienung für den Zündmechanismus. Viele Hundert Kilos an Sprengstoff lagen am Fuß des Staudamms aufgestapelt. Wieso drückte sie nicht auf den Knopf?

Alysha konnte es nicht ausstehen, ganz verrückt wurde sie davon, aber Isas Worte spukten ihr immer noch durch den Kopf. Die Zweifel, die sie auf jede ihr mögliche Weise beiseitegeschoben hatte, meldeten sich wieder und wieder.

Der Plan an sich war simpel und brillant. Mit einem einzigen Knopfdruck würde sie den Staudamm in die Luft sprengen, den Lauf des Lebensflusses wiederherstellen und darin aufgenommen werden. Sie würde sich von der Kraft des Wassers mitreißen lassen und dafür sorgen, dass sie Isas Platz einnehmen konnte. Sie hatte den Bericht schließlich doch noch von A bis Z durchgelesen und sah jetzt ein, dass Hypen die einzige Möglichkeit war. Ihre Berater hatten ihr versichert, dass Hypen die Möglichkeit überhaupt sei, Träume Wirklichkeit werden zu lassen.

Und doch … dieser Tag des Prozesses … die Dinge, die Isa damals gesagt hatte … Alysha hatte alle Erinnerungen an dieses Vorsingen ausführlich studiert, begriff aber nach wie vor nicht, was damals schiefgelaufen war.

War sie vielleicht doch nur ein Hirngespinst, eine Illusion

oder eine Obsession? Wenn ja, dann würde sie, indem sie ins Außenland vorstieß, nichts als Elend verursachen. Zerschellen würde sie an einer Welt, die schon bald genug von ihr haben würde, und würde den Rest ihres Lebens als gescheiterte Existenz fristen.

Und dann war da noch die mangelhafte Unterstützung aus dem Innenland; die Einwohner der Inneren Stadt hörten nicht auf zu murren, nur mit Gewalt konnten ihre Mantras sie im Zaum halten. Wie sollte es damit weitergehen, wenn sie selbst im Außenland war und nicht mehr die direkte Aufsicht über alles hatte?

Alysha blinzelte mit den Augen – ihren glänzenden Augen mit den prachtvollen, langen Wimpern. Selbst ihr Abglanz in dem sich dunkel kräuselnden Wasser des Stausees war bezaubernd. Bevor sie den Damm sprengte, musste sie Sicherheit haben. Mit Mühe riss sie sich von ihrem Spielgelbild los. Sie stand auf, und ging mit geballten Fäusten auf dem Damm hin und her.

Allein kam sie hier nicht weiter. Sie musste mit jemandem reden, aber mit wem? Sie hatte alle fortgeschickt, weit fort – angeblich aus Sicherheitsgründen, aber vor allem, weil sie nicht wollte, dass jemand ihre Unsicherheit entdeckte. Außerdem: Was nützten ihr all diese Jasager? Alle ihre Mitarbeiter sagten immer nur das, von dem sie vermuteten, dass sie es hören wollte. Sie hatten Angst vor ihr, es waren Waschlappen. Wieso war sie ausschließlich von Waschlappen umgeben?

Dann dachte sie an den Gefangenen. Seb. Er war der Einzige, der sich noch in der Nähe befand. Sie hatte ihn in einem der verlassenen Lagerschuppen am Fuß des Staudamms anketten lassen, damit er mit dem Damm zugrunde ging, begraben unter dessen Trümmern. Mit ihm könnte sie reden, Seb war jedenfalls kein Jasager. Denn – und das war noch so etwas, das sie überhaupt nicht verstand – dieses idiotische Stück Obst, dass er gegen den Staudamm geworfen hatte … wobei er doch wusste, dass man ihn bei dieser Aktion so gut wie sicher gefangen nehmen würde!

Sie hatte ihn verhören lassen. Seb hatte darauf beharrt, geglaubt zu haben, die Frucht wäre eine Bombe. Sie hatte ihre Mantras später zu der Stelle zurückgeschickt, wo sie das Ding zur Explosion zu bringen versucht hatten, doch die hatten nichts mehr gefunden, noch nicht einmal einen Schnipsel. »Von den Vögeln oder Ratten gefressen«, hatten sie schulterzuckend gemeint, aber bei Alysha hatte es ein unangenehmes Gefühl hinterlassen. Das Ding käme von Eidos, hatte Seb erklärt, und Dinge, die von Eidos kamen, musste man ernst nehmen.

Seb saß an die Wand des Bauschuppens gelehnt, ums Fußgelenk eine Kette. Er schaute Alysha geringschätzig an. Die Kette war mit einem Ring an einem Betonblock befestigt. Alysha blieb in sicherer Entfernung.

»So? Du schaffst es nicht? Noch zu dumm, um auf einen Knopf zu drücken?«

Alysha sagte nichts. Er hatte das Ganze in Gang gesetzt, es war seine Idee gewesen, Isa hierherzuholen.

»Oder fürchtest du dich vor dem Sprung ins kalte Wasser?«

Alysha schaute ihn säuerlich an. »Eins wollte ich noch von dir wissen. Dieses Stück Obst von Eidos … Ich muss erfahren, was das für ein Ding war. Gibt es vielleicht noch etwas, was Eidos gesagt hat, oder …«

Einen Moment lang war es still. Seb schaute Alysha erstaunt an.

»Du hast wahrhaftig Angst!«, sagte er dann.

»Darum geht es jetzt nicht!«, herrschte Alysha ihn an. »Angst ist dazu da, besiegt zu werden! Wissen, darum geht es, Wissen und Strategie! Ich kann dich freilassen, Seb. Wenn du mitarbeitest, lasse ich dich gehen. Wenn ich berühmt bin, werde ich dich in jedem Interview als meine große Inspirationsquelle erwähnen. Auf diese Weise wirst du weiterleben und an meinem Ruhm teilhaben!«

Auf Sebs Gesicht brach sich ein mitleidiges Lächeln Bahn. »Deine Zeit ist um, Alysha! Es ist zu spät. Das Schöpfwerk kann jeden Augenblick …«

»Dieses dumme Schöpfwerk hält schon etwas aus. Ich will wissen, was Eidos gesagt hat!«

Seb grinste. *»An apple a day keeps the doctor away!«* Das war eines der Dinge, an die sich Isa erinnert hatte.

»Zum Kuckuck noch mal!«

»Jetzt geh schon und tu, was du tun musst! Tu es schnell. Ich habe keine Ahnung, was an dieser Frucht so außergewöhnlich war. Ich wünschte, ich hätte es gewusst … Aber du musst dich beeilen, denn wenn sich das Schöpfwerk festfährt, ist Isa tot – und ich habe doch, trotz allem, lieber eine Alysha-Isa als eine tote Isa. Für mich macht es ohnehin keinen Unterschied mehr.«

Alysha schaute Seb einen Moment lang frustriert an. Dann entfernte sie sich. Sie warf die Tür des Schuppens mit einem Knall hinter sich zu und ging mit großen Schritten zur Treppe. Schluss jetzt! Sie hatte schon zu lange gewartet und gezweifelt – und das war überhaupt nicht ihre Art! Der Augenblick der Wahrheit war angebrochen. Immer zwei Stufen zugleich nehmend, rannte sie die Treppe hinauf.

Fort aus Schattenland

Arwen wieherte froh. Isa rief sie! Auch Arwen war reine Energie hier in Schattenland. Wogend floss sie ins Zentrum, ein starkes Lichtbündel, reine animalische Kraft, die sich kugelte, sich schnaubend aufbäumte. Isa erwartete Arwens Kommen oben auf der Kugel, in der sich das Schöpfwerk befand, während sie zufrieden beobachtete, wie die Energien von Lebensfluss und Herzenslust anwuchsen und ihre Farbigkeit wiederfanden. Das große Leerpumpen des Stausees hatte angefangen. Der Strom der Herzenslust wurde gefüllt und speiste das Innenland mit Leben spendendem Wasser.

Arwens Energie umschlängelte Isa, hob sie in einer Umarmung in die Höhe und führte sie mit sich, zurück zu Cerebrus' Pforte.

»Warte, Arwen! Hü! Nicht so schnell!« Alle prickelnde Kraft und Freude, die ihre Stute durch sie hindurchjagte, ließen Isa kichern. »Wir müssen Isi suchen! Die kleine Isi, sie muss mit! Die anderen müssen warten, ich weiß ja jetzt den Weg hierher!«

Arwens Energie wand sich, verzweigte sich und streckte Fühler zu Hunderten kristalliner Formen aus. Und schon bald bewegte sich auf einem von Arwens Energieströmen ein Kristall auf Isa zu. Es war Isi, Isa fühlte es. Ihr liebes kleines, jüngeres Selbst, erstarrt, kalt, ein glitzernder Kristall. Wie hatte Alysha sie je verbannen können? Wie hatte sie selbst das je zulassen können? Behutsam nahm sie den Kristall auf den Schoß.

»Komm, Arwen!«, flüsterte sie.

Arwen führte sie mit zur Pforte, wo alle drei Köpfe des Cerebrus faul vor sich hin dösten. Nur der Schlangenkopf am Ende von Cerebrus' Schwanz sah sie und zischte heimtückisch.

»Oho, kommt da unsere Isa? Wasss für eine Überraschung… So begegnen wir unsss wieder … Ssll … Hineinzukommen war gar nicht so schwer, wasss? Ssl … Herausss issst eine andere Sache…« Ihre schwarze, gegabelte Zunge leckte drohend zwischen langen, gelben Giftzähnen hervor. »Sssll …« Der Kopf bewegte sich wachsam hin und her, bereit zum Zubeißen. Die drei Hundeköpfe an Cerebrus' Vorderseite schliefen, ohne etwas zu bemerken, weiter.

»Ich habe keine Angst vor dir!«, rief Isa.

»Ssl … Dasss issst dumm von dir«, zischte das Reptil und sein Kopf schoss auf sie zu. Arwen, die so nah an der Pforte bereits wieder ihre Pferdeform zurückerlangt hatte, bäumte sich auf und wieherte wild. Isa fiel zu Boden und blieb dort zusammengerollt liegen, Isi – durchscheinend und zerbrechlich wie ein Bildnis aus Glas – in den Armen haltend.

»Willenssskraft allein issst nicht genug!« Der Schlangenkopf in dem Durchgang hob und senkte sich mit einem falschen Lächeln. »Und Glaube auch nicht …«

Isa rappelte sich auf, Isi in den Armen. Das kleine Mädchen wog hier weniger als nichts, aber ihr ängstlicher Gesichtsausdruck sprach Bände. Isa ging zu Arwen, die einige Schritte zurückgewichen war. Sie hatte Schaum vor dem Maul. Sie bockte und scharrte ängstlich mit den Vorderhufen über den Boden. »Ganz ruhig, Arwen!«, meinte Isa und streichelte besänftigend ihren Hals.

»Esss hat seinen Preisss … ssl … Einen Preisss, den du zahlen wirssst … Ssh!«

»Ich zahle überhaupt nichts!«, zischte Isa wütend zurück. »Nichts, hörst du? Lass mich durch!«

»Ssh!« Die Schlange schaute sich um, zu dem schweren Hundeleib und den drei schlafenden Köpfen. »Ich habe sie geweckt, bevor du die Zeit gefunden hassst, dein Pferdchen wieder zu besteigen, Mädchen … Ssl … Preise dich glücklich, dasss nur ich wach bin … Also…«

Isa versuchte, Arwen zu besteigen, doch die bäumte sich auf, blinde Angst in den Augen. Isi klammerte sich mit ihren dünnen Ärmchen an Isa. »Sie will mich …«, stammelte Isi mit dünnem Stimmchen. »Sie will mich …«

Die Schlange lachte falsch. »Sss! Dasss kleine Mädchen begreift esss … Ssl … Ehrlicher Preisss, scheint mir … nicht?«

»Niemals!«, schrie Isa. »Du bekommst sie nicht! … Nur über meine Leiche!«

»Deine Leiche? Ssh … auch ein guter Preisss … Gewisss … Eine von euch werde ich beisssen … Das Pferd will ich nicht … Sss … Dasss kleine Mädchen issst flüchtig … Ein Bisss und sie wird verblasssen … zurückweichen … aber wenn ich dich beissse …« Die Stimme der Schlange wurde heftig, »Wenn ich dich beissse… Ssssh! Fallen wirssst du… Gelähmt umherkriechen … umherirren auf immer … im Staub des Vorplatzes … Hundsssfott wird dich schonen … er wird mein Gift in deinen Adern riechen … aber nie wirssst du dein geliebtesss Ausssenland wiedersehen …« Die Schlange sprach das Wort »geliebtes« aus, als müsse sie würgen.

Isi zitterte, sie hatte die Ärmchen und Beinchen um Isa geschlungen wie ein kleines Äffchen, das sich an seiner Mutter festklammert, ihr Gesicht zwischen Isas Hals und Schulter versteckt. »Diese Zähne … Sie darf mich nicht beißen … Lass mich hier zurück, bring mich zurück, tief hinein nach Schattenland!«

»Nein, Isi, nein! Ich lasse dich nicht zurück! Ich will, dass du bei mir bleibst! Ich brauche dich!«

Arwen hatte sich etwas besänftigt und ließ zu, dass Isa sie bestieg. »Wir werden rennen, Arwen!«, flüsterte Isa dem ätherischen Krafttier zu. »Ich bitte dich zu rennen, wie du noch nie gerannt bist! Schneller als eine Schlange zubeißen kann … Ich glaube an dich! Ich glaube daran, dass es geht, und das ist genug. Ich weiß es jetzt … Ich weiß es sicher. Wenn ich es glaube, dann geht es. So läuft es hier. Los!« Sie drückte ihre Fersen in Arwens Flanken. »Lauf! Jetzt!«

Die Schlange zögerte. Sie schickte sich an zuzubeißen, doch zugleich blitzte ihr Blick zu einem der Hundeköpfe, die sabbernd im Sand lagen. Arwen sprang vor, explosiv, mit Beinen aus Stahl, aber auch noch verletzlich, durchscheinend wie Glas und mit ängstlich gekrümmtem Leib. Isa klammerte sich fest und duckte sich in Arwens Mähne, doch schaute sie weiter hin und sah, wie sich der Schlangenleib krümmte, zurückwich und vorschoss, direkt in ihre Richtung.

Instinktiv drehte Isa sich weg. In ihrem Versuch, die Schlange abzuwehren, kam Isi zwischen sie und die Schlange. Isi duckte sich, aber nicht genügend. Die Schlange biss zu. Tief drangen ihre Giftzähne in den bebenden, halb durchsichtigen kleinen Körper. Isa konnte sehen, wie sich das Gift gelb und bösartig einen Weg suchte, und sie fühlte, wie sich Isi in ihren Armen aufzulösen schien.

Arwen rannte weiter. Der Ausfall der Schlange hatte die Hundeköpfe geweckt. In einem Reflex richteten sie sich auf, knurrten und schnappten zu. Ihre Kiefer klappten aufeinander, ein Geräusch wie von Elfenbein auf Elfenbein. Cerebrus erwischte Luft und einige Haare von Arwens Schweif, mehr nicht. Den fauligen Atem des Untiers im Nacken, galoppierte Arwen weiter. Isa auf seinem Rücken hielt eine sterbende Isi in den Armen.

»Nicht zu den Bergen, Arwen! Dorthin! Da!« Sie stürmten über den Vorplatz, direkt auf den Zaun zu.

Nur um ein Haar schaffte Arwen den Sprung, woraufhin Isa ihre Stute weinend bat, auf der unwirtlichen Ebene, die an die Schattenlandstraße grenzte, stehen zu bleiben.

Isi war blassblau. Ihre Augen waren geschlossen, ihre Atmung war oberflächlich. Während ihr die Tränen über die Wangen liefen, schlug Isa Isi leicht auf die Wange. »Isi … Isi … wach bleiben … bitte …«

Arwen kniete und Isa stieg ab, Isi immer noch im Arm. Arwen ließ den Kopf hängen. Isa legte Isi zwischen dem Unkraut ab, kniete neben ihr nieder, nahm ihren Kopf auf den Schoß. »Bleib bei mir, liebe Isi, ich brauche dich doch! Ich will dich nicht vergessen! Ich darf dich nicht vergessen!«

Mühsam schlug Isi die Augen auf. Ihr Blick war gebrochen. »Es ist nicht schlimm, Isa«, brachte sie angestrengt hervor. »Es war nicht deine Schuld. Ich habe ihre Zähne gesucht und das Gift für dich erhalten … Ich zerfalle… Nur Fetzen werden von mir übrig bleiben … einzelne Erinnerungen … Aber das ist nicht schlimm … Du musst weiter … groß werden … stark … Das wollten wir doch, nicht? Ich bin lediglich Vergangenheit … Du bist die Zukunft. Schön, dass du mich besucht hast, aber jetzt musst du weiter.« Isi zauberte ein schwaches Lächeln auf ihr Gesicht. »Ich bin stolz auf dich …«, murmelte sie. Dann knickte ihr Kopf zur Seite, woraufhin ihr Körper in zarte Schlieren verschwamm, die vom Wind fortgeblasen wurden.

Einige Minuten lang blieb Isa an der Stelle sitzen, wo die kleine Isi verflogen war, fröstelnd in dem grauen Niemandsland, das sich trostlos entlang der Zäune der Schattenlandstraße hinzog. Sie musste weiter, der Tag hatte längst angefangen, doch sie fühlte sich leer und verlassen. Sie hatte geglaubt, alles zu können. Wäre Isi in Schattenland geblieben, hätte sie sie auch nicht mehr erreichen können, und trotzdem … So hing Isa ihren trüben Gedanken nach, bis Arwen auf sie zukam und sie mit der Nase schubste.

Das weiche Maul des Pferdes kitzelte sie am Hals und sein Atem ließ Isa erschauern. »Lass das!«, murmelte sie, aber sie musste auch lachen. Arwen schubste fester.

»Arwen, lass das sein!«

Isa rollte kichernd zur Seite, und in dem Augenblick verstand sie, dass sie Isi nicht wirklich verloren hatte. Isi war aufgegangen in der Ganzheit des Innenlandes, aber dieses Innenland, das war sie selbst. Sie hatte die Erinnerungen noch. Einzelne Erinnerungen an das Mädchen, das sie gewesen war. Isi gab es nicht mehr, aber sie, Isa, war noch da. Älter und anders, aber sie hatte genügend Isi in sich, um zu kichern und zu rennen und zu spielen und zu genießen.

Isa sprang auf. »Isiii!«, rief sie. »Isiii! Du bist nicht weg! Du bist noch da! Ich bin du und du bist ich!« Und sie rannte mit großen Bocksprüngen über das Land, genau wie Isi es getan hätte.

Arwen trabte ihr nach und lief dann neben ihr her.

»Komm, Arwen. Wir reiten!«

Arwen blieb stehen, damit Isa auf ihren Rücken steigen konnte.

»Zum Staudamm!«, rief Isa und wie ein Pfeil schoss Arwen vorwärts gen Norden.

Willem

Viel länger würde er es hier nicht mehr aushalten. Hunger und Durst plagten ihn. Hatte er sich doch getäuscht? Das konnte, das durfte nicht sein!

Isa würde von dieser Seite kommen, davon war er die ganze Zeit ausgegangen. Wenn sie Schattenland verließ, würde sie dem Lebensfluss folgen, eine andere Möglichkeit gab es nicht. Ihr Weg würde sie durch dieses Tal führen, und hoch oben auf dem Hang, wo er saß, überblickte er das Tal in seiner gesamten Länge und Breite. Und sie war imstande, aus Schattenland zu entkommen, davon war Willem zutiefst überzeugt.

Wieso war sie dann noch nicht da? Auch heute wartete er wieder seit Stunden, nach der soundsovielten eiskalten Nacht in dieser verschimmelten Höhle.

Der Stausee, der jetzt mindestens die Hälfte des Tals füllte, war gigantisch. Monströs. Jeden Augenblick konnte der Knall der Explosion erfolgen, mit der Alysha den Staudamm zum Einstürzen brachte. Der See würde sich in einer riesigen Flutwelle leeren und Alysha mit sich führen, und er, Willem, würde am Rand eines Schlammpfuhls zurückbleiben, allein, sinnlos, überflüssig. Sollte er nicht doch lieber zum Staudamm hinuntersteigen? Nachschauen, ob er dort etwas tun konnte?

»Nein«, sagte sich Willem zum tausendsten Mal, »sie kommt! Verlass dich darauf, dass sie kommt. Und sie wird rechtzeitig da sein!«

Er erhob sich und ging zum wiederholten Mal zu dem Brombeerstrauch, den er schon vor Tagen leer gepflückt hatte. Mit etwas Glück waren inzwischen einige neue Brombeeren nachgereift, aber vielleicht war es doch an der Zeit, weiter hinabzusteigen, sich auf die Suche nach sonst etwas Essbarem zu machen, vielleicht …

Etwas im Tal bewegte sich. Willem streckte sich und schaute mit zusammengekniffenen Augen nach Süden. Ein kleiner Punkt. Ja, er bewegte sich. Er folgte dem Flussufer in Richtung Staudamm. Er näherte sich schneller als jemand zu Fuß. Ein Reiter, das war es, jetzt erkannte er die charakteristische Bewegung eines Pferdes im Galopp. Ob das Isa war? Hiermit hatte er nicht gerechnet. Was sollte er tun?

In Gedanken war er schon hundertmal von seinem Aussichtsposten ins Tal hinabgestiegen, um Isa zu begrüßen. Energischen Schrittes war er ihr entgegengegangen und hatte ihr die wichtige Neuigkeit erzählt: dass er eine entscheidende Entdeckung gemacht hatte, mit der sie gemeinsam Alysha besiegen konnten.

»Was meinst du?«, würde Isa ihn gefragt haben. »Was für eine Entdeckung?«

»Das erkläre ich dir unterwegs«, würde seine beherzte Antwort gelautet haben. »Lass uns am besten sofort losgehen. Es handelt sich um das Stück Obst, das Seb gegen den Staudamm geworfen hat. Das war keine Bombe, sondern etwas viel Wichtigeres. Bitte, hier ist es!«

Isa würde mit den Augen gezwinkert haben und er wäre vor Verlegenheit rot geworden. Danach hätten sie sich gemeinsam zum Staudamm aufgemacht, mitsamt dem Fund, der Isa unbesiegbar machte. Gemeinsam würden sie Alysha besiegen und zur Belohnung hätte Isa dann endlich auch ein Auge für ihn, wenn sie wieder im Außenland war.

Das waren die Gedanken, die ihn seit Tagen auf den Beinen gehalten hatten.

Er hatte sofort vermutet, was die Frucht war. In dem Moment, als er sie das erste Mal berührte, hatte er es eigentlich schon gespürt und gewusst. Und als sie sich in den Tagen danach auf wundersame Weise wieder erholte und ihre Kraft wiedererlangte, hatte es für Willem keinen Zweifel mehr gegeben. Er wusste nicht, wie es in Sebs Hände gekommen war, aber dieses Stück Obst, das war Isas Herz. Zerrissen, aufgeplatzt und zerfleischt, aber noch nicht gänzlich verloren.

Wenn es jemanden gab, der das fühlen konnte, dann er, Willem. Und wenn es jemanden gab, der die Kraft dieses Herzens kannte, dann war er das. Er hatte sich ja nicht von ungefähr in sie verliebt!

Jetzt zerschlug sich sein Plan: Isa galoppierte ihm auf einem Pferd entgegen. Unnatürlich schnell, viel schneller, als ein gewöhnliches Pferd laufen konnte. Sie war es, das sah er jetzt deutlich: ihre Körperhaltung, ihre Bewegungen … Lange bevor er überhaupt unten sein konnte, würde sie schon an ihm vorbeigerast sein. Willem ballte die Fäuste. Er hielt den wichtigsten Trumpf in den Händen, doch da ritt Isa, pfeilschnell ihrem Untergang entgegen. Alysha würde Isa gefangen nehmen, genau wie sie es mit Seb gemacht hatte. Und sie würde sie vernichten.

Willem legte die Hände trichterförmig um den Mund und rief mit aller Kraft und trotz der Mantras, die in diesem Gebiet patrouillierten: »Isaaa!«

Pferd und Reiterin machten nicht halt, sondern rasten weiter.

»Isaaa!« Willem fuchtelte wild mit den Armen, während er schon die Böschung hinunterrannte.

Keine Reaktion.

Arwens Hufgeklapper und sein schnaubender Atem übertönten alles; dröhnend geißelten die Hufe die Ufer des Sees und

Isa hatte nur Augen für den Staudamm. Nichts und niemand konnte Isa und Arwen noch aufhalten.

Willem versuchte es ein letztes Mal. »Isaaa!« Doch Isa war schon vorbei und bald war sie wie zuvor nur mehr ein kleiner Punkt in der Ferne.

Willem rannte ihr hinterher, so schnell ihn seine Beine trugen.

Isa und Alysha

Arwen jagte die Ufer des Stausees entlang. Isa klammerte sich an Hals und Flanken ihrer geliebten Stute. Es war so vertraut, wieder auf Arwen zu reiten – ihre glänzenden Augen, ihre rollenden Muskeln, die Kraft ihres Hufschlags, die Wärme ihres Atems. Isa bewegte sich im Rhythmus von Arwens Galopp, zusammen tanzten sie, flogen sie durch das Tal. Wie sehr hatte sie das in den zurückliegenden Jahren vermisst!

Isa schaute zu dem Stausee, einem Unheil verkündenden, dunklen Spiegel. Ein schlammiger Rand am Ufer zeigte an, dass der Wasserspiegel um etwa zehn bis zwanzig Zentimeter gesunken war, seit sie das Schöpfwerk in die andere Richtung hatte pumpen lassen. Nicht genug, um Alysha daran zu hindern, den Sprung zu wagen, schätzte Isa. Weshalb hatte sie den Staudamm noch nicht gesprengt? In wenigen Minuten würde Isa die Antwort vielleicht wissen; sie konnte den Damm schon in der Ferne erblicken.

Die Geschwindigkeit ihrer Reise in den Norden hatte Isa in einen Rausch versetzt. Unbesiegbar war sie sich vorgekommen. Doch jetzt, wo sie sich dem Damm näherte, kam sie langsam zu Sinnen.

Was würde sie tun? Sie hatte keinen Plan, sondern nur die starke Vermutung, jetzt endlich zu wissen, wie das Innenland funktionierte: die Vermutung, dass, wenn sie wirklich an etwas glaubte, dies auch gelang.

Sie hatte ihrem eigenen Tod in die Augen gesehen, ein Nachtwesen besiegt, Cerebrus getrotzt, Isi sterben und Arwen vom

Tod auferstehen sehen. Vielleicht genügte es ja auch, wenn sie Alysha nachher gegenüberstand, dass sie endlich glaubte – nein: wusste –, dass sie stark war. Aber wo war Seb? Wo war Willem? Sollte sie erst nach den beiden suchen? Nein, sie musste das hier selbst tun, aus eigener Kraft.

Sie zügelte Arwen. Schrittweise gingen sie weiter, während sie beide zu Atem kamen. Jeden Augenblick konnten Wachtrupps aus dem toten Krüppelholz auftauchen, das die Hänge bedeckte, doch Isa ritt weiter, sie musste weiter; für etwas anderes, für Listen und Hinterhalte war keine Zeit.

In der Ferne, mitten auf dem Staudamm, stand jemand. Eine einsame kleine Gestalt.

Alysha.

Es konnte nicht anders sein.

Isa spornte Arwen erneut zum Galopp an. Noch knappe hundert Meter bis zum Staudamm. Die Schilderhäuser an beiden Enden des Dammes sahen verlassen aus.

Wütend starrte Alysha nach unten, die senkrechte Dammmauer hinab in das weiße, trockene Flussbett in der Tiefe, während sie nach dem langen Aufstieg verschnaufte. Sie hätte nicht zu diesem elendigen Seb hinuntergehen sollen. Es war dumm gewesen, ein Zeichen von Schwäche – Zweifel war eine Krankheit, die man ausrotten musste.

Sie brauchte Seb nicht. Sie brauchte niemanden!

Alysha streckte sich, schaute weit über das Tal des Lebensflusses und hob den Zünder für den Sprengstoff in ihrer Hand in die Höhe. Sie betrachtete den roten Knopf und näherte sich ihm mit dem Zeigefinger. Jetzt war der Moment gekommen. Jetzt oder nie!

»Alyshaaa!!«

Diese Stimme! Mit einem Ruck drehte Alysha sich um. Auf der Dammkrone kamen ein Pferd und ein Reiter angestürmt. Alysha zog den Finger von dem roten Knopf. »Isa?«

Isa stieg ab und kam auf sie zu.

»Wen meinst du denn, hier zum Narren halten zu können?«, sagte Alysha wütend. »Die echte Isa ist gut und sicher in Schattenland aufgehoben. Betrügerin! Zieh Leine, ja? Bevor ich dich persönlich vom Damm herunterknalle!«

Isa blieb stehen und schaute Alysha an. »Du wirst es nicht schaffen da draußen«, war das Einzige, was sie sagte.

Alyshas Augen verengten sich zu Schlitzen. »Selbst wenn du die echte Isa bist – was unmöglich sein kann –, selbst dann musst du jetzt abhauen!« Sie nahm den Auslöser in ihre linke Hand und holte einen kleinen Tranquilaser aus ihrer Tasche. »Los, weg mit dir!«

Lass dir was einfallen, Isa! Wenn du dich umdrehst, schießt sie dir in den Rücken. Wenn du auch nur einen Schritt zurückweichst, bist du verloren.

Rechts war der Abgrund, links der Stausee, gegenüber von ihr Alysha. Hinter sich spürte sie Arwens vertraute Gestalt. Sie hörte das Tier schnauben, ein Huf scharrte über das Pflaster.

Sollte sie … Konnte sie Arwen …

»Weg mit dir! Und Hände hoch!«

Zeit schinden.

Langsam hob Isa die Hände in die Höhe. »Wieso bist du nur so wütend? Glaubst du nicht mehr daran?«

»GEH VON MEINEM STAUDAMM RUNTER!« Alysha fuchtelte mit dem Lauf ihrer Waffe und trat einen Schritt vor.

»Angst! Du hast Angst! Das ist es!« Isa trat auch einen Schritt vor.

»RUNTER VON MEINEM DAMM!«

Zeit schinden!

Isa schaute zur Seite auf den Stausee. Der Wasserspiegel war weiter gesunken. Die Ufer zeigten einen gut sichtbaren schlammigen Rand. »Da!«, versuchte sie. »Das Wasser sinkt!«

Alysha hielt den Blick auf Isa gerichtet in dem Glauben, Isa wolle sie nur ablenken. Doch aus dem Augenwinkel sah sie den Trauerrand, der ihren See umsäumte. Einen Moment lang war sie verwirrt, aber dann meinte sie achselzuckend: »Na und? Es steht immer noch hoch genug.«

Alysha war unsicher. Ihre Stimme und ihre Augen verrieten es Isa.

Was verunsichert sie? Nur meine Anwesenheit kann es nicht sein … Es muss etwas anderes sein, sonst hätte sie den Damm längst in die Luft gejagt.

»Ja … das Wasser ist bestimmt noch hoch genug, aber das Schöpfwerk pumpt weiter in die entgegengesetzte Richtung, auch nachdem du einmal gesprungen bist. Weißt du, welche Folgen das hat? Und weißt du auch, wie du die Fließrichtung wieder umkehren kannst?«

Alyshas Augenlider zwinkerten.

»Na?«

Alyshas Blick irrte nervös nach links und nach rechts. Wie konnte dieses dumme Schöpfwerk plötzlich ihren Stausee leer pumpen? Wie hatte Isa das fertiggebracht?

Isa trat noch einen Schritt vor. »Hätte ich die Richtung nicht umgekehrt, dann hätten sich die Pumpen in der letzten Nacht endgültig festgefressen«, fuhr Isa fort. »Ohne mich hätte dein idiotisches Projekt das Schöpfwerk zerstört und wir alle wären dem Tode geweiht. Du kommst offenbar doch nicht ohne mich aus!«

»Was hast du gegen mich?« Alyshas Stimme klang schrill. »Ich bin dein Traum, Isa … dein ureigener Traum, dein liebstes Ideal! Du wolltest doch Alysha werden, oder? Du wolltest doch ich sein, die ganzen Jahre!«

Isa nickte. »Ja, das dachte ich. Ich hatte geglaubt, ich wollte du werden. Aber jetzt nicht mehr. Ich weiß jetzt, was ich dabei einbüße. Ich will ich selbst sein, will das tun, was mich glücklich macht, selbst wenn es bedeutet, dass ich nicht berühmt werde und nicht auf die Titelblätter der Zeitschriften komme oder was auch immer.«

Alysha schaute geringschätzig. »Wenn du etwas erreichen willst, musst du streng zu dir selbst sein, das weißt du. Knallhart arbeiten. Deine Zweifel beiseiteschieben. Für den Erfolg leben und nicht rumjammern.«

»Jetzt klingst du genau wie Frida oder wie Déh.«

»Sie haben recht!«

»Nein, das haben sie nicht!«

»Ich habe keine Lust auf solche Diskussionen!« Wieder bedeutete Alysha mit dem Lauf ihres Tranquilasers, dass Isa zurückgehen sollte, vom Damm hinunter.

»Wie kehrst du den Fluss um, Alysha?«

»Geh weg!«

»Du weißt es nicht, wie?«

»Geh weg!!«

»Es gibt noch mehr, wovon du nichts weißt. Das Außenland ist nicht so simpel, wie du es dir vorstellst. Träume werden nicht einfach so Wirklichkeit. Dazu braucht es mehr als einen Sprung in die Tiefe.«

»Haargenau!« Alysha lachte überlegen. »Mut, das braucht es! Und ich habe diesen Mut. Du nicht!«

Isa wich ein paar Schritte zurück, die Hände nach wie vor erhoben. »Wieso schießt du eigentlich nicht? Dann bist mich los.«

»Das werde ich auch! Aber ich habe keine Lust, dich den Staudamm hinunterzuschleppen. Laufen sollst du!«

Neben Arwen, die ruhig dastand und wartete, blieb Isa stehen. »Und nachdem du mich unschädlich gemacht hast, machst du ein Ende mit allem?«

»Ich lasse mir schon etwas einfallen …«

»Morgen um diese Zeit ist der See leer … Und das Schöpfwerk pumpt weiter. In die falsche Richtung. Das Wasser wird …«

Isa tauchte zwischen Arwens Beinen weg, rollte weiter, suchte Deckung hinter dem Pferd. Alysha schoss, verfehlte Isa, traf dafür aber Arwen.

Die Stute wieherte laut, bäumte sich auf, sprang vor und trampelte Alysha um. Der Tranquilaser flog über die Brüstung in den Abgrund und Arwen rannte in Panik davon, das Bein, an dem sie getroffen war, hinter sich herziehend. Alyshas Waffe war zu schwach gewesen, um das große Tier auszuschalten.

Isa sprang auf, bereit, sich zu verteidigen. Alysha erhob sich in aller Ruhe; umständlich klopfte sie sich den Staub aus der Kleidung. Hinter ihr verschwand Arwen in der Ferne.

»Und? Wie willst du mich jetzt von hier wegkriegen?«

Alysha schaute sie wütend an, sagte aber nichts.

»Gleich wird es dunkel«, fuhr Isa fort, »und *ich* fürchte mich nicht mehr vor den Wesen der Nacht!«

»Ich bin stärker als du!«

Isa lachte höhnisch. »Willst du dich mit mir schlagen?«

»Du weißt, dass ich stärker bin als du. Ich bin schließlich alles, was du gerne sein würdest!«

»Das bist du nicht! Nicht mehr. Du bist eine Lüge, die mir aufgedrängt wurde, eine Karikatur. Deine zu Tode blondierten Haare … deine charakterlose Markenkleidung … deine geradegefeilte Nase und deine aufgepumpten Brüste … Seb hat dich ein dummes, magersüchtiges Huhn genannt, wusstest du das?«

Alysha warf einen raschen Blick über die Brüstung der Dammkrone. »Dein Seb kann mir gestohlen bleiben!«

Isa sah Alyshas Blick nicht, begriff nicht, dass Seb dort unten eingeschlossen war. »Seb ist echt. Er macht Fehler und tut dumme Dinge, aber …«

»Seb ist tot!«

»Darum geht es hier nicht. Sondern darum, dass du nicht echt bist. Genau wie es die Jury gesagt hat. Du bist nicht mein Traum. Du bist nur der Traum, den man mir aufgedrängt hat: das Fernsehen, Frida, die Zeitschriften, der Klatsch und das Gesabbel in der Klasse, im Internet … Willem ist in mich verliebt, nicht in dich …«

Das Letztere war Isa herausgerutscht, ehe sie selbst begriff, was sie da eigentlich sagte. Sie musste mit den Augen zwinkern, als ihr klar wurde, das es zu alledem auch noch stimmte, und einen flüchtigen Moment lang spürte sie, wie ein Schmetterling in ihrem Bauch vorsichtig seine Flügel ausbreitete.

»Du warst selbst mit dabei«, hielt Alysha dagegen. »Du hast dich an diesen Traum, hast dich an mir festgeklammert und fandest es weiß Gott wie spannend!«

»Ich war unsicher, ich war traurig, hatte Angst, wusste nicht wohin, und dann abends auf diesem Schulfest, kurz nach Sebs Tod, schien alles auf einmal zusammenzupassen … Für kurze Zeit war es spannend. Danach haben andere sich eingemischt und mein Gefühl blieb dabei auf der Strecke.«

Alysha stockte einen Moment. »Aber … du hast Musik doch immer geliebt … Deine Geige… Sebs Schülerband … Yawn …«

»Aber diese Musik war ich los. Seb war tot und Yawn löste sich auf, war nicht kommerziell genug, wie alle meinten, ob sie nun gefragt worden waren oder nicht. Ich sollte eingängigere Musik machen, mein Äußeres verändern. Ich sollte dies, ich sollte das.«

»Logisch. Wenn du etwas erreichen willst, musst du imstande sein, Kritik zu ertragen und dich anzupassen!«

»Auch wenn du dabei alles verlierst, was du liebst?«

Alysha zuckte mit den Schultern. »Mir machst du nicht weis, dass du nicht erfolgreich sein und reich werden möchtest!«

»Das möchte ich schon, aber nicht mit laschem kommerziellem Mist und auch nicht mehr als eine aufgepeppte Tussi, die nur das tut, was alle von ihr erwarten. Ab jetzt mache ich alles nur noch so, wie ich es will!«

Alysha schwieg. Langsam wurde ihr klar, was die Ursache ihres Zweifels war, der sie in den letzten Tagen fast verrückt gemacht hatte: Sie war zwar ein Traum, aber nicht Isas Traum. Und da war noch mehr. Isas Selbstvertrauen und Stärke ... die waren neu, seltsam und verwirrend ... Da war etwas in Isa, ein Funke, den Alysha nicht einordnen konnte. Isa verfügte plötzlich über eine Kraft, die sie nicht kannte, nicht verstand.

Fast eine volle Minute lang schwiegen sie sich gegenseitig an. Allmählich schlug die Waage immer weiter aus. Isa fühlte, wie sie die Oberhand gewann, wie der Zweifel an Alysha fraß und sie schwächte. Isa brauchte sie nur anzuschauen, sie wusste jetzt, spürte, dass sie stärker war. Stark genug, um Alysha einfach wegzugucken.

Zuletzt schlug Alysha verwirrt die Augen nieder.

Isa trat einen Schritt vor. Alysha wich zurück. Sie schien kleiner zu werden, verletzlich.

»Isa! Pass auf! Deckung!«

Isa drehte sich um. Hinter ihr kam Willem über den Staudamm gestürmt, in der Hand ein kleines Paket.

Ein Lichtblitz zerplatzte neben Isa auf dem Pflaster. Sie tauchte weg, schaute sich um, woher der Schuss gekommen war.

Hinter Alysha kam von der anderen Seite der Dammkrone her ein dürres Mädchen angerannt, in der Hand einen Tranquilaser.

»Alysha!«, rief das Mädchen. »Zur Seite!«

»Nein, Minorita! Warte!« Alysha sprang auf Minorita zu und

landete so direkt in dem Strahl, der aus dem Tranquilaser schoss. Sie brach zusammen und blieb stumm liegen.

Bestürzt ließ Minorita ihre Waffe sinken.

Willem stand jetzt neben Isa. Er schnaufte wie ein Pferd, sein nackter Oberkörper war schweißnass. »Hier«, keuchte er, »dein Herz … Dieses bescheuerte Stück Obst … diese Frucht … das ist dein Herz!« Sein Gesicht zeigte sein bekanntes verlegenes Grinsen. »Behalte es künftig bei dir, dann bist du unbesiegbar!«

Der Moment war ganz anders, als er ihn sich vorgestellt hatte. Weniger heroisch und in jedem Fall weniger romantisch. Er schämte sich, weil er so keuchte und schwitzte, und seine eigenen großen Worte machten ihn verlegen. Mit einem Kopfnicken zu Minorita fragte er: »Sie … sie wollte doch dich treffen?«

Isa nickte, sie freute sich, Willem zu sehen, aber jetzt war nicht der Zeitpunkt, um … Zögernd nahm sie das Päckchen entgegen, das Willem ihr so vorsichtig mit beiden Händen überreichte. Es war sein T-Shirt. Es war um etwas gewickelt. Eine warme Glut schien durch den Stoff. Isa faltete es auf.

Der Granatapfel.

Wie in aller Welt kam er denn daran und was faselte dieser Junge da von ihrem Herzen?

Der Granatapfel leuchtete stärker denn je, er war warm und pochte leise. Über die Schale verliefen dünne Linien, die aussahen wie Narben. War das hier das letzte Teil des Puzzles? War es das, was ihr die letzten Jahre gefehlt hatte? Hatte deshalb kein Soul aus ihrer Stimme geklungen, weil ihr Herz versteckt gewesen war, gefangen auf dieser Insel außerhalb der Zeit?

»Du glaubst mir nicht, Isa? Oder traust du dich nicht, mir zu glauben?« Willem trat einen Schritt zurück, warf einen kurzen Blick auf Alysha, die betäubt auf dem Boden lag, und auf Minorita, die immer noch wie vom Blitz getroffen auf ihr Idol starrte. »Hab keine Angst, Isa!«

»Es ist so ...«, Isa zauderte, schaute weg, »... dumm, seltsam und auch etwas unheimlich ...«

Es war vor allem so simpel. Wieso hatte sie es nicht selbst schon viel früher begriffen? Warum musste ausgerechnet Willem ihr das hier erzählen?

»Ja, unheimlich, was?« Willem lächelte linkisch.

Isa zuckte mürrisch mit den Schultern oder doch eher verlegen; sie wusste, dass Willem recht hatte. Sie fühlte es an dem Granatapfel in ihrer Hand, sie sah es an Willems Augen. Wieso hatte sie es nicht schon viel früher begriffen, schon gleich bei Eidos?

Einen Moment lang starrte sie wie blind über den Stausee. Dann zog sie Willem mit ihrem freien Arm an sich. »Danke schön«, sagte sie leise.

Isa reichte ihm nur bis zum Kinn, so konnte sie die glückselige Bestürzung in Willems Augen nicht sehen. Eine Sekunde lang blieben sie so stehen – mehr als lang genug für Isa, um sich klarzumachen, dass auch das hier eines der Dinge war, die sie wirklich wollte. Dann plötzlich stieß Willem sie grob zur Seite. Isa fiel und Willem machte einen Hechtsprung nach vorn.

Isa stand wieder auf und sah Willem und Minorita kämpfend über das Pflaster rollen. Ihren Tranquilaser war Minorita schon los, der lag ein paar Meter weiter irgendwo an der Brüstung, doch Minorita hielt etwas in der Hand, das wie eine Fernbedienung aussah. Eine Fernbedienung mit einem einzigen roten Knopf.

Der Auslöser für den Sprengstoff.

Minorita war Willem nicht gewachsen. Er schlug ihre Hand mit dem Auslöser mehrfach gegen die Bordsteinkante. Die Hand öffnete sich und der Auslöser entfiel ihr. Willem erhob sich, während er Minorita weiter festhielt.

»Bewache Alysha! Ich bringe die hier weg und dann komme ich und hole die da!« Mit einem Kopfnicken deutete er auf die bewusstlose Alysha.

Isa hob den Auslöser auf. »Da gibt es nicht sehr viel zu bewachen. Sie bleibt ohnehin noch eine Weile bewusstlos.«

»Trotzdem!« Willem führte die widerstrebende Minorita mit sich fort. »Ich binde sie an den erstbesten Baum und bin gleich wieder da. Wenn ich Alysha vom Damm herunterhabe, musst du gehen.«

Isa schaute Willem hinterher. Er hielt Minorita fest am Handgelenk und führte sie mit großen Schritten vom Damm weg. Isa lächelte. Doch, er war wirklich süß! Sie steckte den Granatapfel vorsichtig in eine der Taschen dieses eigentümlichen weißen Nachthemds, das sie nach wie vor anhatte, steckte den Auslöser in die andere Tasche und ging zu Alysha zurück. Alysha wirkte verändert. Der Ausdruck auf ihrem bewusstlosen Gesicht war weicher geworden, menschlicher. Isa hockte sich neben sie, legte ihr eine Hand auf die Schulter.

»Also du bist … du warst mein Traum?«, flüsterte sie. »Und du bist vorhin gesprungen, um mich … vor dir selbst zu retten?«

Isa fühlte, wie die Kraft aus dem Granatapfel sie durchströmte und durch ihre Hand auch Alysha. Und Alysha veränderte sich weiter. Ihre Haare wurden etwas dunkler, mehr Isas eigene Farbe, sie schien älter zu werden, erwachsener. Ihre künstlich vergrößerten Lippen und Brüste bekamen normale Proportionen, die zu dicke Make-up-Schicht verschwand, ihr Gesicht wurde voller, ihr Gesichtsausdruck glücklicher und entspannt; Arroganz machte Platz für Selbstsicherheit. Isa lächelte und dann nickte sie.

»Das sieht schon eher danach aus«, flüsterte sie. »So möchte ich schon sein, so will ich schon werden … So darfst du mein Traum sein!« Isa hob die bewusstlose Gestalt hoch, umarmte sie, nahm sie auf den Schoß. Sie begrub ihr Gesicht in dem dunklen Haar und schloss die Augen. So blieb sie sitzen, während sie sich an den warmen, lebendigen Körper ihres Traums schmiegte.

»Soll ich sie jetzt auch mitnehmen? Dann kannst du endlich zurück nach Hause!«

Isa hob den Kopf. Willem kam angelaufen, und als er sah, mit wem Isa dasaß, zwinkerte er verständnislos mit den Augen.

»W-wer ist das?«

Isa lächelte.

»Wo ist Alysha?«

Isa streichelte den Rücken der bewusstlosen jungen Frau. »Die ist weg.«

Willem sagte nichts, sondern schaute fassungslos zu.

»Das ist der Moment des Abschieds, Willem«, sagte Isa, »denn für mich ist es auch Zeit zu gehen.«

Willem versuchte, das Ganze irgendwie zu begreifen. »Ja, aber … Und was ist mit ihr?«

»Sie kommt mit mir mit.«

»Ach … tja, dann … auf Wiedersehen also.« Willem hob ungeschickt die Hand zum Abschiedsgruß, blieb einen Moment lang stehen, drehte sich anschließend um und wollte weggehen.

Auf Isas Gesicht erschien ein Lächeln. »He, Willem, warte! Komm her. Du wolltest doch nicht einfach so davonlaufen? Ich habe mich ja noch gar nicht richtig bei dir bedankt!«

Willem kam zurück, ein Blitzen in den Augen, eine Röte im Gesicht. Er hockte sich neben Isa, beugte sich vor und sie küssten sich. Isa fühlte, wie ihr Herz glühte und klopfte.

»Danke schön, Willem. Jetzt musst du wirklich gehen. Ich will nach Hause.«

Willem stand auf. »Sehen wir uns noch? Ich meine … in der

richtigen Welt?« Sein Blick irrte verlegen mal hier- und mal dorthin.

Isa nickte. »Verlass dich drauf!«

»Okay. Dann ist es gut.«

Sie lächelten sich zu. Willem hob wieder die Hand, drehte sich um und ging.

Isa nahm den Auslöser für den Sprengstoff, wartete, bis Willem den Staudamm hinter sich gelassen hatte und ein Stück weit den Hang hinaufgegangen war, und drückte dann auf den roten Knopf.

Seb!, dachte sie im selben Augenblick. Ich habe Seb vergessen! Seb, wo bist du? Ich wünschte, ich könnte dich ebenfalls mitnehmen …

Und dann gab es eine donnernde Explosion und der Staudamm zerbarst in riesige umherfliegende Felsbrocken. Und das Wasser des Lebensflusses suchte sich seinen Weg – in die Tiefe, über die Trümmer hinein ins Tal, alles mit sich reißend … Isa, ihren Traum und auch, in den tiefsten wirbelnden Tiefen des Stroms zwischen haushohen Felsblöcken, Seb.

Isa und Lem

Isa schlug die Augen auf. Blinzelte. Weißes Neonlicht. Krankenhausgeruch. Eine Nadel in ihrem rechten Arm, eine Nadel mit einem Schlauch. Eine Hand auf ihrer linken Hand. Sie schaute nach links. Da saß jemand. Sie blinzelte gegen das Licht, versuchte, ihren Blick zu fokussieren.

»Isa!«

»Lem?«

»Isa? Bist du wach?«

»Ich glaube schon.« Ihre Stimme klang heiser. Rau. Angestrengt.

Die Hand drückte ihre. Die Gestalt beugte sich über sie. Ja, es war Lem. Sie versuchte zu lächeln, was sich anfühlte, als ob ihr Gesicht in Stücke zerbrach; die ganzen Muskeln, die sie so lange – wie lange eigentlich? – nicht benutzt hatte. Sie versuchte, sich aufzusetzen, es fühlte sich verrückt an. Sehr verrückt. Ihr Rücken, ihre Arme, ihr Bauch, ihr ganzer Körper. Sie dachte an die Racker, die tief in ihr drin jetzt sehr beschäftigt waren. Wie glücklich sie sein mussten, die kleinen Idioten! Wieder lächelte sie. Ein Lächeln, das in ein breites Grinsen überging. Es war, als fühlte sie die Racker krabbeln, kitzeln, kichern – wie herrlich es war, ihren eigenen, richtigen Körper wieder zu spüren!

»Isa … bist du wirklich wieder da?«

»Ja. Und das bleibe ich auch.«

Epilog

Jemand hämmerte gegen die Scheibe, sie zitterte in ihren Sprossen. Mors hinter seinem Tresen hob den Kopf und machte eine Geste, die besagte, sie könne hereinkommen, die Tür sei offen.

»Hast du diese Kleine vielleicht gesehen?«, platzte die Frau los. »Meine neue Kundin … Nimmt vielleicht gerade bei dir 'ne Stärkung zu sich? Ganz junges Huhn noch, aber so was von rausgewachsen! Kam bei mir rein und ich sage, sie wäre gleich an der Reihe. Ich sollte ihr die Haare machen. Waschen, Schneiden, Färben, neue Dauerwelle, das volle Programm. Bitter nötig, war echt kein Anblick mehr! Tote Spitzen, die Farbe so was von 'rausgewachsen, Mann, das kannste keinem erzählen …!«

Mors stemmte die Fäuste in die Hüften. »Die ist abgereist, Nachbarin.«

»Weg …?« Die Frau war bestürzt. »Ohne irgendwas an ihren Haaren machen zu lassen? Unmöglich!«

»Nein, meine Gute, sie ist wirklich fort und kommt vorläufig auch nicht wieder. Sie hatte noch Besseres zu tun, als ihre Zeit in deinem Frisiersalon zu verplempern.«

»Verplempern?! Pah … hast du gerade nötig, du mit deiner dösigen Kneipe hier!« Die Frau ging und knallte die Tür hinter sich zu.

Salicia stand an der geflochtenen, belaubten Reling ihrer Plattform hoch oben in Yggdrasils Krone und blickte über das Innenland. Feine Runzeln zeichneten sich um ihre Augen und Mundwinkel ab. Das Land war wieder grün. In großen Teilen der Leerlande wurde wieder neu gewonnener Geestgrund aufgeschüttet, auch dort würde in Kürze gesät und geerntet werden. Am Horizont lag die Innere Stadt. Rauchfahnen zeigten an, dass dort eifrig gearbeitet und gelebt wurde. Weiter links dampfte und brodelte der Motorische Dschungel, und das Innere Auge dahinter glitzerte. Nicht mehr wie ein flacher, toter Spiegel, so wie in den vergangenen Wochen, sondern wie ein rauschendes Binnenmeer.

Aufmunternd nickte sie den kleinen Rehen zu, die von Ast zu Ast hüpften und hungrig das Laub von den Zweigen fraßen. Ihretwegen konnten sie fressen, so viel sie wollten; Yggdrasil war gesund, es würde noch Jahrzehnte dauern, ehe sie den Baum kahl gefressen hatten.

Sentirus zog in genüsslicher Stille seine Netze ein. Was für ein prächtiger Fang: die Bilder einer ersten Liebe! Es waren empfindliche Bilder, vermischt mit Schüchternheit und Erwartung, Zärtlichkeit und Vertrauen – ein lieber Zettel, ein Augenaufschlag, eine Kinnlinie, zwei Lippen, die sich flüchtig berührten; diese seltsam wunderbaren Magenschmerzen namens Verliebtheit. Er breitete sie aus auf dem Dach seines alten auf den Wellen des Inneren Auges wogenden Kahns. Was immer auch weiter geschah, diese Bilder mussten erhalten bleiben, solange Isa lebte. Er würde persönlich für ihre Raffination sorgen und sie in den fruchtbarsten Boden aussäen.

Er richtete sich auf. Tarzan gesellte sich zu ihm und schaute erwartungsvoll zu ihm auf. Sentirus kraulte ihn am Hals, es war gut, etwas Gesellschaft an Bord zu haben, und Tarzan war ein prima Schiffshund – vor ungefähr zwei Wochen war er plötzlich über den Landungssteg gelaufen und hatte es sich auf einer Rolle Schiffstau bequem gemacht, als wäre das schon seit Jahren sein Stammplatz.

»So, mein treulastiger Vierfüßler«, brummte Sentirus vergnügt. »Sieh nur, welch eine Ernte! Sieh doch nur, was für Bilder! Da bleibt dir erst mal die Spucke weg, was?«

Tarzan bellte und rannte über die ausgebreiteten Beobachtungen zur Kajütentür, wo er schwanzwedelnd stehen blieb.

Sentirus zeigte dem Hund seine geballte Faust. »O du törichter Kaninefater! Kannst du nicht Obacht geben!«

Tarzan fiepte erwartungsvoll, Sentirus' Worte hatten ihn nicht sonderlich beeindruckt.

»Was? Willst du etwa schon wieder fressen, du dummer Gernegroß? Hast du denn überhaupt kein Auge für Schönheit?« Sentirus ging um seinen Fang herum und öffnete die Kajütentür. »Weißt du, was das Tragische an euch Hundspfötigen ist?«

Tarzan sprang an ihm hoch und folgte ihm aufgeregt ins Innere. »Das Problem ist, dass ihr kein Körnchen Gefühl für Poesie habt. Nicht die Bohne. Dabei ist das das Einzige, worum es in diesem Leben geht: Poesie und Schönheit! Und Dingsda, äh … Liebe natürlich. Vielleicht.« Er nahm Tarzans Fressnapf und öffnete den Vorratsschrank.

Quellenverzeichnis

Row, row, row your boat,
Gently down the stream.
Merrily, merrily, merrily, merrily,
Life ist but a dream.

Dieses amerikanische Gedicht, das dem Buch vorangestellt ist, wird Eliphalet Oram Lyte zugeschrieben. Er veröffentlichte es erstmals in *The Franklin Square Song Collection* (1881, New York); höchstwahrscheinlich war seine Version die Bearbeitung eines traditionellen Volkslieds.

Der Songtext im ersten Kapitel stammt aus »Before you snap«, von der CD *Splendid Isolation*, Yonderboi, 2005.

Bei ihrem Auftritt für *Winners & Losers* singt Isa »Dreams« van Ashanti Douglas:

Dreams are real all you have to do ist just believe

There ist nothing that should
Ever take your heart away
From what it ist you wanna do
You should always go with what
You like, don't follow no one else
Just do what's good for you

Sometimes people try to bring you down
They wanna see you frown
Just keep your faith in you
Doesn't matter if they try to tell you
That you'll never make it

Auf dem Schulfest sang Isa »Pieces of a Dream« von Anastacia:

I thought I saw you late last night
But it was just a flash of light
An angel passing

But I remember yesterday
Life before you went away
And we were laughing
We had hope and now it's broken

And I could see it clearly
Once when you were here with me
And now somehow all that's left are
Pieces of a dream

Die Karte des Innenlandes beruht auf Sigmund Freuds Darstellung der Struktur des menschlichen Geistes aus *Neue Folge der Vorlesungen zur Einführung in die Psychoanalyse*, 1932, Kapitel 31. Die Eiform, die das Innenland aufweist, geht auf diese Skizze zurück, ebenso die Lage des Inneren Auges (*Wahrnehmung-Bewusstsein*), des Überich-Massivs (*Über-Ich*) und Schattenlands (*Unbewusst/Verdrängt*).

Wir danken dem Nederlands Literair Productie- en Vertalingenfonds für die Förderung der Übersetzung ins Deutsche.

Marco Kunst, geb. 1966, lebt in Amsterdam, wo er nach einem Philosophiestudium als Privatdozent und als freier Lektor für verschiedene Verlage arbeitet. Nach einem Band Kurzgeschichten erschien sein erster Roman *Gelöscht*, der auf Anhieb ein großer Erfolg war.

1. Auflage 2010

Die Originalausgabe erschien erstmals 2008 unter dem Titel
Isa's Droom bei Querido, Amsterdam

Aus dem Niederländischen von Rolf Erdorf
Umschlagillustration: Joachim Knappe
Satz: psb, Berlin
Druck und Bindung: GGP Media GmbH, Pößneck
Printed in Germany

ISBN 978-3-8369-5304-7

Ozean der Zeit
Oneiristan
Alte Straße der Fantasie
Dösig
Cogitorium
Eidos
Innere Stadt
Raffinerien
Inneres Auge
Bekannte Straße
Normenwerder
Wege der Freiheit
Geestgründe
DaDa
Motorischer Dschungel
Einsamer Gipfel
Frappant
Hauptstraße
Auf der Höhe
Gewinnregionen
Reich der Fantasie
Eselsbrücke
Pittoresk
Chimaera
Saillant
Staudamm
Kitsch
Leerlande
Obsessivien
The Image Buildings
Link
Erlangen
Geestgründe
Lebensfluss
Dellarte
Imaginarien
Ungeachtetenwald
Umbilicus
Überich-Massiv
Dubio
Schattenlandstraße
Bloom
Wald der Erwartung
Yggdrasil
Herzensluft
Tyrannien
Weites Blickfeld
Deontien
Schöpfwerk (Schöpfung von Sinn und Sein)
Schattenland
Pforte des Cerebrus
Schmollwinkel
Ignoria
Apathia
Pandämonium
Ozean der Zeit
Lethargien
End's End